Jet

Biblioteca de

DANIELLE STEEL

PLAZA & JANES

Jet

DANIELLE STEEL

ENCUENTRO DECISIVO

**Traducción de
María Antonia Menini**

PLAZA & JANES EDITORES, S. A.

Título original: *Changes*
Diseño de la portada: Método, S. L.

Sexta edición: septiembre, 1999

© 1983, Danielle Steel
© de la traducción, María Antonia Menini
© 1997, Plaza & Janés Editores, S. A.
   Travessera de Gràcia, 47-49. 08021 Barcelona

Printed in Spain – Impreso en España

ISBN: 84-01-46245-2 (col. Jet)
ISBN: 84-01-46636-9 (vol. 245/6)
Depósito legal: B. 39.179 - 1999

Fotocomposición: Alfonso Lozano

Impreso en Litografía Rosés, S. A.
Progrés, 54-60. Gavà (Barcelona)

L 466369

A Beatrix, Trevor,
Todd, Nicky
y especialmente John,
por todo lo que sois
y todo lo que me habéis dado

Con todo mi amor,

d. s.

Con mi gratitud especial
al doctor Phillip Oyer

Cambiando,
        bailando,
                saltando,
deslizándome
        de la antigua vida
                a la nueva,
preguntándome
        qué pienso
                de ti,
sueños invisibles
        y nuevos
                programas,
dos vidas
        enmarañadas,
                finalmente
                        enaltecidas,
y súbitamente
        un corazón
                prendido,
        apresado,
sin volverse
                atrás,
sin soltarse,
demasiado tarde
        para huir,
demasiado pronto
        para saber
        si todo está
                bien,
pero el tiempo
        lo dirá
                todo,
        y con suavidad
en la noche
        pronuncio tu nombre,
nada es exactamente
        igual
en medio de esta completa
        reorganización,
porque todo
        en mí
        se está trastocando,
        moviendo,
                cambiando.

1

«Doctor Hallam... doctor Peter Hallam... doctor Hallam... Intensivos cardiología, doctor Hallam...»

La voz siguió resonando mecánicamente mientras Peter Hallam cruzaba presuroso el vestíbulo del hospital Center City sin tomarse la molestia de contestar porque el equipo médico ya sabía que estaba de camino. Frunció el entrecejo mientras pulsaba el botón del sexto piso con la mente absorta en los datos que le habían proporcionado por teléfono veinte minutos antes. Habían pasado varias semanas esperando un donante y casi era demasiado tarde. Casi. Sus pensamientos se dispararon mientras se abrían las puertas del ascensor y él se dirigía a la sala de las enfermeras de cuidados intensivos de cardiología.

–¿Ya han enviado arriba a Sally Block?

Una enfermera levantó la vista y pareció adoptar posición de firmes cuando su mirada se encontró con la del médico. Algo en su interior se agitaba siempre que lo veía. Aquel hombre alto y delgado de cabello gris, ojos azules y suaves modales emanaba algo impresionante. Tenía el aspecto de los médicos que solían aparecer en las novelas femeninas. Había en él un aire esencialmente cordial y amable, pero también una especie de poder. Como el caballo de alta competición que siempre tira de las riendas, ansiando avanzar y llegar más lejos, hacer más, luchar contra el tiempo, lograr lo imposible, ganar una vida, un hombre, una mujer, un niño, una persona... Y a menudo lo conseguía. A menudo, pero no siempre. Y eso le irritaba. Más aún, le angustiaba. Era la causa de las arrugas de sus ojos, de la tristeza que se adivinaba en su interior. No le bastaba obrar milagros casi diariamente. Él quería algo más que eso: aumentar las probabilidades de éxito, salvarlos a todos, pero eso no era posible.

—Sí, doctor —asintió la enfermera—. Acaba de subir.

—¿Estaba preparada?

Ésa era otra de las cosas que tenía, y la enfermera se maravilló de la pregunta. Supo inmediatamente lo que quiso decir con «preparada»; no se refería a la intravenosa en el brazo de la paciente ni al ligero sedante que le habían administrado antes de abandonar la habitación para ser trasladada a cirugía. Se refería a lo que estaba pasando y sintiendo, a quién había hablado con ella y a quién estaba con ella. Él quería que cada uno de los enfermos supiera con qué se enfrentaba, con qué denuedo iba a trabajar el equipo, cómo se preocupaban todos y cuánto se iban a esforzar por salvarle la vida. Quería que cada paciente estuviera preparado para entrar en combate con él. «Si creen que no tienen ninguna posibilidad de luchar cuando entran allí, están perdidos de antemano», le había oído decir la enfermera a sus alumnos, y lo decía en serio. Luchaba con todo su ser y ello le suponía un gran esfuerzo, pero merecía la pena. Los resultados obtenidos en los últimos cinco años eran sorprendentes, con muy pocas excepciones. Unas excepciones que a Peter Hallam le importaban mucho. En realidad, le importaba todo. Era extraordinario, esforzado y brillante... y además condenadamente apuesto, pensó la enfermera con una sonrisa, viéndole dirigirse a toda prisa hacia el pequeño ascensor del pasillo que había a su espalda. El ascensor le condujo un piso más arriba, dejándole en la zona exterior de los quirófanos donde él y su equipo practicaban la intervención denominada *bypass* o «derivación», así como trasplantes y operaciones cardíacas más sencillas, aunque no muy a menudo. Peter Hallam y su equipo hacían casi siempre cosas tan arriesgadas como lo de esa noche.

Sally Block era una muchacha de veintidós años que se había pasado inválida buena parte de su vida adulta a causa de unas fiebres reumáticas infantiles y que había sufrido múltiples sustituciones de válvula y diez años de medicación. Cuando varias semanas atrás la habían ingresado en el Center City, él y sus compañeros convinieron en que la única solución para ella era un trasplante. Pero hasta entonces no habían tenido ningún donante. Aquella madrugada, a eso de las dos y media, un grupo de delincuentes juveniles se lanzó a una alocada carrera automovilística en el valle de San Fernando. Tres de los jóvenes murieron tras una colisión, y después de una serie de llamadas telefónicas desde la magnífica organización que se encargaba de localizar y distribuir a los donantes, Peter Hallam comprendió que tenía un buen ejemplar. Había llamado a todos los hospitales del sur de California en petición de un donante para Sally, y ahora tenía uno… siempre y cuando Sally sobreviviera a la intervención y su cuerpo no rechazara el nuevo corazón que ellos le dieran.

Se quitó la ropa de calle sin ceremonia, se puso la vestimenta verde de algodón, se enjabonó con fuerza las manos y unos ayudantes le colocaron la bata y la mascarilla. Lo mismo hicieron otros tres médicos y dos residentes, así como un numeroso equipo de enfermeras. Pero Peter Hallam pareció no verles siquiera mientras entraba en la sala de operaciones. Buscó inmediatamente con la mirada a Sally, tendida inmóvil y en silencio en el quirófano con los ojos como hipnotizados por las brillantes luces de arriba. Incluso allí, tendida con la ropa esterilizada y el largo cabello rubio recogido en un gorro verde de algodón, estaba bonita. Era una hermosa joven y una persona cabal. Deseaba con toda el alma convertirse en una artista, cursar estudios universitarios, ir a un baile de gala estudiantil, ser besada, tener hijos... Ella le reconoció a pesar del gorro y la mascarilla y sonrió adormilada a través de una bruma de medicamentos.

–Hola.

Parecía frágil, sus ojos destacaban enormemente en su delicado rostro como los de una muñeca rota de porcelana aguardando a que él la reparara.

–Hola, Sally. ¿Qué tal te encuentras?

–Muy rara.

La muchacha parpadeó un instante y después sonrió, contemplando los conocidos ojos. En las últimas semanas había llegado a conocerle mejor que nadie durante mucho tiempo. Él le había abierto las puertas de la esperanza, de la ternura y del interés y, al final, la soledad y el aislamiento en que había vivido durante muchos años le parecieron menos profundos.

–Vamos a estar bastante ocupados en las próximas horas. Lo único que tienes que hacer es quedarte ahí tendida, durmiendo. –La miró y echó un vistazo a los cercanos monitores antes de volver a mirarla–. ¿Asustada?

–Un poco.

Pero él sabía que estaba bien preparada. Se había pasado horas explicándole la intervención quirúrgica, el complicado procedimiento y los peligros y tratamiento médico a que tendría que someterse después. Ella sabía lo que podía esperar, y el gran momento había llegado. Era casi como dar a luz, como si ella fuera a surgir de su misma alma, de las puntas de aquellos dedos masculinos que lucharían por salvarla...

El anestesista se acercó un poco más a la cabeza de la muchacha y miró fijamente a Peter Hallam. Éste asintió con lentitud y después se dirigió de nuevo a Sally con una sonrisa.

–Te veré dentro de un rato.

Sólo que no sería un rato. La chica iba a tardar más bien cinco o seis horas en recobrar ligeramente el conocimiento en la sala de recuperación, antes de su traslado a cuidados intensivos.

–¿Estará usted ahí cuando me despierte?

El temor la indujo a fruncir el entrecejo y él se apresuró a asentir con la cabeza.

–Pues claro que sí. Estaré a tu lado cuando te despiertes. Como ahora.

Hizo una seña al anestesista y la muchacha cerró los ojos y parpadeó a causa del sedante que llevaba. Le administraron pentotal a través del catéter intravenoso que ya le habían implantado en el brazo; al cabo de un momento, Sally Block se durmió y a los pocos minutos se inició la delicada intervención quirúrgica.

Peter Hallam trabajó cuatro horas sin descanso para ajustar el nuevo corazón; cuando éste empezó a bombear, se dibujó en su rostro una maravillada expresión de triunfo. Durante una fracción de segundo su mirada se cruzó con la de la enfermera que tenía delante y sus labios esbozaron una sonrisa bajo la mascarilla. «Allá va», pensó. Pero sólo habían ganado el primer asalto, lo sabía muy bien. Quedaba por ver si el cuerpo de Sally aceptaría o rechazaría el nuevo corazón. Y como ocurría con todos los pacientes de trasplantes, las probabilidades no eran muchas, aunque sí mejores de lo que hubieran sido sin la operación. En el caso de aquella muchacha, como en el de otros pacientes, aquélla era la única esperanza.

A las nueve y quince de aquella mañana, Sally Block fue trasladada en camilla a la sala de recuperación y

Peter Hallam se tomó su primer descanso desde las cuatro y media de la madrugada. Los efectos de la anestesia tardarían un rato en desaparecer y él tendría tiempo de tomarse una taza de café y de permanecer unos instantes a solas con sus pensamientos. Los trasplantes como el de Sally le dejaban agotado.

–Ha sido asombroso, doctor.

Un joven residente se encontraba de pie a su lado, mirándole con reverencia mientras él llenaba una taza de café.

–Gracias.

Peter sonrió, pensando en lo mucho que el joven residente se parecía a su hijo. Le habría encantado que Mark se hubiese inclinado por la medicina, pero él ya tenía otros planes: estudios empresariales o derecho. Quería pertenecer a un mundo más vasto que aquél, y con los años había visto la total entrega de su padre y el elevado precio emocional que había tenido que pagar cada vez que se le moría uno de sus pacientes. Eso no era para él. Peter entrecerró los ojos mientras tomaba un sorbo de café, pensando que a lo mejor daba igual. Después se dirigió al joven residente.

–¿Es el primer trasplante que ve?

–El segundo. El otro también lo protagonizó usted.

«Protagonizar» parecía un verbo adecuado. Ambos trasplantes habían sido lo más aparatoso que jamás hubiera visto aquel joven. En la sala de operaciones había más tensión y dramatismo que en cualquier otra experiencia, y ver operar a Peter Hallam era como ver bailar a Nijinsky. Era el mejor.

–¿Cómo cree que irá? –insistió.

–Es muy pronto para decirlo. Esperemos que bien.

Rezó para que lo que decía fuera cierto mientras se ponía una bata esterilizada encima del uniforme y se encaminaba hacia la sala de recuperación. Dejó la taza de café fuera, entró y se sentó en una de las sillas que había al lado de Sally. Una enfermera y una batería de monitores vigilaban el ritmo respiratorio de Sally. De momento, todo iba bien. Los problemas, si surgían, solían producirse más tarde, a no ser que todo fallara de buenas a primeras, claro. Eso también había ocurrido en algunas ocasiones. Pero esta vez, no... esta vez no... Te lo suplico, Dios mío no... a ella no... es tan joven... (aunque habría pensado lo mismo si ella hubiese tenido cincuenta y cinco años en lugar de veintidós).

Ocurrió otro tanto cuando perdió a su mujer. En ese momento estaba sentado mirando a Sally, esforzándose por no ver un rostro distinto, un tiempo distinto y sin embargo hacía lo mismo... La veía en sus últimas horas, más allá de toda esperanza... más allá de él. Ella no le había permitido siquiera intentarlo, pese a todo lo que él le había dicho y de todos sus intentos por convencerla. Tenían un donante. Pero ella se negó. Aquella noche él aporreó con el puño la pared de su habitación y después regresó a casa, por la autopista a casi ciento setenta por hora. Y cuando le detuvieron por exceso de velocidad, le importó un comino. En aquellos momentos nada le importaba... excepto ella... y lo que ella no le permitía hacer. Habló de forma tan inconexa cuando la policía le detuvo, que le hicieron descender del vehículo y caminar en línea recta. Pero no estaba ebrio, sino aturdido a causa del dolor. Le dejaron marcharse con una citación y una elevada multa; él regresó a casa y empezó a pasear por las habitaciones, pensando en ella, ansiando tenerla a su lado porque le hacía falta todo lo que ella podía darle y ya no le daría jamás. Se preguntó si soportaría vivir sin ella. Incluso los hijos le parecían algo lejano... sólo podía pensar en Anne. Había sido una mujer muy fuerte durante mucho tiempo, y él pudo realizarse así a lo largo de los años: ella le llenaba de una especie de fuerza de la que él echaba mano constantemente, sumándola a sus propios recursos. Y, de repente, todo se había perdido. Permaneció sentado toda la noche, solo y asustado como un chiquillo, hasta que al amanecer experimentó un impulso irresistible. Tenía que regresar junto a ella... abrazarla una vez más... decirle las cosas que jamás le había dicho... Regresó a toda prisa al hospital, entró en silencio en su habitación, mandó retirarse a la enfermera y decidió encargarse personalmente de sus cuidados, tomando suavemente su mano, apartándole el cabello rubio de su pálida frente. Parecía una muñeca de porcelana muy frágil, y una sola vez, poco antes de que la mañana irrumpiera en la habitación, abrió los ojos...

–Peter...

Su voz era como un ligero susurro en el silencio.

–Te quiero, Anne... –dijo Peter con los ojos llenos de lágrimas, sintiendo deseos de gritar: «No te vayas.»

Ella esbozó aquella mágica sonrisa que siempre henchía el corazón de Peter y después, con la facilidad con que se lanza un suspiro, exhaló el último aliento mientras él se quedaba mirándola fijamente, abrumado por una sensación de terror. ¿Por qué no quiso luchar? ¿Por qué no le permitió intentarlo? ¿Por qué no podía aceptar lo que otras personas aceptaban de él todos los días? En aquel momento no podía aceptarlo. Se quedó de pie mirándola y estuvo sollozando quedamente hasta que uno de sus colegas se lo llevó de allí. Le acompañaron a casa, le acostaron y, durante los días y semanas siguientes, logró hacer lo que se esperaba de él. Pero todo fue como un desagradable sueño del que sólo emergía de vez en cuando hasta que, por fin, comprendió con cuánta desesperación le necesitaban sus hijos y así fue regresando poco a poco y, tres semanas más tarde, reanudó su trabajo; pero le faltaba algo. Algo que lo era todo para él: Anne. Jamás lograba mantenerla apartada de su mente mucho tiempo. La recordaba mil veces al día, al salir hacia el trabajo, cuando entraba y salía de las habitaciones de los pacientes, cuando se disponía a practicar una intervención quirúrgica o al regresar a casa en automóvil a última hora de la tarde. Cada vez que llegaba a la puerta de su casa era como si alguien le clavara un cuchillo en el corazón porque sabía que ella no le estaba esperando.

De eso hacía más de un año y el dolor se había mitigado un poco sin llegar a desaparecer del todo. En cierto modo, sospechaba que nunca iba a desaparecer. Lo único que podía hacer era seguir trabajando, dar lo mejor de sí mismo a las personas que acudían a él en demanda de ayuda... y después contaba, claro está, con Matthew, Mark y Pam. Daba gracias a Dios por tenerlos a su lado. Sin ellos no hubiera podido sobrevivir. Pero lo había logrado, había llegado hasta aquel punto y seguiría viviendo... aunque de una manera muy distinta... sin Anne...

Permaneció sentado en silencio en la sala de recuperación con las largas piernas estiradas y el rostro en tensión, viendo respirar a Sally hasta que, por fin, sus ojos se abrieron un instante y recorrieron borrosos la estancia.

–Sally... Sally, soy Peter Hallam... Estoy aquí y tú estás bien...

De momento. Pero eso no se lo dijo y ni siquiera quiso pensarlo. Estaba viva. Había superado la prueba. Iba a vivir. Él haría cuanto estuviera en su mano por conseguirlo.

Permaneció sentado al lado de la muchacha una hora más, vigilándola, hablándole cada vez que ella volvía en sí e incluso arrancándole una leve sonrisa cuando se marchó poco después de la una de la tarde. Se detuvo en la cafetería para tomarse un bocadillo y pasó fugazmente por su despacho antes de volver al hospital para ver a los pacientes a las cuatro en punto; a las cinco y media ya estaba dirigiéndose a casa por la autopista pensando de nuevo en Anne. Le seguía pareciendo increíble que ella no estuviera en casa cuando él llegara. «¿Cuándo desistiré de volver a verla? –le había preguntado hacía seis meses a un amigo–. ¿Cuándo lo asimilaré?» El dolor que experimentaba desde hacía un año y medio había grabado en su rostro cierta expresión de vulnerabilidad. Se trataba de algo que antes no existía, una huella visible de pérdida, pesadumbre y dolor. Antes sólo tenía fuerza y confianza, la certeza de que nada podía fallar. Tenía tres hijos encantadores, una esposa perfecta, una profesión que dominaba como pocos. Había ascendido hasta la cumbre, no vertiginosamente sino con firme lentitud, y le encantaba estar allí. Y ahora, ¿qué? ¿Adónde le quedaba por ir, y con quién?

2

Mientras Sally Block permanecía en su habitación de cuidados intensivos del Center City de Los Ángeles, los focos de un estudio de televisión de Nueva York brillaban con especial resplandor. Tenían una intensa blancura que recordaba las salas de interrogatorios de las películas de serie B. Más allá de su violento haz luminoso, el estudio estaba gélido y lleno de corriente de aire, pero, directamente debajo de su intensa mirada, la piel se notaba casi en tensión debido al calor y al molesto resplandor. Era como si toda la estancia estuviera concentrada en el objeto de los rayos del foco, como si todos los puntos convergieran en uno, intensificándose momento a momento mientras los presentes parecían sentirse atraídos al centro en donde podía verse un estrecho reborde, un escenario poco profundo, un sencillo escritorio de formica y un telón de fondo color azul brillante con un solo logotipo. Sin embargo, no era el logotipo lo que llamaba la atención, sino un sillón vacío semejante a un trono a la espera de un rey o una reina. Los técnicos, los cámaras, el maquillador, la peluquera, dos ayudantes de producción, un director de escena, los curiosos, los importantes, los imprescindibles y los mirones, todos iban de un lado para otro, acercándose cada vez más al escenario vacío y al escritorio desnudo en donde se concentraba el indiscreto haz luminoso del foco.

–¡Cinco minutos!

Era la llamada habitual, y sin embargo el noticiario de la noche contenía, a su remota manera, cierto elemento de «mundo del espectáculo». Bajo las blancas luces se respiraba una suave atmósfera de circo, magia y estrellato. Una bruma de poder y misterio los envolvió a todos, y los corazones empezaron a latir más rápido cuando se oyeron las palabras. «¡Cinco minutos!», después «¡Tres!», y luego «¡Dos!». Las mismas que se hubieran podido oír por el pasillo de los camerinos de un teatro de Broadway o de Londres al salir a escena alguna gran actriz. Allí el ambiente no resultaba tan sugestivo, el personal llevaba zapatillas deportivas y pantalones vaqueros y, sin embargo, siempre se percibía aquella magia, aquellos murmullos y aquella expectación y la propia Melanie Adams lo advirtió al acercarse con paso enérgico al escenario. Como de costumbre, su aparición fue de lo más puntual. Faltaban exactamente cien segundos para salir en antena. Cien segundos para echar un nuevo vistazo a las notas, mirar el rostro del director por si había algún detalle de última hora que le conviniera saber y contar pausadamente en silencio para tranquilizarse.

Había sido una jornada muy larga; como era habitual. Había realizado la última entrevista de un programa especial dedicado a los malos tratos a los niños. No era un tema muy agradable, pero lo había manejado bien. Sin embargo, a las seis en punto la jornada se había cobrado un tributo.

–Cinco… –Los dedos del ayudante de dirección se levantaron para la cuenta final–. Cuatro… tres… dos… uno…

–Buenas noches. –La ensayada sonrisa nunca parecía artificial y su cabello color coñac brillaba suavemente–. Les habla Melanie Adams en el noticiario de la noche.

El presidente de la nación había pronunciado un discurso, se había producido una crisis militar en Brasil, la Bolsa registraba un acusado descenso y a un político de la zona le atracaron aquella mañana al salir de su casa. Había otras noticias que contar y el programa se fue desarrollando sin contratiempos, como siempre ocurría. Melanie irradiaba un aire de fidedigna competencia y ello hacía que los niveles de aceptación fueran muy altos y su popularidad enorme. Era conocida en todo el país desde hacía más de cinco años, aunque no era eso lo que ella tenía previsto al principio. Estudiaba ciencias políticas cuando tuvo que dejarlo para dar a luz a unas gemelas a los diecinueve años. Pero eso ya quedaba muy lejos. La televisión era su vida desde hacía muchos años. Eso, y las gemelas. Había otras distracciones, pero su trabajo y sus hijas eran lo primero.

Recogió las notas del escritorio al acabar el noticiario y, como siempre, el director se mostró complacido.

–Buen programa, Mel.

–Gracias.

Alrededor de ella había una especie de fría distancia que en otros tiempos disimulaba su timidez y que ahora era simplemente una actitud reservada. Demasiadas personas sentían curiosidad por ella, se la quedaban mirando embobadas, querían hacerle preguntas indiscretas o fisgonear. Era Melanie Adams, un nombre mágico… «Yo la conozco… ¡La he visto en el noticiario…!» Se le antojaba extraño ir al supermercado, comprarse un vestido o simplemente pasear por la calle con sus hijas. De repente la gente se la quedaba mirando y, aunque Melanie Adams siempre parecía conservar el aplomo, seguía experimentando una extraña sensación.

Melanie se dirigía a su despacho para quitarse el exceso de maquillaje y recoger el bolso antes de marcharse a casa cuando el director de reportajes la llamó con un enérgico gesto de la mano.

–¿Puedes esperar un segundo, Mel?

Se le veía agotado y aturdido como siempre y Mel refunfuñó en su fuero interno. «Esperar un segundo» podía significar un reportaje que le impidiera regresar a casa en toda la noche. Por regla general, además de ser la presentadora del noticiario nocturno, Melanie sólo se encargaba de los reportajes importantes, las grandes noticias o los programas especiales. Pero cualquiera sabía lo que le tenían reservado, y, la verdad, no se sentía con ánimos. Era lo bastante profesional como para que raramente se le notara el cansancio, pero el programa sobre los malos tratos a los niños la había dejado exhausta, por muy despierta y activa que pareciera gracias al maquillaje.

–¿Sí? ¿Qué ocurre?

–Tengo algo que quiero que veas. –El director sacó una cinta y la introdujo en un aparato de vídeo–. Lo hemos hecho a la una en punto. No me ha parecido lo bastante importante para el noticiario de la noche, pero quizá merecería la pena que lo desarrollaras.

Mel contempló el vídeo. Eran imágenes de una entrevista con una niña de nueve años que necesitaba urgentemente un trasplante de corazón que sus padres no le podían proporcionar. Los vecinos habían iniciado una colecta especial para Pattie Lou Jones, una encantadora chiquilla negra que conmovía de inmediato. Al finalizar la entrevista, Mel casi lamentó haber visto la filmación. Otra persona más por la que preocuparse y por la que no podía hacer nada en absoluto. Los niños del programa especial sobre los malos tratos le habían hecho sentir lo mismo. ¿Por qué demonios no le daban un buen escándalo político para escarbar? No le apetecía sufrir de nuevo la misma angustia.

–Sí. –Miró con ojos cansados al hombre que estaba retirando la cinta–. ¿Y bien?

–He pensado que podrías hacer un programa especial muy interesante, Mel. Seguir un poco a la niña, ver qué es lo que puedes sacar… Qué especialistas de aquí estarían dispuestos a examinar a Pattie Lou.

–Vamos, Jack, por el amor de Dios… ¿Por qué me ofreces todo eso a mí? ¿Soy acaso una especie de organismo benéfico infantil?

De repente se la vio cansada y molesta, y empezaron a aparecer unas finas arrugas bajo sus ojos. Aquel día, terriblemente largo, había salido de casa a las seis de la mañana…

–Mira… –Él parecía casi tan cansado como ella–. Podría ser un programa llamativo. Conseguimos que la emisora ayude a los padres de Pattie Lou a encontrar un especialista, y la seguimos en todas las fases del trasplante. Qué diablos, Mel, eso es noticia.

Ella asintió despacio. Era noticia. Pero también resultaba un poco truculento.

–¿Has hablado de ello con la familia?

–No, pero estoy seguro de que se mostrarán encantados.

–Nunca se sabe. A veces a la gente le gusta resolver por sí misma sus propios problemas. Quizá no les guste demasiado que Pattie Lou aparezca en el noticiario.

–¿Y por qué no? Hoy han hablado con nosotros. –Mel asintió nuevamente con la cabeza–. ¿Y si mañana visitaras a algunos de los más destacados cirujanos cardíacos, a ver qué dicen? A algunos de ellos les gusta la popularidad, y después podrías entrevistarte con los padres de la niña.

–Veré lo que puedo hacer, Jack. Tengo que preparar el programa sobre los malos tratos a los niños.

–Creía que lo habías terminado ayer –dijo él, mirándola de repente con furia.

–Y lo terminé. Pero quiero ver un poco el montaje.

–Tonterías. Ésa no es tu misión. Ponte a trabajar en

esto. Será un programa más fuerte que el de los malos tratos. –¿Más fuerte que quemar con cerillas a un niño de dos años? ¿Que cortarle la oreja a uno de cuatro? Algunas noticias la ponían enferma–. A ver qué puedes hacer, Mel.

–De acuerdo, Jack. Lo intentaré.

«... Buenos días, doctor, me llamo Melanie Adams y me estaba preguntando si podría usted hacerle un trasplante de corazón a una niña de nueve años... a ser posible gratuitamente... y entonces vendríamos nosotros y miraríamos cómo lo hace, y después los sacaríamos a usted y a la niñita en todos los noticiarios...» Se dirigió apresuradamente a su despacho con la cabeza gacha y pensativa, y de pronto chocó con un hombre alto y moreno.

–Vaya, hoy no pareces muy feliz. Hacer el noticiario tiene que ser divertido.

La profunda voz de antiguo locutor de radio, de viejo amigo, le hizo levantar la mirada del suelo y esbozar una sonrisa.

–Hola, Grant. ¿Qué estás haciendo aquí a esta hora?

Grant Buckley presentaba un programa de entrevistas todas las noches después del último noticiario y era una de las personalidades más controvertidas del medio, pero apreciaba mucho a Mel y desde hacía años ella le consideraba uno de sus mejores amigos.

–He venido para echar un vistazo a unas cintas que quiero utilizar en el programa. Y tú, ¿qué me dices? ¿No es un poco tarde para ti, chiquilla?

Por regla general, Melanie ya se había marchado a aquella hora, pero el reportaje de Pattie Lou Jones la había entretenido.

–Es que hoy me han hecho un regalo especial. Quieren que le organice un trasplante de corazón a una niña. Lo de siempre, nada del otro mundo.

Le miró fijamente y parte de las nubes que ensombrecían su rostro se disiparon. Era un buen amigo, muy inteligente y apuesto, y las mujeres de toda la cadena envidiaban la amistad que los unía. Nunca habían sido más que buenos amigos, aunque de vez en cuando circulaban algunos rumores, todos ellos falsos. Grant y Mel se divertían con ellos y solían comentarlo mientras tomaban una copa.

–¿Alguna otra novedad? ¿Qué me dices del programa especial sobre los malos tratos a los niños?

–Fue extenuante, pero me ha salido muy bien –contestó ella, mirándole a los ojos muy seria.

–Tú siempre te las arreglas para elegir los más difíciles, muchacha.

–Puede que sean ellos los que me eligen a mí, como ese trasplante de corazón que tengo que organizar.

–¿Hablas en serio? –Él había pensado que se trataba de una broma.

–Yo no, pero Jack Owens sí. ¿Se te ocurre alguna idea luminosa?

Él frunció el ceño un instante mientras pensaba.

–Hice un programa sobre este tema el año pasado, entrevisté a algunas personas interesantes... Echaré un vistazo a los ficheros y buscaré sus nombres. Ahora mismo recuerdo a dos, pero había dos más. Ya veré, Mel. ¿Para cuándo necesitas el material?

–Para ayer –contestó ella sonriendo.

Él le alborotó el cabello, sabiendo que ya no tenía que aparecer en pantalla.

–¿Te apetece una hamburguesa antes de regresar a casa?

–Mejor no. Tengo a las niñas esperándome.

–Menuda pareja –dijo él, poniendo los ojos en blanco como si las conociera muy bien. Tenía tres hijas de tres esposas distintas, pero no eran gemelas y ninguna de ellas era tan temeraria como las dos de Mel–. ¿Qué se llevan entre manos estos días?

–Lo de siempre. Val se ha enamorado cuatro veces esta semana y Jess está procurando sacar alguna buena nota. Sus esfuerzos combinados están echando por tierra mis deseos de seguir siendo pelirroja: me van a salir canas.

Acababa de cumplir treinta y cinco años y parecía que una década de su vida se hubiera perdido por el camino. Tenía un aire muy juvenil a pesar de sus muchas responsabilidades, del trabajo a veces agobiante pero gratificador y de las distintas crisis que había sufrido a lo largo de los años. Grant las conocía casi todas y ella había llorado sobre su hombro más de una vez a propósito de sus decepciones profesionales o de algún fracaso amoroso. Éstos no eran muy frecuentes y ella se andaba con mucho cuidado con los hombres y procuraba mantener en secreto su vida privada; pero, por encima de todo, le daban pánico las relaciones con los hombres tras haberla abandonado el padre de las gemelas antes de nacer éstas. Él le dijo muy en serio que no deseaba tener hijos. Se casaron al finalizar sus estudios secundarios y se matricularon juntos en la Universidad de Columbia; pero cuando ella quedó embarazada, él no quiso saber nada del asunto.

–Líbrate de él.

Su expresión era más dura que la roca y Mel recordaba todavía su tono implacable.

–No pienso hacerlo. Es nuestro hijo… no está bien…

–Tampoco está bien destrozar nuestras vidas.

Y, en su lugar, decidió destrozar la de Melanie. Se fue de vacaciones a México con otra chica y, al volver, le anunció que se iban a divorciar. Falsificó la firma de Melanie en los documentos y ella se aterrorizó tanto que no supo qué decir. Sus padres la instaron a que luchara, pero ella no creía poder hacerlo. Estaba demasiado dolida por el comportamiento de él y abrumada en exceso por la perspectiva de dar a luz sola a su hijo (luego resultó que fueron dos hijas). Sus padres la ayudaron durante algún tiempo y después se independizó, buscó trabajo e hizo de todo, de secretaria a vendedora de vitaminas a domicilio para unos laboratorios. Por último acabó como recepcionista en una cadena de televisión y de allí pasó a formar parte de un equipo de secretarias encargadas de mecanografiar las noticias.

Las gemelas crecieron sin contratiempos en medio de todo ello, pese a que la progresión de Mel no fue fácil ni rápida. Sin embargo, el hecho de mecanografiar día tras día lo que otras personas escribían le mostró su vocación. Las noticias políticas eran lo que más le interesaba. Lo que ella quería era ser redactora del noticiario. Solicitó aquel trabajo miles de veces y, por fin, comprendió que en Nueva York no lo iba a conseguir. Fue a Buffalo, después a Chicago y otra vez a Nueva York, donde al fin consiguió un trabajo de redactora para el noticiario. Hasta que hubo una importante huelga y, de repente, alguien de la dirección se fijó en ella y con un gesto del pulgar le indicó el camino del estudio. Se sintió aterrorizada, pero no tuvo más remedio que obedecer. O hacía lo que le mandaban o se largaba, y eso no se lo podía permitir. Tenía dos hijitas que mantener, el padre jamás le había pasado un céntimo y se había dedicado a darse la gran vida, dejando que Mel se las arreglara sola. Y lo había hecho. Sin embargo, lo único que deseaba era tener lo suficiente para ellas; nunca había acariciado sueños de gloria ni aspirado a presentar las noticias que ella misma redactaba, pero de pronto se encontró allí, ante las cámaras de televisión, y lo más curioso era que le resultaba agradable.

Más adelante la enviaron a Filadelfia, después a Chicago durante una temporada, a Washington y, finalmente, a casa. Los jefes opinaban que le habían proporcionado una buena preparación y no andaban muy equivocados. Lo hacía todo muy bien. Tenía fuerza e interés, y era agradable verla en la pantalla. Parecía combinar la honradez con la comprensión y la inteligencia, hasta tal punto que uno se olvidaba a veces de su belleza. A los veintiocho años ya estaba muy cerca de la cumbre como presentadora auxiliar del noticiario de la noche. A los treinta años rescindió el contrato y pasó a otro programa, y, de repente, lo consiguió: presentadora única del noticiario de la noche. Los índices de popularidad empezaron a subir y no habían dejado de hacerlo desde entonces.

Se había dedicado a trabajar sin descanso y tenía bien merecida la fama de mejor presentadora de noticiarios. Además, por si fuera poco, la apreciaban. En aquellos momentos se sentía segura. Los días de penuria, las luchas y los esfuerzos habían quedado atrás, y de haber vivido sus padres se hubieran sentido muy orgullosos; ella se preguntaba de vez en cuando qué debía pensar el padre de las gemelas, si lamentaba lo que había hecho o si realmente le importaba. Jamás volvió a tener noticias suyas. Pero él le había dejado una huella, una huella que se había borrado un poco, sin llegar a desaparecer del todo. Una huella de cautela cuando no de dolor, un miedo a confiar y acercarse demasiado, a apreciar demasiado a otra persona... con excepción de las gemelas. Eso la había arrastrado a algunas relaciones desafortunadas con hombres que se sentían atraídos por quien era o que utilizaban su fría distancia para jugar un poco. La última vez había sido con un hombre casado. Al principio, a Mel le pareció ideal porque él tampoco quería nada. Mel no pensaba volver a casarse. Tenía todo lo que ambicionaba: éxito, seguridad, sus hijas y una casa magnífica.

–¿Para qué necesito casarme? –le dijo a Grant, que la miró con escepticismo.

–Tal vez no lo necesites, pero al menos busca a alguien que sea libre –insistió él.

–¿Por qué? ¿Dónde está la diferencia?

–La diferencia, cariño, está en que acabarás pasando las Navidades, fiestas, cumpleaños y fines de semana sola mientras él se encuentra feliz en compañía de su esposa e hijos.

–Puede que sí. Pero yo soy algo especial para él. Soy el caviar, no la salsa a la vinagreta.

–Te equivocas, Mel. Vas a sufrir.

Y Grant tuvo razón. Acabó sufriendo por todas las razones que él le había apuntado y, tras una terrible separación, Melanie pasó varias semanas ojerosa y maltrecha.

–La próxima vez hazle caso a tío Grant. Sé lo que me digo.

Él sabía muchas cosas; sobre todo, con cuánto cuidado había levantado una muralla a su alrededor. La conocía desde hacía casi diez años, cuando ella estaba subiendo. Grant comprendió enseguida que se encontraba ante una brillante estrella que despuntaba en el firmamento de los noticiarios de televisión, pero, además, la apreciaba como persona y como amiga. La apreciaba lo suficiente como para no intentar estropear la amistad que los unía. Ambos habían procurado no pasar al terreno de las intimidades. Él se había casado en tres ocasiones, tenía todo un rosario de «eventuales» con quienes gustaba de pasar las noches, pero Mel representaba mucho más que todo eso para él. Era su amiga y él era el amigo de Mel, y le importaba mucho no traicionar aquella confianza. La habían traicionado varias veces y él no quería ser el hombre que volviera a lastimarla.

–La verdad es que casi todos los hombres son una mierda, cariño –le dijo él una noche a última hora, tras hacerle una entrevista de lo más divertido en su propio programa.

Después fueron a tomar una copa juntos y estuvieron charlando en Elaine's hasta las tres de la madrugada.

–¿Por qué lo dices?

La mirada de Mel se tornó de repente distante y cautelosa. Ella conocía a un hombre que sí lo era, pero le parecía siniestro pensar que todos fueran así.

–Pocos son los que quieren dar tanto como reciben. Quieren que una mujer les ame en cuerpo y alma, pero ellos siempre se reservan una importante parcela de sí mismos. Lo que tú necesitas es un hombre que te dé tanto amor como el que tú estás dispuesta a dar.

–¿Qué te hace suponer que me queda tanto amor en conserva?

Mel trató de hacerse la graciosa, pero Grant no se dejó engañar. La antigua herida estaba allí, lejana, pero no había desaparecido del todo. Él se preguntó si desaparecería alguna vez.

–Te conozco, Mel. Mejor que tú misma.

–¿Y crees que estoy suspirando por encontrar al hombre de mis sueños? –Esta vez ella rió y él esbozó una sonrisa.

–No. Creo que te mueres de miedo ante la posibilidad de encontrarlo.

–Has dado en el blanco.

–Podría ser beneficioso para ti.

–¿Por qué? Estoy a gusto sola.

–Tonterías. Nadie lo está realmente.

–Tengo a las gemelas.

–Eso no es lo mismo.

–Tú eres feliz solo –dijo ella, encogiéndose de hombros.

Le miró a los ojos sin estar segura de lo que iba a descubrir y se asombró al ver un atisbo de soledad. Eso era algo que salía por la noche, como un hombre lobo que permaneciera oculto durante el día. Hasta el ilustre Grant era humano.

–Si fuera tan feliz solo, no me hubiera casado tres veces.

Ambos se echaron a reír, la velada fue pasando y, al final, él la dejó en la puerta de su casa con un paternal beso en la mejilla. De vez en cuando, Mel se preguntaba qué tal serían unas relaciones con él, pero sabía que eso echaría a perder su amistad y ambos querían evitarlo: se sentían demasiado a gusto.

En el pasillo exterior de su despacho le miró muy cansada, pero alegrándose de ver su rostro al finalizar aquel largo día. Él le daba algo que ninguna otra persona le daba. Las gemelas eran todavía tan jóvenes que necesitaban de ella una constante atención, amor, disciplina, límites, nuevos patines de hielo, pantalones vaqueros de alta costura... Él, en cambio, daba a su alma algo que nadie más le daba.

—Te prometo tomarme esta hamburguesa contigo mañana por la noche.

—No puedo –dijo él, sacudiendo pesaroso la cabeza–. Tengo una cita fantástica con una hembra sensacional.

Mel puso los ojos en blanco y él esbozó una sonrisa.

—Eres el hombre más machista que conozco.

—Pues sí.

—Y encima te enorgulleces de ello.

—Tienes muchísima razón.

Ella sonrió y consultó su reloj.

—Será mejor que me largue a casa si no quiero que Raquel cierre la puerta y me deje fuera, con lo tirana que es.

Tenía la misma ama de llaves desde hacía siete años. Raquel era estupenda para las niñas, pero su carácter era muy severo. Apreciaba muchísimo a Grant y llevaba años tratando de convencer a Mel de que iniciara unas relaciones amorosas con él.

—Dale recuerdos a Raquel de mi parte.

—Le diré que tú has tenido la culpa de mi retraso.

—Muy bien, y mañana te daré una lista de cirujanos cardíacos. ¿Estarás por ahí?

–Sí.

–Te llamaré.

–Gracias.

Le envió un beso con la mano y él se alejó mientras ella entraba en su despacho, echando un rápido vistazo al reloj al tiempo que recogía el bolso. Eran las siete y media y a Raquel le iba a dar un ataque. Bajó corriendo a la calle y paró un taxi que en quince minutos la dejó en la calle Setenta y nueve.

–¡Ya estoy aquí! –gritó en medio del silencio mientras cruzaba el recibidor.

Un delicado papel floreado revestía las paredes, y las baldosas eran de mármol blanco. Cuando alguien entraba en la casa, percibía una atmósfera acogedora y elegante, y los brillantes colores, los grandes jarrones con flores y los toques de amarillo y pastel que se observaban por doquier producían una inmediata sensación de bienestar. A Grant Buckley le hacía mucha gracia aquella casa. Se notaba que era la casa de una mujer. Si un hombre la hubiera querido convertir en su hogar, habría tenido que volver a decorarla de arriba abajo. En el recibidor había un sombrerero antiguo lleno de sombreros de Mel junto con algunos de los preferidos por las chicas.

El salón estaba decorado en suaves tonos melocotón con mullidos y acogedores sofás tapizados de seda y delicados cortinajes de moaré que colgaban formando unos bonitos pliegues con cordones franceses; las paredes eran del mismo tono melocotón con un reborde color crema en las molduras y delicadas pinturas al pastel. Melanie se arrellanó en el sillón, lanzando un suspiro de alivio en medio de aquel decorado que tan bien conjugaba con su lechosa piel y su brillante cabello rojizo. Su alcoba estaba decorada en suaves tonos azules y moarés, en el comedor dominaba el blanco y los colores de la cocina eran anaranjado, amarillo y azul. El hogar de Melanie irradiaba felicidad e infundía en la gente el deseo de quedarse allí, paseando por las habitaciones. Era elegante, pero no en exceso; lujoso, pero no hasta el punto de que uno temiera sentarse.

Era una casa pequeña, pero perfecta para ellas, con el salón, el comedor y la cocina en la planta baja; el dormitorio de Mel, su estudio y el cuarto de vestir en el piso de arriba y dos grandes y soleados dormitorios para las niñas en el otro piso. No había ni un solo centímetro desaprovechado y una habitación de más hubiera sido excesiva. Era justo el tamaño que ellas necesitaban, como Melanie comprendió cuando la vio y se enamoró inmediatamente de ella.

Subió corriendo a las habitaciones de las gemelas sin apenas percatarse del ligero dolor que experimentaba en la espalda. Había sido un día terriblemente largo. No pasó por su alcoba, sabiendo lo que iba a encontrar allí: un montón de correspondencia que no quería ver –sobre todo, facturas relacionadas con sus hijas– y sabía Dios cuántas cosas más. En aquellos momentos eso no le interesaba. Quería ver a las gemelas.

Al llegar al segundo piso encontró ambas puertas cerradas, pero el volumen de la música estaba tan alto que su corazón empezó a latir aceleradamente a media escalera.

–¡Por Dios, Jess! –gritó Melanie en medio de aquel fragor–. ¡Apaga eso!

–¿Qué?

La alta y delgada pelirroja se volvió hacia la puerta desde la cama en que se encontraba tendida.

Había libros escolares esparcidos por doquier y estaba hablando por teléfono. Saludó a su madre con la mano y siguió pegada al aparato.

–¿No tienes exámenes?

Un silencioso movimiento de cabeza y Melanie empezó a enojarse. Jessica siempre había sido la más seria de las gemelas, pero últimamente estaba empezando a fallar en los estudios. Se sentía aburrida, y su idilio de aquel año acababa de irse a pique, pero aquello no era una excusa y tenía que estudiar más que nunca con vistas a los próximos exámenes.

–Vamos, cuelga ya, Jess. –Melanie se apoyó en el escritorio con los brazos cruzados y Jessica pareció molestarse ligeramente, dijo algo ininteligible a su interlocutor telefónico y colgó, mirando a su madre como si la considerara no sólo exigente en demasía sino también maleducada–. Y ahora apaga eso.

La muchacha desenroscó sus largas piernas de potrillo, se levantó de la cama y se acercó al estéreo, alisándose hacia atrás la larga melena cobriza.

–Me estaba tomando un descanso.

–¿Y cuánto va a durar?

–Por el amor de Dios, ¿qué quieres que haga? ¿Que marque con una tarjeta en un reloj?

–Eso no es justo, Jess. Puedes divertirte todo lo que haga falta. Pero la verdad es que tus últimas notas…

–Lo sé, lo sé. ¿Cuántas veces lo voy a tener que oír?

–Todas las que haga falta hasta que mejores. –Melanie se mostró inflexible.

Jessica estaba muy irritable desde su ruptura con un muchacho llamado John, lo cual era probablemente la causa de sus malas notas, y eso que los estudios tenían para ella gran importancia. Pero Melanie intuía que las cosas se estaban arreglando. De todos modos, no quería aflojar la presa hasta estar segura:

–¿Qué tal día has tenido? –preguntó, rodeando los hombros de su hija con el brazo mientras con la otra mano le acariciaba el cabello.

La música había cesado y reinaba en la habitación un extraño silencio.

—Bastante bueno. ¿Y tú?

—No ha estado mal.

Jessie sonrió. Cuando sonreía, se parecía mucho a Melanie de chica. Era más delgada que su madre y ya medía cinco centímetros más que ella descalza, pero ambas tenían muchas cosas en común y eso explicaba el extraño nexo que las unía: algunas veces sobraban incluso las palabras; otras, en cambio, su amistad estallaba debido a las excesivas semejanzas.

—He visto tu reportaje sobre la legislación de los disminuidos físicos, en el noticiario de la noche.

—¿Qué te ha parecido?

A Melanie siempre le interesaba saber lo que pensaban sus hijas, sobre todo Jess. Era muy inteligente y no se andaba con rodeos, a diferencia de su hermana, que era más amable, menos crítica y más suave en todos los sentidos.

—Bien, pero no lo suficientemente duro.

—Eres muy difícil de contentar.

Pero los patrocinadores también lo eran.

Jessica la miró sonriente y se encogió de hombros.

—Tú me enseñaste a poner en tela de juicio lo que oyera y a ser exigente con las noticias.

—¿De veras?

Se intercambiaron una afectuosa sonrisa. Mel estaba orgullosa de Jess, que a su vez también lo estaba de ella. Ambas gemelas lo estaban. Era una madre estupenda. Las tres habían compartido años muy duros, lo cual las había unido en el respeto y en su actitud.

Madre e hija se intercambiaron otra larga mirada. En cierto modo, Melanie era algo más cariñosa que su hija. Pero pertenecía a otra generación, a otra vida, a un mundo distinto. Y, para su época, Melanie ya había llegado muy lejos. Pero Jessica iría todavía más allá, avanzaría con más decisión que Mel.

—¿Dónde está Val?

–En su habitación.

Melanie asintió.

–¿Qué tal van las cosas en la escuela?

–Bien. –Jessica parecía un poco cabizbaja y, adivinando los pensamientos de su madre, volvió a mirarla a los ojos–. Hoy he visto a John.

–¿Y?

–Me ha dolido.

Melanie asintió con la cabeza y se sentó en la cama, alegrándose de aquella mutua sinceridad.

–¿Qué ha dicho?

–Simplemente «hola». No sé, dicen que sale con otra chica.

–Qué le vamos a hacer.

Había transcurrido casi un mes y Melanie sabía que era el primer golpe duro que encajaba su hija desde que empezó a ir a la escuela. Siempre en los primeros puestos de la clase, rodeada de amigos y cortejada por los mejores chicos desde que tenía trece años. Poco antes de cumplir los dieciséis, había sufrido su primer desengaño amoroso y Melanie se afligió casi tanto como la propia Jess.

–Pero lo que no has de olvidar es las veces que te sacaba de quicio.

–Ah, ¿sí? –dijo Jessica muy asombrada.

–Sí, señora. ¿Recuerdas cuando se presentó con una hora de retraso para acompañarte al baile? ¿Y la vez que se fue a esquiar con sus amigos en lugar de llevarte al partido de fútbol? ¿Y la vez que...?

Melanie parecía recordarlo todo y conocía muy bien la vida de sus hijas.

–De acuerdo, de acuerdo –dijo Jessica sonriendo–, es un cerdo... pero de todos modos me gusta...

–¿Te gusta él o te gusta tener a alguien junto a ti?

Hubo un momento de silencio. Jessica miró a su madre sorprendida.

—Pues mira, mamá… No estoy muy segura. —Parecía asombrada. La incertidumbre era una novedad para ella.

—No te sientas sola —dijo Melanie, sonriendo—. La mitad de las relaciones de este mundo siguen adelante únicamente por eso.

Entonces Jessica la miró y vio que mantenía la cabeza apartada; sabía que su madre tenía normas muy rígidas, que había sufrido mucho y que evitaba las relaciones con los hombres. A veces Jess lo lamentaba. Su madre necesitaba a alguien. Hubo un tiempo en que ella esperó que pudiera ser Grant, pero ahora ya sabía que eso no iba a ocurrir. Antes de que pudiera añadir algo más, se abrió la puerta y entró Valerie.

—Hola, mamá —dijo. Al ver lo serias que estaban, añadió—: ¿Queréis que me vaya?

—No —Melanie se apresuró a sacudir la cabeza—. Hola, cariño.

Valerie se inclinó sonriente para darle un beso. No se parecía lo más mínimo a Melanie ni a Jess, y más de uno hubiera pasado por alto su parentesco. Era más baja que Melanie y que su hermana gemela, y tenía un cuerpo voluptuoso que dejaba boquiabiertos a los hombres: busto exuberante, cintura delgada, pequeñas y redondas caderas, piernas torneadas y una cortina de cabello rubio que casi le llegaba a la cintura. Algunas veces, al ver las reacciones de los hombres ante su hija, Melanie casi se estremecía. Incluso Grant se había quedado de una pieza al verla recientemente.

—Por el amor de Dios, Mel, ponle a la chica un saco por la cabeza hasta que cumpla los veinticinco si no quieres volver loco a todo el barrio.

Pero Melanie contestó con una triste sonrisa:

—No creo que ponerle un saco por la cabeza pudiera servir de algo.

Vigilaba a Valerie más que a Jess, porque Valerie era

más abierta y excesivamente ingenua. Val era lista, pero no tan inteligente como su hermana y parte de su encanto consistía en que no se percataba del efecto que producía. Entraba y salía de una habitación con la despreocupada soltura de una niña de tres años y seguía su camino, dejando a los hombres jadeantes a su paso. Era Jessica la que siempre la vigilaba en la escuela, y en aquel momento más que nunca. Jessica sabía muy bien la sensación que causaba su hermana, y por esta razón Valerie tenía dos madres que la vigilaban.

—Te hemos visto esta noche en el noticiario. Has estado muy bien.

Sin embargo, a diferencia de Jessica, no dijo por qué, no analizó, no criticó y, curiosamente, por su forma de pensar, Jessica resultaba casi más bonita que su deslumbrante hermana. Juntas formaban una extraña pareja: la una pelirroja, alta y delgada y la otra voluptuosa, suave y rubia.

—¿Vas a cenar con nosotras?

—Pues claro que sí. Acabo de rechazar una cena con Grant…

—¿Y por qué no le has traído a casa? –preguntó Val, disgustándose de inmediato.

—Porque a veces me gusta estar a solas con vosotras. A él le puedo ver en otra ocasión.

Val se encogió de hombros, Jessica asintió y, en aquel momento, Raquel las llamó por el teléfono interior. Val respondió «Muy bien», colgó y se dirigió a su madre y hermana.

—La cena ya está lista. Raquel parece cabreada.

—¡Val! –exclamó Melanie con expresión de reproche–. No hables así.

—¿Y por qué no? Todo el mundo lo hace.

—No es razón suficiente para que tú lo hagas también.

Las tres bajaron al comedor, conversando animadamente acerca de su jornada. Mel les habló del programa especial sobre los malos tratos a los niños e incluso mencionó a Pattie Lou Jones, para quien ella iba a organizar un trasplante de corazón.

—¿Y cómo piensas hacerlo, mamá? —preguntó Jess. Le encantaban aquellas historias y pensaba que su madre hacía unos reportajes estupendos.

—Grant me ha dicho que me facilitará algunos nombres. El año pasado hizo un programa sobre cuatro grandes especialistas en trasplantes y el equipo de investigación de la cadena me proporcionará algunas pistas.

—Será un buen reportaje.

—A mí me parece asqueroso —dijo Val, haciendo una mueca.

Entraron en el comedor y Raquel las miró enfurecida.

—¿Os habéis creído que voy a esperar toda la noche? —dijo soltando un bufido y desapareciendo tras la puerta oscilante mientras las tres se intercambiaban una sonrisa.

—Se volvería loca si no pudiera quejarse —murmuró Jessica y las tres se rieron, adoptando de nuevo una actitud muy seria al ver regresar a Raquel con una bandeja de rosbif.

—¡Tiene muy buen aspecto, Raquel! —se apresuró a decirle Val mientras se servía una ración.

—Brrrr.

Raquel se retiró y regresó con patatas asadas y bróculi al vapor mientras las tres se disponían a pasar una tranquila velada en casa. Para Mel era el único lugar en que podía librarse total y absolutamente de las noticias.

3

—¿Sally…? ¿Sally?

La muchacha pasó todo el día perdiendo y recupe-
rando el conocimiento y Peter Hallam entró a verla cinco o seis veces. Era apenas el segundo día posoperato-
rio y aún no se podía decir cómo iba a resultar, pero
Peter no tenía más remedio que admitir que no estaba
satisfecho. La joven abrió finalmente los ojos, le reconoció y le saludó con una afectuosa sonrisa mientras él
acercaba una silla, se sentaba y le tomaba la mano.

—¿Cómo te encuentras hoy?

—No muy bien —contestó ella en un susurro.

—Es todavía muy pronto —dijo él, asintiendo—.
Cada día que pase, te sentirás más fuerte. —Quería infundirle fuerza, pero ella movió lentamente la cabeza—. ¿Te
he mentido acaso alguna vez?

La chica volvió a sacudir la cabeza, y a pesar de la
molestia de la sonda que le rozaba la parte posterior de
la garganta, dijo:

—No resultará.

—Si tú quieres, sí.

Peter se enfadó. La chica no podía pensar así en
aquel momento.

—Lo voy a rechazar —musitó la joven.

Pero él movió la cabeza con obstinación mientras se

le contraía un músculo de la mandíbula. Maldita sea, ¿por qué se daba por vencida? ¿Y cómo lo sabía…? Era lo que había estado temiendo todo el día. Pero ella no podía abandonar la lucha… no podía… maldita sea. Era como Anne: ¿por qué perdían de repente el dominio de sí mismas? Era la peor batalla que tenía que librar, peor que la de los medicamentos, el rechazo o las infecciones. Se podía hacer frente a todas estas cosas, por lo menos hasta cierto punto, pero sólo en caso de que el paciente aún tuviera voluntad de vivir… creyera que iba a vivir. Sin eso, todo estaba perdido.

–Sally, lo estás haciendo muy bien.

Las palabras eran decididas y firmes, y él se pasó sentado junto a su lecho más de una hora, tomándole la mano. Después fue a pasar visita a todas las habitaciones, prestando atención a cada paciente, dedicando todo el tiempo necesario para explicar el procedimiento quirúrgico que iba a seguir o bien lo que ya se había hecho, lo que ellos sentían y por qué lo sentían, el efecto que habían producido los medicamentos y los esteroides. Al acabar, regresó de nuevo a la habitación de Sally, pero ésta se había dormido otra vez y él permaneció largo rato de pie, contemplándola. No le gustó lo que vio. La chica no estaba bien; Peter lo intuía en su fuero interno. Su cuerpo rechazaba el corazón del donante sin motivo aparente. Era una víscera muy apropiada para ella. Pero él intuyó que había llegado demasiado tarde y, al salir de la habitación, experimentó una dolorosa sensación de pérdida inminente.

Se dirigió a la pequeña salita que utilizaba como despacho cuando estaba allí y llamó a su consultorio por si le necesitaban.

–Todo va bien, doctor –contestó la eficiente voz–. Le acaban de llamar de Nueva York.

–¿Quién? –No le interesaba la llamada. Debía ser

otro cirujano que deseaba consultarle un caso difícil, pero él tenía el pensamiento puesto en Sally Block y pensaba que aquello podía esperar.

—Melanie Adams, del noticiario del Canal Cuatro.

Incluso Peter sabía quién era, a pesar de lo aislado que a veces vivía del mundo. No acertaba a imaginar por qué le habría llamado.

—¿Sabe qué quiere?

—No lo ha dicho, o por lo menos, no ha concretado. Sólo ha dicho que era urgente, algo sobre una niña.

Peter arqueó una ceja al oírlo. Incluso las presentadoras de televisión tenían hijos y cabía la posibilidad de que se tratara de una hija suya. Anotó el número que ella había dejado, miró el reloj y marcó.

Le pasaron enseguida la comunicación y Melanie cruzó corriendo media sala de redacción para ponerse al aparato.

—¿Doctor Hallam? —preguntó casi sin resuello, con voz profunda y firme.

—Sí. Me han dejado recado de que había llamado.

—Sí. No esperaba poder hablar con usted tan pronto. Nuestro departamento de investigación me ha proporcionado su nombre.

Ella había oído hablar de él muy a menudo, pero, puesto que vivía en la costa Oeste, no se le ocurrió llamarle y los cuatro nombres que Grant la facilitó no sirvieron de nada. Ninguno de ellos se mostró dispuesto a intervenir a la chiquilla negra. La publicidad les asustaba demasiado y la intervención tenía que ser gratuita. Melanie llamó también a un cirujano bastante famoso de Chicago, pero se encontraba realizando una gira de conferencias por Inglaterra y Escocia. Le explicó rápidamente al doctor Hallam el caso de la niña y él le hizo varias preguntas que ella ya supo contestar. Hablando con los otros cuatro médicos había aprendido muchas cosas.

–Parece un caso interesante –dijo él. Después añadió sin rodeos–: ¿Qué gana usted con ello?

Melanie respiró hondo: era difícil decirlo.

–A primera vista, doctor, un reportaje para mi cadena sobre un médico compasivo, una niñita muy enferma y la eficacia de los trasplantes.

–Me parece muy bien. Pero no estoy seguro de que me guste demasiado la faceta publicitaria. Y es tremendamente difícil encontrar un donante para un niño. Lo más probable es que intentáramos hacer con ella otra cosa un poco más insólita.

–¿Como qué? –preguntó Mel, muy intrigada.

–Depende de lo grave que esté. Me gustaría verla primero. Es posible que le «arreglemos» el corazón y se lo volvamos a colocar.

Mel frunció el entrecejo, imaginándose la sensación que ello iba a causar.

–¿Y eso da resultado?

–A veces. ¿Piensan sus médicos que podría sobrevivir al viaje?

–No lo sé. Tendré que preguntarlo. ¿De veras estaría usted dispuesto a hacerlo?

–Quizá. Por ella, no por usted.

Su voz adquirió nuevamente un tono brusco, pero Mel no se lo reprochó. Él se ofrecía a operar a la niña, pero no quería convertirse en un espectáculo del noticiario. Eso le honraba.

–¿Querría concedernos una entrevista?

–Sí –contestó él sin vacilar–. Pero quiero dejar bien claro de una vez por todas por qué estaría dispuesto a hacerlo. Soy un médico cirujano entregado por entero a su trabajo. No me gustaría que eso se convirtiera en un circo para ninguno de nosotros.

–Yo a usted no le haría eso. –Peter había visto sus reportajes en la televisión y pensó que era sincera–. Pero me gustaría entrevistarle. Y si usted le hiciera el trasplante a Pattie Lou, podríamos realizar un reportaje muy interesante.

–¿Sobre qué? ¿Sobre mí?

Pareció aterrarse, como si jamás hubiera pensado en tal cosa, y Mel esbozó una sonrisa. ¿Sería posible que no se percatara de lo famoso que era? A lo mejor estaba tan enfrascado en su trabajo que ni se enteraba. O no le importaba. Aquella posibilidad la intrigó.

–Sobre la cirugía cardíaca y los trasplantes en general, si usted prefiere.

–Lo preferiría.

Ella advirtió una sonrisa en su voz y siguió adelante.

–Se podría arreglar. ¿Y qué me dice de Pattie Lou?

–Déme el nombre de su médico. Le llamaré y veré qué puedo averiguar. Si se puede operar, que me la envíen y ya veremos –advirtió. Después se le ocurrió otra cosa–: ¿Estarán de acuerdo sus padres?

–Creo que sí. Pero también tendré que hablar con ellos. Yo soy aquí la que lo organiza todo.

–Eso parece. Bueno, por lo menos es para una buena causa. Confío en que podamos ayudar a la niña.

–Yo también. –Hubo un instante de silencio y Mel experimentó la mágica sensación de que ella y Pattie Lou habían caído en buenas manos–. ¿Quiere que yo le vuelva a llamar o me llamará usted a mí?

–Tengo aquí un caso muy grave. La llamaré yo.

Y, de repente, él volvió a ponerse muy serio, como si estuviera preocupado. Mel le dio nuevamente las gracias y momentos después él colgó.

Aquella tarde, Melanie se fue a visitar a los Jones y a su hijita enferma, pero Pattie Lou era una chiquilla muy animosa y sus padres se alegraron mucho de recibir aquel rayo de esperanza que Mel les ofrecía. Sus menguados recursos bastaban para pagar el pasaje de avión a Los Ángeles para uno de los progenitores, y el padre de la niña instó inmediatamente a su mujer a que ella la acompañara. Había otros cuatro hermanos, todos mayores que la niña enferma del corazón, y el señor Jones estaba seguro de que podrían arreglárselas muy bien. La señora Jones lloró y los ojos de su marido se empañaron cuando ambos se despidieron de Mel. Ésta regresó a su despacho y, al cabo de dos horas, el doctor Peter Hallam la volvió a llamar. Había hablado con los médicos de Pattie Lou y, en opinión de éstos, merecía la pena correr el riesgo del viaje. Era la única esperanza que le quedaba a la niña. Y Peter Hallam estaba dispuesto a encargarse del caso.

Tras haber visto a Pattie Lou aquella tarde, los ojos de Mel se llenaron de lágrimas y tenía la voz ronca cuando volvió a hablar.

—Es usted un hombre muy amable.

—Gracias —dijo Peter sonriendo—. ¿Cuándo cree usted que podría hacer el viaje?

—No estoy segura. La cadena se encargará de todos los detalles. ¿Cuándo desea usted que vaya?

—Según lo que me han dicho sus médicos, no creo que mañana fuera demasiado pronto.

—Veré qué puedo hacer. —Melanie consultó el reloj, era casi la hora del noticiario de la noche—. Le llamaremos dentro de unas horas... Ah, doctor Hallam... muchas gracias.

—No me las dé. Eso forma parte de mi trabajo. Y espero que todo quede bien claro. Intervendré gratuitamente a la niña, pero no habrá cámaras de televisión junto al quirófano. A usted le concederé una entrevista cuando todo haya terminado. ¿De acuerdo?

—De acuerdo —contestó ella, pero después no pudo resistir la tentación de ampliar un poco el campo. Tenía obligaciones con la cadena y los patrocinadores—. ¿Podríamos entrevistarle acerca de otros casos?

—¿En qué sentido? —Ahora el médico empezaba a recelar.

–Me gustaría hacer un reportaje sobre trasplantes de corazón mientras yo estuviera con usted, doctor. ¿Le parece bien?

Quizá el doctor Hallam la miraba con cierta prevención. Esperaba que no fuera así, pero nunca se sabía. A lo mejor no le gustaba su manera de presentar el noticiario de la noche. Al fin y al cabo, éste se transmitía a California y ella no podía serle totalmente desconocida y, como es lógico, no se lo era. Sus temores resultaron ser infundados porque finalmente él accedió.

–Pues claro. Me parece muy bien.

Hubo un momento de silencio y después él dijo:

–Es extraño que una vida humana pueda considerarse un reportaje.

Estaba pensando en Sally, al borde de un rechazo total. Ella no era un «reportaje», era una chica de veintidós años, un ser humano como la niña de Nueva York.

–Tanto si lo cree como si no, al cabo de tantos años, a mí también se me hace difícil pensarlo. –Respiró hondo, preguntándose si él la consideraba una persona insensible. Sin embargo, el mundo de las noticias era así algunas veces–. Me pondré en contacto con usted más tarde y le diré cuándo salimos.

–Dispondré todo lo necesario para recibirla.

–Gracias, doctor.

–Ése es mi trabajo, no tiene que darme las gracias, señorita Adams.

A Mel le pareció que aquella tarea era más noble que la de dar noticias y hacer reportajes y, tras colgar el aparato, pensó en todo lo que él le había dicho mientras disponía lo necesario para que Pattie Lou Jones y su madre se trasladaran a California. En menos de una hora se encargó de todo, desde la ambulancia que iba a trasladar a la niña de su casa al aeropuerto hasta el servicio especial durante el vuelo, la enfermera acompañante pagada por la cadena, el equipo de filmación que las acompañaría a California, otro equipo de filmación que las iba a seguir en California y las reservas de hotel para ella, la madre de Pattie Lou y los miembros del equipo de televisión. Ahora sólo restaba comunicárselo a Peter Hallam, y Melanie dejó recado en la centralita, pero no pudo hablar con él cuando le llamó varias horas más tarde. Aquella noche les dijo a las gemelas que se tendría que ir a California unos días.

—¿Para qué?

Como de costumbre, Jessica fue la primera en preguntárselo y ella les contó la historia a sus hijas.

—Vaya, mamá, te estás convirtiendo en una auténtica enfermera.

Val la miró con expresión divertida y Mel lanzó un suspiro de cansancio.

—Eso me considero esta noche. De todos modos, puede ser un buen reportaje.

Otra vez la palabra «reportaje» en relación con una vida humana. ¿Y si hubiera sido Valerie, o Jessie? ¿Qué hubiese sentido ella entonces? ¿Lo hubiera considerado también un «reportaje»? Se estremeció ante aquella idea y comprendió de nuevo la reacción de Peter Hallam. Se preguntó también cómo sería cuando le conociera, si se mostraría amable y dispuesto a colaborar o si resultaría terriblemente egocéntrico. Por teléfono no lo parecía, pero Melanie sabía que casi todos los cirujanos cardíacos tenían fama de serlo. No obstante, él le había parecido distinto. Sin haberle visto, le había gustado y agradeció profundamente su buena disposición para ayudar a Pattie Lou Jones.

—Pareces cansada, mamá.

Vio que Jessica la estaba mirando fijamente.

—Y lo estoy.

—¿A qué hora te irás mañana?

Sus hijas estaban acostumbradas a sus idas y venidas y en su ausencia se encontraban a gusto con Raquel. Ésta siempre se quedaba con ellas cuando Mel se iba, y además sus ausencias raras veces eran prolongadas.

—Saldré de casa a eso de las seis y media. Nuestro vuelo es el de las nueve y me reuniré con el equipo de filmación frente a la casa de los Jones. Creo que me levantaré hacia las cinco.

—Brrrr.

Ambas hicieron una mueca y Mel las miró sonriente.

—Exactamente. No siempre es tan estupendo como parece, ¿verdad, chicas?

—Por supuesto —contestó Val.

Ambas muchachas conocían la verdad acerca de la profesión de Mel: sabían lo dura que era y la de veces que ella había estado aguardando ante la Casa Blanca aterida en medio de una tormenta de nieve, cubriendo horribles sucesos en selvas lejanas, asesinatos políticos y otros acontecimientos no menos espantosos. Ambas la respetaban por ello, pero no la envidiaban ni ansiaban ejercer la misma profesión. Val pensaba que simplemente le gustaría casarse y Jess quería dedicarse a la profesión médica.

Subió con ellas al piso de arriba después de cenar, hizo las maletas para su viaje a la costa Oeste y se acostó temprano. Grant la llamó cuando acababa de apagar la luz y le preguntó qué tal había resultado la lista de médicos que él le había facilitado aquella misma mañana.

—Ninguno de ellos quiso colaborar, pero el departamento de investigación me dio el número de Peter Hallam. Le he llamado a Los Ángeles y mañana emprenderemos el viaje.

—¿Tú y la niña? —preguntó él, sorprendido.

—Y su madre, y una enfermera y un equipo de filmación.

–Todo el circo.

–Creo que eso es lo que piensa Hallam.

De hecho, había utilizado aquella misma expresión.

–Me sorprende que haya accedido a hacerlo.

–Parece un hombre amable.

–Eso dicen. Desde luego, la publicidad no le hace falta para nada, aunque se mantiene a un nivel más discreto que los otros. Creo que lo hace deliberadamente. ¿Permitirá que se filme la intervención quirúrgica?

–No. Pero ha prometido concederme una entrevista después y nunca se sabe, es posible que cambie de opinión cuando estemos allí.

–Tal vez. Llámame cuando regreses, chiquilla, y procura no meterte en ningún lío.

Era su consejo habitual y Mel sonrió mientras volvía a apagar la luz minutos más tarde.

En el otro extremo del país, Peter Hallam no sonreía. Sally Block había sufrido un rechazo total y, en cuestión de una hora se hallaba en estado de coma. El doctor permaneció con ella hasta cerca de la medianoche, saliendo tan sólo para hablar con su madre y, al final, permitió que la atribulada mujer le acompañara al lado de Sally. Ya no había razón para que no lo hiciera. El temor a una infección ya no importaba y a la una de la madrugada, hora de Los Ángeles, Sally Block murió sin recobrar el conocimiento para ver a su madre o al médico en quien tanto había confiado. La madre abandonó la habitación en desconsolado silencio mientras las lágrimas rodaban por sus mejillas. La guerra de Sally había terminado. Y Peter Hallam firmó el certificado de defunción, regresó a casa y se fue a su estudio, donde permaneció sentado en la oscuridad más absoluta, contemplando la noche y pensando en Sally, en Anne y en tantas otras personas como ellas. Aún estaba allí sentado dos horas más tarde cuando Mel salió de casa para dirigirse al apartamento de los Jones en Nueva York. Peter Hallam no estaba pensando en Pattie Lou Jones en aquellos momentos, y tampoco en Mel Adams. Sólo pensaba en Sally, aquella preciosa muchacha rubia de veintidós años... ya muerta... como Anne... como tantos otros. Y entonces, sintiendo todo el peso del mundo, Peter se dirigió a su dormitorio y se sentó en la cama en silencio.

—Lo siento...

Las palabras las pronunció en un murmullo y ni siquiera estuvo seguro de a quién iban dirigidas: a su esposa, a sus hijos, a Sally, a sus padres, a sí mismo... y entonces asomaron las lágrimas a sus ojos y empezaron a resbalar suavemente por sus mejillas mientras permanecía tendido en la oscuridad, angustiado por lo que no había podido hacer aquella vez... Y, por fin, acudió a su mente Pattie Jones. No había más remedio que volver a intentarlo. Y algo en lo más hondo de su ser se conmovió ante aquella perspectiva.

4

El aparato despegó del aeropuerto Kennedy con
Mel, el equipo de filmación, Pattie Lou, la enfermera y
la madre de Pattie instalados en una sección separada de
primera clase. Pattie llevaba una sonda intravenosa y la
enfermera parecía muy experta en el cuidado de enfermos cardíacos. La había recomendado el propio médico de Pattie y Mel rezó para que no ocurriera ningún
percance antes de que llegara a Los Ángeles. Sabía que
una vez allí estarían en las competentes manos del doctor Peter Hallam, pero entonces pensaba en la pesadilla de tener que aterrizar en Kansas con una niña mo-
ribunda víctima de un paro cardíaco antes de poder ser
atendida por el especialista de California. Rezaba para
que eso no ocurriera, pero por suerte tuvieron un viaje
muy tranquilo y llegaron felizmente a Los Ángeles,
donde les aguardaban dos miembros del equipo de
Hallam con una ambulancia, por lo que Pattie Lou fue
trasladada inmediatamente al Center City con su madre. Por previo acuerdo con el doctor Hallam, Melanie
no debería reunirse con ellos. El médico deseaba que la
niña tuviera tiempo de instalarse sin interferencias y
había acordado reunirse con Mel en la cafetería a las
siete en punto de la mañana siguiente. Entonces le faci-
litaría información sobre el estado de Pattie Lou y so-

bre el tratamiento más aconsejable para ella. Podría llevar un cuaderno de notas y una grabadora, pero el equipo de filmación no iba a estar presente en la reunión. La entrevista oficial tendría lugar más adelante. Pero Mel se alegró de verse libre momentáneamente de aquella tensión y se fue al hotel. Llamó por teléfono a sus hijas, se duchó, se cambió de ropa y salió a pasear por los alrededores en una tibia atmósfera primaveral, sin dejar de pensar en Peter Hallam. Sentía muchos deseos de conocerle y, a las seis de la mañana, se levantó rápidamente y se dirigió al City Center en su automóvil de alquiler.

Melanie taconeó rítmicamente sobre el suelo de baldosas mientras giraba a la izquierda y bajaba por un interminable pasillo, pasando junto a dos empleados de la limpieza que arrastraban unos friegasuelos mojados. La contemplaron con admiración mientras se alejaba hasta que la vieron detenerse frente a la cafetería, leer el rótulo y abrir la puerta de doble hoja. La inundó el agradable aroma del café recién hecho y, al examinar la sala profusamente iluminada, se sorprendió de que hubiera tanta gente a aquella hora de la mañana.

Había enfermeras tomando café y desayunando entre turno y turno, internos que terminaban una larga noche con una comida caliente o un bocadillo y varios visitantes sentados tristemente junto a unas apartadas mesas (sin duda personas que habían permanecido toda la noche allí, aguardando noticias de parientes o amigos gravemente enfermos). Había una mujer que lloraba muy quedo y se enjugaba los ojos con un pañuelo mientras otra mujer se secaba también las lágrimas y trataba de consolarla. Era una extraña escena de contrastes: la silenciosa fatiga de los jóvenes médicos, la alegría y el parloteo de las enfermeras, la tristeza y la tensión de las personas que visitaban a los pacientes y, como trasfondo de todo ello, el rumor de las bandejas y del agua caliente que limpiaba los platos sucios en máquinas automáticas. Parecía el centro administrativo de una extraña ciudad moderna, el puesto de mando de una nave espacial que flotara en el espacio, totalmente aislada del resto del mundo.

Mientras miraba alrededor, Melanie se preguntó cuál de aquellas figuras enfundadas en bata blanca sería Peter Hallam. Había algunos hombres de mediana edad que lucían blancas batas almidonadas y conversaban solemnemente junto a una mesa mientras tomaban café y unos bollos, pero, por alguna razón, le pareció que ninguno de ellos podía ser Peter Hallam. Nadie se acercó a saludarla. Por lo menos, él sabría qué aspecto tenía ella.

–¿Señorita Adams?

La sobresaltó la voz a su espalda y giró en redondo.

–¿Sí?

–Soy Peter Hallam –dijo él, tendiéndole una mano firme y fría.

Mientras se la estrechaba, Melanie contempló el hermoso y bien cincelado rostro de un hombre de ojos azules y cabello gris cuya sonrisa asomaba a sus ojos sin llegar del todo a sus labios. Pese a la conversación telefónica que habían mantenido, no se parecía en nada a lo que ella había imaginado. Melanie se había forjado una imagen mental totalmente distinta. Era mucho más alto y tan fornido que sus hombros parecían querer salirse de la almidonada bata blanca que llevaba por encima de la camisa azul, corbata oscura y pantalones grises. Se adivinaba enseguida que había jugado al fútbol americano en sus años de estudiante.

–¿Hace mucho que espera?

–En absoluto –contestó, y le siguió a una mesa, sintiéndose menos dueña de sí misma de lo que hubiera deseado. Estaba acostumbrada a producir cierto impacto en la gente, pero entonces simplemente le parecía que estaba siendo arrastrada por aquel hombre. Había en él algo increíblemente magnético.

—¿Café?

—Sí, por favor.

Las miradas se cruzaron mientras cada uno de ellos se preguntaba qué iba a descubrir en el otro, si un amigo o un enemigo, un defensor o un contrincante. De momento, sin embargo, tenían una cosa en común, Pattie Lou Jones, y Mel deseaba preguntar por ella.

—¿Leche y azúcar?

—No, gracias.

Melanie hizo ademán de acompañarle al mostrador de servicio, pero él le indicó con la mano una silla vacía.

—No se preocupe. Vuelvo enseguida. Usted vigile la mesa. —Entonces él sonrió y ella se sintió inundada por una agradable sensación. Parecía un hombre amable y, un momento después, regresó portando una bandeja con dos humeantes tazas, dos vasos de zumo de naranja y unas tostadas—. No sabía si habría desayunado.

Se le veía básicamente honesto y considerado; y a Melanie le gustó.

—Gracias. —Le miró sonriendo y, sin poder contenerse, añadió—: ¿Cómo está Pattie Lou?

—Anoche se adaptó muy bien. Es una chiquilla muy valiente. Ni siquiera hizo falta que su madre se quedara con ella.

Mel intuía que ello se debía a la cordial acogida de Peter Hallam y su equipo, y no se equivocaba. El bienestar de sus pacientes revestía para él mucha importancia, lo cual era realmente insólito en un cirujano. Se pasó varias horas con Pattie para conocerla como persona, no como una simple ficha llena de datos. Puesto que Sally había muerto, Peter no tenía ningún otro paciente grave que atender y ya no pensaba en Sally sino únicamente en Pattie.

—¿Qué perspectivas tiene, doctor?

Mel deseaba conocer su opinión y esperaba que el pronóstico fuera bueno.

–Me gustaría decir que buenas, pero no lo son. Me parece que la situación se podría calificar de regular.

Mel asintió con expresión sombría y tomó un sorbo de café.

–¿Le hará un trasplante?

–Si tuviéramos un donante, lo cual no es probable. Los donantes para niños son muy escasos, señorita Adams. Creo que mi primera intención fue la más acertada. Ajustarle el corazón lo mejor que podamos y después acoplarle quizá una válvula de cerdo para sustituir la suya, que está muy deteriorada.

–¿Una válvula de cerdo? –La idea la inquietó un poco.

–Creo que sí –contestó él, asintiendo–, o quizá de oveja.

La utilización de válvulas de animales era cosa corriente desde hacía tiempo, por lo menos en el caso de Peter.

–¿Cuándo?

Él suspiró, entrecerró los ojos y empezó a pensar mientras ella le observaba.

–Hoy le vamos a hacer una serie de pruebas y la podríamos operar mañana.

–¿Es lo bastante fuerte como para sobrevivir?

–Creo que sí.

Las miradas de ambos volvieron a encontrarse y permanecieron fijas un instante. Era un negocio en el que no se podían ofrecer garantías. Las ganancias nunca eran seguras, sólo las pérdidas. Era duro vivir día a día de aquella manera y ella admiró lo que estaba haciendo. Sintió el impulso de decírselo, pero le pareció un comentario excesivamente personal y se abstuvo de hacerlo, prefiriendo centrarse en Pattie Lou y el reportaje. Al cabo de un rato, él la miró inquisitivamente. Se la veía tan interesada por el problema, tan humana. Era algo más que una simple reportera.

—¿Qué le va a usted en ello, señorita Adams? ¿Un simple reportaje o hay alguna otra cosa?

—Es una chiquilla muy especial, doctor. Resulta difícil no preocuparse por ella.

—¿Se preocupa usted siempre tanto por sus personajes? Debe ser agotador.

—¿Acaso no le ocurre a usted lo mismo? ¿No se preocupa usted por todos ellos, doctor?

—Casi siempre. —Estaba siendo muy sincero con ella y era fácil creer en sus palabras. El enfermo por quien él no se preocupara a fondo debía ser una excepción insólita. Mel ya lo había intuido. Entonces él la miró con curiosidad; ella le estaba observando con las manos cruzadas sobre el regazo—. No ha traído un cuaderno de notas. ¿Significa eso que está grabando la conversación?

—No. —Mel movió la cabeza y sonrió—. No llevo nada. Prefiero que nos conozcamos mejor.

—¿Por qué?

—Porque podré hacer un reportaje más interesante sobre su actividad en este hospital si aprendo algo acerca de usted. No con un cuaderno o una grabadora sino observando, escuchando, conociéndole.

Ella hacía bien las cosas y él lo intuyó. Era muy famosa, una auténtica estrella, una verdadera profesional con gran experiencia. Eso le gustaba mucho a Peter Hallam. Era como tener un rival que estuviera a la misma altura de uno en un deporte de competición; aquella emoción le indujo súbitamente a hacerle un ofrecimiento que no había previsto...

—¿Le gustaría acompañarme en mis visitas de esta mañana? Por su propio interés.

Los ojos de Melanie se iluminaron. Se sintió halagada por el inesperado ofrecimiento y abrigó la esperanza de haberse ganado su simpatía o, mejor aún, su confianza. Eso era importante para la buena marcha del reportaje.

–Me encantaría, doctor.

Trató de comunicarle con la mirada lo mucho que la había conmovido su ofrecimiento.

–Podría usted llamarme Peter.

–Siempre que usted me llame Mel.

Intercambiaron una sonrisa.

–De acuerdo. –Él le tocó el hombro al levantarse y ella se puso en pie de un salto, excitada por la perspectiva de acompañarle en sus visitas a los pacientes. Era una oportunidad insólita y estaba muy agradecida. Él se volvió a mirarla con una sonrisa mientras abandonaba la cafetería–. Mis pacientes se emocionarán mucho al verla aquí, Mel. Estoy seguro de que todos la han visto en televisión.

Por alguna razón, el comentario la sorprendió y le hizo sonreír.

–Lo dudo.

Su modestia provocaba jocosos comentarios por parte de quienes la conocían, sobre todo de Grant y las niñas.

Esta vez, Peter rió.

–No es usted precisamente una figura anónima, ¿sabe? Y los pacientes cardíacos también ven los noticiarios de televisión.

–Yo siempre pienso que la gente no me reconocerá lejos de las cámaras.

–Pues yo apuesto a que sí.

Volvió a sonreír y Melanie asintió. A él le intrigaba que el éxito no se le hubiera subido a la cabeza con los años. Esperaba encontrarse con una persona muy distinta.

–En cualquier caso, doctor Hallam –añadió ella–, aquí la estrella es usted, y con toda justicia.

En sus ojos brillaba una sincera admiración y entonces fue él quien adoptó una actitud de humildad.

–No soy una estrella, Mel –dijo en tono muy serio–. Simplemente trabajo aquí y formo parte de un equipo estupendo. Créame, mis pacientes se emocionarán más de verla a usted que a mí, y con toda justicia. Les será beneficioso ver una cara nueva.

Pulsó el botón de llamada del ascensor y, cuando éste llegó, marcó el sexto piso. Se vieron rodeados por un grupo de médicos en bata blanca y enfermeras con rostros muy despiertos. Era la hora del cambio de turno.

–¿Sabe una cosa? Siempre me han gustado sus puntos de vista y manera de enfocar los reportajes. –Hablaba en voz baja mientras el ascensor se iba deteniendo en cada piso. Mel observó que dos enfermeras la miraban discretamente–. Es usted muy franca y honrada en su profesión. Supongo que éste es el motivo de que haya accedido a su petición.

–Cualquiera que sea el motivo, me alegro de que lo haya hecho. Pattie Lou le necesita con desesperación.

Él asintió, como cabía esperar. Pero ahora había algo más. Había accedido a conceder una entrevista para un noticiario y minutos más tarde, mientras ambos permanecían sentados en su despacho del sexto piso, miró con sinceridad a Mel y trató de explicarle los riesgos y las dificultades de los trasplantes.

Le advirtió también de que, una vez finalizado el reportaje, tal vez se formara de ellos una opinión negativa. Él ya había pensado en dicha posibilidad antes de acceder a la entrevista, pero estaba dispuesto a correr el riesgo. Era mejor decirlo todo que tratar de ocultarlo a la prensa y, si ella planteaba bien la cuestión, tal vez consiguiera despertar el interés del público, pero al parecer ella se había desconcertado ante los riesgos que él le describía y ante las escasas posibilidades de éxito que había.

–¿Quiere decir que yo podría llegar a pensar que los

trasplantes no son una buena idea? ¿Es eso lo que está diciendo, Peter?

—Podría llegar a esta conclusión, aunque sería una opinión muy insensata. La verdad es que los pacientes a quienes se efectúa un trasplante tienen que morirse de todos modos, y muy pronto. Lo que nosotros les damos es una posibilidad, no demasiado halagüeña por cierto, una esperanza. El riesgo es muy alto, las perspectivas no suelen ser muy favorables, pero existe una posibilidad y el paciente es el que decide. Algunos no quieren pasar por todo eso y optan por no correr el riesgo. Yo los respeto. Pero, si me lo permiten, lo intento. Es lo único que se puede hacer. No soy partidario del trasplante en todos los pacientes, eso sería una locura. Pero para algunos es una solución ideal y, hoy por hoy, necesitamos abrir camino. No podemos actuar simplemente con donantes humanos, necesitamos más de los que hay, por eso estamos buscando nuevas vías y eso es lo que a la gente no le gusta. Piensa que estamos asumiendo el papel de Dios y no es cierto: lo que nosotros queremos es salvar vidas humanas y esforzarnos al máximo, ni más ni menos. —Se levantó y ella lo imitó—. Ya me dirá usted lo que piensa al finalizar la jornada y me comunicará si está de acuerdo o no con los medios que utilizamos —añadió, mirándola desde su considerable estatura—. En realidad… —dijo, contrayendo los ojos mientras la miraba—, me interesa mucho su opinión. Es usted una mujer inteligente, pero relativamente inexperta en este campo. Se acerca a él con ojos incontaminados. Ya me dirá usted si está escandalizada, si le asombra o si lo aprueba. —Mientras ambos abandonaban el pequeño despacho, a él se le ocurrió otra cosa—. Dígame, Mel, ¿tiene usted algún prejuicio?

Contempló su rostro con interés mientras avanzaban por el pasillo y ella fruncía el entrecejo.

—La verdad es que no estoy muy segura. Creo que

todo lo que usted hace parece muy lógico, claro. Pero debo reconocer que las probabilidades que ha mencionado me asustan. Las posibilidades de supervivencia durante un período de tiempo razonable son tan escasas...

Él la miró detenidamente.

—Lo que a usted no le parece razonable puede ser el último rayo de esperanza para un hombre, una mujer o un niño moribundos. Es posible que a ellos incluso dos meses... dos días... dos horas les parezcan bien. Confieso que estas perspectivas también me asustan a mí. Pero ¿qué alternativa nos queda? En estos momentos, eso es lo mejor que tenemos.

Ella asintió y le siguió por el pasillo, pensando en Pattie Lou. Le observó mientras estudiaba los gráficos de los pacientes con el rostro muy serio y el ceño fruncido, haciendo preguntas y estudiando los resultados de los análisis. Una y otra vez, Melanie oyó los nombres de los medicamentos utilizados en los pacientes de trasplante para evitar rechazo. Y mentalmente empezó a tomar nota de las preguntas que deseaba hacerle al doctor sobre los riesgos de dichos medicamentos y el efecto que podían producir en la personalidad y la mente de los enfermos.

De repente vio que Peter Hallam se levantaba y echaba a andar rápidamente pasillo abajo. Le siguió unos pasos y después se detuvo sin estar segura de si él quería que le acompañara; entonces él, intuyendo su indecisión, se volvió y le hizo señas con la mano.

—Venga conmigo.

Le indicó un montón de batas blancas que había en un carrito de acero inoxidable y le animó a que tomara una, cosa que ella hizo, poniéndosela sin detenerse. Llevaba consigo muchos gráficos, y dos residentes y una enfermera le seguían a respetuosa distancia. La jornada de Peter Hallam ya se había iniciado. Le dirigió a Mel una sonrisa y abrió la primera puerta, que era la de la habitación de un anciano. Le habían practicado un *bypass* cuádruple hacía dos semanas y afirmaba sentirse de nuevo como un chaval. No lo parecía en absoluto, pues aún se le veía muy cansado, pálido y desmejorado, pero al salir de la habitación, Peter dijo que iba a ponerse bien y pasaron a la siguiente habitación, donde a Melanie se le encogió el estómago. Vio a un chiquillo que padecía una dolencia cardiopulmonar congénita y al que no habían practicado todavía ninguna operación. Respiraba afanosamente y su talla era la de un niño de cinco o seis años, pero al mirar su gráfico Mel supo que había cumplido los diez. Querían hacerle un trasplante cardiopulmonar, pero se habían realizado tan pocos trasplantes de aquel tipo que les parecía prematuro hacérselo a un niño tan pequeño y entretanto se habían adoptado medidas precautorias para mantenerle con vida. Melanie observó que Peter se sentaba en una silla junto a la cama y hablaba un buen rato con el niño. Más de una vez tuvo que reprimir las lágrimas y volvió el rostro para que el niño no viera húmedos sus ojos. Peter le tocó de nuevo el hombro mientras salían de la habitación, esta vez sin ninguna prisa.

Cruzaron a un hombre que llevaba un corazón de plástico accionado por aire. El paciente sufría una infección generalizada, lo cual era a veces un problema. Dadas las posibilidades y las circunstancias que rodeaban a aquellos enfermos tan graves, todo era un riesgo, una amenaza o un problema. El peligro acechaba en todas partes, en sus propios cuerpos derrotados e incluso en el aire. Y las infecciones eran temibles y casi imposibles de evitar a consecuencia de su débil estado. Entraron a ver a otra enferma en estado comatoso y, tras hablar brevemente con la enfermera, Peter no permaneció mucho rato en la habitación. Había dos hombres con cara de luna llena a los que habían efectuado trasplantes de corazón aquel año; Melanie ya sabía gracias al material que había leído que los esteroides producían a menudo aquel efecto secundario, aunque eso se podía controlar. De repente, aquellas personas cobraron vida ante sus ojos. Y lo que en aquellos momentos se le antojó todavía más evidente fueron las escasas posibilidades de éxito que tenían. Peter contestó a algunas de sus preguntas, sentados de nuevo en su pequeño despacho. Al mirar el reloj, Melanie se sorprendió de que fuera casi mediodía. Llevaban cuatro horas visitando a los pacientes y había entrado probablemente en veinte habitaciones.

–¿Las probabilidades? –Peter la miró mientras tomaba un sorbo de café–. Los pacientes a quienes se efectúa una operación de trasplante de corazón tienen un sesenta y cinco por ciento de posibilidades de vivir un año más, contando a partir de la fecha de la operación. Eso supone dos posibilidades sobre tres de vivir un año más.

–¿Y más tiempo?

Peter lanzó un suspiro. Las estadísticas no le gustaban. Eran algo contra lo que él luchaba diariamente.

–Bueno, lo más que le podemos ofrecer a una persona es un cincuenta por cinto de posibilidades de vivir cinco años.

–¿Y después?

Melanie estaba tomando notas, aterrada ante aquellas cifras, pero admirando al mismo tiempo el tono de desafío que se percibía en su voz.

–Aquí es donde estamos ahora más o menos. Más no podemos hacer.

Lo dijo con tristeza y ambos pensaron simultáneamente en Pattie Lou, deseándole unas perspectivas más halagüeñas. La niña tenía derecho a esperar más. Todo el mundo tenía este derecho. Melanie casi experimentó el impulso de preguntar si merecía la pena, sólo que, si se tratara de la propia vida o de la de un hijo, ¿acaso no compensaría correr ese riesgo aunque fuera por un día, una semana o un año?

–¿Por qué mueren tan pronto? –preguntó Mel.

–Por rechazo casi siempre, en sus diversas formas. O un rechazo total o bien un endurecimiento de las arterias, lo cual produce un ataque cardíaco. Un trasplante acelera en cierto modo las cosas. Y el otro gran problema con que nos enfrentamos es el de la infección, porque estos pacientes son más propensos a ella.

–¿Y no se puede hacer nada?

Como si todo dependiera de él, Melanie le estaba atribuyendo el papel de Dios, tal como hacían algunos de sus enfermos. Y ambos sabían que eso no era justo, pero parecía que todo estuviera en sus manos aunque en realidad no fuera así. En cierto modo, ella quería que lo fuera. Hubiera sido más sencillo. Él era un hombre honrado, procuraría que todo saliera bien… si podía.

–No podemos hacer nada en estos momentos. Aunque es posible que algunos de los nuevos fármacos logren modificar la situación. Hemos estado utilizando algunos últimamente y quizá sean útiles. Lo que usted debe tener en cuenta –le hablaba con mucha suavidad, casi como si fuera una niña– es que estas personas no tendrían ninguna posibilidad de vivir sin un corazón nuevo. Por consiguiente, cualquier cosa que se les ofrezca es un regalo. Y ellos lo comprenden. Cuando quieren vivir, están dispuestos a probarlo todo.

–¿A qué se refiere?

–Algunos no quieren vivir. No quieren pasar por todo eso. –Peter señaló con la mano el montón de gráficos y se arrellanó en su asiento, sosteniendo la taza de café en la mano–. Hace falta mucho valor, ¿sabe?

Ella se percató entonces de otra cosa: de que también hacía falta mucho valor por parte del médico. Era algo así como una especie de torero que salía al ruedo dispuesto a enfrentarse con un toro llamado Muerte, tratando de arrebatarle hombres, mujeres y niños. Se preguntó cuántas cornadas habría recibido en forma de esperanzas perdidas, de pacientes a los que apreciaba y que habían muerto. Se adivinaba que era un hombre que se interesaba de veras por las cosas. Como si leyera los pensamientos de Mel, la voz de Peter se suavizó de repente.

—Mi esposa decidió no correr este riesgo.

Bajó la mirada y Mel experimentó de repente la sensación de estar clavada en su silla. ¿Qué había dicho? ¿Su esposa? Entonces él volvió a levantar la mirada, intuyendo su asombro, y clavó los ojos en los de Mel. No estaba húmedos, pero ella descubrió una tristeza que le explicó muchas cosas.

—Padecía de una hipertensión pulmonar primaria, no sé si eso significa algo para usted. Produce daños en los pulmones y más adelante en el corazón, hasta que es necesario un trasplante cardiopulmonar, pero por aquel entonces no se habían realizado más que dos en todo el mundo, ninguno de ellos aquí. No lo hubiera hecho yo, claro… —Suspiró y se inclinó hacia adelante en su asiento—. La hubiese operado uno de mis colegas y el resto del equipo o quizá la hubiéramos llevado a una de las eminencias de cualquier lugar del mundo, pero ella dijo sencillamente que no. Quería morir tal como estaba sin que yo o nuestros hijos tuviéramos que pasar por las angustias que ella sabía que sufrían mis pacientes, para acabar muriendo al cabo de seis meses, un año o dos… Todo lo afrontó con una serenidad extraordinaria. —Mel vio que estaba a punto de llorar—. Jamás he conocido a nadie como ella. Estuvo muy tranquila hasta el final —se le quebró la voz—. Hace un año y medio. Tenía cuarenta y dos años. —Miró intensamente a Mel, sin temor a sus propios sentimientos. El silencio en la diminuta estancia se hizo sofocante—. Tal vez hubiéramos podido modificarlo. Pero no por mucho tiempo —añadió con tono más profesional–. El año pasado hice dos trasplantes cardiopulmonares. Por razones obvias, tengo mucho interés en ello. No hay motivo para que no dé resultado, y lo dará.

Fue demasiado tarde para su mujer, pero, en su fuero interno, él jamás abandonaría la lucha, como si todavía pudiera convencerla de que le permitiera intentarlo. Mel le miró con tristeza, lamentando lo que había sufrido y el desamparo que sentía y que aún se advertía en su mirada.

–¿Cuántos hijos tiene usted? –le preguntó suavemente.

–Tres. Mark, de diecisiete años; Pam, que cumplirá catorce en junio; y Matthew, de seis. –Peter Hallam sonrió al pensar en sus hijos y después miró a Mel–. Son unos chicos estupendos, pero Matthew es el chiquillo más gracioso que se pueda usted imaginar –lanzó un suspiro y se levantó–. Él es quien más ha sufrido, aunque ha sido muy duro para todos ellos. Pam tiene una edad en la que necesita realmente a Anne y yo no le puedo apoyar mucho. Procuro volver a casa temprano todos los días, pero siempre hay algún problema. Es muy difícil darles todo lo que necesitan cuando uno está solo.

–Lo sé –dijo ella en voz baja–. Yo tengo el mismo problema.

Él se volvió a mirarla como si no hubiera oído lo que acababa de decir.

–Nos hubiera podido dar al menos una oportunidad.

–Y lo más probable es que ahora ya hubiera muerto –dijo Mel–. Debe de ser muy difícil de aceptar.

Él asintió muy despacio, mirando a Mel con tristeza.

–Lo es… –Como si de repente se avergonzara de todo lo que había dicho, cogió los gráficos en un intento de volver a levantar una barrera entre ambos–. Lo siento. No sé por qué le he dicho todo eso. –Pero Melanie no se sorprendió, la gente solía hablar sinceramente con ella, sólo que esta vez había ocurrido con más rapidez. Él trató de borrarlo todo con una sonrisa–. ¿Por qué no vamos a visitar ahora a nuestra pequeña Pattie Lou?

Mel asintió, muy conmovida todavía por lo que él acababa de contar. Era difícil encontrar palabras adecuadas en aquellos momentos y para ella fue un alivio ver a la niña a la que había acompañado desde Nueva York. Pattie Lou se alegró mucho de verles y ello hizo que Mel recordara el motivo que la había llevado allí. Se pasaron media hora charlando animadamente con la chiquilla y, al leer los resultados de los análisis, Peter pareció alegrarse. Finalmente, miró a la niña con expresión paternal.

–Mañana es tu gran día, ¿sabes?

–¿Sí?

La niña abrió los ojos como si estuviera emocionada y recelosa a un tiempo.

–Te vamos a arreglar el corazón y lo dejaremos como nuevo, Pattie.

–¿Y podré jugar al béisbol?

Mel y Peter sonrieron.

–¿Eso quieres hacer?

–¡Sí, señor! –contestó la chiquilla, radiante de felicidad.

–Ya veremos, ya veremos…

Peter explicó detalladamente a la niña la operación del día siguiente con palabras que ella pudiera comprender. Aunque estaba un poco inquieta, era evidente que la niña no tenía demasiado miedo. Y se veía que a Peter Hallam le gustaba mucho. Cuando ambos abandonaron su habitación, se puso muy triste. Al salir, él consultó su reloj de pulsera. Era más de la una y media.

–¿Le parece que vayamos a almorzar? Debe de estar hambrienta.

–Casi casi –contestó ella sonriendo–. Pero estaba demasiado absorta en todo eso para pensar en la comida.

–Yo también –dijo él con expresión complacida.

Después la acompañó fuera y ella experimentó una súbita sensación de alivio al respirar el aire de la calle. Peter le propuso un almuerzo rápido y Mel aceptó mientras ambos se dirigían al automóvil del médico.

–¿Siempre trabaja tanto? –preguntó ella y él la miró con aire divertido.

–Casi siempre. En esta profesión no se dispone de mucho tiempo libre. Uno no puede permitirse el lujo de volverle la espalda ni siquiera por un día.

–¿Y qué me dice de su equipo? ¿No puede compartir con él toda esta responsabilidad?

–De otro modo la carga hubiera sido muy difícil de soportar.

–Desde luego que sí.

Sin embargo, algo en su tono hizo que Mel dudara de sus palabras. Daba la impresión de que él asumía casi toda la responsabilidad y se alegraba de que así fuera.

–¿Qué piensan sus hijos de su trabajo?

Él reflexionó un momento antes de contestar.

–Pues… la verdad, no estoy seguro. Mark quiere estudiar derecho. Pam cambia de idea diariamente, sobre todo ahora. Y Matthew es demasiado pequeño para saber lo que quiere ser de mayor, como no sea fontanero, que es lo que decidió ser el año pasado. –Se echó a reír–. Supongo que eso soy yo, ¿verdad? –Miró sonriendo a Mel–. Un fontanero.

Ambos rieron en la tibia atmósfera primaveral. El sol les iluminaba y Melanie observó que allí él parecía mucho más joven. De repente se lo imaginó en compañía de sus hijos.

–¿Dónde vamos a almorzar?

La miró sonriente, sintiéndose a gusto en sus dominios, aunque no se trataba sólo de eso. Había algo más. Se había establecido un vínculo de amistad. Él había desnudado su alma ante ella, hablándole de Anne. Y gracias a ello, de repente se sentía más libre de lo que había estado en mucho tiempo. Casi deseaba celebrar el alborozo que sentía. Mel advirtió su estado de ánimo y le dirigió una sonrisa. Era emocionante pensar que él trataba con la vida y la muerte y que ella se había trasladado a Los Ángeles para confiarle una niña gravemente enferma. Sin embargo, en medio de todo ello, estaban todavía vivos, eran jóvenes y poco a poco se estaban haciendo amigos. En realidad, no tan poco a poco. Algo en él le recordaba la inmediata franqueza que había sentido al conocer a Grant, aunque intuía que experimentaba algo más en relación con aquel hombre. Podía ser muy atractivo para ella, con su fuerza, su delicadeza, su vulnerabilidad, su sinceridad y su modestia combinadas con su extraordinario éxito profesional. Era un hombre muy especial y, mientras la miraba, Peter Hallam casi pensaba lo mismo acerca de ella. Ambos trabajaban duro y cumplían con su deber, y por ello no les pareció mal tomarse un poco de tiempo libre juntos. Mel se dijo que le sería útil para la entrevista.

–¿Conoce usted bien Los Ángeles? –le preguntó él.

–No mucho. Siempre vengo por motivos de trabajo y voy corriendo de un lado para otro. Nunca tengo demasiado tiempo para comer con tranquilidad. –Él sonrió dando a entender que él tampoco, pero que en aquellos momentos le parecía lo más adecuado. Pensó también que había ganado una nueva amiga. Melanie le miró, sonriendo–. Apuesto a que no suele salir mucho a almorzar, ¿verdad?

–De vez en cuando –contestó con una sonrisa–. Suelo comer aquí.

Señaló con un ademán el hospital que habían dejado a su espalda y se detuvo junto a su automóvil. Era un espacioso sedán Mercedes gris plateado, y Mel se sorprendió. No parecía un automóvil muy apropiado para él, que leyó sus pensamientos.

–Se lo regalé a Anne hace dos años –dijo en voz baja, pero esta vez hubo menos tristeza en su voz–. Yo suelo conducir casi siempre un pequeño BMW, pero ahora lo tengo en el taller. Y la camioneta la dejo en casa para mi ama de llaves y Mark.

–¿La mujer que cuida a sus hijos es eficiente?

Ahora eran simplemente dos personas que se dirigían al Wilshire Boulevard.

–Fabulosa. –Peter la miró sonriendo mientras conducía–. Sin ella estaría perdido. Es una alemana que está con nosotros desde que nació Pam. Anne se encargó ella sola de Mark, pero cuando nació Pam ya tenía problemas cardíacos y contratamos a esta mujer para que cuidara a la niña. Se iba a quedar seis meses… –Volvió a sonreír mientras miraba a Mel– pero ya han pasado catorce años. Es una bendición de Dios para nosotros ahora que… –vaciló brevemente– Anne se ha ido.

Ya empezaba a acostumbrarse a aquellas palabras.

Mel recogió rápidamente el testigo de la agradable charla.

–Pues yo tengo a una centroamericana maravillosa que me ayuda con las niñas.

–¿Qué edad tienen?

–Casi dieciséis. En julio.

–¿Las dos? –La miró con asombro y Mel rió.

–Sí. Son gemelas.

–¿Idénticas? –preguntó él, sonriendo ante aquella idea.

–No, son biovulares. Una es una esbelta pelirroja que se parece mucho a mí, según dice la gente, aunque yo no estoy muy segura. Y la otra no se me parece en absoluto: es una rubia voluptuosa que me provoca taquicardia cada vez que sale a la calle.

Sonrió y Peter se echó a reír.

–En estos dos últimos años he llegado a la conclusión de que es más fácil tener hijos varones. –La sonrisa de Peter se desvaneció al pensar en Pam–. Mi hija tenía doce años y medio cuando murió Anne. Creo que la pérdida de su madre combinada con el inicio de la pubertad ha sido demasiado para ella –suspiró–. Supongo que la adolescencia no es fácil para nadie, pero Mark estaba muy tranquilo a su edad. Claro que él nos tenía a los dos.

–Eso influye mucho, supongo.

Hubo una larga pausa.

–¿Está usted sola con las gemelas?

Ella había dicho algo así, ¿no? Mel asintió.

–Llevo sola con ellas desde que nacieron.

–¿Su padre murió? –preguntó él como si lo sintiera de veras.

–No. Me dejó. Dijo que no quería hijos y hablaba en serio. En cuanto le dije que estaba embarazada, todo terminó. Nunca vio a las gemelas.

Peter Hallam pareció indignarse. No acertaba a imaginar que alguien pudiera hacer semejante cosa.

–Debió de ser horrible, Mel. Y sería usted muy joven.

Ella asintió con una leve sonrisa. Ahora ya no le dolía. No era más que un vago recuerdo. Un simple detalle de su vida.

–Tenía diecinueve años.

–Santo cielo, ¿y cómo se las arregló sola? ¿La ayudaron sus padres?

–Durante algún tiempo. Dejé mis estudios en la Universidad de Columbia cuando nacieron las niñas y después conseguí un trabajo… una serie de trabajos… –Melanie esbozó una sonrisa–. Finalmente acabé de recepcionista en una cadena de televisión de Nueva York y después fui mecanógrafa en la redacción y supongo que el resto ya es historia.

Ahora todo le parecía muy fácil, pero él adivinó lo arduo que debía haber sido el ascenso. Lo más hermoso era que no le había dejado ninguna huella; no hablaba del pasado con dureza o amargura sino con realismo y, al final, había triunfado. Estaba en la cima y el ascenso no la había lastimado.

—Habla usted de ello como si fuera muy sencillo, pero a veces debió de parecerle una pesadilla.

—Supongo que sí. —Mel suspiró y contempló la ciudad—. Ahora me cuesta recordarlo. Es curioso, pero a veces, cuando estás pasando por todo ello, piensas que no lograrás sobrevivir. Sin embargo sobrevives y, cuando miras hacia atrás, no te parece tan duro.

Mientras la escuchaba, él se preguntó si algún día pensaría lo mismo con respecto a la pérdida de Anne, pero ahora lo dudaba.

—¿Sabe qué le digo, Mel? Me resulta muy duro saber que nunca podré ser un padre y una madre para mis hijos. Y ellos lo necesitan, sobre todo Pam.

—No se puede usted exigir tanto. Usted no puede desdoblarse y da lo mejor que tiene. Más no se puede hacer.

—Supongo que no. —Pero no parecía muy convencido. Volvió a mirarla—. ¿Nunca ha pensado en la posibilidad de volver a casarse en bien de sus hijas?

El caso de Mel era distinto. Ella no tenía que superar el recuerdo de alguien a quien había amado, o tal vez le hubiera amado, pero también podía aferrarse a la cólera y, en este sentido, era más libre que él; además, había transcurrido mucho más tiempo.

—Creo que el matrimonio no está hecho para mí. Y siento que las niñas ahora lo comprenden. Antes solían darme mucho la lata, y a veces me sentía incluso culpable. Pero mejor solas que con un hombre inade-

cuado, y lo más curioso… –Miró tímidamente a Peter–
es que a veces pienso que lo prefiero así. No estoy segura de que a estas alturas me gustara compartir mis
hijas con otra persona. Me parece horrible reconocerlo, pero es lo que pienso. Creo que me he vuelto domi-
nante con ambas.

–Es lógico porque lleva sola con ellas mucho tiempo.
Peter se reclinó en su asiento y la miró.

–Tal vez. Jessica y Val son lo mejor de mi vida. Son
unas chiquillas estupendas.

Se sintió toda una madraza mientras ambos intercambiaban una sonrisa y él descendía del vehículo para
abrirle la portezuela. Ella le miró contenta mientras
bajaba. Se encontraban en la lujosa zona de Beverly
Hills, a sólo dos manzanas del famoso Rodeo Drive.
Melanie miró alrededor. El Bistro Gardens era un hermoso restaurante que combinaba la decoración de estilo
modernista con un arracimamiento de plantas que con-
ducían al patio exterior, y Melanie pudo ver por doquier a gentes refinadas y elegantemente vestidas. El
almuerzo estaba todavía en su apogeo. Vio rostros conocidos en varias mesas, astros de la pantalla, una anciana reina de la televisión, un gigante de la literatura que
ocupaba siempre los primeros lugares en las listas de
éxitos y, de repente, mientras seguía observando, advirtió que la gente la miraba a su vez y observó que dos
mujeres le comentaban algo en voz baja a una tercera.
Cuando el *maître* se acercó a Peter con una sonrisa, su
mirada se posó también en Melanie.

–Buenas tardes, doctor. Buenas tardes, señorita
Adams, me alegro de volver a verla.

Ella no recordaba haberle visto antes, pero estaba
claro que él sabía quién era y quería que ella lo supiera. Mientras le seguía con expresión divertida hasta una
mesa de la terraza protegida por un parasol, Peter la
miró inquisitivamente.

–¿Siempre la reconoce la gente?

–No siempre. Depende de donde estoy. En un lugar así, es más fácil porque son personas del oficio. –Contempló las mesas del Bistro Gardens ocupadas por los pudientes, los refinados, los famosos y los triunfadores, todo un ejército de nombres importantes. Después volvió a mirar a Peter con una sonrisa–. Es como estar con el doctor Hallam en el hospital, donde todo el mundo le miraba a usted. Depende de donde esté uno.

–Imagino que sí.

Sin embargo, él nunca había observado que la gente le mirara. Ahora vio que varias personas estaban mirando a Melanie y que ella superaba airosamente la prueba. Parecía como si no se hubiera fijado en absoluto en las miradas de curiosidad.

–Es un lugar maravilloso. –Mel lanzó un suspiro en la templada atmósfera y se volvió para que le diera el sol en la cara. Parecía que estuvieran en verano y no tenía la sensación de estar atrapada en la ciudad, como ocurría en Nueva York. Cerró los ojos, disfrutando del sol–. Qué bien se está. –Los volvió a abrir–. Gracias por haberme traído aquí.

Peter sonrió.

–No me pareció que la cafetería fuera su estilo.

–Pues lo podía haber sido, ¿sabe? Lo es muy a menudo. Por eso me encuentro tan a gusto aquí. Cuando trabajo, no dispongo de mucho tiempo para comer ni para buscar lugares deliciosos como éste.

–Ni yo.

Ambos sonrieron y Melanie arqueó una ceja.

–¿Piensa usted que ambos trabajamos demasiado, doctor?

–Sospecho que sí. Pero también sospecho que a ambos nos gusta lo que hacemos. Y eso ayuda mucho.

–Desde luego.

Ella le miró serenamente y él se sintió más a gusto

de lo que jamás se había sentido en los dos últimos años.

Melanie comprobó de nuevo lo mucho que admiraba su estilo.

—¿Va a regresar hoy al hospital?

—Desde luego. Quiero hacerle otros análisis a Pattie Lou.

Mel frunció el entrecejo, pensando en la niña.

—¿Será muy desagradable para ella?

—Procuraremos que no lo sea. En realidad, la intervención quirúrgica es la única oportunidad que le queda.

—¿Le sacará el corazón, lo pondrá a punto y se lo volverá a colocar?

—Creo que sí. Hace varias semanas que no tenemos donantes adecuados y es posible que tardemos varios meses en conseguirlo. Ya hay muy pocos donantes para adultos y eso que en este caso es más fácil encontrar vísceras adecuadas. Por regla general, hacemos de veinticinco a treinta trasplantes al año. Como ha podido ver durante las visitas de esta mañana, lo que más hacemos son intervenciones de eso que llamamos «derivación». Lo demás es trabajo muy especializado y poco frecuente, aunque se hable de ello en la prensa.

Melanie le miró con expresión perpleja mientras tomaba un sorbo del vino blanco que el camarero acababa de servirles. Descubrió que cada vez se sentía más fascinada por aquel trabajo y que, con independencia del reportaje que iba a hacer, ardía en deseos de averiguar más cosas.

—¿Por qué se utiliza una válvula de cerdo?

—Con las válvulas de animales no necesitamos fluidificantes sanguíneos. Y en el caso de la niña, eso es una ventaja. Utilizamos constantemente válvulas de animales porque no producen rechazo.

—¿No se podría utilizar todo el corazón del animal?

—No es posible —contestó él, moviendo la cabeza—.

Habría rechazo inmediato. El cuerpo humano es una máquina extraña y maravillosa.

Ella asintió, pensando en la chiquilla negra.

–Espero que la pueda curar.

–Yo también. Ahora mismo tenemos a otros tres esperando donantes.

–¿Cómo se establece la lista de prioridades?

–Eligiendo al más idóneo. Procuramos que no se rebasen los límites de los quince kilos de peso entre donante y paciente. No se puede trasplantar el corazón de una chica de cuarenta y cinco kilos de peso a un hombre de cien kilos y viceversa. En el primer caso, el corazón no soportaría el peso del hombre; en el segundo, no encajaría.

Ella sacudió la cabeza, asombrándose.

–Hace usted cosas sorprendentes.

–Comparto su opinión. No por el papel que desempeño, sino por el milagro y la mecánica de todo el proceso. Amo mi trabajo y supongo que eso me ayuda mucho.

Ella le miró fijamente un instante, contempló la refinada clientela del restaurante y después posó de nuevo los ojos en él. Llevaba un abrigo azul marino sobre una camisa azul pálido y Melanie llegó a la conclusión de que tenía un porte naturalmente distinguido.

–Resulta agradable que a uno le guste su profesión, ¿verdad? –Él sonrió al escuchar sus palabras. Estaba claro que ella se sentía satisfecha de su propio trabajo. De repente, Melanie pensó en Anne–. ¿Trabajaba su esposa?

–No –contestó él, recordando el constante apoyo que ella le había prestado. Pertenecía a un tipo de mujer distinto del de Mel, pero era lo que él necesitaba entonces–. No, no trabajaba. Estaba en casa y cuidaba de los niños. Por eso lo sintieron tanto cuando murió. –Peter sentía curiosidad por Mel–. ¿Cree usted que a sus hijas les molesta que trabaje?

–Espero que no. –Trató de ser sincera con él–. Quizá de vez en cuando, pero creo que les gusta lo que hago –sonrió como una chiquilla–. Seguramente impresionan a los amigos y eso les divierte.

Él sonrió porque también estaba impresionado.

–Ya verá cuando les diga a mis hijos que he almorzado con usted.

Ambos rieron mientras él pagaba la cuenta. Se levantaron, lamentando tener que marcharse y poner fin a aquella agradable conversación. Ella se desperezó en el interior del automóvil.

–Qué pereza tengo –dijo alegremente–. Es como si fuera verano.

Corría el mes de mayo, pero a ella le hubiera gustado tumbarse junto a la piscina.

Mientras ponía en marcha el vehículo, él pensó en el futuro.

–Nosotros iremos este año a Aspen, como de costumbre. ¿Qué hace usted en verano, Mel?

–Vamos todos los años a Martha's Vineyard.

–¿Qué tal es aquello?

Ella entrecerró los ojos y se acarició la barbilla.

–Es algo así como sentirse un chiquillo o jugar a Huckleberry Finn. La gente va descalza y con calzones cortos todo el día, los niños se pasan el rato en la playa y las casas son como las de esos sitios donde uno va a visitar a su abuela o a su tía abuela. Me gusta porque no tengo que presumir cuando estoy allí. No tengo que emperifollarme ni ver a la gente si no quiero, y puedo descansar y pasear. Pasamos allí dos meses todos los años.

–¿Puede tomarse unas vacaciones tan largas? –preguntó él asombrado.

–Ahora consta así en mi contrato. Antes era un mes, pero hace tres años que son dos.

–No está mal. A lo mejor eso es lo que necesito.

–¿Dos meses en Vineyard? –Mel pareció alegrarse ante aquella idea–. ¡Le encantaría, Peter! Es una auténtica maravilla, un lugar mágico.

Él sonrió y de repente se fijó en la textura de su cabello. Brillaba al sol como si fuera de raso y él se preguntó cómo sería de suave.

–Me refería a una cláusula en mi contrato –dijo él.

Trató de apartar los ojos de aquel precioso cabello cobrizo. Los ojos de Mel eran de un verde que él jamás había visto antes, casi esmeralda con reflejos dorados. Era una hermosa mujer y Peter se agitó interiormente. Regresó con ella al hospital y trató de centrar la conversación en Pattie Lou. Habían intimado mucho en las últimas horas, casi demasiado, y eso le preocupaba. Empezaba a pensar que había traicionado a Anne con los sentimientos que Mel le inspiraba. Mientras regresaban al hospital, ella se preguntó por qué se habría enfriado él tan de repente.

5

A la mañana siguiente, Melanie salió del hotel a las seis y media en punto y se dirigió al Center City, donde encontró a la madre de Pattie Lou sentada en el pasillo en una silla de vinilo, junto a la puerta de la habitación de su hija. Estaba nerviosa y Mel se sentó en la otra silla. La operación empezaría a las ocho y media.

–¿Le apetece una taza de café, Pearl?

–No, gracias –rehusó la mujer en voz baja y miró sonriente a Mel, como si todo el peso del mundo gravitara sobre sus frágiles hombros–. Quiero darle las gracias por todo lo que ha hecho por nosotros, Mel. De no ser por usted, ni siquiera estaríamos aquí.

–No he sido yo, sino la cadena.

–No estoy muy segura –dijo la mujer, mirándola fijamente–. Por lo que he sabido, fue usted quien llamó a Peter Hallam y consiguió todo esto.

–Espero que sirva de ayuda, Pearl.

–Yo también.

Los ojos de la mujer se llenaron de lágrimas y apartó la cabeza. Mel apoyó suavemente una mano en su hombro.

–¿Puedo hacer algo por usted?

Pearl Jones se limitó a sacudir la cabeza y se enjugó las lágrimas. Ya había visto a Pattie Lou aquella mañana y ahora la estaba preparando para la intervención. Diez minutos más tarde, Peter Hallam apareció por el pasillo con aire muy profesional y aspecto muy despierto a pesar de la temprana hora.

–Buenos días, señora Jones, Mel –saludó, y entró en la habitación de Pattie Lou.

Poco más tarde oyeron unos suaves gemidos procedentes de la habitación y Pearl Jones se crispó en su silla mientras decía casi para sus adentros:

–Han dicho que no podía entrar mientras la preparaban para la intervención.

Le temblaban las manos y estaba estrujando un pañuelo. Mel tomó con firmeza una de sus manos.

–Lo superará, Pearl. Ya lo verá.

En ese momento las enfermeras sacaron a la niña en una camilla. Peter Hallam caminaba a su lado. Ya habían empezado a administrarle la intravenosa y le habían colocado una siniestra sonda. Pearl procuró serenarse mientras se acercaba rápidamente a su hija y se inclinaba para besarla. Tenía los ojos brillantes a causa de las lágrimas, pero se dirigió a su hija con voz firme y tranquila.

–Te quiero, hija. Te veré dentro de un rato.

Peter Hallam las contempló sonriente, le dio a Pearl una palmada en el hombro y miró rápidamente a Melanie. Por un instante, una especie de corriente pasó entre ambos; después Peter volvió a centrar su atención en Pattie. La niña estaba un poco adormilada a causa del sedante que le habían administrado y los miraba lánguidamente. Hallam les hizo una indicación a las enfermeras y la camilla empezó a deslizarse suavemente por el pasillo mientras Peter tomaba la mano de Pattie y Mel y Pearl les seguían a escasa distancia. Instantes después la camilla fue introducida en el ascensor para su traslado a la sala de operaciones del piso de arriba. Pearl se quedó contemplando la puerta como hipnotizada y, acto seguido, se volvió a mirar a Mel mientras sus hombros se estremecían.

–Oh, Dios mío.

Ambas mujeres se fundieron en un prolongado abrazo y regresaron a sus asientos para aguardar noticias sobre Pattie.

Fue una mañana interminable, llena de silencios, conversaciones ocasionales, incontables vasos de café, largos paseos por el pasillo y espera, espera… interminable espera… hasta que por fin apareció de nuevo Peter Hallam y Mel contuvo la respiración, mirándole fijamente mientras la otra mujer se quedaba como congelada en su asiento, esperando la noticia. Pero él sonreía y, al llegar junto a la madre de Pattie Lou, la miró con expresión radiante.

–La operación ha ido muy bien, señora Jones. Y Pattie Lou está reaccionando estupendamente.

La mujer empezó a temblar de nuevo, y de repente se echó en brazos de Peter y prorrumpió en sollozos.

–Oh. Dios mío… mi niña… Dios mío…

–Todo ha ido muy bien, se lo aseguro.

–¿No rechazará la válvula que le ha puesto? –preguntó la mujer, mirándole muy preocupada.

–Con estas válvulas no se produce rechazo, señora Jones –contestó Peter, sonriendo–, y la intervención ha ido muy bien. Es muy pronto para estar seguros, claro, pero de momento todo va sobre ruedas.

Mel notó debilidad en las rodillas mientras les observaba y se sentó en una silla. La espera había durado cuatro horas y media y le había resultado la más larga de su vida. Apreciaba mucho a la chiquilla. Sonrió mirando a Peter y los ojos de éste se cruzaron con los de ella. Se le veía eufórico y rebosante de felicidad cuando se sentó a su lado.

–Me habría gustado que lo hubiera visto.

–A mí también.

Sin embargo, él se lo había prohibido, mostrándose inflexible en su negativa a autorizar la presencia de un equipo de filmación.

–Quizá otra vez, Mel. –Le estaba abriendo poco a poco todas sus puertas privadas–. ¿Qué le parece si hacemos la entrevista esta tarde?

Él se la había prometido para después de la operación de la pequeña Pattie Lou, pero no le había dicho cuándo.

–Avisaré al equipo. –Melanie pareció preocuparse súbitamente–. ¿Está seguro de que no será demasiado para usted?

–No, por Dios –contestó él con una sonrisa. Parecía un muchacho que acababa de ganar un partido de fútbol. Eso le compensaba mucho de otras cosas. Y Mel esperaba que Pattie Lou no empezara a fallar y echara de nuevo por tierra todas sus esperanzas. La madre se había ido a llamar a su esposo a Nueva York y Mel y Peter se habían quedado solos–. Mel, todo ha ido muy bien, de verdad.

–Me alegro.

–Y yo. –Peter consultó su reloj–. Voy a hacer mis visitas y después llamaré a mi despacho, pero podría estar disponible a las tres. ¿Le parece bien para la entrevista?

–Veré si el equipo de filmación puede venir aquí enseguida. –El equipo llevaba dos días aguardando entre bastidores y Mel estaba segura de que se podría arreglar–. No creo que sea un problema. ¿Dónde quiere que la hagamos?

–¿En mi despacho? –propuso él, tras reflexionar un minuto.

–De acuerdo. Vendrán probablemente a las dos y empezarán a prepararlo todo.

–¿Cuánto durará?

–El tiempo que usted pueda dedicarnos. ¿Es demasiado dos horas?

—En absoluto.

A Melanie se le ocurrió otra cosa.

—¿Y qué me dice de Pattie Lou? ¿Hay alguna posibilidad de que podamos verla unos minutos?

—No creo, Mel —contestó él, frunciendo el entrecejo y sacudiendo la cabeza—. Tal vez un par de minutos mañana, si se encuentra tan bien como espero. El equipo de filmación tendrá que ponerse batas esterilizadas y la visita deberá ser muy breve.

—Muy bien.

Mel tomó nota en un cuaderno que siempre llevaba en el bolso. Aquella tarde entrevistaría a Pearl Jones y a Peter, mañana hablaría con Pattie Lou, el equipo podría filmar un poco más y después ya estaría todo listo. Al día siguiente podría regresar a Nueva York en un vuelo nocturno. Fin del reportaje. Y quizá al cabo de un mes podrían hacerle a Pattie Lou una entrevista más larga para comprobar cómo evolucionaba. Pero de momento resultaba prematuro pensar en todo eso. Lo principal del reportaje se podía hacer de inmediato y causaría un gran impacto en el noticiario de la noche. Volvió a mirar a Peter:

—Me gustaría poder hacer algún día un reportaje especial sobre usted.

Él sonrió con benevolencia, todavía acusando la euforia de su éxito con la niña.

—Tal vez podamos arreglarlo. Nunca he sido muy partidario de estas cosas.

—Considero importante que el público sepa en qué consisten los trasplantes y la cirugía cardíaca.

—Yo también. Pero hay que hacerlo como es debido y en el momento oportuno. —Ella asintió y él le dio una palmada en la mano mientras se levantaba—. La veré en mi despacho sobre las dos, Mel.

—No empezaremos hasta las tres. Dígale a su secretaria dónde quiere que nos coloquemos.

—Estupendo.

Peter se dirigió a toda prisa a la sala de enfermeras, recogió algunos gráficos y momentos después se marchó. Mel se quedó sola en el pasillo, pensando en la larga espera que habían soportado, y una sensación de alivio le recorrió el cuerpo. Se encaminó hacia las cabinas telefónicas y saludó con la mano a Pearl, que estaba riendo y llorando en una de ellas.

Consiguió reunir al equipo de filmación para entrevistar a Pearl a la una en punto. Se podría hacer en un rincón del vestíbulo del hospital para que ella no tuviera que alejarse de Pattie Lou. Mel consultó su reloj y lo organizó todo mentalmente. A las dos se trasladarían al pabellón donde estaba ubicado el despacho de Peter y prepararían la entrevista. No creía que surgiera ningún problema con las entrevistas y suponía que podría reunirse con las gemelas la noche siguiente. El reportaje saldría muy bien y sólo le llevaría tres días, aunque a ella más bien le parecían tres semanas.

Se dirigió a la planta baja para aguardar la llegada del equipo de filmación: fueron muy puntuales y, durante la entrevista, Pearl se mostró muy agradecida y emocionada. La entrevista, que Mel había preparado de antemano mientras tomaba un bocadillo y una taza de té, salió muy bien. A las dos en punto se trasladaron al otro pabellón y a las tres se inició la entrevista con Peter. El despacho tenía dos paredes ocupadas por estanterías de libros de medicina y el resto estaba revestido con paneles de cálida madera. Peter estaba sentado detrás de un enorme escritorio y habló seriamente con Mel sobre las dificultades de lo que hacía, los peligros, los comprensibles temores y las esperanzas que se ofrecían a los enfermos. Fue muy sincero al hablar tanto de los riesgos como de las posibilidades de éxito y señaló que, dado que las personas a las que se hacían trasplantes no tenían ninguna esperanza, los riesgos casi siempre se consideraban aceptables y era mejor tener alguna posibilidad que no tener ninguna.

—¿Y las personas que prefieren no correr el riesgo? —preguntó ella quedamente, esperando que la pregunta no fuera demasiado personal ni dolorosa.

—Se mueren —contestó él con la misma suavidad.

Hubo una breve pausa y después Peter pasó a referirse al caso de Pattie Lou. Mostró unos gráficos para explicar lo que había hecho; parecía dominar por completo la situación mientras describía con todo detalle la intervención tanto a Mel como a las cámaras.

Terminaron a las cinco y Peter lanzó un suspiro de alivio. Había sido un día muy largo y la entrevista de dos horas le había fatigado.

—Lo ha hecho usted muy bien, amiga mía.

A Mel le gustó aquella confianza y sonrió mientras los cámaras apagaban los focos. Ellos también estaban satisfechos de su trabajo. Peter «resultaba» ante las cámaras y Mel comprendió de manera instintiva que había conseguido exactamente lo que necesitaba para su noticiario. Iba a ser un reportaje especial de quince minutos de duración y estaba ansiosa por visionarlo. Peter Hallam había hablado con elocuencia, actuando ante las cámaras con notable soltura.

—Creo que usted también lo ha hecho muy bien y lo ha manejado todo estupendamente.

—Temía resultar demasiado técnico o dejarme llevar por el tema… —contestó él, frunciendo el entrecejo.

—Ha quedado perfecto —dijo ella, moviendo la cabeza.

A su manera, la entrevista con Pearl también lo había sido. Pearl rió y lloró, y después explicó muy seria cuál había sido la vida de la niña durante nueve años. Si la operación resultaba como esperaban, el pronóstico de Peter era muy bueno. Los espectadores se conmoverían con la niña, como le había ocurrido a Mel y también a

Peter. Los niños enfermos eran siempre irresistibles y Pattie Lou irradiaba una especie de luz, quizá porque llevaba enferma mucho tiempo o simplemente por su talante encantador. Durante nueve años había estado rodeada de amor.

Mientras Mel daba instrucciones a los miembros del equipo, Peter la miró con tanta admiración como ella le miraba a él. Sus pensamientos fueron interrumpidos por la llegada de una enfermera, que le habló en voz baja. Él frunció el entrecejo. Al verlo, Mel se angustió y no pudo evitar acercarse y preguntar si le había ocurrido algo a Pattie Lou.

Pero Peter negó con la cabeza.

—No, ella está bien, uno de mis compañeros la ha visto hace una hora. Se trata de otra cosa. Acabamos de recibir a una nueva paciente. Es un caso urgente de trasplante. Necesita un donante ahora mismo y no tenemos ninguno. —Peter se enfrascó de inmediato en el problema y miró a Mel—. Tengo que irme —le dijo, y después, obedeciendo a un impulso, añadió—: ¿Quiere acompañarme?

—¿A ver a la paciente con usted? —preguntó ella, alegrándose de que le hiciera aquel ofrecimiento.

—Sí —contestó él, asintiendo—. Pero no diga quién es. Puedo fingir que es usted una doctora del Este que está visitando el hospital. —Esbozó una sonrisa—. No quiero que la familia se inquiete o piense que pretendo explotar el caso.

Era una de las razones por las cuales siempre había rehuido la publicidad.

—Muy bien.

Melanie tomó su bolso, intercambió unas palabras con los miembros del equipo de filmación y corrió con Peter hacia el ascensor.

Momentos más tarde se encontraban de nuevo en la sexta planta del Center City, avanzando presurosos por el pasillo en dirección a la habitación de la nueva enferma.

Cuando Peter abrió la puerta, Mel se quedó asombrada de ver a una muchacha de veintinueve años extraordinariamente hermosa.

Tenía el cabello rubio pálido, unos enormes ojos tristes y una delicada y lechosa piel. Una vez hechas las presentaciones, les miró a los dos como si quisiera recordar todos los rostros y todas las miradas que veía. Después sonrió y de repente pareció una chiquilla. Melanie se conmovió y se preguntó qué estaría haciendo aquella preciosa muchacha en un lugar tan terrible. Ya llevaba un grueso vendaje en un brazo, cubriéndole el corte que le habían tenido que hacer para extraerle grandes cantidades de sangre; el otro brazo presentaba una coloración amoratada a causa de una intravenosa que le habían administrado pocos días antes. Sin embargo, todo ello pasaba casi desapercibido cuando la muchacha hablaba. Tenía una suave y melodiosa voz y respiraba con esfuerzo, pero pareció alegrarse de verles, le hizo un comentario gracioso a Mel cuando se la presentaron y bromeó con Peter mientras todos permanecían alrededor. Melanie empezó a rezar para que encontraran un corazón. ¿Cómo era posible que hubiera personas en una situación tan desesperada y por qué se cebaba la muerte en ellas, iba extinguiéndolas poco a poco con sus débiles corazones mientras los demás cavaban zanjas, escalaban montañas, iban a bailar y esquiar? ¿Por qué las habían estafado siendo todavía tan jóvenes? Sin embargo, no había rencor en el rostro de la muchacha. Se llamaba Marie Dupret y explicó que sus padres eran franceses.

—Es un nombre muy bonito —dijo Peter, sonriendo.

Más aún, ella era una muchacha muy bonita.

—Gracias, doctor Hallam.

Mel observó que tenía un leve acento sureño y poco

después Marie dijo que se había criado en Nueva Orleans, pero que hacía casi cinco años que vivía en Los Ángeles.

–Me gustaría volver a Nueva Orleans algún día… –Su manera de hablar era un deleite para el oído. Volvió a mirar a Peter sonriendo–. Cuando este buen doctor me haga un remiendo. –Miró inquisitivamente a Peter, su sonrisa se desvaneció y empezó a dar muestras de preocupación y dolor–. ¿Cuándo cree que será?

Era una pregunta a la que nadie podía responder salvo Dios, como todos sabían.

–Esperemos que pronto.

El tono de Peter resultaba relajante. Después la tranquilizó también acerca de otras cosas y le explicó lo que le harían aquel día. Ella no pareció asustarse de las interminables pruebas a que la iban a someter, pero volvía constantemente a las grandes preguntas, clavando en él sus grandes ojos azules con expresión suplicante, como una prisionera de un pasillo de la muerte que pidiera clemencia por un crimen que no había cometido.

–Vas a estar muy ocupada estos días, Marie. –Volvió a sonreír y le dio una palmada en el brazo–. Mañana por la mañana vendré a verte otra vez, y si entretanto se te ocurre alguna otra cosa, me lo podrás preguntar.

La joven le dio las gracias y Peter abandonó la habitación en compañía de Mel. Melanie se sintió una vez más abrumada por la enormidad de cada caso, por los terrores con que cada enfermo tenía que enfrentarse a solas. Se preguntó quién tomaría la mano de Marie e intuyó que la muchacha estaba sola en la vida. De no ser así, ¿acaso no la hubieran acompañado su marido o su familia? En otras habitaciones había cónyuges o, por lo menos, amigos, pero no en aquélla: ésa era la razón de que la chica pareciera más pendiente de Peter que otros enfermos, o tal vez todo se debiera a que acababan de ingresarla. Mientras se alejaban por el pasillo, Melanie tuvo la sensación de que la estaban abandonando. Una vez en el ascensor, Mel miró tristemente a Peter.

–¿Qué ocurrirá con ella?

–Tendremos que encontrar un donante. Y muy pronto. –Peter parecía inquieto y preocupado–. Me alegro de que haya venido.

–Yo también. Parece una chica muy simpática.

Peter asintió, pensando que todos le eran simpáticos, los hombres, las mujeres, los niños. Y todos dependían tanto de él… Si lo hubiera pensado con detenimiento se habría asustado. Pero raras veces lo hacía. Se limitaba a hacer por ellos todo lo que podía. Aunque en algunos casos eso fuera muy poco. Mel llevaba varios días preguntándose cómo soportaba aquella carga. Tenía en sus manos muchas vidas con muy pocas esperanzas y, sin embargo, no estaba desalentado. Al contrario, parecía un vehículo de esperanza y Melanie se percató una vez más de lo mucho que le admiraba.

–Menudo día, ¿verdad, Mel? –dijo él sonriendo mientras ambos salían a la calle.

–No sé cómo puede usted hacer eso todos los días. Yo me moriría en dos años. No… –le miró sonriendo–, digamos más bien en dos días. Cuánta responsabilidad, Peter, cuánta tensión. Va usted del quirófano a la habitación de un enfermo, de ésta a su despacho y vuelta a lo mismo, y no son personas que tengan simplemente un juanete o algo por el estilo: cada una de ellas es un caso de vida o muerte… –Volvió a pensar en Marie Dupret–. Como esta chica.

–Por eso merece la pena cuando uno alcanza un éxito.

Ambos pensaron simultáneamente en Pattie Lou, cuyo último parte seguía siendo bueno.

–Sí, pero eso es muy duro para usted. Y, por si fuera poco, me ha concedido una entrevista de dos horas.

—Ha sido un placer.

Peter sonrió, pero seguía pensando en Marie. Había estudiado los datos y sus colegas la estaban controlando muy bien. Lo importante era encontrar un donante a tiempo; no se podía hacer nada a este respecto, como no fuera rezar. Mel empezó también a pensar en lo mismo.

—¿Piensa que encontrará un donante para Marie?

—No lo sé. Espero que sí. No le queda mucho tiempo.

No les quedaba tiempo a ninguno de esos enfermos. Eso era lo peor. Esperaban que alguien muriera y les ofreciera el regalo de la vida sin el cual estaban irremediablemente perdidos.

—Yo también lo espero. —Mel aspiró una bocanada de aire primaveral y contempló su automóvil de alquiler—. Bueno… —Le tendió la mano—. Creo que por hoy ya está bien, al menos para mí. Espero que pueda usted descansar un poco después de un día así.

—Siempre lo hago cuando regreso a casa junto a mis hijos.

Ella sonrió.

—No creo que pudiera decir eso si fueran como mis hijas. Cuando regreso a casa hecha polvo después de una jornada agotadora, me encuentro invariablemente con que Val está indecisa entre dos chicos sobre los que tiene que hablarme con toda urgencia y Jess ha preparado un proyecto científico de cincuenta páginas que debo leer aquella noche. Ambas me hablan a la vez y yo estallo y me siento una auténtica bruja. Eso es lo malo de estar sola, no tienes a nadie con quien compartir la carga, por muy cansada que estés al regresar a casa.

Él sonrió porque la escena le resultaba familiar.

—Hay algo de verdad en lo que usted dice, Mel. En mi casa, eso lo hacen sobre todo Matt y Pam. Mark es bastante independiente.

–¿Cuántos años tiene?

–Casi dieciocho. –De repente, a Peter se le ocurrió una idea. Miró a Melanie con una leve sonrisa mientras ambos permanecían de pie en el aparcamiento. Eran las seis y cuarto–. ¿Qué le parece si viene a casa conmigo? Podría nadar un poco en la piscina y cenar con nosotros.

–No me sería posible… –Sin embargo, la idea la atraía.

–Vamos, anímese. No resulta nada divertido regresar a la habitación de un hotel, Mel. Venga a casa. No cenamos tarde y podría estar de regreso a las nueve.

Melanie no sabía por qué, pero el ofrecimiento le parecía tentador.

–¿No cree que sus hijos preferirán estar solos con usted?

–No. Me parece que les encantará conocerla.

–No exagere. –Pero, de repente, la idea le pareció agradable–. ¿De veras no está demasiado cansado?

–En absoluto. Venga, Mel, será divertido.

–De acuerdo –cedió ella sonriendo–. ¿Le sigo en mi coche?

–¿Por qué no lo deja aquí?

–Entonces tendría usted que acompañarme. O yo podría tomar un taxi.

–La acompañaré. Y así podré echar nuevamente un vistazo a Pattie Lou.

–¿Pero es que usted no para nunca? –preguntó ella sonriendo mientras subía al automóvil, alegrándose de acompañarle a su casa.

–No. Y usted tampoco.

Se le veía tan contento como a ella cuando salieron del aparcamiento para dirigirse a Bel-Air.

Melanie se reclinó en su asiento y suspiró mientras cruzaban la enorme verja negra de hierro forjado que daba acceso a Bel-Air.

–Qué bonito es todo eso.

Parecía que estuvieran en el campo mientras la carretera serpeaba y daba vueltas, permitiendo vislumbrar fugazmente las lujosas mansiones.

–Por eso me gusta. No sé cómo puede soportar Nueva York.

–Es precisamente el ajetreo lo que me gusta –contestó ella sonriente.

–¿De veras, Mel?

–Me encanta. Me encanta mi casa, mi trabajo, la ciudad, mis amigos. Me siento muy compenetrada con la ciudad y creo que no podría vivir en otro sitio.

Mientras hablaba, Melanie pensó que no estaría del todo mal regresar a casa al día siguiente. Nueva York era el lugar donde le correspondía estar, por mucho que le gustara Los Ángeles y admirara a Peter. Cuando él volvió a mirarla, la vio más relajada. Efectuó un último giro a la izquierda y se adentró por una cuidada calzada que conducía a una preciosa casa de estilo francés, rodeada por árboles pulcramente podados y parterres de flores. Parecía una postal francesa y Melanie miraba asombrada en derredor. No era en absoluto lo que esperaba de él. Ella pensaba que vivía en una casa de tipo más rústico o en un rancho. Pero todo aquello era muy elegante, observó mientras él detenía el vehículo.

–Esto es muy bonito, Peter.

Miró hacia el tejado con buhardilla y aguardó la aparición de unos niños, pero no vio a ninguno.

–Parece sorprendida –dijo él, echándose a reír.

–No –contestó ella, ruborizándose–. Es que no encaja con usted.

–Al principio, no encajaba –dijo él, sonriendo de nuevo–. El diseño lo hizo Anne. Construimos la casa poco antes de que naciera Matthew.

–Es una casa magnífica, Peter.

Lo era, y ella estaba empezando a descubrir una faceta de Peter totalmente distinta.

–Bueno, vamos. –Peter abrió la portezuela y se volvió a mirarla un instante–. Entremos, le presentaré a los niños. Es probable que estén en la piscina con un montón de amigos. Prepárese.

Bajaron y Melanie miró a su alrededor. Era algo completamente distinto a su casa de Nueva York, pero resultaba divertido ver cómo vivía él. Le siguió al interior de la casa y sintió una ligera inquietud ante la idea de conocer a sus hijos, preguntándose si éstos iban a ser también terriblemente distintos de sus gemelas.

6

Peter abrió la puerta principal y entraron en un vestíbulo pavimentado con baldosas de mármol de forma romboidal blancas y negras al estilo francés, con unos candelabros de pared de cristal. Había una consola de mármol negro con patas doradas estilo Luis XVI, sobre la cual se podía ver un precioso jarrón de cristal con flores recién cortadas que inundaban la atmósfera de fragancias primaverales. Era algo totalmente distinto de lo que ella esperaba. Peter parecía tan tranquilo y modesto que ella jamás lo hubiera imaginado en una casa decorada con valiosas antigüedades francesas. Pero así era. No era un estilo vulgar u opulento, pero sí lujoso y, al ver el salón, observó que éste seguía la misma pauta y que casi todas las butacas estaban tapizadas en delicados brocados color crema. Las paredes estaban revestidas con diversos tonos crema, las molduras eran más claras y los diseños del techo aparecían subrayados con suaves tonos beige, blanco y gris claro. Melanie mostraba todavía una expresión asombrada cuando Peter la acompañó a su estudio y la invitó a sentarse. Allí todo estaba decorado en intensos tonos rojos con sillas inglesas antiguas, un alargado sofá de cuero y escenas de caza en las paredes, todas ellas bellamente enmarcadas.

—Parece sorprendida, Mel —dijo con expresión divertida mientras sacudía la cabeza, sonriendo.

—No; lo que ocurre es que le he conocido en un ambiente muy distinto. Es una casa preciosa.

—Anne estudió dos años en la Sorbona y después vivió en Francia otros dos años. Creo que eso influyó en sus gustos. —Peter miró alrededor como si la estuviera viendo—. Pero no puedo quejarme. La casa es más sencilla en los pisos de arriba. Después haremos un pequeño recorrido. —Se sentó en el sillón de su escritorio, estudió los recados que figuraban anotados en el cuaderno de notas y después se volvió a mirarla, dándose una palmada en la frente—. Maldita sea, he olvidado acompañarla a su hotel para que recogiera el traje de baño. —La miró con los ojos entornados—. Tal vez Pam pueda ayudarnos. ¿Le apetecería nadar un poco?

Era sorprendente. Habían pasado todo el día en el hospital y haciendo la entrevista, él había operado a Pattie Lou y, de repente, estaban hablando de nadar como si no hubieran hecho otra cosa en todo el día. Resultaba desconcertante y, sin embargo, todo parecía normal allí. Tal vez por eso conseguía sobrevivir, pensó Mel.

Peter se levantó y la condujo a un espacioso patio de piedra que rodeaba una gran piscina ovalada. Mel empezó a sentirse más a gusto. Había por lo menos una docena de adolescentes y un chiquillo, correteando, chorreando agua y gritando a pleno pulmón. Era curioso que no se hubiera percatado antes de aquel estrépito. Empezó a reírse mientras contemplaba las travesuras y exhibiciones de los chicos, empujándose unos a otros, jugando a waterpolo en un extremo de la piscina, subiéndose unos encima de otros y cayendo al agua. Varias chicas contemplaban la escena. Peter se situó a un lado y le salpicaron de agua mientras daba unas palmadas sin que nadie le oyera; sin embargo, el chiquillo se acercó corriendo y rodeó con sus brazos las piernas de Peter, dejando en sus pantalones la huella húmeda de los brazos mientras Peter le miraba con una sonrisa.

–Hola, papá. Ven conmigo.

–Hola, Matt. ¿Puedo cambiarme primero?

–Claro.

Intercambiaron una afectuosa mirada. Era un adorable niño de aire travieso, con el cabello rubio aclarado por el sol y sin dientes.

–Me gustaría presentarte a una amiga mía. –Peter se volvió hacia Mel, que se acercó. El chico se parecía a él y, cuando sonrió, Mel pudo ver que le faltaban un par de dientes. Era el niño más gracioso que jamás hubiera visto–. Matthew, te presento a mi amiga Melanie Adams. Mel, éste es Matt. –El niño frunció el entrecejo y Peter sonrió–. Perdón, Matthew Hallam.

–Mucho gusto.

El niño le tendió una mano mojada y ella se la estrechó ceremoniosamente, recordando la época en que las gemelas tenían su misma edad. Habían transcurrido diez años, pero a veces le parecía un momento.

–¿Dónde está tu hermana, Matt? –preguntó Peter, mirando alrededor.

Al parecer, allí sólo estaban los amigos de Mark, pero de momento Peter no había logrado llamar la atención de su hijo mayor, el cual estaba arrojando al agua a dos chicas a la vez y empujando a otro amigo. Se lo estaban pasando en grande.

–Está en su habitación. –Una expresión de desagrado apareció en el rostro de Matthew–. Seguramente está hablando por teléfono.

–¿En un día así? –dijo Peter, sorprendido–. ¿Se ha pasado dentro de la casa todo el día?

–Más bien sí. –El niño puso los ojos en blanco y seguidamente miró a su padre y a Mel–. Es tan tonta...

Tenía muchas dificultades con Pam, Peter lo sabía.

A veces las tenían todos, pero es que Pam estaba pasando por una fase difícil en una familia compuesta casi enteramente por hombres.

—Voy a ver qué hace. —Peter le miró—. Tú procura tener cuidado, por favor.

—Descuida.

—¿Dónde está la señora Hahn?

—Acaba de entrar, pero no te preocupes, papá. En serio.

Como para demostrarlo, hizo una carrerilla y se arrojó a la piscina, salpicando a ambos de pies a cabeza mientras Melanie retrocedía entre risas y Peter la miraba con expresión de disculpa.

—Matthew —dijo Peter cuando Matt volvió a emerger a la superficie—, ¿quieres hacer el favor de no…?

Pero la cabecita ya había desaparecido bajo el agua y el muchacho estaba nadando como un pececillo hacia el lugar de la piscina en que se encontraban los demás.

En ese momento Mark se fijó en ellos y saludó con un grito y un gesto de la mano. Tenía exactamente la misma figura que su padre, su misma estatura, su gracia y sus largas extremidades.

—¡Hola, papá!

Peter indicó por señas al chiquillo que estaba nadando en dirección a Mark y éste asintió con la cabeza, tomó al niño en sus brazos cuando le vio emerger a la superficie, le dijo algo y lo envió a un lugar algo apartado para que los mayores no le hicieran daño. Peter se quedó tranquilo y regresó al interior de la casa en compañía de Mel.

—Está usted empapada…

Lo estaba, pero daba lo mismo. Todo aquello era un alivio después de la tensión de la jornada.

—Ya me secaré.

—A veces lamento haber construido esta piscina. Medio barrio se pasa los fines de semana aquí.

—Pero debe de ser estupendo para los chicos.

—Pues sí —dijo él, asintiendo—. Pero no puedo nadar tranquilo muy a menudo, a menos que ellos estén en la escuela. De vez en cuando, cuando tengo tiempo, vengo a casa a almorzar.

—¿Y eso cuándo ocurre? —preguntó ella con tono burlón.

Cuando él soltó una carcajada, pareció como si todo el mundo estuviera alegre.

—Aproximadamente una vez al año.

—Ya me lo parecía. —Melanie se acordó de Matt y de su desdentada sonrisa—. Creo que me he prendado de su hijo.

—Es un buen muchacho —dijo Peter muy satisfecho. Después recordó a su hijo mayor—. Y Mark también. Es tan serio que a veces da incluso un poco de miedo.

—Yo también tengo una chica así. Jessica, la mayor de las gemelas.

—¿Cuál es? —preguntó Peter—. ¿La que se parece a usted?

—¿Cómo se ha acordado? —repuso ella, sorprendida.

—Yo lo recuerdo todo, Mel. Eso es importante en mi profesión. Un pequeño detalle olvidado, un indicio, una pista. Esto es útil cuando uno lucha constantemente por la vida en contra de la muerte. No puedo permitirme el lujo de olvidar nada.

Era el primer reconocimiento sincero de su extraordinaria habilidad y Mel le estudió una vez más con interés mientras le seguía al interior de la casa y entraba en una espaciosa y soleada habitación con grandes sillones de mimbre blanco, sofás de mimbre, un estéreo, un televisor enorme y unas palmeras de casi tres metros de altura que rozaban el techo con sus hojas. De repente, Melanie vio media docena de fotografías de Anne diseminadas por la estancia en marcos de plata, jugando a tenis, con Peter frente a la entrada del Louvre, con un niño pequeño y una con todos sus hijos delante del árbol de Navidad. Fue como si todo se detuviera de golpe y Melanie se quedara hipnotizada, contemplando su rostro, su cabello rubio, sus grandes ojos azules. Era una mujer muy atractiva, con una esbelta y atlética figura. En cierto modo ella y Peter se parecían. En las fotografías hacían una pareja perfecta. Melanie se percató súbitamente de que Peter se encontraba a su lado, contemplando también una de las fotografías.

—Cuesta creer que ya no esté aquí —dijo él como para sí.

—Lo imagino. —Melanie no estaba muy segura de lo que debía decir—. Pero, en cierto modo, ella sigue viviendo… en su corazón, en su mente, a través de los hijos…

Ambos sabían que no era lo mismo, pero era lo único que quedaba de ella. Eso y la casa, tan acorde con sus gustos. Melanie volvió a mirar a su alrededor. La habitación formaba un interesante contraste con el lujoso salón y el estudio que había visto al llegar.

—¿Para qué utiliza esta habitación, Peter? —Era una habitación muy femenina.

—Los chicos pasan mucho rato aquí y, aunque domine el color blanco, no pueden causar muchos destrozos. —Melanie se fijó en un escritorio de mimbre blanco orientado hacia la piscina—. Ella lo solía utilizar mucho. Yo, cuando estoy en casa, paso casi todo el rato en mi estudio o bien en el piso de arriba. —Peter señaló el pasillo—. Venga, le voy a enseñar la casa. A ver si encontramos a Pam.

Arriba todo era muy lujoso y estaba amueblado también al estilo francés. El pavimento del pasillo era de mármol beige claro con consolas a juego en ambos extremos y una preciosa araña de cristal. Había otro salón más pequeño, pero no menos lujoso, decorado en suaves tonos azules. Había terciopelos y sedas, una chimenea de mármol, candelabros de pared, una araña de cristal y cortinaje de seda azul pálido con ribetes amarillo claro y azul, recogidos para que quedara al descubierto la vista de la piscina. Un poco más allá había un pequeño despacho decorado en polvorientos tonos rosa, pero Peter frunció el entrecejo al pasar y Melanie adivinó de inmediato que nadie lo utilizaba. Es más, adivinó que era el despacho de Anne.

Más adelante había una preciosa biblioteca decorada en verde oscuro que era sin duda el cuarto de estar de Peter. Había paredes y más paredes de libros, una caótica montaña de papeles sobre el escritorio y, en una pared, un retrato al óleo de Anne y una puerta vidriada que conducía a la alcoba en la que Peter dormía solo. Todo estaba decorado en seda beige, había unas cómodas francesas, una bonita meridiana, preciosos cortinajes y candelabros de pared y otra bellísima araña de cristal. Sin embargo, aquella habitación tenía algo que provocaba el deseo de quitarse la ropa y ponerse a bailar, desafiando la seriedad del ambiente. Todo resultaba excesivo a pesar de lo hermoso que era, y cuantas más cosas veía tanto más se convencía Melanie de que no era apropiado para él.

Subieron otro tramo de escalera y, en el segundo piso, Mel observó que todo era multicolor y divertido, y pudo ver a través de las puertas abiertas tres grandes y soleadas habitaciones infantiles. El suelo de la habitación de Matt estaba lleno de juguetes, la puerta entornada de Mark permitía ver el caos absoluto del interior y la tercera puerta estaba abierta de par en par y Mel vio una gran cama blanca con dosel y a una chica tendida de lado en el suelo junto a ella. Al oír las pisadas en el pasillo, la chica se volvió y se levantó, murmuró algo al teléfono y colgó. Melanie se sorprendió de lo crecida que estaba. Si era la de en medio, era difícil creer que aún no hubiera cumplido los catorce años. Era alta, esbelta y rubia, con una mata de cabello trigueño como el de Val y unos grandes y melancólicos ojos azules. Se parecía extraordinariamente a las fotografías de Anne que Mel acababa de ver.

–¿Qué estás haciendo dentro de la casa? –preguntó Peter. Mel percibió que crecía la tensión entre ambos.

–Quería llamar a una amiga.

–Podías haber usado el teléfono de la piscina.

Ella no contestó y después se encogió de hombros.

–¿Y qué?

Peter no prestó atención a sus palabras y se volvió hacia Mel.

–Quiero presentarle a mi hija Pam. Pam, te presento a Melanie Adams, la periodista de Nueva York de quien te hablé.

–Ya sé quién es.

Pamela no le tendió la mano al principio, pero Mel sí lo hizo y, al fin, la chica se la estrechó al ver que su padre fruncía el entrecejo. Él no quería que sus relaciones con ella fueran así, pero parecía algo inevitable. Constantemente se empeñaba en molestarle, en mostrarse grosera con sus amigos, en no colaborar cuando no había ninguna razón para ello. ¿Por qué, maldita sea, *por qué*? Todos estaban muy tristes porque Anne había muerto, pero ¿por qué tenía ella que culparlo a él? Llevaba un año y medio echándole la culpa y últimamente la situación había empeorado. Peter se decía que era la edad, que era una fase pasajera, pero a veces no estaba muy seguro.

–Me estaba preguntando si podrías prestarle a Mel un traje de baño, Pam. Ha olvidado el suyo en el hotel.

Hubo de nuevo una breve vacilación.

–Claro. Creo que sí. Pero ella está… –la chica dudó antes de utilizar la palabra; Mel no estaba gorda en absoluto, pero no era un fideo como Pam– más gruesa que yo.

Había, además, otra cosa, una mirada que ambos se habían intercambiado y que a Pam no le gustaba. O, más exactamente, lo que no le gustaba era la forma en que su padre miraba a Mel.

Mel lo comprendió enseguida y le dirigió a la muchacha una amable sonrisa.

—No te preocupes si no quieres.

—No, da igual. —Los ojos de Pam estudiaron el rostro de Mel—. Es distinta de como se la ve en la televisión.

Los ojos de la muchacha no traslucían alegría.

—¿De veras? —dijo Mel sonriendo. La chica se sentía ligeramente incómoda, pero era muy bonita. No se parecía a Peter y había un algo de infantil en su rostro, a pesar de las largas piernas, el desarrollado busto y el cuerpo que ya había superado su edad cronológica—. Mis hijas siempre dicen que parezco más adulta en la televisión.

—Sí. Algo así. Como más seria.

—Creo que es eso lo que ellas quieren decir.

Los tres permanecieron de pie en la bonita habitación blanca mientras Pam seguía mirando a Melanie como si buscara una respuesta en su rostro.

—¿Cuántos años tienen sus hijas?

—Cumplirán dieciséis en julio.

—¿Las dos? —preguntó Pam.

—Son gemelas —contestó Melanie sonriente.

—¿De veras? ¡Qué bonito! ¿Son iguales?

—En absoluto. Son gemelas bicoriales o biovulares, como quieras.

—Yo creía que eso significaba simplemente que eran chicos.

Mel sonrió de nuevo y Pam se ruborizó.

—Eso significa que no son gemelas idénticas, pero es un término un poco confuso.

—¿Cómo son?

Pam sentía curiosidad por las hijas gemelas de Melanie.

—Como todas las chicas de dieciséis años —contestó Mel, echándose a reír—. Me vuelven loca. Una es pelirroja como yo y la otra es rubia. Se llaman Jessica y Valerie, les gusta ir a bailar y tienen muchos amigos.

—¿Dónde vive usted?

Peter estaba escuchando la conversación sin intervenir.

—En Nueva York. En una casita. —Mel miró sonriendo a Peter—. Es muy distinto de todo esto… Tenéis una casa muy bonita —añadió, dirigiéndose a Pam— y debe de ser estupendo disfrutar de una piscina.

—No está mal. —La chica se encogió de hombros sin demasiado entusiasmo—. O está llena de antipáticos amigos de mi hermano, o Matthew se mea en ella.

Parecía molesta y Mel rió, pero a Peter no le hizo gracia.

—¡Pam! Esas cosas no se dicen y, además, no es cierto.

—Lo es. El muy cerdo lo hizo hace una hora en cuanto la señora Hahn entró en la casa. Y desde el mismo borde de la piscina. Por lo menos hubiera podido hacerlo estando dentro.

Mel tuvo que reprimir la risa y Peter enrojeció.

—Le diré algo a Matt.

—Es probable que los amigos de Mark también lo hagan.

Estaba claro que a Pam no le gustaban sus hermanos. Fue en busca de un traje de baño para Mel y regresó con uno blanco que le pareció adecuado para su talla. Mel le dio las gracias y volvió a mirar alrededor.

—Tienes una habitación muy bonita, Pam.

—Me la hizo mi mamá poco antes de… —Sus palabras se apagaron y en su mirada apareció una expresión triste. Después miró a Peter con aire de desafío—. Es la única habitación de esta casa que me pertenece por entero.

Era extraño que dijera semejante cosa. Mel se compadeció de ella. Se la veía muy triste y como enfadada con los demás. Era como si no les pudiera expresar su dolor sino tan sólo su cólera, como si les considerara responsables de haberle arrebatado a Anne.

–Ha de ser bonito compartirla con tus amigas.

Mel pensó en sus hijas y en sus amigas que se sentaban con ellas en el suelo de sus habitaciones, a escuchar discos, hablar de chicos, reír y contarse secretos que después siempre acababan compartiendo con ella. Parecían muy distintas de aquella muchacha torpe y hostil con cuerpo de mujer y cerebro de niña. Estaba pasando por un período muy difícil y Mel comprendió que Peter tenía muchos problemas. No era extraño que tratara de regresar a casa temprano todos los días. Con un niño de seis años sediento de cariño y afecto, un adolescente a quien vigilar y una muchacha tan triste como aquélla, la casa necesitaba algo más que un ama de llaves: necesitaba un padre y una madre. Comprendió en aquel momento por qué Peter sentía la necesidad de estar en casa y por qué a veces no se sentía capacitado para aquella tarea. Capacitado sí lo estaba, pero sus hijos le exigían muchísimo e incluso un poco más, sobre todo aquella chica. Melanie sintió el impulso de tenderle los brazos, de estrecharla, de decirle que finalmente todo se arreglaría. Como si intuyera los pensamientos de Mel, Pam retrocedió súbitamente.

–Bueno, os veré abajo dentro de un rato.

Era una invitación a que se marcharan. Peter se encaminó hacia la puerta. Antes de salir, preguntó:

–¿Vas a bajar, Pam?

–Sí –contestó la chica sin demasiada convicción.

–Creo que no debes pasar la tarde en tu habitación. –Peter lo dijo con firmeza, pero pareció como si la chica estuviera a punto de replicarle y Melanie no le envidió la papeleta. No parecía muy fácil manejar a aquella muchacha–. ¿Bajarás pronto?

–¡Sí! –contestó la chica con tono todavía más beligerante.

Mel y Peter abandonaron la habitación y bajaron al piso inferior, donde él abrió la puerta de una bonita habitación de invitados azul y blanca, situada al otro lado del pasillo frente a su alcoba.

–Puede cambiarse aquí, Mel.

Peter no habló de Pam y, cuando Melanie salió diez minutos más tarde, estaba más tranquilo que antes y bajó con ella a la habitación-jardín de los muebles de mimbre. Tras unas puertas barnizadas de blanco había una nevera. Peter la abrió, sacó dos latas de cerveza, le entregó una a Mel, tomó con una mano dos vasos de un estante y después la invitó a sentarse.

–Será mejor que esperemos un poco a que los chicos se cansen.

Melanie miró hacia la piscina y vio que ya se estaban marchando. Después se fijó en lo apuesto que estaba Peter con su pantalón de baño azul oscuro, su camiseta y sus pies descalzos. No parecía el mismo hombre a quien ella había entrevistado durante dos días, sino otra persona distinta. Un simple mortal, pensó ella sonriendo mientras él la miraba a los ojos y después se ponía muy serio, pensando en la muchacha de arriba.

–Pam no es una chica fácil. Lo fue mientras vivió su madre. Pero ahora, o bien se muestra excesivamente posesiva conmigo o bien nos odia a todos. Cree que nadie comprende lo que le ocurre y últimamente parece que estuviera viviendo en un campamento enemigo –suspiró y esbozó una cansada sonrisa mientras tomaba un sorbo de cerveza–. Con los chicos también tengo dificultades algunas veces.

–Creo que ella necesita mucho afecto por parte de usted, sobre todo de usted.

–Lo sé. Pero ella nos culpa de todo. Y bueno…
–Peter pareció avergonzarse de decir lo que estaba pensando–. A veces es difícil quererla. Yo lo comprendo, pero los chicos no. Por lo menos, no siempre. –Era la primera vez que reconocía que tenía un problema con su hija.

–Lo superará. Déle tiempo.

–Ya han pasado casi dos años –dijo Peter, suspirando, pero Melanie no se atrevió a decirle lo que pensaba. Habían pasado casi dos años y, sin embargo, había fotografías de Anne por todas partes. Mel intuía que no se había cambiado nada en la casa desde que Anne había muerto, y el propio Peter se comportaba como si su mujer hubiera muerto la semana anterior. ¿Cómo podía esperar que la chica se adaptara si él no lo había hecho? Se reprochaba todavía el no haber sabido convencer a Anne, como si la situación aún pudiera remediarse. Mel no dijo nada, le miró a los ojos y él no los apartó–. Lo sé. Tiene usted razón. Yo sigo aferrado a ello.

–Quizá, cuando usted cierre la puerta al pasado, ella también lo hará –dijo Mel suavemente, y de modo instintivo los ojos de Peter se posaron en la fotografía de Anne que tenía más cerca. Mel preguntó de repente algo que se había prometido no mencionar–: ¿Por qué no se muda de casa?

–¿De aquí? –preguntó él, boquiabierto–. ¿Por qué?

–Para empezar de nuevo. Podría ser un alivio para todos ustedes.

–No lo creo –contestó sacudiendo la cabeza–. Creo que el hecho de irnos a vivir a una nueva casa sería más perjudicial que beneficioso. Por lo menos, aquí estamos a gusto y somos felices.

–¿De veras?

Mel no estaba muy convencida. Sabía que él seguía aferrado al pasado al igual que Pam y se preguntó si a los demás les debía de ocurrir lo mismo; mientras lo pensaba, entró en la habitación una fornida mujer con uniforme blanco y se quedó mirando a los dos, sobre todo a Mel. En su rostro se observaban las huellas del paso del tiempo y sus manos estaban deformadas por los muchos años de duro trabajo, pero sus ojos eran brillantes y vivos y parecían fijarse en todo.

–Buenas tardes, doctor.

Dijo «doctor» como si dijera «Dios» y Mel esbozó una sonrisa. Supo inmediatamente quién era aquella mujer y Peter se levantó para presentarle a Mel. Era la inestimable ama de llaves de quien él le había hablado antes, la valiosa señora Hahn que estrechó la mano de Mel con un apretón casi brutal mientras sus ojos estudiaban a la bonita pelirroja enfundada en un traje de baño blanco que reconoció como el de Pam. Sabía todo lo que ocurría en la casa, quién entraba, quién salía, adónde iban y por qué. Vigilaba especialmente a Pam. Tuvo muchos problemas con ella el año en que murió su madre porque la chica pasó seis meses sin probar apenas bocado y varios meses más vomitando todo lo que comía. Aquel problema se había superado y la niña estaba mucho mejor. Pero Hilda Hahn sabía que la muchacha lo estaba pasando muy mal y necesitaba que la vigilara una mujer: para eso estaba ella. Analizó cuidadosamente a Mel y llegó a la conclusión de que parecía buena chica. La señora Hahn sabía quién era Mel y también que estaba haciendo un reportaje sobre la labor del doctor y pensaba que Mel sería una persona arrogante pero no lo era.

–Mucho gusto en conocerla, señora. –Se mostraba cortés y distante y no le devolvió la sonrisa a Melanie, la cual estuvo a punto de echarse a reír al pensar en lo distinta que era de Raquel. En realidad, todo era distinto en aquellas dos casas, desde las sirvientas a la decoración y los hijos y, sin embargo, Mel pensaba que tenía muchas cosas en común con Peter. Era curioso lo distintas que eran sus vidas–. ¿Le apetece un té frío? –preguntó Hilda, contemplando las cervezas con expresión de reproche. Mel experimentó la sensación de ser una niña desobediente.

–No, gracias.

Mel volvió a sonreír inútilmente y Hilda Hahn asintió con la cabeza y desapareció tras la puerta oscilante que daba acceso a la cocina, al cuarto de desayunar, la despensa y su pequeño apartamento situado en la parte de atrás. Se sentía extremadamente a gusto allí. Al construir la casa, la señora Hallam le prometió a Hilda que tendría su propio apartamento y cumplió la promesa. La señora Hallam era una mujer extraordinaria, decía siempre ella, y lo repitió más tarde para que Mel la oyera antes de servir la cena. Melanie observó que los ojos de Pam se empañaban al oír a Hilda mencionar el nombre de su madre. Era como si aún estuvieran tratando de recuperarse de la pérdida a pesar de que habían transcurrido dos años. Mel experimentaba casi el deseo de guardar las fotografías, recoger todas las cosas y trasladarlos a otra vivienda. La seguían queriendo mucho, como si aguardaran su regreso, y Mel hubiera deseado decirles que no regresaría y que todos ellos tenían que seguir viviendo. Los dos chicos parecían haber soportado mejor la muerte de su madre. Matthew era tan pequeño cuando ella murió que sus recuerdos eran muy vagos y, después de nadar un poco en la piscina, se sentó de buen grado en las rodillas de Mel mientras ella le hablaba de sus gemelas. Al igual que Pam, se sintió fascinado por la idea de las gemelas y quiso saber cómo eran. Y Mark parecía un simpático muchacho de diecisiete años; sus ojos traslucían una madurez superior a su edad, pero aun así conversó alegremente con Peter y Mel. Sólo pareció molestarse cuando llegó Pam y empezó a quejarse de que sus amigos anduvieran todavía por la piscina. Peter intervino para evitar una pelea entre ambos.

—Ya basta, vosotros dos. Tenemos una invitada. Mejor dicho, varios invitados.

Miró severamente a Pam y después contempló a unos amigos de Mark que aún no se habían marchado. Quedaban solamente dos chicos y una chica sentados en el suelo, charlando mientras se secaban el cabello. Pero a Pam parecía molestarle todo el mundo menos Peter, los chicos y la señora Hahn. Había resuelto el problema de Mel ignorándola casi por completo desde que había llegado a la piscina, exceptuando alguna que otra mirada a hurtadillas, sobre todo en los momentos en que Peter conversaba con ella. Era como si quisiera cerciorarse de que no ocurría nada especial, pero un instinto oculto le decía que la acechaba un peligro.

—¿No es cierto, Pam? —dijo Peter, refiriéndose a la escuela de su hija.

Ella estaba observando a Mel y no le oyó.

—¿Cómo?

—Digo que el programa deportivo es estupendo y que el año pasado ganaste dos pruebas de atletismo. Y además, pueden utilizar una cuadra fabulosa.

Era una escuela muy distinta de la de las gemelas, típica de una gran ciudad, y más sofisticada. El estilo de vida de Los Ángeles estaba más orientado al aire libre que el del Este.

—¿Te gusta tu escuela, Pam? —preguntó Mel.

—No está mal. Me gustan mis amigas.

Mark puso los ojos en blanco para indicar que no estaba de acuerdo y Pam se tragó el anzuelo.

—¿Y eso qué quiere decir?

—Quiere decir que andas por ahí con un grupo de niñas tontas, presumidas y anoréxicas.

—¡Yo no soy anoréxica, maldita sea!

Era una palabra capaz de hacerla chillar. Pam se levantó de un brinco y Peter adoptó una expresión cansada.

–¡Basta ya! –zanjó. Después añadió, dirigiéndose a Mark–: Eso ha sido una crueldad innecesaria.

–Perdón –dijo Mark, asintiendo con aire abatido.

Sabía que aquella palabra era tabú, pero aún no estaba muy convencido de que su hermana se hubiera curado. La veía excesivamente delgada, a pesar de lo que ella y su padre dijeran.

Miró con expresión de disculpa a Mel y se alejó para reunirse con sus amigos y Pam regresó al interior de la casa acompañada de Matthew, que deseaba comer algo. Peter se pasó un rato contemplando en silencio la piscina y después se fijó en Mel.

–Supongo que no es una escena familiar muy sosegada. –Estaba dolido por el comportamiento y las palabras de sus hijos como si él fuera el responsable de toda aquella dolorosa agitación–. Le pido disculpas por esta situación desagradable.

–No se preocupe. Con mis hijas no siempre marchan bien las cosas.

La verdad era que Mel no recordaba cuándo se habían peleado las gemelas por última vez. Sin embargo, aquella familia estaba en dificultades y Pam parecía una muchacha desdichada.

Peter lanzó un suspiro y apoyó la cabeza en el respaldo de su silla mientras contemplaba la piscina.

–Supongo que finalmente se calmarán. Mark se irá a estudiar fuera el año que viene. –No obstante, el problema no era Mark sino Pam, como ambos sabían. Y ella aún tardaría mucho tiempo en irse. Peter volvió a mirar a Mel–. Pam es la que más sufrió con la muerte de su madre.

Eso estaba muy claro, pero Peter aún había sufrido más y seguía sufriendo. Mel intuía que necesitaba a una mujer que sustituyera a Anne y compartiera con él todas sus cargas. La necesitaba para él y para sus hijos. Resultaba doloroso pensar que estaba tan solo. Era inteligente y apuesto, capaz y fuerte, tenía muchas cosas que ofrecer. Sentada a su lado, sonrió, pensando en Raquel y las niñas. Casi le parecía estar oyéndolas: «¿Y tú, mamá…? ¿Era guapo? ¿Por qué no saliste con él?» Él no se lo había pedido. De repente, se preguntó si saldría con él en caso de que se presentara la ocasión. Le pareció divertido pensarlo mientras ambos permanecían sentados uno al lado del otro junto a la piscina. Era distinto de todos los demás hombres que conocía. Los hombres con quienes había salido previamente eran en cierto modo inaccesibles y a ella le gustaba que así fuera. Pero Peter era distinto. Era accesible y auténtico, y estaba a su misma altura. Si no se hubiera marchado al día siguiente, le hubiese entrado miedo.

−¿En qué estaba pensando? −preguntó él bajo el tibio sol del atardecer mientras ella regresaba de nuevo a la realidad con una sonrisa.

−Nada importante.

No había razón para hablarle de los hombres de su vida o de la opinión que él le merecía. No había entre ellos nada de tipo personal y, sin embargo, cuando estaba a su lado, Mel percibía una presencia intangible. Tenía la sensación de conocerle mejor de lo que realmente le conocía. Pero aquel hombre era muy vulnerable y eso le gustaba. Teniendo en cuenta quién era y lo que era, había logrado seguir siendo muy humano y, ahora que estaba en su casa, aún le gustaba más.

−Hace un momento estaba usted a un millón de kilómetros de aquí.

−No, no tan lejos. Estaba pensando en algunas cosas de Nueva York: mi trabajo… mis hijas…

−Debe de ser complicado tener que marcharse por motivos de trabajo.

−A veces. Pero ellas lo comprenden. Ahora ya están

acostumbradas. Y Raquel las vigila muy bien cuando yo no estoy.

—¿Cómo es?

Peter sentía una constante curiosidad por ella y Melanie le miró con una sonrisa.

—No se parece en nada a la señora Hahn. Precisamente, antes estaba pensando en lo distintas que son nuestras vidas, por lo menos en apariencia.

—¿En qué sentido?

—Nuestras casas, por ejemplo. La suya es mucho más sólida que la mía. —Melanie se echó a reír—. Creo que la mía es una especie de gallinero. Parece la casa de una mujer. La suya es mucho más grande y ordenada. Igual que la señora Hahn. Raquel parece que no se haya pasado nunca un peine por el pelo, lleva siempre el uniforme mal abrochado y replica constantemente. Pero la queremos mucho y es maravillosa con las niñas.

Él sonrió al oír la descripción de Raquel.

—¿Cómo es su casa?

—Alegre, pequeña y clara, justo lo que necesitamos las niñas y yo. La compré hace unos años y me asusté cuando lo hice, pero ahora me alegro. —Peter asintió, pensando en lo difícil que debía de resultar afrontar sola todas las responsabilidades. Era una de las cosas que admiraba en Mel, aunque había muchas cosas en ella que le gustaban. Y estaba intrigado porque era muy distinta de Anne. Melanie le miró sonriente—. Tendrá que venir a verme alguna vez a Nueva York.

—Algún día.

Peter deseó que ello sucediera muy pronto y no supo muy bien por qué; lo único que sabía era que se trataba de la primera persona en mucho tiempo a la que abría su corazón. Antes de que pudiera añadir algo más, Matthew regresó con una bandeja de pastelillos y, sin pensarlo un minuto, se sentó en el suelo junto a Mel y le ofreció la bandeja. Llevaba toda la cara y las manos cubiertas de migas y el resto lo echó encima suyo y de Mel, pero a ésta no pareció importarle. Los chiquillos constituían una novedad para ella. Ambos empezaron a conversar muy en serio acerca de su escuela y de su mejor amigo mientras Peter les observaba. Después, éste les dejó y se fue a nadar. Cuando regresó, aún estaban charlando; Matthew se había sentado sobre las rodillas de Mel y se le veía totalmente feliz, acurrucado contra ella.

Mientras salía de la piscina, Peter se detuvo en lo alto de la escalerilla y les miró con una triste sonrisa. El niño necesitaba a una persona como ella, todos la necesitaban, y por primera vez en casi dos años se percató de las cosas que faltaban en su vida. Pero inmediatamente apartó aquellos pensamientos y con presteza se reunió con ellos, tomando una toalla de encima de una mesa y secándose el cabello como si quisiera librarse de las nuevas ideas que cruzaban por su mente. En aquel momento, los amigos de Mark se marcharon y él fue a sentarse al lado de Melanie y Matthew en la silla vacía de Peter.

—Espero que mis amigos no la hayan vuelto loca. —Mark la miró con timidez—. A veces son un poco revoltosos.

Mel rió pensando en los amigos de Val y Jessie que de vez en cuando estaban en un tris de destrozar su casa y no parecían menos revoltosos que los amigos de Mark.

—A mí me han parecido bien.

—¡Dígaselo a mi padre!

Mark sonrió, mirándola con simpatía mientras intentaba no fijarse en lo atractiva que estaba con el traje de baño de su hermana.

—¿Qué pasa? ¿Otra vez pronunciando mi nombre en vano?

Mark le miró con aire de victoria. Le gustaba la

nueva amiga de su padre y a las chicas les había causado una gran impresión que Melanie Adams estuviera «pasando un rato» en su piscina.

—La señorita Adams piensa que mi grupo no está tan mal.

—Lo dice por educación. No te creas ni una palabra.

—Eso no es cierto. Debiera usted ver a los amigos de Val y Jessie. Una vez organizaron una fiesta y alguien prendió fuego accidentalmente a una silla.

—Oh, Dios mío. —Peter hizo una mueca y Mark sonrió. Era sencilla, franca y natural, no parecía en modo alguno una estrella de la televisión y si Mel hubiera podido oír sus pensamientos se hubiera echado a reír. Nunca se consideraba una «estrella de la televisión» y las gemelas tampoco la consideraban así—. ¿Y qué ocurrió después?

—Les impuse una sanción de dos meses, pero la levanté al cabo de uno.

—Tienen suerte de que no las enviara a un reformatorio.

Mark y Mel intercambiaron una sonrisa de complicidad ante la severa expresión de Peter, y Matthew, indiferente a todo, se apretujó un poco más contra ella para que no lo olvidara. Ella le acarició el cabello y pareció que al chiquillo no le importaba no acaparar su interés. Sabía que, a su manera, ella le seguía prestando atención. En aquel momento Mel miró hacia la casa y vio a Pam mirándoles casi a escondidas desde la ventana de su dormitorio. Sus miradas se cruzaron e, instantes después, Pam desapareció. Melanie se preguntó por qué no habría regresado a la piscina. Era como si deseara que la excluyeran. O tal vez quería a Peter para ella sola y no deseaba compartirlo con ella o con sus dos hermanos. Le hubiera gustado decirle algo de eso a Peter, pero no quería entrometerse. Siguieron bromeando hasta que se levantó una ligera brisa y todos empezaron a sentir frío. Ya eran más de las seis. Mel consultó su reloj y vio que tendría que irse muy pronto. Era casi la hora de la cena.

—No ha nadado todavía, Mel. ¿Por qué no nada un poco? Después cenaremos. La señora Hahn se pondrá furiosa si llegamos tarde.

Parecía todo tan mecanizado, tan perfectamente dirigido que, sin que nadie se lo dijera, Mel adivinó que era un legado de Anne, la cual gobernaba su casa como una máquina bien engrasada. No era su estilo, pero Mel estaba admirada. Formaba parte de todo lo que les había permitido seguir subsistiendo a la muerte de Anne, aunque probablemente les hubiera sido beneficioso cambiar, caso de haber podido. Sin embargo, los viejos hábitos eran difíciles de eliminar, sobre todo para Peter y la señora Hahn. Resultaba tan agradable ver a Mel y tenerla cerca. Peter volvió a experimentar en su interior un intenso anhelo mientras la contemplaba deslizándose por el agua con experta soltura. Por fin ella regresó al borde de la piscina con el cabello mojado, los ojos brillantes y una alegre sonrisa sólo para él.

—Tenía usted razón. Era exactamente lo que necesitaba.

—Yo siempre tengo razón. También necesitaba cenar aquí.

Melanie decidió ser sincera.

—Espero que a sus hijos no les importe demasiado. —Ya había visto muchas cosas en los ojos de Pam. Más de las que Peter hubiera querido—. No creo que entiendan muy bien mi presencia aquí.

Se miraron a los ojos y él se acercó a la piscina y se sentó, incapaz de reprimir sus sentimientos y sus palabras.

—Yo tampoco.

Clavó los ojos en ella y se sorprendió de sus propias palabras.

–Peter… –dijo Mel, repentinamente asustada. Pensó que tenía que decirle algo más acerca de sí misma, de sus antiguas cicatrices y sus temores a intimar demasiado con los hombres.

Sin embargo, ambos intuían que les estaba ocurriendo algo extraño.

–Lo siento. Ha sido una locura decirlo.

–No estoy muy segura… pero… Peter… –Y entonces, mientras apartaba el rostro buscando las palabras adecuadas, vio a Pam otra vez en la ventana para luego ocultarse de nuevo–. No quiero entremeterme en su vida –dijo, esforzándose por volver a mirarle.

–¿Por qué no?

Melanie respiró hondo y salió de la piscina. Él estuvo a punto de lanzar un jadeo al ver sus esbeltas piernas y el traje de baño blanco, y esta vez fue él quien apartó el rostro. La voz de Mel sonó dulce cuando volvió a hablar.

–¿Ha habido alguien aquí desde que murió Anne?

Él sabía a qué se refería y meneó la cabeza.

–No. No en este sentido.

–Entonces, ¿por qué molestar a todo el mundo?

–¿Quién está molesto?

–Pam.

–Eso no tiene nada que ver con usted, Mel –dijo él, suspirando–. Estos dos últimos años han sido muy duros para ella.

–Lo comprendo. Pero el caso es que yo vivo a casi cinco mil kilómetros de distancia y no es probable que volvamos a vernos en mucho tiempo. La entrevista que estamos realizando es emocionante para ambos. Y a la gente suelen ocurrirle cosas curiosas en tales circunstancias. Es como cuando se va a la deriva en un barco: suele producirse una asombrosa intimidad. Pero mañana la entrevista terminará y yo me iré a casa –dijo Mel casi con tristeza en los ojos.

–¿Qué puede tener de malo una cena?

Ella permaneció sentada a su lado con aire pensativo.

–No lo sé. No quiero hacer nada que no sea sensato.

Volvió a mirar a Peter y vio que él también estaba triste. Era una locura. Ambos se gustaban, casi demasiado, pero ¿de qué servía?

–Creo que atribuye una importancia excesiva a todo eso, Mel –dijo él con voz profunda y casi áspera.

–¿De veras? –preguntó ella sin desviar la mirada. Peter sonrió.

–No. Creo que soy yo quien se la atribuye. Me gusta usted, Mel.

–Y usted a mí. Eso no tiene nada de malo siempre y cuando no nos dejemos arrastrar…

Pero, súbitamente, Mel lo deseó. Era absurdo estar sentados allí al borde de la piscina, hablando de algo que nunca había existido y nunca existiría y, sin embargo, *había* algo. Mel no supo si era una ilusión nacida del hecho de haber trabajado juntos dos días o si era una realidad. Era incapaz de decirlo y, al día siguiente se tenía que ir. A lo mejor no tenía nada de malo una cena y se esperaba de ella que se quedara.

Peter volvió a mirarla y le dijo:

–Me alegro de que esté aquí, Mel.

Hablaba como Matt y Melanie sonrió.

–Yo también.

Por un instante sus ojos se encontraron y Mel notó que un estremecimiento le recorría la espalda. Había algo mágico en aquel hombre. Él también parecía intuirlo. Se levantó con una alegre sonrisa y le tendió la mano. Parecía casi tímido y ella sonrió y le siguió al interior de la casa, alegrándose de haberse quedado. Regresó a la habitación de invitados y se cambió de ropa, aclaró con agua el traje de baño y subió arriba para devolvérselo a Pam, con el cabello mojado recogido hacia atrás en un moño y su rostro algo bronceado realzado únicamente con rímel y pintalabios. Encontró a Pam sentada en su habitación, escuchando una cinta con una expresión casi soñadora. Mel llamó con los nudillos a la puerta abierta y entró, provocándole un ligero sobresalto.

–Hola, Pam. Gracias por el bañador. ¿Lo dejo en tu cuarto de baño?

–Sí... Muy bien... gracias.

La chica se levantó y volvió a sentirse cohibida en presencia de Mel y ésta sintió de repente el mismo abrumador impulso de estrecharla entre sus brazos a pesar de lo alta y crecida que estaba. Por dentro seguía siendo una chiquilla solitaria y triste.

–Es una grabación muy bonita. Val también la tiene.

–¿Cuál de ellas es Val? –preguntó Pam.

–La rubia.

–¿Es guapa?

–Espero que sí –contestó Mel, sonriendo–. A lo mejor algún día, si vienes al Este con tu padre, os podréis conocer.

Pam volvió a sentarse en el borde de la cama.

–Me gustaría ir a Nueva York. Pero casi nunca vamos a ninguna parte. Papá no puede dejar su trabajo. Siempre tiene que atender a alguien. Exceptuando un par de semanas en verano, y entonces se vuelve loco porque tiene que dejar el hospital y llama allí cada dos horas. Vamos a Aspen.

Estaba abatida y Mel se fijó en sus ojos. Había en ellos algo como roto. Necesitaba animarse, emocionarse, alegrarse. Mel tenía la impresión de que una mujer podría obrar maravillas en aquella chica. Una mujer que la quisiera y ocupara el lugar de su madre. La muchacha la echaba de menos y, aunque se opusiera a la presencia de otra mujer, eso era lo que más necesitaba. Aquel sargento alemán de abajo no podía darle amor y Peter hacía lo que podía, pero la chica necesitaba algo más.

—Aspen debe de ser bonito.

Mel estaba tratando de abrir la puerta que se interponía entre ella y la muchacha. Una o dos veces le pareció vislumbrar un rayo de esperanza, pero no estuvo muy segura.

—Sí, no está mal. Pero yo me aburro allí.

—¿Adónde preferirías ir?

—A la playa… México… Europa… Nueva York… algún sitio agradable. —Esbozó una leve sonrisa, mirando a Mel—. Algún sitio donde haya gente interesante, no meros amantes de la naturaleza y gente que practica el montañismo. —Hizo una mueca—. Qué asco.

—Nosotras vamos todos los veranos a Martha's Vineyard —dijo Mel sonriendo—. No es muy emocionante, pero es bonito. A lo mejor podrías visitarnos allí algún día.

Pero entonces Pam volvió a adoptar una expresión recelosa y, antes de que Mel pudiera decir algo más, Matthew entró corriendo en la habitación.

—¡Lárgate de aquí, bicharraco! —dijo Pam, levantándose de un salto para proteger sus dominios.

—Eres una bruja. —Matthew parecía más molesto que dolido y miró posesivamente a Mel—. Papá dice que la cena ya está lista y que tenemos que bajar.

Se quedó esperando para acompañar a Mel y ésta ya no tuvo tiempo de tranquilizar a Pam y decirle que la invitación no había sido más que una muestra de amistad por su parte y no un presagio de relaciones futuras entre ella y su padre.

Mark se reunió con ellos en la escalera y empezó a discutir con Pam mientras bajaban y Matt correteaba al lado de Mel. Peter ya les estaba aguardando en el comedor y, al verles entrar en grupo, Mel observó que en su rostro aparecía fugazmente una extraña expresión.

Debió recordar algo que no veía desde hacía mucho tiempo.

—¿La mantenían arriba secuestrada como rehén? Temía que lo hubieran hecho.

—No. Estaba hablando con Pam.

Él pareció alegrarse y todos se sentaron. Mel se quedó de pie, dudando. Peter le ofreció rápidamente la silla de su derecha y Pam se escandalizó y estuvo a punto de levantarse. Se encontraba sentada al otro extremo de la mesa, de cara a Peter, con un hermano a cada lado.

—Ésa es…

—¡No importa! —dijo Peter con firmeza, y Mel comprendió inmediatamente lo que había hecho. Le había ofrecido la silla de su difunta esposa, y ella deseó que no lo hubiera hecho. Se hizo un largo y profundo silencio, y cuando entró la señora Hahn miró fijamente a Mel, que a su vez le dirigió a Peter una mirada de súplica—. No se preocupe, Mel.

La miró con expresión tranquilizadora y, con una sola mirada, abarcó a todos los demás. Momentos después se reanudó la conversación y el comedor se llenó del bullicio habitual mientras todos empezaban a saborear la sopa fría de berros que había preparado la señora Hahn.

La cena fue muy agradable y resultó que Peter había tenido razón. No había por qué atribuirle excesiva importancia. Al terminar, Peter y Mel se fueron a tomar el café al despacho y los chicos subieron al piso de arriba. Mel no volvió a verles hasta el momento de irse. Pam le estrechó ceremoniosamente la mano y Mel adivinó que se alegraba de que se fuera, Mark le pidió un autógrafo y Matthew le lanzó los brazos al cuello y le suplicó que se quedara.

—No puedo. Pero te prometo que te enviaré una postal desde Nueva York.

—No es lo mismo —dijo él con los ojos acuosos.

Tenía razón, pero era lo mejor que Mel podía hacer. Le abrazó con fuerza, le besó suavemente la mejilla y le acarició el cabello.

—A lo mejor vendrás un día a verme a Nueva York.

Pero cuando él la miró a los ojos, ambos comprendieron que no era probable que ocurriera y Melanie lo sintió mucho por él. Cuando por fin se fue y se alejó de la casa en el automóvil de Peter, Matthew siguió agitando la mano mientras el vehículo se perdía a lo lejos. Mel casi estaba llorando.

—Me siento culpable por tener que dejarle así. —Miró a Peter y, al ver la expresión de sus ojos, éste se conmovió y le dio una palmada en la mano. Era la primera vez que la tocaba y sintió un estremecimiento. Retiró la mano y ella apartó la mirada—. Es un niño estupendo... lo son los tres... incluso Pam. —Le gustaban todos y se compadecía de lo que habían sufrido, también Peter. Lanzó un suave suspiro—. Me alegro de haberme quedado.

—Yo también me alegro. Nos ha hecho usted mucho bien. No disfrutábamos de una comida alegre como ésta desde hace... años.

Mel sabía exactamente cuántos. Habían estado viviendo en una tumba y una vez más empezó a pensar que Peter debía vender la casa, pero no se atrevió a decírselo. En su lugar se volvió a mirarle, pensando de nuevo en sus hijos.

—Gracias por invitarme esta tarde.

—Me alegro de que haya venido.

—Yo también.

Llegaron con excesiva rapidez al aparcamiento del hospital y ambos se quedaron torpemente de pie junto al automóvil de Mel, sin saber qué decir.

—Gracias, Peter. Ha sido una velada maravillosa.

Mentalmente tomó nota de enviar unas flores al día siguiente y tal vez algo especial para los hijos si le daba tiempo a ir de compras antes de marcharse. Aún tenía que comprar algo para las gemelas.

–Gracias, Mel –dijo él, mirándola largamente a los ojos y tendiéndole la mano para estrechar la suya–. La veré mañana.

Harían una breve filmación de Pattie Lou antes de marcharse. Sería la última vez que Mel viera a Peter. Éste la acompañó a su automóvil y ambos permanecieron de pie un instante antes de que ella subiera al vehículo.

–Gracias de nuevo.

–Buenas noches, Mel.

Peter sonrió y se volvió, dirigiéndose hacia el edificio del hospital para echar un último vistazo a Pattie Lou.

7

La filmación de unos breves planos de Pattie Lou en cuidados intensivos se llevó a cabo al día siguiente sin dificultad. A pesar de la operación sufrida y de los tubos y sondas que llevaba, la niña ofrecía un aspecto mucho más saludable y Melanie se quedó asombrada. Era como si Peter hubiera realizado una cura milagrosa, pero Mel no quiso detenerse a pensar en el tiempo que iba a durar. Aunque sólo fueran unos años, era mejor que unos días. Con el ejemplo vivo de Pattie Lou, Peter Hallam la había convencido por completo.

Le vio en el pasillo tras haber dejado a Pattie Lou. El equipo de filmación ya se había marchado y ella estaba a punto de despedirse de Pearl. Tenía que pagar la cuenta del hotel y deseaba hacer algunas diligencias en Beverly Hills, entre ellas comprarles alguna cosita a las niñas.

En sus viajes, Mel les traía algo siempre que podía. Era una especie de tradición mantenida a lo largo de los años. Por consiguiente, tenía intención de hacer una escapada de una hora a Rodeo Drive para efectuar algunas compras.

—Hola. —Estaba apuesto y rebosante de energía como si no se hubiera pasado el día trabajando—. ¿Qué va a hacer hoy?

–Liar el petate –contestó ella, sonriendo–. Acabo de ver a Pattie Lou. Está estupenda.

–Sí, en efecto –dijo él, orgulloso–. Yo también la he visto esta mañana.

En realidad, la había visto un par de veces, pero a Mel no se lo dijo. No quería que se inquietara pensando que algo iba mal.

–Iba a llamarle esta tarde para agradecerle la cena de anoche. –Estudió su rostro, preguntándose qué iba a descubrir en él.

–A mis hijos les encantó conocerla, Mel.

–Y a mí también.

Sin embargo, Mel no pudo evitar preguntarse por la reacción de Pam al regresar Peter a casa.

Él la estaba mirando tristemente y ella se preguntó si habría ocurrido algo. Peter pareció dudar y por fin le preguntó:

–¿Tiene mucha prisa?

–Pues no demasiada. No salgo hasta las diez de esta noche. –No mencionó su intención de ir de compras a Rodeo Drive, pues le pareció una excesiva frivolidad en medio de toda aquella lucha por salvar una vida humana–. ¿Por qué?

–No sé si le apetecerá ver de nuevo a Marie Dupret.

Mel adivinó que la chica ya significaba algo para él. Era su más reciente pajarillo herido.

–¿Cómo está hoy? –Le miró a los ojos, preguntándose cómo era posible que un hombre se preocupara tanto. Pero así era. Resultaba evidente en todo lo que hacía y decía.

–Más o menos igual. Estamos buscándole un donante.

–Espero que lo consigan pronto.

Mientras acompañaba a Peter a la habitación de Marie, Mel pensó que la idea era espantosa.

La chica parecía más pálida y débil que el día anterior y Peter se sentó a conversar con ella en un tono casi íntimo. Era como si se hubiera establecido entre ambos una comunión especial y, por una décima de segundo, Mel se preguntó si Peter se sentiría atraído por la chica. Sin embargo, el tono que empleaba con ella no tenía el menor matiz sensual; ocurría simplemente que se preocupaba mucho por ella y daba la impresión de que se conocieran desde hacía años, lo cual no era cierto. Se trataba de un sorprendente caso de mutua compenetración. Al cabo de un rato, Marie pareció tranquilizarse y sus ojos se posaron en Mel.

–Gracias por venir a verme otra vez, señorita Adams.

Estaba tan pálida y débil que se adivinaba fácilmente que no podría vivir mucho tiempo sin el trasplante que necesitaba de manera tan desesperada. Parecía haber empeorado desde el día anterior y a Mel le dio un vuelco el corazón mientras se acercaba a ella.

–Regreso esta noche a Nueva York, Marie. Pero estaré esperando con ansia buenas noticias de ti.

La joven de traslúcida palidez permaneció un buen rato en silencio y después sonrió con tristeza.

–Gracias. –Y entonces, mientras Peter la observaba, dio rienda suelta a sus temores y dos lágrimas empezaron a rodar por las mejillas–. No sé si vamos a encontrar un donante a tiempo.

–Pero tú seguirás esperando, ¿verdad? –le dijo Peter.

Sus ojos miraron con tanta intensidad a la chica que fue casi como si le ordenara seguir viviendo y a Mel le pareció percibir físicamente la fuerza magnética que les unía.

–Todo se arreglará –dijo Melanie, rozándole la mano y sorprendiéndose de lo fría que estaba. La chica apenas tenía circulación y a ello se debía su palidez azulada–. Estoy segura.

La joven miró a Mel casi sin poder moverse a causa de la debilidad.

–¿De veras?

Melanie hizo un esfuerzo por reprimir las lágrimas. Experimentaba la aterradora sensación de que la chica no iba a sobrevivir y, al salir de la habitación, empezó a rezar en silencio por ella. Una vez en el pasillo, se volvió a mirar a Peter con inquietud.

–¿Podrá resistir hasta que se encuentre un donante?

Mel tenía sus dudas y ni siquiera Peter parecía muy seguro. De repente pareció abatirse, cosa insólita en él.

–Así lo espero. Todo depende de lo que tardemos en encontrar el donante.

Melanie no le hizo la pregunta más obvia –«¿Y si no lo encuentran?»– porque la respuesta se podía deducir fácilmente del estado de la enferma. Era la muchacha más frágil y delicada que Melanie hubiera visto jamás y parecía un milagro que aún estuviera con vida.

–Espero que sobreviva.

–Yo también –dijo Peter, mirándola intensamente mientras asentía con la cabeza–. Algunas veces los factores emocionales son beneficiosos. Yo volveré a verla más tarde y las enfermeras la vigilan muy de cerca y no sólo a través de los monitores. El problema es que no tiene familia ni parientes. A veces las personas que están solas no tienen ningún motivo para seguir viviendo. Nosotros tenemos que esforzarnos en darles ese motivo en la medida de lo posible. Pero, en última instancia, lo que ocurra no depende de nosotros.

¿Dependía acaso de ella? ¿La voluntad de vivir tenía que surgir de aquella frágil muchacha? Parecía una exigencia excesiva, pensó Melanie en silencio mientras seguía a Peter hasta la sala de las enfermeras, casi arrastrando los pies. No había ninguna razón para seguir allí. Peter tenía cosas que hacer y ella debía ocuparse de sus asuntos, aunque en aquellos momentos la perspectiva no la atrajera demasiado. En cierto modo hubiera deseado quedarse para vigilar a Pattie Lou, conversar con Pearl, rezar por Marie y visitar a los demás pacientes que había visto. Sin embargo, empezaba a sospechar que la razón de su deseo no era aquélla. Era Peter. No le apetecía dejarle. Él pareció adivinarlo. Se alejó de las enfermeras y las historias clínicas y se acercó al lugar en que ella se encontraba.

—La acompañaré abajo, Mel.

—Gracias —dijo ella. Deseaba estar a solas con él, pero no estaba segura del motivo. Tal vez se sintiera atraída simplemente por su estilo, por su manera de atender a los pacientes y por su cordialidad; sin embargo, sabía que había algo más. Se sentía muy atraída por aquel hombre, pero ella vivía en Nueva York y él en Los Ángeles. ¿Y si hubieran vivido en la misma ciudad? No sabía qué habría ocurrido en tal caso. Mientras él la acompañaba a su automóvil, le dijo—: Gracias por todo.

—¿Por qué? —repuso él sonriendo con dulzura.

—Por haber salvado la vida de Pattie Lou.

—Lo hice por Pattie Lou, no por usted.

—Pues… por todo lo demás. Su interés, su colaboración, su tiempo, la cena, el almuerzo… —Melanie se quedó sin palabras y él la miró con expresión divertida.

—¿Quiere añadir algo más? ¿El café en el pasillo? Ella sonrió mientras él le tomaba la mano.

—Yo debería darle las gracias a usted, Mel. Ha hecho muchas cosas por mí. Es la primera persona con la que he hablado sinceramente desde hace dos años. Y se lo quiero agradecer. —Antes de que ella pudiera responder, añadió—: ¿Podría llamarla a Nueva York alguna vez o sería inoportuno?

—En absoluto. Me agradaría mucho. —El corazón le palpitaba como si fuera una chiquilla.

—Pues entonces la llamaré. Le deseo buen viaje.

Estrechó nuevamente su mano y después se volvió, la saludó con el brazo y se fue. Así de sencillo. Y mientras se dirigía a Rodeo Drive en su automóvil, Mel no pudo evitar preguntarse si volvería a verle.

8

Mientras terminaba de hacer sus compras aquella tarde, Mel descubrió que tenía que luchar una y otra vez por alejar a Peter Hallam de sus pensamientos. No estaba bien que pensara tanto en él. Al fin y al cabo, ¿qué era él para ella? Un hombre interesante, el sujeto de una entrevista, nada más, por muy atractivo que pareciera. Procuraba pensar en Val y Jess y, de repente, volvía a aparecer Peter. Estaba pensando todavía en él cuando metió su maleta en el portaequipajes del taxi que la llevaría al aeropuerto a las ocho de aquella tarde. Se le apareció mentalmente una imagen clarísima de Pam, una chica turbada, afligida y solitaria.

—Mierda —musitó en voz alta y el taxista se volvió a mirarla.

—¿Ocurre algo?

Ella meneó la cabeza, riendo para sus adentros.

—Perdón. Estaba pensando en otra cosa.

El taxista asintió con expresión perpleja. Le había ocurrido otras veces y le importaba un bledo, siempre y cuando le dieran una buena propina, cosa que ella hizo efectivamente. No pedía más.

Una vez en el aeropuerto, examinó el contenido de su bolso por si hubiera olvidado algo, se dirigió al mostrador para entregar la maleta, compró tres revistas y se sentó junto a la puerta para esperar su vuelo. Ya eran las nueve y dentro de veinte minutos subiría al aparato. Miró alrededor y pensó que el avión estaría lleno, pero, como de costumbre, ella viajaría en primera y probablemente no tendría que soportar molestias. Empezó a hojear las revistas, esperando que anunciaran el vuelo cuyo número se había aprendido de memoria. Era el último vuelo del día con destino a Nueva York, popularmente llamado «ojo enrojecido» porque así era como llegaba una persona a las seis de la mañana siguiente, agotada y con los ojos irritados, pero al menos no se perdía todo un día volando.

Entonces se sobresaltó súbitamente. Le pareció haber oído su nombre, pero llegó a la conclusión de que había sido un error. Anunciaron el vuelo y esperó a que subieran los primeros pasajeros entre apretujones, después tomó la cartera y el bolso de mano que llevaba y se colocó en la fila con el billete y la tarjeta de embarque en la mano. Entonces volvió a oír su nombre. Esta vez estuvo segura de que no eran figuraciones suyas.

«Melanie Adams, por favor acuda al teléfono blanco de cortesía… Melanie Adams… teléfono blanco de cortesía, por favor… Melanie Adams…»

Consultando el reloj para ver cuánto tiempo le quedaba, corrió al teléfono blanco que se encontraba al otro extremo de la sala y cogió el auricular.

—Soy Melanie Adams. Creo que me han llamado ustedes hace un momento.

Depositó las bolsas en el suelo junto a sus pies y escuchó con atención.

—La ha llamado un tal doctor Peter Hallam. Quiere que le llame usted inmediatamente, si puede.

La telefonista le proporcionó el teléfono particular de Peter. Ella lo repitió mentalmente mientras corría al teléfono público más próximo y buscaba una moneda de diez centavos en su bolso, mirando el gran reloj que colgaba del techo. Le quedaban como cinco minutos y no podía perder el vuelo. Tenía que estar en Nueva York a la mañana siguiente. Encontró una moneda, la introdujo en la ranura y marcó el número.

—¿Diga?

El corazón de Mel empezó a latir con fuerza al oír su voz, preguntándose por qué la habría llamado.

—Peter, soy Mel. Sólo me quedan un par de minutos para tomar el vuelo.

—Yo tampoco dispongo de mucho tiempo. Acabamos de recibir un donante para Marie Dupret. Salgo ahora mismo hacia el hospital y he pensado decírselo por si quisiera quedarse. —Mel pensaba rápidamente mientras escuchaba y, por un instante, se decepcionó. Creía que la había llamado para despedirse, pero aun así, mientras pensaba en el trasplante, la adrenalina empezó a correrle por la sangre. Ahora Marie tenía una esperanza. Habían encontrado un corazón para ella—. No sabía si querría usted cambiar sus planes, pero se lo he querido decir por si acaso. No sabía con qué compañía viajaba y he llamado al azar.

Y había acertado.

—Me ha pillado por los pelos. —Mel frunció el entrecejo—. ¿Podríamos filmar el trasplante? —Sería un complemento sensacional del reportaje y le daría una excusa para quedarse un día más.

Hubo una larga pausa.

—Muy bien. ¿Puede reunir inmediatamente un equipo de filmación?

—Lo intentaré. Necesito permiso de Nueva York para quedarme. No sé qué hacer. Dejaré un recado para usted en el hospital tanto si me quedo como si no.

—Muy bien. Tengo que dejarla. La veré luego —dijo con brusco tono profesional y colgó sin más.

Melanie permaneció un segundo en la cabina telefónica, ordenando sus pensamientos. Lo primero que tenía que hacer era hablar con la supervisora de embarque que se encontraba junto a la puerta. Lo había hecho otras veces y, con un poco de suerte, podrían retrasar el vuelo cinco o diez minutos, lo cual le daría tiempo para llamar a Nueva York. Esperaba poder hablar con alguien de esta ciudad que tuviera la suficiente autoridad como para darle el permiso. Tomando la cartera y el bolso de mano corrió hacia la puerta, encontró a la supervisora y le explicó quién era, mostrándole el carnet de prensa de la cadena.

–¿Podría retener el vuelo diez minutos? Tengo que llamar a Nueva York para un importante reportaje.

A la supervisora no le hizo mucha gracia, pero a las personas de la categoría de Mel solían hacerles favores especiales como, por ejemplo, facilitarles pasaje en vuelos cerrados, aunque ello significara dejar en tierra a algún confiado pasajero o retener algún vuelo poco antes del despegue, como en aquel caso.

–De acuerdo –dijo–. Diez minutos.

A las compañías aéreas les costaba una fortuna hacer semejantes filigranas y retrasar el vuelo. La supervisora habló a través del transmisor mientras Mel regresaba corriendo a la cabina telefónica y llamaba con cargo a su tarjeta de crédito. La pusieron inmediatamente con la redacción, pero tardaron cuatro preciosos minutos en localizar a un ayudante de producción y a un jefe de reportajes, que fue quien habló con ella.

–¿Qué ocurre?

–Una sensacional oportunidad. Una de las personas a las que he entrevistado era un paciente a la espera de un trasplante. Hallam me acaba de llamar. Tienen un donante y van a operar ahora mismo. ¿Puedo quedarme y llevar un equipo al Center City para filmar la intervención? –Estaba sin resuello a causa de la emoción y de la carrera hasta la cabina telefónica.

–¿Filmasteis la anterior operación?

–No. –Melanie contuvo el aliento.

–Pues entonces quédate, pero vuelve sin falta mañana por la noche.

–Sí, señor.

Sonrió mientras colgaba y regresó corriendo a la puerta de embarque.

Les dijo que no iba a tomar el vuelo y llamó a la cadena local, solicitando un equipo de filmación. Después salió a buscar un taxi, esperando que la compañía cumpliera su promesa de guardarle la maleta.

El equipo de filmación la estaba esperando en el vestíbulo cuando ella llegó, y todos subieron inmediatamente a la sección de cirugía. Tuvieron que lavarse, ponerse mascarillas y batas y se instalaron en un minúsculo rincón de la sala de operaciones en el que tuvieron que apañárselas para colocar las cámaras. Mel se mostró inflexible en el respeto a las normas porque agradecía a Peter que les hubiera permitido estar presentes y no quería abusar del privilegio.

Por fin, tendida en una camilla con las barandillas levantadas, apareció Marie. Tenía los ojos cerrados y estaba mortalmente pálida. No se movió en absoluto hasta que entró Peter, con bata y mascarilla, y le dirigió unas palabras. Peter pareció no haber visto a Mel, pese a que miró una vez hacia el equipo de filmación, mostrándose satisfecho del lugar que ocupaba. A continuación el proceso se puso en marcha mientras Mel lo contemplaba todo fascinada.

Peter miraba constantemente los monitores y daba instrucciones precisas a sus colaboradores. Todos se movían al unísono, como si estuvieran interpretando un complicado ballet manual, pasándole los instrumentos a Peter desde una enorme bandeja.

Melanie apartó los ojos cuando practicaron la primera incisión, pero después se sintió subyugada por la intensidad de la escena y pasó varias horas observándolo todo y rezando en silencio por la vida de Marie mientras ellos trabajaban sin desmayo para sustituir su corazón moribundo por el de una joven que había fallecido hacía unas horas. Fue fascinante ver cómo le extraían el corazón de la cavidad torácica y lo colocaban en una bandeja. Melanie ni siquiera jadeó cuando colocaron el nuevo corazón en la cavidad y conectaron las válvulas y las arterias mientras manos expertas se movían incesantemente sobre el tórax de la joven; ella contuvo la respiración y de repente los monitores volvieron de nuevo a la vida y el sonido de las pulsaciones se oyó en toda la sala, resonando como un tambor en los oídos de los presentes mientras el equipo que estaba practicando la intervención lanzaba exclamaciones de júbilo. Era auténticamente asombroso. El corazón exánime desde la muerte de la donante había vuelto a la vida en el cuerpo de Marie.

La intervención se prolongó otras dos horas y, al fin, se suturó la última incisión. Peter retrocedió con la espalda y el pecho empapados en sudor y los brazos doloridos a causa del trabajo de precisión que había realizado, mientras observaba atentamente cómo se llevaban a la chica para conducirla a un cuarto contiguo en donde la mantendrían bajo vigilancia durante varias horas. Él permanecería allí durante seis u ocho horas para cerciorarse de que todo iba bien, pero de momento la situación parecía controlada. Salió al pasillo y respiró hondo mientras Melanie le seguía con las piernas temblorosas. Verle trabajar había sido una experiencia extraordinaria y ella agradecía profundamente que la hubiera llamado. Peter intercambió unas palabras con sus colaboradores, todavía con el gorro y la bata pero sin la mascarilla que había dejado sobre una mesa, y Mel conversó unos minutos con los miembros del equipo de filmación. Éstos ya se disponían a regresar a casa y estaban enormemente impresionados por lo que habían visto.

—Por Dios, qué médico excelente es este hombre. —El responsable del equipo se quitó el gorro y encendió un cigarrillo, preguntándose si sería prudente, pero sólo podía pensar en lo que habían filmado, en las manos en constante movimiento, trabajando en parejas, a veces dos pares de manos juntas, sin detenerse en ningún momento, tomando minúsculas fibras de tejido para repararlas y venas apenas más gruesas que cabellos—. Contemplar algo así te hace creer en los milagros. —Miró a Mel con expresión respetuosa y estrechó su mano—. Ha sido un placer trabajar con usted.

—Gracias por haber venido con tanta presteza —dijo ella sonriendo.

Él estudió unas notas y le dijo que le enviarían la película a Nueva York al día siguiente para que lo añadiera al resto de la filmación; luego se marchó en compañía de los demás. Melanie fue a cambiarse de ropa y se asombró al ver salir a Peter también en ropa de calle. Pensaba que él se iba a quedar por allí en bata. Resultaba extraño volver a verle convertido de nuevo en un simple mortal.

—¿Qué tal ha ido? —le preguntó mientras ambos se dirigían al pasillo.

—Hasta ahora muy bien. Sin embargo, las próximas veinticuatro horas serán decisivas para ella. Habrá que ver cómo resiste. Estaba terriblemente débil cuando entramos. ¿Ha visto usted su corazón? Era como un trozo de piedra, ya no le quedaba la menor elasticidad. No creo que hubiera podido vivir otras veinticuatro horas. Tuvo suerte de que encontráramos una donante a tiempo.

«Donante»… Alguien sin rostro, sin nombre, sin pasado… simplemente «donante», un corazón anónimo en un cuerpo conocido con un rostro como el de Marie. Resultaba difícil asimilarlo, incluso tras haber presenciado aquella operación que había durado cuatro horas. Mel consultó su reloj y se sorprendió al ver que pasaba de las seis y, al mirar por una ventana, vio que ya había amanecido. La noche había quedado atrás y Marie estaba viva.

—Tiene usted que estar agotada. —La observó y vio sombras oscuras alrededor de los ojos—. Quedarse allí mirando es más extenuante que hacer el trabajo.

—Lo dudo.

Bostezó a su pesar y se preguntó cómo se sentiría Marie cuando despertara. Eso era lo peor. Y Melanie no la envidiaba. La chica tendría que superar trances muy difíciles. Tendría que tomar medicamentos, luchar contra el rechazo y las infecciones, y sufrir mucho a causa de la profunda incisión que le habían practicado. Mel se estremeció al pensarlo y Peter vio que palidecía. Sin pérdida de tiempo, la llevó hacia la silla más próxima. Advirtió los síntomas antes incluso de que la propia Mel comprendiera que iba a desmayarse. Después le bajó suavemente la cabeza y le dijo:

—Haga respiraciones lentas y profundas y espire por la boca.

Ella iba a decir algo divertido, pero de repente estaba demasiado mareada para hablar. Una vez recuperada, le miró con asombro.

—Ni siquiera me di cuenta de que me estaba mareando.

—Es posible que no, pero durante un minuto adquirió un interesante color verdoso. Tendría que bajar a comer algo e irse a dormir a su hotel. —Peter recordó entonces que ella ya se había marchado del hotel y no tenía habitación y se le ocurrió una cosa—. ¿Por qué no se va a mi casa un rato? La señora Hahn puede instalarla en la habitación de invitados y los chicos ni siquiera se enterarán. —Consultó su reloj y vio que faltaban pocos minutos para las siete—. Voy a llamarla.

—No, no lo haga; puedo volver a mi hotel.

—Es una tontería. ¿Por qué tomarse esas molestias

pudiendo dormir en mi casa? Nadie la molestará en todo el día.

Era un generoso ofrecimiento, pero ella vacilaba. Sin embargo, cuando se levantó, se sintió demasiado cansada para discutir o para llamar a su hotel solicitando una habitación. Al ver que él se acercaba a un escritorio y cogía el teléfono, permaneció sentada mirándole como una niña asustada. Peter tenía un aspecto tan relajado como el de la mañana del día anterior, pese a haber perdido también una noche de sueño. Parecía habituado a ello y el éxito le había llenado de euforia.

—La estará esperando cuando llegue. Los chicos no se levantarán hasta las ocho, excepto Mark, que ya se ha ido. —Miró alrededor, habló un momento con una enfermera y se dirigió nuevamente a Mel—: Marie sigue bien. La acompañaré abajo, la meteré en un taxi y después volveré a subir para vigilar a Marie.

—En realidad no tiene por qué… es una tontería… —Era ridículo, había realizado reportajes sobre toda clase de cosas, desde asesinatos múltiples hasta guerras locales, y de repente parecía como si todo el cuerpo se le estuviera derritiendo y se alegró de tener a su lado el fuerte brazo de Peter mientras éste la acompañaba abajo—. Me debo estar haciendo vieja. —Sonrió tristemente mientras aguardaba un taxi—. No debiera sentirme tan cansada.

—Es la hora baja. A todos nos ocurre. A mí todavía no me ha llegado.

—¿Qué va a hacer?

—Quedarme y tratar de dormir un poco aquí mismo, si puedo. Anoche llamé a mi secretaria después de hablar con usted y me ha cancelado todos los compromisos que tenía para hoy. Alguien de mi equipo me sustituirá esta mañana y por la tarde yo mismo visitaré a los enfermos. —Mel sabía, sin embargo, que debía estar muerto de cansancio aunque no se le notara. Se le veía tan dinámico y enérgico como al principio. La miró afectuosamente y la dejó en el taxi–. ¿Cuándo regresará a Nueva York?

–Tengo que regresar esta noche. No me permiten quedarme otro día.

Él asintió con la cabeza.

–De todos modos, ya no puede filmar nada más. A partir de ahora vamos a vigilar y dosificar los medicamentos de tal forma que pueda tolerarlos. Anoche vio usted todo lo que había que ver.

–Gracias por permitirnos estar presentes –dijo ella, mirándole a los ojos.

–Me ha gustado tenerla allí. Ahora váyase y duerma un poco.

Peter dio al taxista la dirección y cerró la portezuela antes de que el vehículo se perdiera entre el tráfico de Los Ángeles para dirigirse a Bel-Air. Mientras la veía alejarse, se alegró de que ella aún estuviera allí y él pudiera verla de nuevo al cabo de unas horas. Estaba tan confuso como Mel a propósito de sus sentimientos. Pero sentía algo por ella. De eso estaba seguro.

9

En la casa de Bel-Air, la señora Hahn se encontraba de pie junto a una ventana aguardándola y, tras recibirla con un simple «Hola», la acompañó a la habitación de invitados del piso de arriba. Mel le dio las gracias y miró alrededor, sintiéndose de repente agotada y muerta de hambre y con deseos de tomarse un buen baño caliente, pero sin ánimos para hacer nada de todo ello. Dejó la cartera y el bolso de mano al lado de la cama y se preguntó si recuperaría su maleta en Nueva York, aunque de momento eso no le importara demasiado. Se tendió en la cama completamente vestida y, cuando empezaba a dormirse pensando en Peter y Marie, oyó que llamaban suavemente a la puerta. Se volvió e hizo un esfuerzo por despabilarse.

—¿Sí?

Era la señora Hahn con una pequeña bandeja.

—El doctor ha pensado que debía usted comer algo. —Melanie se sintió como una paciente mientras contemplaba los humeantes huevos revueltos con tostadas y la taza de chocolate caliente cuyo aroma se podía percibir desde media habitación—. No le he traído café para que pueda dormir.

—Muchas gracias.

Se sentía incómoda por el hecho de que otra persona la sirviera, pero la comida le pareció muy apetitosa mientras se sentaba en el borde de la cama con la chaqueta arrugada, la blusa llena de pliegues y el cabello desgreñado. Sin más palabras, la señora Hahn dejó la bandeja encima de una mesita al lado de la cama y se retiró.

Mientras tomaba con avidez los huevos con tostadas, Mel oyó unos rumores amortiguados en el piso de arriba y se preguntó si sería Matthew o Pam preparándose para la escuela. Pero no se sentía con fuerzas para subir a saludarles. Se bebió el chocolate caliente, se terminó la última tostada y, una vez saciada, agotada y complacida de su trabajo de aquella noche, se tendió boca arriba con los brazos bajo la cabeza y cerró los ojos. Se despertó a las tres de la tarde. Miró el reloj asustada, pero recordó de repente que no tenía que ir a ninguna parte. Se preguntó qué pensaría la señora Hahn por haber pasado todo el día durmiendo y pensó que los niños iban a regresar a casa de un momento a otro. Cuando ella se durmió, ellos se estaban preparando para ir a la escuela. Después, mientras paseaba por la habitación, se preguntó cómo habría pasado Marie las últimas siete horas. Vio un teléfono en un escritorio del otro lado de la habitación y se acercó a él, descalza. Marcó el número del hospital y pidió que le pusieran con el departamento de cardiología. Allí le comunicaron que él no podía ponerse al aparato y Melanie se preguntó si también estaría durmiendo.

–Llamaba para ver cómo estaba Marie Dupret, la paciente del trasplante. –Silencio en el otro extremo de la línea–. Soy Melanie Adams. Estuve anoche en el quirófano.

Pero no hizo falta decir más. Todo el mundo en el hospital sabía quién era y estaba al corriente de que había realizado un reportaje sobre Peter Hallam y Pattie Lou Jones.

–Un momento, por favor.

El tono era cortante y Melanie esperó. Poco después oyó la conocida voz.

–¿Está despierta?

–No mucho, pero… sí. Y lamento haberme pasado durmiendo toda la mañana.

–Tonterías. Le hacía falta. Estaba a punto de desmayarse cuando salió de aquí. ¿Le preparó la señora Hahn algo de comer?

–Desde luego que sí. Éste es el mejor hotel de la ciudad. –Sonrió mientras contemplaba la cómoda y bien amueblada habitación, imaginando que también debía ser obra de Anne–. ¿Cómo está Marie?

–Estupendamente bien –contestó Peter–. Anoche no tuve tiempo de comentárselo, pero probamos una nueva técnica y dio resultado. Después se lo explicaré por medio de un dibujo, pero de momento puedo decirle que todo marcha bien. El posible rechazo no se producirá hasta dentro de una semana por lo menos.

–¿Cuánto tardará en estar fuera de peligro?

–Algún tiempo. –Toda su vida, Mel lo sabía–. Creemos que todo irá bien. Reunía todas las condiciones para recuperarse con normalidad.

–Espero que siga bien.

–Nosotros también.

Mel volvió a asombrarse del poco mérito que él mismo se atribuía y no pudo evitar admirarle de nuevo.

–¿Ha podido dormir algo?

–Un poco –contestó él con cierta vacilación–. Decidí visitar a los enfermos esta mañana y después me tendí un rato. Probablemente regresaré esta noche a casa para cenar con los chicos. Entonces podré dejar a alguien aquí que me sustituya… La veré luego, Mel.

Era tan afectuoso y amable que Melanie anheló volver a verle.

–Sus hijos van a aburrirse de mí.

–Lo dudo. Estarán encantados de que aún se encuentre aquí, y yo también. ¿A qué hora sale su avión?

–Supongo que tomaré el mismo vuelo esta noche. –Después de pasar todo el día durmiendo, se sentía con fuerzas para tomar el vuelo del «ojo enrojecido»–. Tendría que marcharme de aquí hacia las ocho.

–Bien. La señora Hahn nos suele servir la cena a las siete y yo estaré en casa hacia las seis si todo va bien.

Por un instante, Mel casi se lo pudo imaginar diciéndole lo mismo a Anne y le pareció extraño escucharle, como si estuviera tratando de ocupar el lugar de la esposa muerta; sin embargo, se reprochó por ser tan insensata. Lo que él le había dicho no tenía nada de raro y se irritó por haberse entregado de nuevo a las fantasías. Para librarse de aquellos pensamientos, se dirigió a la ducha y abrió el grifo, dejó la ropa encima de la cama y permaneció de pie bajo el chorro caliente. Se le ocurrió que podría nadar un poco en la piscina, pero aún no le apetecía salir fuera. Necesitaba tiempo para aclarar sus ideas; había sido una noche muy larga. Al salir de la ducha, recordó que tenía que llamar al estudio de Nueva York y también a Raquel. Le había pedido al jefe de reportajes que telefoneara a su casa la víspera y esperaba que lo hubiera hecho. Raquel le confirmó que sí cuando llamó a su casa. Las niñas estaban decepcionadas porque aún no había vuelto a casa, pero ella les prometió que a la mañana siguiente estaría de regreso. Después llamó a la redacción y les anunció que todo iba bien. Les confirmó que el trasplante había sido un gran éxito y que lo habían filmado en todas sus fases.

–Va a ser un reportaje estupendo, chicos. Ya lo veréis.

–Magnífico. Esperamos tu regreso.

Pero ella no deseaba abandonar Los Ángeles, ni a Peter; le parecía que había muchas razones para quedarse allí. Pattie Lou, Peter, Marie… todo excusas, lo sabía, pero no quería marcharse.

Colgó el auricular, se vistió y salió de la habitación para reunirse con la señora Hahn. La encontró en la cocina, preparando carne asada para la cena. Mel volvió a darle las gracias por el desayuno y se disculpó por haberse pasado todo el día durmiendo.

La señora Hahn no pareció inmutarse.

—El doctor dijo que para eso venía usted aquí. ¿Le apetece comer algo?

Era eficiente pero no cordial, y su forma de hablar y comportarse resultaba intimidatoria. No era la clase de mujer que Mel hubiera querido para sus hijas y se sorprendió de que Peter la apreciara. Con ella era muy afectuoso y al no haber una madre en casa… pero Mel recordó que la había contratado Anne. La sacrosanta Anne.

Mel declinó el ofrecimiento de la comida, tomó una taza de café y después se preparó una tostada. Se sentó en la alegre habitación-jardín con sillones blancos de mimbre.

Le parecía la habitación más soleada de la casa y aquélla en que se sentía más a gusto. La solemnidad de las demás habitaciones la desconcertaba; allí, en cambio, se sentía a sus anchas. Tendiéndose en una meridiana, se comió la tostada mientras contemplaba la piscina vacía. Ni siquiera oyó las pisadas ni supo que no estaba sola hasta que oyó la voz:

—¿Qué está haciendo aquí?

Se levantó de un brinco y se derramó café sobre las piernas, pero no se quemó gracias a los pantalones de gabardina negra que llevaba. Era Pam.

—Hola. Me has dado un susto de muerte —dijo sonriendo.

Pero Pam no sonreía.

—Pensaba que estaba en Nueva York.

—Me quedé para ver el trasplante que hizo anoche tu padre. Fue fabuloso.

Sus ojos se iluminaron de nuevo al recordar las hábiles manos de Peter, pero la hija estaba enfurruñada y no pareció asombrarse.

—Ya.

—¿Qué tal ha ido la escuela, Pam?

—Ésta era la habitación preferida de mi madre —dijo la chica, mirándola fijamente.

—Lo comprendo. A mí también me gusta, es muy soleada.

El comentario provocó una situación embarazosa, justo lo que pretendía Pam, que se sentó despacio en el otro extremo de la estancia y contempló la piscina.

—Se sentaba aquí todos los días y me miraba mientras yo jugaba en la piscina.

Era muy adecuada para eso y resultaba un lugar muy agradable. Mel observó el rostro de la chica y la tristeza que vio en él la indujo a tomar el toro por los cuernos.

—Debes echarla mucho de menos.

Pam tardó en contestar y su rostro se crispó.

—Le podían haber hecho una operación, pero no se fió de que se la hiciera papá.

Eran unas palabras brutales y Mel se estremeció.

—No creo que fuera tan sencillo...

La niña se levantó raudamente.

—¿Qué sabe usted aparte de lo que *él* le ha contado?

—Era una elección que ella tenía derecho a hacer —pero Mel sabía que estaba pisando un terreno muy delicado—. A veces es difícil comprender por qué hacen las cosas los demás.

—Él no la hubiera podido salvar de todos modos. —Pam empezó a pasearse nerviosamente por la habitación mientras Mel la miraba—. Ahora ya habría muerto aunque le hubieran trasplantado un corazón.

Mel asintió lentamente con la cabeza porque lo más probable era que la chica tuviera razón.

—¿Qué te hubiera gustado que hiciera?

Pam se encogió de hombros y se volvió de espaldas, y Mel vio que sus hombros se estremecían. Sin pensarlo, se acercó a ella.

—Pam… —Le hizo volver y vio las lágrimas que rodaban por sus mejillas, la estrechó suavemente en sus brazos y la dejó llorar. Pam permaneció apoyada contra Mel mientras ésta le acariciaba con delicadeza el cabello—. Lo siento, Pam…

—Sí. Yo también. —Al final, Pam se apartó y volvió a sentarse, secándose el rostro con la manga. Miró a Mel con desconsuelo—. Yo la quería muchísimo…

—Estoy segura de que ella también te quería a ti.

—Entonces, ¿por qué no lo intentó? Por lo menos podría haber estado con nosotros hasta ahora.

—No conozco la respuesta, tal vez nadie la conoce. Creo que tu padre se pregunta lo mismo constantemente, pero hay que seguir viviendo. Por mucho que te duela, ya no puedes hacer nada.

Pam asintió en silencio y la miró.

—Dejé de comer durante algún tiempo. Creo que también me quería morir (por lo menos, eso dijo el psiquiatra). Mark piensa que lo hice simplemente para fastidiar a papá, pero no es cierto. No podía evitarlo.

—Tu padre lo comprende. ¿Te sientes mejor ahora que entonces?

—A veces. No lo sé…

Estaba desesperadamente triste y Mel no sabía cómo ayudarla. Lo único que se podía hacer era estar a su lado. Tenía dos hermanos que no podían ayudarla mucho, una severa ama de llaves que no podía darle el menor afecto y un padre ocupado en salvar la vida de otras personas. No cabía duda de que la niña necesitaba a alguien más, pero ¿a quién? Por un instante Mel pensó que ojalá pudiera estar a su lado, pero ella tenía su propia vida a cinco mil kilómetros de distancia; tenía a sus hijas, sus problemas, su trabajo…

—Mira, Pam, me gustaría que vinieras a visitarme a Nueva York alguna vez.

—Sus hijas pensarían probablemente que soy una tonta. Eso piensan mis hermanos. —Soltó un resoplido como una chiquilla.

—Espero que ellas sean más listas —dijo Mel sonriendo—. Los chicos no siempre lo comprenden. Mark está creciendo y adaptándose y Matthew es todavía demasiado pequeño para poder ser útil.

—No, no es verdad —trinó una vocecita. Ninguna de ellas le había visto entrar en la habitación. Acababa de regresar de la escuela en el automóvil particular que cada día le llevaba junto con otros niños—. Me hago la cama, me baño solo y puedo preparar la sopa.

Hasta Pam rió y Mel le miró sonriente.

—Lo sé, eres un chico estupendo.

—Ha vuelto —dijo él, acercándose muy contento y sentándose.

—No, simplemente me voy a ir un poco más tarde de lo que pensaba. ¿Qué tal día has tenido, amiguito?

—Bastante bueno. —Matt miró a Pam—. ¿Ya estás llorando otra vez? —Antes de que su hermana pudiera contestar, Matt se dirigió a Mel—: Se pasa todo el rato llorando. Las niñas son unas tontas.

—No, eso no es cierto. Todo el mundo llora. Hasta los hombres mayores.

—Mi papá nunca llora —repuso con orgullo.

Mel se preguntó si Peter se mostraría fuerte e imperturbable delante de su hijo.

—Yo apuesto a que sí.

—No —dijo el niño con firmeza, pero entonces intervino Pam.

—Sí, señor. Yo le vi una vez. Cuando…

Pero no terminó la frase. No hizo falta. Todos lo comprendieron y Matt la miró enfurecido.

—Eso no es verdad. Él es fuerte. Y Mark también.

En aquel momento entró la señora Hahn y se llevó a Matthew para lavarle la cara y las manos. Él trató de resistirse, pero en vano, y Mel y Pam volvieron a quedarse a solas.

—Pam... —Mel se inclinó y le rozó la mano—. Si puedo hacer algo por ti, si necesitas a una amiga, llámame. Te dejaré mi número cuando me vaya. Llámame a cobro revertido cuando quieras. Yo sé escuchar y Nueva York no está tan lejos.

Pam la miró cautelosa y contestó:

—Gracias.

—Lo digo en serio. Cuando quieras.

Pam volvió a asentir y se levantó.

—Ahora será mejor que vaya a hacer los deberes. ¿Se irá pronto? —Lo preguntó como si lo esperara y no lo deseara a la vez, en una mezcla análoga a la de los demás sentimientos que Mel le inspiraba.

—Regreso a Nueva York esta noche. Me quedaré aquí probablemente hasta las ocho.

—¿Cenará con nosotros?

—Tal vez. No estoy segura. ¿Te importaría?

—No; me parece bien. —Al llegar a la puerta, Pam se volvió y preguntó—: ¿Quiere que le preste otra vez mi traje de baño?

—Creo que hoy no me bañaré, pero gracias de todos modos.

Pam asintió de nuevo con la cabeza y se marchó. Minutos después Matthew apareció de nuevo en la estancia, llevando dos libros para que ella los leyera. Estaba claro que ambos ardían en deseos de que alguien les prestara atención y les ofreciera cariño, y el niño la mantuvo ocupada y distraída hasta que Peter regresó a casa. Fue entonces cuando Mel observó que la jornada se había cobrado finalmente su tributo. Estaba pálido y cansado y Mel se compadeció de él. Peter tenía muchas cosas que hacer en casa, sus hijos tenían necesidades muy distintas y el trabajo ocupaba buena parte de su tiempo y su energía. Era asombroso que le quedara algo para sus hijos, pero le quedaba, por lo menos todo lo que él podía dedicarles, privándose de otras cosas.

–¿Cómo está Marie? –le preguntó Mel, y él sonrió con aire cansado.

–Muy bien. ¿La ha vuelto loca Matthew esta tarde?

–En absoluto. Además, he tenido una agradable conversación con Pam.

–Vaya, algo es algo –dijo él, asombrado–. ¿Le apetece venir al estudio a tomarse una copa de vino?

–Desde luego.

Le siguió hasta el otro extremo de la casa y, al llegar al estudio, se disculpó de nuevo por haberse aprovechado de su casa.

–Eso es ridículo. Ha tenido una noche muy dura. ¿Por qué no iba a quedarse aquí a pasar el día?

–Ha sido muy agradable.

–Estupendo. –Peter sonrió y le ofreció una copa de vino–. Usted también lo ha sido.

Volvió a parecerle más afectuoso. Al igual que su hija, Peter parecía cordial y distante al mismo tiempo. Sin embargo, ella misma sentía también emociones contradictorias y no sabía cómo interpretarlas. Se limitó a mirarle a los ojos mientras tomaba un sorbo de vino y después ambos se enzarzaron en una conversación intrascendente acerca del hospital, que casi se había convertido en el segundo hogar de Melanie. Pero antes de que apuraran la segunda copa, la señora Hahn llamó a la puerta.

–La cena está servida, doctor.

–Gracias.

Peter se levantó y Mel hizo lo propio, acompañándole al comedor, donde Pam, Matt y Mark se reunieron con ellos. Mark acababa de regresar a casa y Mel se vio atrapada una vez más por la festiva atmósfera hogareña. Se hallaba asombrosamente a gusto con ellos y, cuando llegó la hora de irse para tomar su avión, sintió de veras tener que marcharse. Abrazó a Pam, le dio a Matt un beso de despedida, estrechó la mano de Mark, le dio las gracias a la señora Hahn y tuvo la sensación de estar despidiéndose de unos viejos amigos. Después se volvió a mirar a Peter y también le estrechó la mano.

—Gracias de nuevo. Hoy ha sido el mejor día de todos. —Miró a los chicos y después volvió a mirar a Peter—. Y ahora será mejor que pida un taxi so pena de que tengan ustedes que soportarme otra vez.

—No diga tonterías. Yo mismo la acompañaré al aeropuerto.

—Ni se le ocurra. Usted también ha estado toda la noche en vela. Y no se ha pasado el día durmiendo como yo.

—He dormido lo suficiente —dijo él, casi con aspereza—. ¿Dónde tiene la maleta?

—Esperándome en Nueva York, supongo —contestó Mel riendo—. Peter la miró desconcertado y ella se lo explicó—. Ya la tenía en el avión anoche cuando usted me llamó.

Entonces él también se echó a reír.

—Es usted magnífica.

—Con la ropa llena de arrugas, pero magnífica, y no me hubiera perdido esta oportunidad por nada del mundo—. Se miró la arrugada blusa de seda en la que hacía horas que no pensaba. El estado de su atuendo le parecía intrascendente en aquellos momentos—. Bueno, no sea terco. Déjeme pedir un taxi. —Mel consultó el reloj. Eran las ocho y cuarto—. Tengo que irme sin falta.

Peter sacó del bolsillo las llaves de su automóvil y las agitó.

–Vámonos –ordenó. Después se dirigió a sus hijos y a la señora Hahn–: Si llaman del hospital, estaré en casa en una o dos horas. Llevo el teléfono móvil, por consiguiente pueden localizarme en caso necesario.

Para estar más seguro, llamó preguntando por Marie y Pattie Lou antes de salir y el residente de guardia le dijo que estaban bien. Después acompañó a Mel hasta la puerta, saludó una vez más a sus hijos con la mano y ambos subieron al vehículo. Melanie tenía la sensación de que él tomaba todas las decisiones por ella, pero le pareció un cambio agradable después de haberse pasado tanto tiempo haciendo siempre sola las cosas.

–Al parecer doctor, lo decide todo por mí y yo ni siquiera protesto.

–Creo que estoy acostumbrado a dar órdenes. –La miró sonriendo–. Y a que me obedezcan.

–Yo también –dijo ella–. Pero resulta agradable recibir órdenes de alguien para variar, incluso en algo tan sencillo como no tomar un taxi.

–Es lo menos que puedo hacer. Ha sido usted mi sombra durante cuatro días y sospecho que ha hecho algo maravilloso.

–No diga eso hasta ver la película terminada.

–Lo adivino por su forma de trabajar.

–Eso es mucha confianza. No estoy segura de merecerla.

–Sí, la merece –dijo él, volviendo a mirarla. Después frunció el entrecejo–. Por cierto, ¿qué tal su conversación con Pam?

–Conmovedora –contestó Mel, suspirando–. No es una niña muy feliz, ¿verdad?

–Por desgracia, así es.

–Está atormentada por lo de Anne. –Le resultó extraño pronunciar el nombre de la esposa de Peter–. Creo que lo superará con el tiempo. Lo que más necesita es alguien con quien hablar.

–La envié a un psicólogo –dijo él a la defensiva.

–Necesita algo más que eso. Y… –vaciló y después decidió lanzarse–: La señora Hahn no parece muy afectuosa.

–No lo es, por lo menos exteriormente, pero quiere a estos chicos. Y es muy competente.

–Ella necesita a alguien con quien hablar, Peter, y también Matt.

–¿Y qué me sugiere usted? –preguntó él con amargura–. ¿Qué me busque una nueva esposa sólo para ellos?

–No. Si lleva una vida normal, la encontrará para usted a su debido tiempo.

–No es ésa mi intención.

Mel observó que él apretaba la mandíbula; ambos estaban más fatigados de lo que parecía.

–¿Por qué no? Estuvo felizmente casado antes, podría volver a estarlo después.

–Nunca sería lo mismo. –Peter la miró con tristeza–. De veras, no quiero volver a casarme.

–No puede seguir viviendo solo el resto de su vida.

–¿Por qué no? Usted nunca se ha vuelto a casar. ¿Por qué tendría que hacerlo yo?

Era un buen argumento.

–Yo no estoy hecha para el matrimonio. Usted sí.

–Qué tontería. ¿Por qué no? –repuso él, riendo.

–Pues porque no lo estoy. El trabajo me absorbe demasiado como para que pueda volver a atarme.

–No lo creo. A mí me parece que está asustada.

Mel casi dio un respingo; le había tocado un punto sensible.

–¿Asustada? –fingió asombrarse–. ¿De qué?

–Del compromiso, el amor, la intimidad… No estoy muy seguro. No la conozco muy bien.

Sin embargo, había dado en el clavo. Mel no contestó. Se limitó a contemplar la noche en silencio mientras el vehículo seguía avanzando, y después se volvió a mirarle.

–Es probable que tenga usted razón –dijo por fin–. Pero ahora soy demasiado mayor para cambiar.

–¿A sus treinta y cuatro o treinta y cinco años…? Eso es una tontería.

–No, no lo es. Tengo treinta y cinco –dijo ella sonriendo–. Pero me gusta mi vida tal como está.

–No le gustará cuando sus hijas se vayan.

–Eso es algo en lo que también debería pensar usted. Pero, en su caso, sus hijos necesitan a alguien ahora, y usted también. –Melanie le miró y se echó a reír–. Qué barbaridad, nos estamos diciendo casi a gritos el uno al otro que debiéramos casarnos. Y apenas nos conocemos.

–Y lo más curioso es que tengo la sensación de que nos conocemos –dijo él, mirándola con expresión enigmática–. Es como si usted llevara aquí muchos años.

Ella le miró pensativa.

–Yo también siento lo mismo, pero es absurdo.

Llegaron al aeropuerto, donde se vieron envueltos por la multitud y las brillantes luces. Peter dio una propina al mozo para que le permitiera dejar su automóvil junto al bordillo de la acera y acompañó a Mel al interior, lamentando no haber tenido más tiempo para hablar con ella a solas. Después de la noche pasada, se sentía más cerca de ella que antes. Era como si ambos hubieran compartido algo especial: la salvación de la vida de una mujer. Era como ser compañeros de combate o algo más, y en aquel momento Peter lamentaba mucho más que la víspera que ella se fuera.

–Bueno, ya me dirá cómo ha resultado la filmación.

Permanecieron tímidamente de pie junto a la puerta de embarque mientras anunciaban el vuelo.

–Lo haré –dijo Mel, y deseó que él la estrechara en sus brazos–. Y déles recuerdos a los chicos. La escena tenía un aire a algo conocido, pero resultaba más intensa que antes–. Y también a Marie y Pattie Lou –añadió con dulzura.

–Cuídese. Y no trabaje demasiado, Mel.

–Usted tampoco.

Peter la miró sin encontrar palabras para expresar la confusión que sentía y sin saber qué tenía que hacer. Allí no era posible la menor intimidad y aún no estaba seguro de lo que sentía por ella.

–Gracias por todo.

Entonces ella le pilló desprevenido, dándole un rápido beso en la mejilla y cruzando la puerta mientras le saludaba con la mano y él se quedaba de pie, mirándola. Entonces sonó el aparato electrónico que llevaba y tuvo que correr a un teléfono sin poder esperar a que el avión despegara. Llamó al hospital y resultó que el residente necesitaba hacerle una consulta sobre Marie, que tenía un poco de fiebre; quería preguntarle si deseaba variar las dosis de algún medicamento. Peter le indicó los cambios necesarios y regresó a su automóvil, pensando no en Marie sino en Mel, mientras el avión de ésta despegaba y se elevaba en el aire y ella contemplaba el inmenso aparcamiento de abajo, preguntándose dónde estaría él y si alguna vez volvería a verle o a ver a sus hijos. Entonces no tuvo dudas. Lamentaba marcharse y aún más regresar a casa. Ni siquiera trató de convencerse de lo contrario. Permaneció sentada mirando por la ventanilla, pensando en él y en los últimos cuatro días y sabiendo que Peter le gustaba y que con eso no iría a ninguna parte. Vivían existencias separadas en mundos separados, en ciudades distantes casi cinco mil kilómetros. La situación era así y no iba a cambiar.

10

El vuelo a Nueva York transcurrió sin incidentes. Mel sacó un cuaderno y empezó a anotar sus impresiones de los últimos días aprovechando que todavía estaban frescas. Había varios puntos que deseaba comentar en el reportaje. Después, sintiéndose agotada, cerró el cuaderno, apoyó la cabeza en el respaldo y cerró los ojos. La azafata le ofreció varias veces un aperitivo, vino o champán, pero ella rehusó; deseaba estar a solas con sus pensamientos. Al cabo de un rato, se quedó dormida y no despertó hasta finalizado el vuelo. El viaje del Oeste al Este era siempre demasiado breve para descansar bien, porque los vientos empujaban el aparato y éste se plantaba en Nueva York en menos de cinco horas. Despertó de nuevo cuando se estaba anunciando el aterrizaje y una azafata le tocó el brazo pidiéndole que se ajustara el cinturón.

–Gracias.

Miró con ojos adormilados a la azafata y reprimió un bostezo mientras se ajustaba el cinturón y abría el bolso para sacar un peine. Le parecía que llevaba varios días sin cambiarse de ropa y se preguntó una vez más si encontraría su maleta aguardándola en Nueva York. Tenía la sensación de que habían transcurrido siglos desde la noche en que estaba a punto de subir al avión en Los Ángeles y la llamada de Peter la había retenido allí unas treinta horas antes. Sus pensamientos volvieron a centrarse en él. Su rostro pareció cobrar nuevamente vida mientras ella cerraba los ojos, volviéndolos a abrir al notar que el aparato se posaba en la pista de aterrizaje de Nueva York. Estaba en casa. Y tenía muchas cosas que hacer en el noticiario y en la película que acababa de filmar sobre él y Pattie Lou, y también tenía muchas cosas que hacer con las niñas. Sin embargo, lamentaba encontrarse de vuelta. Anhelaba haber podido quedarse más tiempo en Los Ángeles, pero no habría podido darle ninguna explicación a la cadena neoyorquina.

Recogió su maleta en la sección de servicios especiales de equipaje, salió fuera y tomó un taxi para dirigirse a la ciudad. A las seis y media de la madrugada no había tráfico y el sol enviaba entre las nubes unos dardos dorados que se reflejaban en las ventanas de los rascacielos del horizonte. Al llegar al puente y cuando estaban dirigiéndose al sur por East River Drive, Melanie notó que algo se agitaba en su interior. Nueva York siempre le producía aquel efecto. Era una ciudad espléndida. De repente, no le pareció tan mal encontrarse de nuevo en casa. Sonrió y vio que el taxista la estaba observando a través del espejo retrovisor con una expresión de curiosidad. Como solía ocurrirles a muchas personas, su rostro le era conocido, pero no sabía de qué. A lo mejor la había llevado alguna otra vez en su taxi, o era la esposa de algún personaje importante, un político o un actor cinematográfico, y la habría visto en el noticiario de la televisión. Sabía que había visto aquel rostro en alguna parte, pero no estaba seguro de dónde.

–¿Lleva fuera mucho tiempo? –preguntó, mirándola mientras trataba de identificarla mentalmente.

–Sólo unos días, en la costa Oeste.

–Ya –dijo él mientras giraba a la derecha para enfilar la calle Setenta y nueve y dirigirse al oeste–. Estuve allí una vez. Pero no se puede comparar con Nueva York.

Melanie sonrió. Los neoyorquinos eran una raza aparte, incondicionalmente fieles, a pesar de la basura, la delincuencia callejera, la contaminación, el exceso de población y la miríada de defectos y pecados de la ciudad. Pese a todo, poseía unas cualidades que no se encontraban en ninguna otra ciudad, una especie de electricidad que le llegaba a uno hasta el tuétano. Melanie lo percibió ahora mientras la ciudad despertaba y ellos recorrían velozmente sus calles.

–Es una gran ciudad –dijo el taxista, enamorado de su ciudad natal.

Melanie asintió con la cabeza y dijo:

–Desde luego que sí.

Cuando el taxi se detuvo delante de su casa, se sentía llena de felicidad. Estaba deseando ver a las gemelas. Pagó al taxista, llevó la maleta dentro, la dejó en el recibidor y subió corriendo al piso de arriba para ver a sus hijas. Ambas estaban durmiendo. Mel entró silenciosamente en la habitación de Jessica, se sentó en el borde de su cama y se quedó mirándola. Su cabello pelirrojo se derramaba sobre la almohada como una sábana de color rojo oscuro y, al oír la voz de su madre, la chica se agitó y entreabrió los ojos.

–Hola, holgazana. –Se inclinó, la besó en la mejilla y Jessie sonrió.

–Hola, mamá. Ya estás en casa. –La niña se incorporó, se desperezó y después abrazó a su madre esbozando una adormilada sonrisa–. ¿Cómo ha ido el viaje?

–Muy bien. Me alegro de estar otra vez aquí. –Lo decía en serio. Se alegraba. Había dejado California a sus espaldas, junto con Peter Hallam y Marie Dupret y el hospital Center City–. Hemos hecho un reportaje increíble.

–¿Les viste operar? –preguntó Jessie. Habría dado cualquier cosa por haberlo visto. Su hermana, en cambio, habría palidecido ante la sola idea.

–Sí. Anoche les vi hacer un trasplante… no, eso fue la víspera… –El tiempo se confundía en su mente y Mel sonrió–. Bueno, en cualquier caso fue todo un éxito. Ha sido extraordinario, Jess.

–¿Podré ver la filmación?

–Pues claro. Podrás venir a la emisora antes de que la emitamos.

–Gracias, mamá.

Jess se levantó lentamente de la cama con sus largas piernas realzadas por el camisón corto de color de rosa que llevaba y Melanie salió de la habitación para ir a ver a la otra gemela. Valerie estaba profundamente dormida y hubo que sacudirla y darle varias palmadas antes de que empezara a despertarse. Al final, Melanie tuvo que apartar la manta y retirar las sábanas y entonces Val se despertó, emitiendo un soñoliento gruñido.

–Ya basta, Jess… –Abrió los ojos y vio que era Melanie. Se quedó asombrada y confusa–. ¿Cómo es que estás en casa?

–Menuda bienvenida. Que yo sepa, vivo aquí.

Valerie sonrió con expresión adormilada y se volvió de lado.

–Había olvidado que regresabas hoy.

–¿Y qué te proponías hacer? ¿Pasarte todo el día durmiendo y no ir a la escuela?

Eso no inquietaba a Melanie, aunque Valerie fuera a veces la menos responsable de las dos en este sentido.

–Buena idea. De todos modos, la escuela ya está a punto de terminar.

–Pues entonces, ¿qué te parece si te quedas un par de semanas más?

–Uf, por favor… –Valerie trató de seguir durmiendo y Mel empezó a hacerle cosquillas–. ¡Basta!

Val se incorporó entre gritos, defendiéndose de las rápidas manos de Mel. Ésta conocía todos los lugares más vulnerables de Val y al cabo de un minuto, mientras ambas reían y Val seguía gritando, Jessica entró en la habitación, saltó a la cama y se alió con su madre. Se enzarzaron en una batalla de almohadas y las tres acabaron tendidas en la cama, riéndose a pierna suelta, y Mel sintió que se le ensanchaba el corazón. Hiciera lo que hiciera y fuera adonde fuera, siempre resultaba agradable regresar a casa junto a sus hijas. Entonces se acordó de Pam en Los Ángeles y de lo distinta que era su vida. Qué beneficioso le hubiera sido vivir como las gemelas y qué sola estaba. Una vez vestidas y mientras desayunaban, Mel les habló de los hijos de Hallam y, sobre todo, de Pam. Ellas parecieron conmoverse cuando Mel les contó la muerte de Anne.

—Debe de ser muy duro para ella. —Val, la más compasiva, fue la primera en expresar sus sentimientos. Y añadió—: ¿Cómo es su hermano? Apuesto a que es muy guapo.

—Val… —dijo Jessie con una mirada de reproche—. No piensas más que en eso.

—¿Y qué? Seguro que es guapo.

—¿Y qué importa? No vive aquí. Seguramente hay muchos chicos guapos en Los Ángeles. Pero ¿de qué te sirve a ti en Nueva York?

Jessie adoptó una expresión de hastío mientras miraba a Val, y Mel se dirigió sonriente a su hija mayor mientras terminaba de beber el té.

—¿Significa eso que has agotado las existencias en Nueva York?

—Siempre queda sitio para uno más —contestó Val, riendo.

—No sé cómo puedes recordar sus nombres.

—No creo que los recuerde —terció Jessie rápidamente, censurando el comportamiento de Val.

En este sentido, Jess se parecía más a Mel: era independiente, fría y cautelosa con los chicos –a veces demasiado– hasta el punto de preocupar un poco a su madre. Estaba claro que su estilo de vida había dejado huella en las gemelas. Tal vez incluso en las dos. Quizá por eso se angustiaba tanto Val cuando *no* tenía ningún novio. No quería acabar como Mel.

–No hace más que coquetear y sonreírles en los pasillos de la escuela y no creo que a ellos les importe demasiado que recuerde sus nombres.

Mel sabía que aquellas palabras eran fruto de una actitud de censura y no sólo de los celos. La pasión de Val por el sexo contrario le parecía a Jess una frivolidad porque ella tenía la mente ocupada en importantes proyectos de tipo intelectual o científico, aunque tampoco le faltaran los pretendientes, como le recordó Melanie con cariño cuando Val abandonó la estancia para ir en busca de sus libros.

–Lo sé. Pero es que ella se comporta como una tonta. No piensa en otra cosa, mamá.

–Ya cambiará dentro de unos años.

–Sí –dijo Jessie encogiéndose de hombros–. Tal vez.

Tras lo cual, ambas se marcharon a su escuela de la calle Noventa y uno, en las inmediaciones de la Quinta Avenida, a diez manzanas de distancia, y Mel se quedó sola, ordenando sus pensamientos y deshaciendo el equipaje. Quería llegar temprano a la emisora para clasificar las notas. A las diez en punto, al salir de la ducha, sonó el teléfono y ella lo tomó todavía chorreando agua. Era Grant y Mel sonrió al oír su voz.

–Conque ya has vuelto. Empezaba a pensar que ibas a quedarte allí para siempre.

–No te pongas tan dramático. Aunque la verdad es que el último día fue bastante dramático en otro sentido. Encontraron a un donante para una paciente que se estaba muriendo y yo dejé el vuelo y regresé para estar presente en la operación.

–Tienes un estómago más fuerte que el mío.

–No estoy muy segura, pero fue fascinante verlo –la imagen de Peter volvió a cruzar su mente–. En conjunto, ha sido un buen viaje. Y tú, ¿cómo estás?

–Como siempre. Llamé varias veces a las niñas para cerciorarme de que estaban bien y así era. Me temo que no puedo seguirlas en sus andanzas sociales.

–Ni yo. Pero fuiste muy amable al llamar.

–Ya te dije que lo haría –Grant pareció alegrarse al oír su voz y a ella le ocurrió lo mismo–. ¿Qué tal le ha ido a la chiquilla?

–Muy bien. Estaba como nueva la última vez que la vi en el hospital. Es asombroso, Grant.

–¿Y el buen doctor que lo hizo todo? ¿También era asombroso?

Parecía que hubiera adivinado sus sentimientos, pero ella pensó que sería una locura confesárselos. Ya no tenía edad para estas cosas. Los flechazos repentinos eran más propios de Val.

–Era un hombre interesante.

–¿Eso es todo? ¿Uno de los más destacados cirujanos cardíacos del país y eso es todo lo que puedes decir? –De repente, Grant sonrió. La conocía demasiado bien–. ¿O es que hay algo más?

–No hay nada más. Sólo que he tenido unos días muy ajetreados.

Quería guardarse para sí los sentimientos que le inspiraba Peter Hallam. No tenía por qué compartirlos con nadie y menos con Grant. Lo más probable era que jamás volviera a verle y era mejor no decir nada.

–Bueno, Mel, cuando hayas descansado llámame y saldremos a tomar unas copas.

–De acuerdo.

Pero no le apetecía en aquellos momentos. Estaba

envuelta en su bruma particular y aún no deseaba salir de ella.

–Te veré luego, nena –dijo Grant. Tras una pausa, añadió–: Me alegro de que hayas vuelto.

–Gracias, yo también.

Pero era mentira. No le había servido de nada ni siquiera la emoción del regreso a Nueva York.

Al salir de casa consultó el reloj y vio que eran las once. Peter estaría en el departamento de cirugía. De repente sintió un impulso casi irresistible de llamar al hospital y preguntar por Marie, pero tenía que regresar a su vida profesional. No podía asumir todos los problemas de aquellas personas como si fueran suyos: el corazón de Marie, los hijos de Peter, la solitaria y vacía existencia de Pam, el pequeño Matthew con sus grandes ojos azules… De repente sintió deseos de volver a verles. Apartándolos resueltamente de su mente, tomó un taxi y se trasladó al centro, contemplando la ciudad que tanto quería mientras la gente entraba en los almacenes Bloomingdale's, bajaba a las bocas del metro, tomaba taxis o entraba y salía corriendo de los rascacielos para dirigirse al trabajo. El simple hecho de estar allí era como formar parte de una película, y al entrar en la redacción con una alegre sonrisa Mel se sintió eufórica y viva aunque apenas había dormido.

–¿Qué coño te ocurre? –le gruñó el montador de reportajes al pasar por su lado con dos rollos de película.

–Que me alegro de estar de vuelta.

–Estás como una cabra –murmuró él, sacudiendo la cabeza mientras se alejaba.

Encontró un montón de correspondencia en su escritorio, memorándums y resúmenes de importantes noticias ocurridas en su ausencia, y salió al pasillo para ver un rato los teletipos. Un terremoto en Brasil; unas inundaciones en Italia que habían causado la muerte de ciento sesenta y cuatro personas; el presidente tenía previsto pasar un largo fin de semana pescando en las Bahamas. Las noticias del día no parecían demasiado malas o buenas, y cuando su secretaria se acercó para decirle que había una llamada para ella, regresó a su despacho y sin sentarse siquiera tomó el teléfono y contestó con aire distraído mientras examinaba los memorándums de su escritorio.

–Aquí Adams.

Hubo un momento de silencio, como si hubiera desconcertado a alguien con su brusquedad, y se oyó el zumbido de una llamada interurbana. Pero ni siquiera tuvo tiempo de preguntarse quién sería.

–¿Es un mal momento?

Reconoció enseguida la voz y se sentó, sorprendiéndose de que la llamara. A lo mejor había reflexionado tras su partida y estaba preocupado por el reportaje.

–En absoluto. ¿Qué tal está?

La voz de Mel era suave y, en el otro extremo de la línea, él percibió la misma agitación misteriosa que había sentido al conocerla.

–Muy bien. Hoy he terminado de operar temprano y la llamo para ver si regresó sin contratiempos. ¿Encontró la maleta en Nueva York?

Parecía nervioso y Mel se alegró de la llamada.

–Sí. ¿Cómo está Marie?

Tal vez la había llamado para darle una mala noticia.

–Estupendamente bien. Precisamente hoy ha preguntado por usted. Y también Pattie Lou. Es la auténtica estrella de aquí.

Mel notó que las lágrimas asomaban a sus ojos y experimentó una vez más el dolor que había sentido en el avión, deseando estar en Los Ángeles y no en Nueva York.

–Déle recuerdos de mi parte. Quizá la llame cuando esté mejor.

–Le encantará. ¿Cómo están sus hijas?

Peter parecía estar buscando algún pretexto para prolongar la conversación y Mel se sintió confusa y conmovida a un tiempo.

—Están muy bien. Creo que Val se ha enamorado varias veces en mi ausencia y Jessica me envidia porque asistí a la operación de trasplante. Es la más seria de las dos.

—Es la que quiere estudiar medicina, ¿verdad?

Mel volvió a asombrarse de que lo recordara y sonrió.

—La misma. Esta mañana le ha pegado un rapapolvo a su hermana porque se enamora seis veces cada semana.

Peter rió desde su pequeño despacho en el hospital de la costa Oeste. El cobro de la llamada lo había revertido a su teléfono particular.

—Nosotros tuvimos el mismo problema con Mark cuando tenía aproximadamente la edad de Pam. Esos últimos años se ha calmado bastante.

—¡Pues ya verá cuando crezca Matt! —exclamó Mel, riendo—. Va a ser el mayor conquistador de la historia.

—Creo que así será —contestó Peter, riendo también.

Se produjo a continuación una cómoda pausa y después Mel preguntó:

—¿Cómo está Pam?

—Está bien. Ninguna novedad. —Peter lanzó un suspiro—. Mire, yo creo que le sentó bien hablar con usted. Poder conversar con otra persona distinta de la señora Hahn.

Mel no se atrevió a decirle lo que pensaba de aquella fría mujer. No le pareció correcto.

—A mí también me gustó hablar con ella. —Sus necesidades emocionales eran muy grandes y, al parecer, a la chica le iba bien desahogarse. Mel no pudo evitar hacerle una pregunta—: ¿Ya han recibido los paquetitos que les envié?

—¿Paquetitos? —preguntó él—. ¿Les ha enviado algún regalo? No tenía que haberlo hecho.

—No pude resistir la tentación. Vi una cosa muy apropiada para Pam y no quise excluir a Matthew y Mark. Además, fueron muy tolerantes al permitirme estar en la casa. Como usted dijo, no han visto a muchas personas desde que... —Mel se apresuró a llenar el embarazoso hueco—: por ello, debió de resultarles extraño verme aparecer. Lo menos que podía hacer era enviarles una pequeña sorpresa para agradecerles su hospitalidad.

—No tenía que haberlo hecho, Mel —dijo Peter, muy conmovido—. Nos alegramos mucho de tenerla entre nosotros.

Su voz casi le acarició el rostro y Mel se ruborizó.

Había un aire de profunda intimidad en aquel hombre, incluso por teléfono y desde cinco mil kilómetros de distancia. Era casi imposible no sentirse atraída por él. Era vulnerable y fuerte a un tiempo, humilde y sencillo, pero se mostraba también orgulloso de los milagros que obraba. Era una mezcla que a Mel le resultaba muy atractiva. Siempre le habían gustado los hombres fuertes y, sin embargo, los rehuía muy a menudo. Era más fácil entablar una relación con hombres menos brillantes que él.

—Me gustó mucho trabajar con usted, ¿sabe? —dijo Mel, sin saber qué añadir y sin adivinar todavía por qué la había llamado.

—Me ha robado la frase. La llamaba precisamente para eso. Tenía muchos recelos respecto a la entrevista. Pero, gracias a usted, estoy contento de haberla hecho. Aquí todo el mundo lo está.

Aunque no tanto como él, pero eso no lo dijo.

—Bueno, espere a ver la filmación.

—Sé que me gustará.

—Le agradezco la confianza que depositó en mí.

Y se lo agradecía de veras, pero además había otra cosa...

–No es sólo por eso, Mel... –Peter no sabía cómo expresar sus sentimientos y, de repente, se preguntó si había hecho bien en telefonear. Melanie era una mujer que firmaba autógrafos y aparecía en la televisión de todo el país–. Lo que ocurre es que me gusta mucho, Mel.

Se sintió tan torpe como un muchacho de quince años. Ambos sonrieron en Los Ángeles y Nueva York respectivamente.

–También usted me gusta a mí. –A lo mejor era así de sencillo y no había nada de malo en ello. ¿Por qué luchaba con tanto denuedo contra sus propios sentimientos?– Me gustó mucho trabajar con usted, conocer a sus hijos y ver su hogar... Y me conmovió que me permitiera entrar en su vida privada.

–Creo que usted me inspiró confianza. No lo tenía previsto. Es más, antes de que usted viniera, me prometí no revelarle nada personal acerca de mí... ni de Anne... –Su voz volvió a suavizarse.

–Me alegro de que lo hiciera –se apresuró a contestar Mel.

–Yo también... Creo que hizo usted un bonito reportaje sobre Pattie Lou.

–Gracias, Peter.

Le gustaba lo que él le había dicho. En realidad de él le gustaban demasiadas cosas. Entonces le oyó suspirar en el otro extremo de la línea.

–Bueno, voy a dejar que siga trabajando. No estaba seguro de encontrarla después de haber tomado el avión de anoche.

–El espectáculo tiene que seguir –dijo ella, riendo–. Y a las seis tengo que hacer el noticiario. Justamente estaba leyendo los teletipos cuando usted ha llamado.

–Espero no haberla interrumpido –dijo él en tono contrito.

–No; es como ver las cintas del teleimpresor. Al cabo de un rato deja una de ver lo que lee. Y, de momento, hoy no han ocurrido grandes acontecimientos.

–Lo mismo que aquí. Ahora me voy a mi despacho. Tengo que ponerme al corriente de muchas cosas después de haberme pasado tantos días vigilando a Marie y Pattie Lou.

Ambos habían regresado a su vida habitual, a su trabajo, a sus hijos y a sus responsabilidades en dos lugares separados y, una vez más, Mel comprendió cuántas cosas tenían en común. Él llevaba sobre sus espaldas una carga como la de ella o quizá aún mayor. Y era un consuelo saber que había otras personas en el mundo con las mismas cargas y obligaciones que ella.

–Mire, resulta agradable conocer a alguien que trabaja tan duro como yo. –Estas palabras no le sonaron extrañas a Peter. Era lo mismo que él había pensado de ella al principio. Incluso con Anne, a veces le molestaba que ella se dedicara exclusivamente a cambiar la decoración de la casa y comprar antigüedades, trabajar en la Asociación de Padres y Alumnos y llevar de acá para allá a sus hijos en automóvil–. No quisiera parecerle presuntuosa porque mi trabajo no sirve para salvar vidas, pero, aun así, es muy duro y mucha gente no lo comprende. Algunas noches, al terminar la jornada, tengo el cerebro hecho papilla. Cuando regreso a casa, no estaría en condiciones de decir ni una sola palabra inteligente aunque en ello me fuera la vida.

Era una de las muchas razones por las cuales nunca había cedido a la tentación de volver a casarse. Ya no estaba segura de poder cumplir con las exigencias que ello comportaba.

–Sé muy bien lo que quiere decir –dijo Peter–. Sin embargo, a veces es duro no tener a nadie con quien compartirlo.

–En realidad yo nunca he tenido a nadie. He procurado hacer bien mi trabajo y he estado más o menos sola. Me parece que de esta manera es mucho más fácil.

–Sí… –dijo él sin mucha convicción–. Pero entonces no hay nadie con quien compartir los éxitos…

Anne también había compartido con él las angustias y las tragedias. Su vida no estaba tan colmada como la de Peter, pero, por otra parte, quizá ello le permitía prestarle un mayor apoyo. No se imaginaba a su esposo trabajando y, sin embargo, siempre había admirado los matrimonios en los que ambos cónyuges ejercían una profesión: médicos casados con mujeres de su misma profesión, abogados casados con banqueras, profesoras y científicas… Las combinaciones daban un nuevo ímpetu a cada uno de sus componentes, aunque a veces ocurría que cada cual iba por su lado.

–No conozco las respuestas a estos dilemas, amiga. Únicamente sé que no siempre es fácil estar solo.

–Tampoco lo es vivir juntos. –De eso Mel estaba convencida.

–No. Pero tiene sus compensaciones. –De eso Peter estaba convencido. Sobre todo, cuando contemplaba a sus hijos.

–Supongo que es cierto. Yo tampoco conozco las respuestas. Sólo sé que resulta agradable hablar con alguien que sabe lo que significa trabajar duro y después tener que regresar a casa para desempeñar el papel de dos progenitores en lugar de uno.

Algunas veces, a lo largo de los años, Mel había pensado que no conseguiría hacerlo, pero lo había logrado y además lo había hecho muy bien. Tenía un trabajo seguro, su éxito era enorme, sus hijas eran buenas y felices.

–Ha hecho usted un buen trabajo, Mel.

Estas palabras significaron para ella mucho más que todo lo anterior.

–Y usted también –contestó ella con voz de seda.

–Pero yo llevo en ello únicamente un año y medio. Usted lleva quince años sola. Eso significa algo.

–Sólo unas cuantas canas más –dijo ella, riendo quedamente. En aquel instante uno de los montadores le hizo señas desde la puerta. Ella le indicó también por señas que iba enseguida–. Bueno, me están pidiendo que vuelva al trabajo. Espero que haya llegado la filmación de Los Ángeles.

–¿Tan pronto?

–Es complicado de explicar, pero lo hacen todo con ordenador. Lo recibimos el mismo día. Ya le diré qué tal ha salido.

–Me gustará.

Y a ella le había gustado oírle.

–Muchas gracias por llamarme, Peter. Les echo mucho de menos a todos. –El «todos» era un buen subterfugio. Significaba que no le echaba de menos sólo a él. Era como escuchar a Val y Jess tonteando por teléfono con sus novios, pensó Mel sonriendo–. Volveré a hablar pronto con usted.

–Muy bien. Nosotros también la echamos de menos. –«Nosotros» en lugar de «yo». Ambos estaban practicando el mismo juego y no sabían por qué, pero aún no estaban preparados para otra cosa–. Cuídese.

–Gracias. Usted también.

Tras colgar el aparato, Mel permaneció sentada junto a su escritorio un momento, pensando en él. Era una locura, pero la emocionaba que hubiera llamado. Estaba ilusionada como una chiquilla. Corrió por el pasillo para dirigirse a la sala de montaje sin poder borrar la sonrisa de su rostro. Luego contempló la filmación. Se vio a sí misma mirándole, vio a Pattie Lou y a Pearl e incluso a Marie y el trasplante realizado a las dos de la madrugada y sintió que el corazón se le desbocaba cada vez que él hablaba, cada vez que la cámara enfocaba sus ojos, revelando su honradez y su preocupación por los enfermos. Estaba casi sin aliento cuando al final encendieron las luces. Era un material sensacional.

Duraba varias horas, por lo que haría falta cortar mucho. Pero, al abandonar la sala, ella sólo podía pensar en él…

11

Aquella noche, Melanie presentó el noticiario por primera vez desde su regreso y, como siempre, todo se desarrolló sin contratiempos. Se despidió con la amable sonrisa profesional que la gente reconocía de costa a costa y, al abandonar el plató, no imaginó que Peter Hallam había estado observándola atentamente desde su despacho de Los Ángeles y que Pam había entrado en la estancia a medio noticiario y se había quedado de pie, mirando absorta la pantalla. Peter ni siquiera se enteró de que estaba allí.

–¿Es que le han pegado un tiro al presidente o algo así, papá?

Él la miró con ceño. La jornada había sido muy larga y deseaba ver a Mel antes de que finalizara el programa. La había visto otras veces, pero entonces era distinto. Ahora la conocía y, de repente, le pareció tremendamente importante verla en la pantalla tras la conversación telefónica que habían mantenido.

–Pam, subiré arriba dentro de un rato. Quiero ver el noticiario.

Pam se quedó un momento junto a la puerta, debatiéndose entre los sentimientos de cólera y atracción que Mel le inspiraba. Le gustó cuando se la presentaron, pero no le gustaba la cara que ponía su padre cuando la miraba.

—Bueno, pues… muy bien.

Pero él no vio la expresión de Pam al abandonar el estudio y permaneció sentado, contemplando el televisor mientras Mel se despedía. Se quedó allí un rato y después apagó el aparato y subió a ver a sus hijos. Estaba muy agotado. Aquella tarde se había pasado dos horas con Marie en el hospital. Había tenido una infección y el tratamiento consiguiente había provocado una reacción. Era de esperar que así ocurriera, pero de todos modos se trataba de una situación difícil…

En Nueva York, Mel corrió a casa después del noticiario, cenó con sus hijas y después regresó al estudio para hacer el noticiario de las once. Entonces volvió a ver a Grant por primera vez. La estaba esperando en el plató cuando terminó el noticiario.

—Has hecho un buen trabajo esta noche. —La miró con una afectuosa sonrisa y vio que estaba muy cansada. Pero también advirtió algo que antes no había, una especie de resplandor—. ¿Cómo logras aguantar sin dormir?

—Estoy empezando a desmoronarme —reconoció ella, sonriendo con expresión cansada, pero alegrándose de verle.

—Pues vete a casa y descansa un poco.

—Sí, papá.

—Soy lo bastante mayor como para serlo, así que ve con cuidado.

—Sí, señor.

Se despidió ceremoniosamente y después se marchó. Empezó a dar cabezadas en el taxi.

Subió a su habitación, se quitó la ropa, la dejó en el suelo junto a la cama y cinco minutos más tarde ya estaba durmiendo profundamente entre las frías sábanas, desnuda y serena, con la mente en blanco. Y no volvió a moverse hasta primera hora de la tarde, cuando Peter la llamó otra vez.

–Buenos días. ¿Es demasiado pronto para llamar?

–De ninguna manera. –Mel reprimió un bostezo y miró el reloj. En la costa Oeste eran las diez y cuarto–. ¿Cómo va la vida en Los Ángeles?

–Muy ajetreada. Hoy tengo dos «derivaciones» triples en perspectiva.

–¿Cómo están Marie y Pattie Lou?

Mel se incorporó y miró alrededor.

–Pues muy bien. Pattie Lou más que Marie. Pero lo que yo quería preguntar es cómo está usted.

–¿De verdad? –dijo ella sonriendo–. Muerta de cansancio.

–Tendría que descansar un poco. Trabaja demasiado, Mel.

–Mira quién habla –Mel trató de simular que era normal que él la llamara, pero en su fuero interno estaba muy emocionada–. De todos modos, me voy a tomar muy pronto unas vacaciones.

–¿De veras? –Él pareció sorprenderse porque ella no se lo había comentado, pero ¿cuándo hubiera podido hacerlo en los pocos días que había pasado en Los Ángeles?– ¿Adónde?

–Bermudas.

Parecía contenta. Lo estaba deseando desde hacía tiempo. Un productor de televisión que conocía le había ofrecido alquilarle la casa por unos días y, dado que las fechas no coincidían con las vacaciones escolares de las gemelas, Mel decidió ir sola.

–¿Irá usted con algún amigo? –le preguntó él con inquietud.

–No. Yo sola.

–¿De veras? –Peter se asombró y pareció lanzar un suspiro de alivio–. Es usted una mujer muy independiente.

La admiraba mucho. Él aún no estaba en condiciones de tomarse unas vacaciones solo. Se hubiera sentido perdido sin sus hijos, ahora que Anne no estaba. Pero Mel llevaba sola mucho más tiempo.

–Pensé que podría ser divertido. Las niñas me tienen una envidia que no vea. Pero ellas cuentan con sus amigos, y esta semana irán a un gran baile estudiantil.

–Yo también le tengo envidia.

–No me la tenga. Probablemente será muy aburrido. –Pero con él no lo hubiera sido. Mel trató de apartar aquellos pensamientos–. De todos modos, me sentará bien.

–Sí, desde luego.

Peter no se lo reprochaba. Simplemente hubiera deseado estar allí con ella aunque la idea resultara absurda. Eran casi unos extraños el uno para el otro, si bien menos que antes.

Siguieron hablando un rato. Después Peter tuvo que ir a operar y Mel decidió ir a la emisora de televisión para ver el montaje del reportaje.

12

Sonó el teléfono cuando estaba a punto de salir de casa el miércoles por la mañana. Quería ir corriendo a los almacenes Bloomingdale's. Necesitaba unos trajes de baño para el viaje a las Bermudas que iba a emprender aquella semana. Había examinado los del verano anterior y estaban todos gastados, deformados y descoloridos. Se pasaba dos meses en traje de baño y cada año los desgastaba.

–¿Diga?

–Soy yo, Grant.

–¿Qué ocurre? Iba a salir a comprarme unos trajes de baño para el viaje. –Al final, estaba empezando a esperarlo con ilusión. Faltaban dos días para la partida–. ¿Quieres que te compre algo? Voy a Bloomingdale's.

–No, gracias. Había olvidado que te ibas. ¿Necesitas un mayordomo o un secretario mientras estés allí?

–Pues no.

Mel sonrió y Grant se dijo que apenas la había visto desde su regreso de Los Ángeles.

–Quería preguntarte simplemente una cosa acerca de Marcia Evans. –Era la gran dama del teatro y Mel la había entrevistado hacía seis meses–. Voy a tenerla en el programa de esta noche.

Mel hizo una mueca.

–Pues que tengas suerte. Es una fiera.

–Mierda. Me lo estaba temiendo. Y el productor me ha dicho que no me preocupe. ¿Algún consejo para mi supervivencia?

–Tráete un botiquín de primeros auxilios contra mordeduras de serpiente. Es la mujer más venenosa que he conocido. Procura no enojarla. Verás cómo se pone.

–Menuda ayuda me estás dando –dijo Grant, que no parecía muy contento y estaba furioso con el productor por haberle metido en aquel lío.

–Pensaré un poco más en ello mientras compro y te volveré a llamar cuando regrese a casa.

–¿Quieres cenar conmigo esta noche para darme ánimos?

–¿Por qué no te pasas por casa a ver a las niñas?

–Lo intentaré… –Sonrió– si no se me presenta ningún compromiso.

–Tú y tus mujeres, Grant –repuso Mel, echándose a reír.

–No puedo evitar ser tan débil. Te llamaré luego, nena.

–De acuerdo.

Grant colgó. Ella se miró en el espejo y luego cogió el bolso. Llevaba un vestido de hilo blanco con una chaqueta de seda negra y unos zapatos de charol blancos y negros que se había comprado el año anterior en Roma. Estaba muy elegante y se sentía a gusto. Se habían pasado una semana trabajando como negros en el montaje de la filmación sobre Peter Hallam y Pattie Lou Jones y estaba muy satisfecha de su trabajo. El reportaje salía cada vez más redondo y, al llegar a la puerta, oyó que sonaba el teléfono pero estuvo tentada de no contestar. Probablemente era el maldito montador que solicitaba su presencia en los estudios y, por una vez, Mel quería disfrutar de un poco de tiempo libre para hacer sus compras. Sin embargo, el aparato sonaba con tanta insistencia que se dio por vencida, regresó al salón y tomó el teléfono blanco que se encontraba oculto en un rincón de la estancia.

–¿Sí?

Esperó, temerosa de escuchar de nuevo la voz del montador. Ya le había llamado dos veces aquella mañana. Pero no era el montador. Era Peter Hallam otra vez.

–Hola, Mel.

Habló como intimidado por el brusco tono que empleó Mel al responder y ella se avergonzó.

–Hola, Peter. Lamento haber ladrado. Estaba a punto de salir corriendo, pero… –Se sentía joven y nerviosa como la vez anterior. Peter ejercía en ella un curioso efecto que parecía anular su éxito y su confianza en sí misma. Se sentía una chiquilla cuando hablaba con él… o tal vez simplemente una mujer–. Me alegro de oírle. ¿Cómo está Marie?

Súbitamente temió que la hubiera llamado para darle una mala noticia, pero él la tranquilizó.

–Mucho mejor. Anoche tuvimos un problema y pensé que iba a producirse un rechazo, pero ya lo hemos controlado. Le hemos cambiado la medicación. Pensamos incluso que estará en condiciones de regresar a casa dentro de unas semanas.

Era algo que a Melanie le hubiera gustado ver, pero no justificaba un viaje al Oeste y su productor no le hubiera permitido ir sólo para eso.

–¿Y sus hijos?

–Están muy bien. Quería saber cómo estaba usted. La he llamado a su despacho, pero me han dicho que no estaba.

–Estoy haciendo novillos. –Se rió con alegría–. Este fin de semana me voy a las Bermudas y necesitaba hacer algunas compras.

–Eso parece divertido. Nosotros pasaremos el largo fin de semana en la ciudad. Mark participa en un torneo de tenis y Matthew está invitado a una fiesta de cumpleaños.

–Pues las niñas van a ir al baile de que le hablé y después a Cape Cod con una amiga y sus padres. –Ambos parecían estar ocultando muchas cosas en aquella conversación acerca de los hijos y Mel se preguntó cómo estaría *él*, no Pam, Mark y Matthew. Y decidió preguntárselo–. ¿Está bien, Peter? ¿No trabaja demasiado?

–Pues claro que sí –contestó él, contento de que se lo hubiera preguntado–. No sabría hacer otra cosa, y usted tampoco.

–Muy cierto. Cuando sea vieja y tenga que retirarme no sabré qué demonios hacer todas las mañanas.

–Ya se le ocurrirá algo.

–Sí, cirugía cerebral tal vez. –Ambos se echaron a reír y ella se sentó, olvidándose de los almacenes Bloomingdale's y de los trajes de baño–. La verdad es que entonces me gustaría escribir un libro.

–¿Sobre qué?

–Mis memorias –contestó ella con tono burlón.

–No me diga.

Mel no solía revelarle a nadie sus sueños, pero con Peter era fácil hablar.

–No sé, creo que me gustaría escribir un libro sobre la mujer y el periodismo. Fue duro al principio y ahora resulta mucho más fácil, aunque no siempre. A la gente le fastidia mucho que una triunfe. Se alegra en parte, y en parte, se molesta. Es interesante hacer frente a todo eso y creo que muchas mujeres podrían identificarse con el asunto. No tiene nada que ver con lo que una haga. La cuestión es subir hasta la cumbre (y yo sé lo que es eso), lo mucho que cuesta y lo que ocurre cuando una llega allí…

–Me parece que sería un fulminante éxito editorial.

–Tal vez no, pero me gustaría intentarlo.

–Yo siempre quise escribir un libro sobre cirugía

cardíaca para el lector profano: qué es, qué se puede esperar, qué se le puede exigir al médico y cuáles son los riesgos de las distintas situaciones. No sé si a alguien le importaría, pero hay demasiadas personas que no están preparadas y a quienes los médicos toman el pelo.

–Podría ser muy útil.

Mel pensó que hacía falta un libro como aquél y que sería interesante ver lo que Peter escribía al respecto.

–Podríamos huir juntos a los mares del Sur para escribir nuestros libros –dijo él–. Cuando los chicos sean mayores.

–¿Por qué esperar? –Era una fantasía divertida, pero Mel se acordó bruscamente de su viaje a las Bermudas–. Nunca he estado en los mares del Sur.

En cambio, sí había estado en las Bermudas. Era un paraje tropical y estaba muy cerca, pero no resultaba en absoluto emocionante. O tal vez no se lo parecía porque iba sola. ¿Le gustaría a Peter ir solo? La respuesta a la pregunta podía ser aterradora.

–Yo siempre quise ir a Bora Bora –confesó él–, pero nunca he podido alejarme de mis enfermos el tiempo suficiente como para que mereciera la pena.

–Tal vez es que no quiere.

Anne también le acusaba de lo mismo, y probablemente era verdad.

–Es posible que tenga razón. –No le costaba ningún esfuerzo ser sincero con ella–. Tendré que esperar a cuando me jubile –había aplazado otras muchas cosas para más tarde, pero ahora Anne ya no estaba y no podría compartirlas con él. Se arrepentía de haber dejado tantas cosas para «más tarde». No habría un más tarde. Por lo menos, para ellos. Se preguntó si sería conveniente seguir aplazando las cosas para «más tarde». ¿Y si sufriera un ataque, y si muriera, y si...?–. Quizá vaya antes.

–Debe hacerlo. Se lo tiene bien ganado.

¿Qué se tenía bien ganado? Últimamente lo único que deseaba era tenerla a ella.

—¿Está contenta del viaje, Mel?

—Sí y no.

Ya había estado sola otras veces en lugares románticos. Tenía sus inconvenientes.

—Envíeme una postal.

—Lo haré.

—Bueno, será mejor que la deje. Llámeme cuando regrese. ¡Y descanse!

—Usted lo necesita tanto como yo.

—Lo dudo.

Mel consultó su reloj, preguntándose dónde estaría Peter. Eran las nueve y media de la mañana en California.

—¿Hoy no está usted en cirugía?

—No. Los últimos miércoles de cada mes celebramos unas reuniones para que todo el equipo se ponga al día sobre las nuevas técnicas y procedimientos. Comentamos lo que se está haciendo en el país y lo que cada uno ha tratado de conseguir durante el mes.

—Ojalá lo hubiera sabido. Me hubiera encantado incluirlo en el reportaje.

Sin embargo, ya tenía suficiente con lo que había hecho.

—Empezamos a las diez en punto. Y hoy he terminado temprano mis visitas a los pacientes. —Estaba hablando como un chiquillo—. Llamarla a usted era un regalo que me tenía prometido desde hacía varios días. —Resultaba más fácil decir estas cosas por teléfono y, de repente, Peter se alegró de la distancia que los separaba.

—Me siento muy halagada. —Peter quiso decirle que no había razón para ello, que en ese sentido nunca había llamado a otra mujer desde que se había casado con Anne, pero no lo dijo—. Yo también pensé llamarle varias veces para preguntar cómo estaba Marie, pero la diferencia de horario siempre era un problema.

–Lo mismo me ocurría a mí. En cualquier caso, me alegro de haber llamado. Que tenga un buen fin de semana en las Bermudas.

–Gracias. Que lo tenga usted también. Le llamaré cuando regrese. –Era la primera vez que hacía una promesa semejante y ya estaba deseando que llegara el momento–. Por cierto, la filmación está quedando sensacional.

–Me alegro –dijo él sonriendo. Pero no había llamado para esto–. Cuídese mucho, Mel.

–Le llamaré la semana que viene.

Súbitamente Melanie comprendió que entre ambos había nacido un vínculo que antes no había, y al salir de casa para dirigirse a Bloomingdale's se sintió más joven, emocionada y despreocupada.

Se probó dos trajes de baño azules, uno negro y otro rojo, pero este último no iba muy bien con el color de su cabello y se quedó uno de color azul cobalto y el negro. Eran un poco atrevidos, pero Mel se sentía muy exótica en aquellos momentos. Cuando ya se encontraba junto al mostrador con la tarjeta de crédito esperando para pagar, vio a una mujer acercarse llorando.

–¡Han disparado contra el presidente! –gimió–. ¡Le han disparado en el pecho y en la espalda y se está muriendo!

Los almacenes se vieron conmocionados de súbito, y la gente empezó a anunciar a gritos la noticia y a correr de un lado para otro como si aquella frenética actividad pudiera servir de algo. En cambio, Mel, como en una especie de acción refleja, dejó los trajes de baño en el mostrador, bajó tres tramos de escalera y salió a la calle. Subió al primer taxi que encontró, facilitó la dirección de la emisora y le pidió al taxista que pusiera la radio. Ambos guardaron silencio mientras escuchaban las noticias. Nadie parecía saber todavía a ciencia cierta si el presidente estaba vivo o no. Realizaba una visita de un día a Los Ángeles con el objeto de reunirse con el gobernador y varios dirigentes de organismos ciudadanos. Momentos antes le habían trasladado en una ambulancia al hospital. Estaba gravemente herido y dos agentes del servicio de seguridad yacían muertos en la acera. Mel estaba muy pálida cuando le entregó un billete de diez dólares al taxista y franqueó corriendo la puerta de doble hoja que daba acceso al edificio de la cadena. Allí reinaba un caos total desde el vestíbulo hasta la sala de redacción, y cuando Mel se acercó al escritorio del jefe, éste lanzó un suspiro de alivio.

—Dios bendito, estaba esperando que vinieras, Mel.

—He venido corriendo desde Bloomingdale's. —Por lo menos a ella se lo parecía y, en caso necesario, lo hubiera hecho. Sabía que aquél era su sitio.

—Quiero que salgas inmediatamente en un boletín especial —echó un vistazo a su atuendo y le pareció correcto, aunque le hubiera importado un bledo que saliera completamente desnuda—. Ponte un poco de maquillaje. ¿Podrías abrocharte un poco más la chaqueta? El vestido resulta demasiado blanco para la cámara.

—Desde luego. ¿Alguna novedad?

—Nada todavía. Le están operando y parece que es grave, Mel.

—Mierda.

Corrió al despacho donde guardaba los cosméticos y regresó cinco minutos después con el cabello peinado, el rostro maquillado y la chaqueta abrochada, lista para salir en antena. El productor la siguió hasta el estudio y le entregó un montón de papeles para que los leyera rápidamente. Momentos después, ella le miró con expresión sombría.

—La cosa no toma buen cariz, ¿verdad?

El presidente había sido alcanzado por tres disparos

en el pecho y, al parecer, la columna vertebral había resultado afectada, según los primeros informes. Aunque sobreviviera, podía quedar paralizado o, peor todavía, convertirse en un desecho humano. En aquellos momentos le estaban operando en el Center City. Mel se preguntó qué sabría Peter Hallam que la prensa no supiera, pero no tenía tiempo de llamar antes de salir en antena.

Se dirigió rápidamente a su escritorio y empezó a improvisar ante las cámaras y bajo los focos, facilitando las noticias tal como las habían recibido. Toda la programación habitual se había interrumpido para poder informar al público de las novedades, pero aún no se sabía gran cosa. Se pasó casi toda la tarde repitiendo lo mismo y no le permitieron descansar hasta tres horas después, en que fue sustituida por el presentador encargado de los noticiarios del fin de semana. Les habían convocado a todos y se dedicaban a hacer conjeturas y suposiciones mientras recibían informes de la costa Oeste y conectaban con los reporteros de Los Ángeles que aguardaban en el vestíbulo del Center City, tan familiar para Mel. Mientras escuchaba las noticias, Mel pensó que ojalá pudiera estar allí. Pero a las seis de la tarde seguían sin novedades y sólo decían que el presidente estaba con vida y que había superado la intervención. Tendrían que esperar, al igual que la primera dama, que en aquellos momentos estaba volando rumbo a Los Ángeles, adonde llegaría una hora más tarde.

Mel hizo su programa habitual de las seis y, como es lógico, se centró casi exclusivamente en el acontecimiento de Los Ángeles. Al terminar, el productor la estaba aguardando.

–Mel –le dijo, entregándole otro montón de papeles–, quiero que vayas allí. –Por un instante, ella se quedó aturdida–. Ve a casa, recoge lo que necesites, vuelve para hacer el noticiario de las once y después te acompañaremos corriendo al aeropuerto. Van a retrasar un vuelo para ti y podrás empezar a informar desde allí mañana a primera hora. Para entonces, sólo Dios sabe lo que habrá ocurrido. –El hombre que había disparado contra el presidente ya estaba bajo arresto y se estaban dando detalladas descripciones de su tumultuoso pasado, intercaladas con entrevistas a destacados cirujanos, los cuales opinaban sobre las posibilidades que tenía el presidente–. ¿Puedes hacerlo?

Ambos sabían que era una pregunta superflua. No tenía más remedio. Para eso le pagaban y la cobertura de «emergencias» nacionales formaba parte del trato. Analizó mentalmente la lista de lo que tenía que hacer. Sabía por experiencia que Raquel se encargaría de las niñas y ella podría verlas cuando regresara a casa para hacer la maleta entre uno y otro noticiario.

En casa encontró a Raquel y a las gemelas llorando frente al televisor. Jessica fue la primera en hablar.

–¿Qué va a ocurrir, mamá?

Raquel se sonó ruidosamente la nariz.

–Aún no lo sabemos. –Y a continuación les comunicó la noticia–: Tengo que irme a California esta noche. ¿Estaréis bien?

Mel miró a Raquel, sabiendo que la respuesta iba a ser afirmativa.

–Pues claro que sí –contestó Raquel con aire casi ofendido.

–Regresaré en cuanto termine todo esto.

Las besó a las tres y se fue a la cadena para presentar el último noticiario y, al terminar, se marchó con dos agentes de policía que la aguardaban para conducirla en su automóvil. Los tres escucharon con atención la radio mientras se dirigían velozmente al aeropuerto con las sirenas conectadas. Era un favor que la policía prestaba algunas veces a la emisora. Llegaron al aeropuerto John F. Kennedy a las doce y cuarto, y el aparato despegó a los diez minutos de haber subido Mel a bordo. La azafata se acercó varias veces para entregarle los boletines transmitidos por los pilotos que iban recibiéndolos de las torres de control y los controladores mientras sobrevolaban el país. El presidente aún estaba vivo, pero nadie podía asegurar hasta cuándo. La noche pareció interminable y, por fin, Mel llegó a Los Ángeles muy cansada. La recibió también una escolta de la policía y ella decidió trasladarse primero al Center City antes de irse a dormir unas horas a su hotel. Tendría que empezar a trabajar a las siete de la mañana siguiente y ya eran las cuatro... Sin embargo, cuando llegó al Center City no había ninguna novedad y entró en el hotel poco antes de las cinco de la madrugada. Pensó que podría dormir una hora antes de empezar a trabajar. Tendría que beber mucho café y pidió a la telefonista del hotel que la despertara. Le habían reservado habitación en un hotel desconocido, pero situado cerca del Center City. De repente pensó que era extraño encontrarse de nuevo en Los Ángeles tan pronto y se preguntó si tendría tiempo de ver a Peter. Tal vez cuando todo terminara. A no ser que el presidente muriera, claro. Entonces quizá tuviera que regresar al mismo tiempo que el avión presidencial para asistir al entierro en Washington, en cuyo caso no podría verle. Pero por el bien del presidente esperaba que ello no ocurriera, y deseaba con toda el alma ver a Peter en los próximos días. Se preguntó si él sabría que estaba allí.

Cuando la telefonista la llamó, se despertó enseguida con todos los sentidos alerta, pero con las extremidades doloridas y fatigada como si no hubiera dormido en absoluto. Tendría que aguantar a base de café cargado y fuerza de voluntad. Lo había hecho otras veces y sabía que sería capaz de repetirlo. Se puso rápidamente un vestido gris oscuro y unos zapatos negros de tacón alto, salió del hotel, subió al automóvil de la policía a las seis y media y llegó al hospital diez minutos más tarde para conocer los últimos detalles y empezar a transmitir. Ya eran casi las diez en Nueva York y la zona este del país llevaba muchas horas ansiando recibir noticias.

Vio a los componentes del equipo de filmación que había utilizado la otra vez junto con otros cincuenta cámaras y dos docenas de reporteros. Habían acampado en el vestíbulo y un portavoz del hospital les facilitaba un parte cada media hora. Finalmente, a las ocho en punto, una hora después de que Mel hubiera empezado a transmitir con rostro serio y demudado, se recibió la primera noticia significativa. El presidente estaba consciente y su columna vertebral no estaba fracturada ni lesionada. En caso de que sobreviviera, no quedaría paralizado, y de momento parecía que no le había producido lesiones cerebrales. Sin embargo, su estado seguía siendo crítico y se debatía entre la vida y la muerte. Su supervivencia no era segura y tres horas más tarde la primera dama se reunió con ellos y dirigió unas palabras a la nación. Mel consiguió hablar con ella tres minutos. La pobre mujer estaba afligida y agotada, pero habló con entereza y dignidad. Resultaba conmovedor verla expresarse con los ojos llenos de lágrimas y la voz firme. Mel la dejó hablar, le hizo tan sólo unas cuantas preguntas y le aseguró que toda la nación la estaba acompañando con sus oraciones, y después tuvo la suerte de poder hablar un momento con el cirujano del presidente. A las seis de la tarde no se habían recibido nuevas noticias y Mel fue relevada por un presentador local. Le dieron cinco horas para que se fuera a dormir al hotel, si podía. Pero cuando llegó a su habitación, estaba tan nerviosa que no consiguió pegar ojo. Permaneció tendida en la oscuridad, pensando en miles de cosas y, de repente, extendió la mano hacia el teléfono y marcó un número.

Contestó la señora Hahn y, sin ningún preámbulo

amistoso, Mel preguntó por Peter y éste se puso al aparato momentos después.

–¿Mel?

–Hola. No sé muy bien lo que hago porque estoy hecha polvo, pero quería llamar para decirle que estoy aquí.

Él sonrió afectuosamente. Parecía muy cansada.

–¿Es que no se acuerda de mí? Yo también trabajo en el Center City. Me parece innecesario decirle que aquí también tenemos un televisor. Hoy la he visto un par de veces, pero usted no me ha visto. ¿Lo resiste bien?

–Resistiré. Estoy acostumbrada. Al cabo de un rato, basta con poner en marcha el piloto automático del cuerpo y procurar no darse contra alguna pared, buscando el cuarto de baño.

–¿Dónde está ahora? –Ella le proporcionó el nombre de su hotel y a Peter le pareció extraordinario que se encontrara de nuevo tan cerca. Tenía que reconocer que, pese a las horrendas circunstancias, la situación le gustaba, aunque no sabía si podría verla–. ¿Puedo ayudarla en algo?

–De momento no. Ya se lo diré.

Se sintió un necio al hacerle la siguiente pregunta, pero no pudo evitarlo.

–¿Hay alguna posibilidad de que la pueda ver? Quiero decir en algún lugar que no sea el vestíbulo lleno de reporteros.

–Pues no lo sé todavía –contestó Mel con sinceridad–. Depende de cómo vayan las cosas. –Lanzó un suspiro–. ¿Qué piensa usted que va a ocurrir, Peter? ¿Qué posibilidades tiene realmente?

Se lo hubiera tenido que preguntar en primer lugar, pero estaba tan cansada que ni se le ocurrió.

–Bastante buenas. Depende de su estado general. En el corazón no tiene nada, de otro modo me hubieran llamado. Estuve en el quirófano mientras le operaban por si acaso. Pero no me necesitaron.

En las noticias no habían incluido nada de todo eso, pero Mel sospechaba que no se había facilitado toda la información. De quien se sabía todo era del agresor, un joven de veintitrés años que había pasado los últimos cinco años en un manicomio y que dos meses antes le había dicho a su hermana que iba a matar al presidente. Nadie le había tomado en serio, puesto que pensaba que su compañero de habitación del manicomio era Dios y que la jefa de las enfermeras era Marilyn Monroe. Nadie creía siquiera que conociera al presidente, pero debía conocerle puesto que había estado a punto de matarle y tal vez, se salía con la suya.

—Mañana sabremos más cosas, Mel.

—Si tiene alguna noticia, ¿querrá llamarme?

—Por supuesto. Pero duerma un poco si no quiere convertirse en la próxima paciente.

—Lo haré, pero estoy tan nerviosa que no puedo conciliar el sueño.

—Inténtelo, cierre los ojos y descanse, no piense en dormir. —Su voz era tranquilizadora y Mel se alegró de haberle llamado—. ¿Quiere que la acompañe mañana en mi coche al hospital?

—¿Mañana? —Mel se echó a reír—. Tengo que estar de regreso esta noche a las once.

—¡Eso es inhumano! —exclamó él.

Ambos convinieron en que sí lo era y Mel colgó el aparato contenta de haber llamado. Esperaba poder verle antes de marcharse de Los Ángeles. Le destrozaría el alma haber estado allí y tener que irse sin haberle visto, pero ambos sabían que podía ocurrir. Mientras se daba la vuelta en su cama del hotel, Melanie rezó para que no fuera así.

13

El viernes, Mel y los demás representantes de los medios de comunicación tuvieron un largo día, aguardando con inquietud en el vestíbulo del Center City. Había media docena de mozos que les servían bocadillos y café y ellos conectaban periódicamente con sus respectivas emisoras para facilitar el último parte sobre el estado del presidente. Pero, en conjunto, apenas se produjo ninguna novedad desde las seis de la mañana hasta las siete de la tarde. Mel, que había vuelto al trabajo a las once de la noche del jueves, no abandonó el hospital hasta las ocho de la tarde del viernes. Estaba tan agotada que le daba vueltas la cabeza y le ardían los ojos. Se dirigió al aparcamiento y se sentó al volante del automóvil que habían alquilado para ella la víspera, pero su visión era tan débil que tuvo miedo de poner el vehículo en marcha y regresar al hotel. La voz que oyó pareció surgir de una densa niebla y Mel se volvió para ver quién le hablaba desde detrás del automóvil.

—No está en condiciones de conducir, señorita Adams.

Al principio pensó que era un policía, pero después vislumbró aquel rostro conocido y sonrió, apoyando la cabeza en el respaldo del asiento. El cristal de la ventanilla estaba completamente bajado. Necesitaba aire y lo había bajado para no dormirse al volante.

—Pero bueno, ¿qué hace usted aquí?

A pesar de su estado de agotamiento, pudo ver que sus ojos eran intensamente azules y el solo hecho de verle allí la reconfortó.

—Trabajo aquí, ¿o es que lo ha olvidado?

—Pero ¿no es muy tarde para eso?

Él asintió mientras contemplaba la expresión de sus ojos. Se alegraba de verle, pero estaba demasiado cansada para moverse.

—Pase al otro asiento. Yo la llevaré a su hotel.

—No sea tonto. Estoy muy bien, simplemente tengo que...

—Mire, sea práctica, Mel. Estando el presidente aquí, si se estrella usted contra un árbol en este automóvil no le van a poner siquiera una tira de esparadrapo en la sala de urgencias. Todo el mundo está pendiente de él. Por consiguiente, ahorrémonos un problema y permítame acompañarla. ¿De acuerdo? —Mel no tenía ánimos para discutir con él. Se limitó a sonreír como una niña cansada, asintió con la cabeza y pasó al otro asiento—. Buena chica.

La miró para ver si la expresión la había molestado y se alegró de comprobar que no era así. Estaba sentada con la mirada perdida y no parecía poner ningún reparo. Él condujo el automóvil con pericia por entre el tráfico de Los Ángeles, que a aquella hora era todavía muy denso, mirándola de vez en cuando. Después añadió:

—¿Se encuentra bien, Mel?

—Estoy agotada. Con un poco de sueño me repondré.

—¿Cuándo tiene que regresar?

—A las seis de la mañana, afortunadamente. —Se incorporó un poco en el asiento—. ¿Sabe algo que yo deba saber sobre el estado del presidente? —Peter sacudió la cabeza—. Maldita sea, espero que se salve.

—Todo el país lo espera. Yo también. Uno se siente

impotente cuando ocurren estas cosas, pero la verdad es que ha tenido mucha suerte. Hubiera podido morir en el acto. En las radiografías he podido ver que ha estado a punto de perder la vida, o la mente, o la capacidad de moverse del cuello para abajo. Si la bala hubiera rebotado de una forma un poco distinta...

No hizo falta que terminara la frase. Los cirujanos que atendían al presidente eran amigos suyos y le habían puesto al corriente de la situación.

—Lo siento muchísimo por su mujer. Es muy valiente y se está aferrando al último rayo de esperanza.

No era joven y los últimos días habían resultado para ella terriblemente tensos.

—Tiene un problema cardíaco, ¿sabe? De escasa importancia. Pero eso no es precisamente lo que el médico le ha recomendado.

Mel le miró esbozando una cansada sonrisa.

—Por lo menos está usted ahí por si le ocurriera algo.

De repente se alegró de que también estuviera allí para ella. Comprendió que no habría conseguido superar la carrera de obstáculos de la autopista. Se lo dijo cuando se detuvieron frente a la entrada del hotel.

—No sea tonta. No podía permitir que condujera en semejante estado.

—He tenido suerte de encontrarle al salir. —Mel se había repuesto ligeramente. Y no sabía que, previendo el problema, él había estado aguardándola. Era algo que deseaba hacer por ella y se alegraba de haber obrado así—. Muchas gracias, Peter.

Ambos descendieron del automóvil y él la miró.

—¿Podrá entrar en el hotel?

Ella sonrió al ver su solicitud. Hacía años que nadie se preocupaba tanto por ella.

—Estoy bien. Puedo andar. Lo que no podía era conducir.

Pero lo hubiera hecho en caso necesario.

–La recogeré mañana por la mañana. ¿A las seis menos cuarto?

–No puedo permitir que haga eso.

–¿Y por qué no? Normalmente acudo al hospital a las seis y media. ¿Qué más da media hora antes?

–Puedo conducir yo, de veras.

Casi le avergonzaba ser objeto de tantas atenciones, pero él se mantuvo firme.

–No veo por qué tiene que hacerlo.

–Por cierto, ¿cómo va a regresar a su casa desde aquí?

–No se preocupe. Tomaré un taxi hasta el aparcamiento y recogeré mi automóvil. Estoy completamente despierto. Es usted la que no se tiene en pie.

–Oh, Peter, yo no quería... –pero tuvo que interrumpir sus palabras para bostezar y él se echó a reír.

–¿Sí? ¿Desea usted decirle alguna otra cosa a su público? –Terció Peter con tono burlón y ella lamentó estar tan aturdida a causa de la larga jornada.

–Simplemente gracias. –Las miradas de ambos se cruzaron un instante frente a la entrada del hotel–. Me he alegrado mucho de volver a verle.

–No, no es cierto, ni siquiera me puede ver. Es como si un perfecto desconocido la hubiera acompañado a casa.

La acompañó hasta la puerta del hotel y entró con ella en el vestíbulo.

–Si todos los desconocidos fueran tan amables... –musitó ella.

–Ahora sea buena, suba a su habitación y duerma un poco. ¿Ha comido?

–Suficiente. Lo único que quiero es dormir. Bien mirado, cualquier cama me vendría de maravilla.

Incluso el suelo estaba empezando a parecerle bien. Peter pulsó el botón del ascensor, la empujó suavemente hacia el interior y, antes de que ella pudiera decir algo, retrocedió.

—La veré mañana.

Ella hubiera querido protestar, pero las puertas se cerraron y el ascensor la dejó en su piso. Lo único que tenía que hacer era caminar hasta su habitación, abrir la puerta, volver a cerrarla y tenderse en la cama. Así lo hizo, sintiéndose casi como un espectro. Ni siquiera se molestó en quitarse la ropa: llamó a la telefonista antes de quedarse dormida, pidió que la despertaran a las cinco en punto de la mañana y, cuando le parecía que acababa de dormirse, sonó el teléfono.

—Las cinco, señorita Adams.

—¿Ya? —Tenía la voz ronca y aún estaba medio dormida. Tuvo que hacer un esfuerzo para despertarse y se incorporó con el teléfono en la mano—. ¿Hay alguna noticia? ¿Vive todavía el presidente?

—Creo que sí.

Si hubiera muerto, la habrían llamado desde el hospital o la cadena de Los Ángeles.

Colgó y después marcó el número de la emisora local. El presidente seguía con vida y no se había producido ninguna novedad desde la víspera. Su situación era estable, dentro de la gravedad. Mel se dirigió a la ducha. Era demasiado temprano para pedir un café. Después bajó para aguardar en la puerta a las seis menos veinte, pensando que la víspera hubiera debido insistir en que Peter no acudiera a recogerla. No había razón para que él le hiciera de chófer. En realidad, era una estupidez. Pero a las cinco cuarenta y cinco exactas, él se presentó, abrió la portezuela del automóvil (estaba completamente despierto) y le ofreció un termo de café, mientras ella se acomodaba a su lado.

—Vaya, es el mejor servicio de chófer que jamás he tenido.

—He traído unos bocadillos en esta bolsa. —Peter señaló una bolsa de papel marrón que había en el suelo y la miró sonriendo–. Buenos días.

Pensaba acertadamente que Mel no había comido la víspera y él mismo le había preparado unos bocadillos.

–Desde luego, es estupendo tener un amigo en Los Ángeles. –Melanie hincó el diente en un bocadillo de pavo con tostadas de pan blanco y se reclinó cómodamente en el asiento del Mercedes, con una taza de café en la mano–. Esto sí es vida. –Miró a Peter con una tímida sonrisa–. Cuando me fui hace dos semanas, no imaginaba que volveríamos a vernos. O por lo menos que pasaría mucho tiempo.

–Eso creía yo también. Siento que haya tenido que ser por algo tan grave... Pero me alegro de que esté aquí, Mel.

–¿Sabe una cosa? –Melanie tomó otro sorbo de humeante café–. Yo también. Es horrible decirlo, teniendo en cuenta el motivo por el que estoy aquí. Pero no sé... –Apartó los ojos un instante–. He pensado mucho en usted desde que me fui y no estaba segura del porqué. Es posible que mi regreso me ayude a descubrirlo.

Él asintió porque tenía el mismo problema.

–Es difícil explicarle lo que siento. Siempre quiero llamarla para contarle cosas, para darle las últimas noticias sobre Marie... o una operación que acabamos de hacer... o algo que ha dicho alguno de mis hijos.

–Creo que estaba usted terriblemente solo y yo le abrí una puerta. Y ahora usted no sabe qué hacer al respecto. –Peter asintió con la cabeza y ella adoptó una expresión meditabunda–. Lo curioso es que yo tampoco sé qué hacer. También a mí me abrió una puerta y, al regresar a casa, no hacía más que pensar en usted. Me alegré muchísimo cuando me llamó aquella primera vez.

–No tuve más remedio. Pensé que tenía que hacerlo.

–¿Por qué?

Ambos estaban buscando respuestas que desconocían.

—No lo sé, Mel. Fue un alivio saber que se encontraba de nuevo aquí. A lo mejor esta vez averiguaré lo que estoy tratando de decirle... O tal vez no me atreveré a decirlo...

Mel, en cambio, se atrevió a hacer la pregunta más difícil:

—¿Tiene miedo?

—Sí —contestó él con voz casi temblorosa sin volverse a mirarla mientras conducía—. Tengo mucho miedo.

—Si le sirve de consuelo, le diré que a mí me ocurre lo mismo.

—¿Por qué? —preguntó él, mirándola—. Lleva sola muchos años. Sabe lo que hace. Yo no.

—De eso se trata. Llevo sola quince años. Nadie se me ha acercado demasiado. Si alguien lo hacía, yo echaba a correr. Pero usted tiene algo... no sé cómo *catalogarlo* y me atrajo mucho cuando estuve aquí la primera vez.

Llegaron al aparcamiento del Center City y él se volvió a mirarla.

—Aparte mi esposa, es usted la primera mujer que me atrae en veinte años. Y eso me da mucho miedo, Mel.

—¿Por qué?

—No sé. Pero me da miedo. He estado escondiéndome desde que ella murió. Y de repente no estoy seguro de que quiera seguir así.

Permanecieron sentados largo rato en silencio. Mel fue la primera en romperlo.

—Vamos a esperar a ver qué ocurre. No forcemos las cosas. Ninguno de nosotros ha arriesgado nada todavía. Usted me ha llamado un par de veces por teléfono y yo estoy aquí porque al presidente le han disparado un tiro. De momento eso es todo lo que hay.

Estaba tratando de tranquilizarle a él tanto como a

sí misma, pero ninguno de los dos estaba demasiado convencido.

—¿Estás segura de que eso es todo? —preguntó él mirándola mientras ella le sonreía.

—No, no lo estoy. Eso es lo malo. Pero a lo mejor, si nos lo tomamos con calma, no nos daremos un susto de muerte.

—Espero no asustarla, Mel. Me gusta usted demasiado como para obligarla a huir.

—Yo me asusto a mí misma más de lo que usted cree. Nunca quise que volvieran a lastimarme ni depender de nadie más que de mí misma. He construido una muralla a mi alrededor y, si permito que entre alguien, me podrían destruir lo que yo he construido con tanto esfuerzo.

Era lo más sincero que le podía decir y sus ojos se llenaron de lágrimas mientras él la miraba.

—Yo nunca le haré daño, Mel, en lo que de mí dependa. Pero sí quisiera aligerarle parte de su pesada carga…

—No estoy segura de querer desprenderme de ella.

—Y yo no sé si estoy preparado para asumirla.

—Bien. Así es mejor. —Mel se reclinó de nuevo en el asiento antes de dejarle—. La pena es que estemos tan separados, usted en un extremo y yo en otro. De esta manera, nunca podremos averiguar nada.

—Puede que lo averigüemos durante su estancia aquí —dijo él esperanzado, pero ella sacudió la cabeza.

—No es probable, teniendo que trabajar tanto.

Pero él no se quería dar por vencido. Aún no. Necesitaba comprender qué sentía por aquella mujer que tanto le atraía. Contempló aquellos grandes ojos verdes que nunca se apartaban de su memoria.

—La última vez que estuvo aquí, usted me siguió mientras yo trabajaba. Esta vez, permítame ponerme a su disposición en todo lo que haga falta. Es posible que podamos encontrar algún momento libre para hablar.

–Me encantaría. Pero ya verá usted lo que es eso. Yo trabajo día y noche.

–Ya veremos. Procuraré localizarla más tarde en el vestíbulo cuando termine de operar y visitar a los enfermos. Quizá podamos tomarnos un bocadillo.

A Mel le gustaba la idea, pero no sabía si tendría tiempo.

–Haré lo posible por escabullirme. Pero, Peter, tiene que comprender que tal vez no podré.

–Lo comprendo. –Entonces, por primera vez, él alargó la mano para tocarle la suya–. No se preocupe, Mel. Estoy aquí. No iré a ninguna parte.

Pero Mel quizá sí. Ambos expresaron en silencio el deseo de que ello no ocurriera demasiado pronto.

Mel sonrió, disfrutando del contacto de la mano de él en la suya.

–Gracias por acompañarme al trabajo, Peter.

–A sus órdenes, señora.

Peter descendió del vehículo, le abrió la portezuela y, momentos después, ambos fueron engullidos por la muchedumbre que abarrotaba el vestíbulo. Él se volvió a mirarla, pero ella ya estaba conversando con otros periodistas menos importantes que se habían pasado la noche en el vestíbulo, y las puertas del ascensor se cerraron antes de que Mel le viera de nuevo.

Las noticias que le dieron a Mel eran esperanzadoras. El presidente seguía con vida y, media hora antes, un portavoz del hospital les había comunicado que su estado había mejorado.

A las ocho en punto, la primera dama se presentó en el hospital. Se alojaba en el hotel Bel-Air y la rodeaba todo un enjambre de agentes del servicio de seguridad, los cuales estaban abriéndose paso trabajosamente en el vestíbulo. Era imposible abordarla, pero Mel y otros reporteros lo intentaron. La pobre mujer estaba pálida y ojerosa y Mel la compadeció. A las ocho y media conectó con Nueva York y volvió a hacerlo a las nueve para el noticiario del mediodía. Lo único que podía decirle a la nación era que el presidente seguía con vida. Y se pasó todo el día recogiendo información sin disponer de un solo momento para pensar en sí misma o en Peter Hallam.

No volvió a verle hasta las tres de la tarde, cuando él se presentó enfundado en una bata blanca almidonada que provocó sorpresa entre todos los reporteros. Pensaban que iba a facilitarles alguna noticia y a Peter le fue casi imposible explicar a viva voz entre aquel barullo que estaba allí como simple ciudadano particular para saludar a una amiga. Al final, Peter y Mel consiguieron huir a un rincón, si bien muchos periodistas pensaron que Mel iba a conseguir una primicia informativa. Después Peter se quitó desesperado la bata blanca y la ocultó tras una papelera del vestíbulo.

–Dios bendito, pensaba que iban a destrozarme.

–Lo hubieran hecho de haber tenido oportunidad. Lo siento –dijo Mel, sonriendo con aire cansado.

Llevaba trabajando nueve horas ininterrumpidas y sólo había comido el bocadillo que Peter le dio en el coche, aunque se había pasado todo el día bebiendo café.

–¿Ha comido?

–Todavía no.

–¿Puede salir?

Ella consultó su reloj.

–Tengo que conectar dentro de diez minutos para el noticiario de las seis en Nueva York. Pero después seguramente estaré libre.

–¿Tiene que quedarse todavía mucho rato?

–Unas cuantas horas más. Creo que podré marcharme hacia las seis. En caso necesario, puedo volver a las ocho para el noticiario de las once en Nueva York. Probablemente tendré que hacerlo. Pero después ya habré terminado, a menos que ocurra alguna novedad.

Pensativo, Peter dijo:

–¿Por qué no la dejo ahora y regreso a recogerla a las seis? Podríamos cenar en algún sitio tranquilo y después la acompañaría de nuevo aquí para que hiciera el boletín del noticiario de las once y la llevaría a su hotel.

–Para entonces ya me habré convertido en un fantasma y es posible que me quede dormida durante la cena.

–No importa. Otras personas se han dormido algunas veces cenando conmigo. Esta vez, por lo menos, pensaré que la cosa tiene justificación –dijo Peter sonriendo al tiempo que experimentaba un irresistible impulso de estrecharla en sus brazos.

–Me encantaría verle esta noche –contestó ella, sonriendo también.

–Muy bien. Hasta las seis, entonces.

Peter regresó a su despacho y volvió exactamente tres horas más tarde. Mel tenía unas pronunciadas ojeras y, cuando subió al automóvil, él pudo ver que estaba agotada.

–¿Sabe una cosa, Peter? –dijo, sonriendo con aire de cansada–, el interés que sienta usted por mí en estos momentos equivale prácticamente a un acto de necrofilia.

Él rió e hizo una mueca ante su humor negro.

–No tiene demasiada gracia.

–Es lo que siento. ¿Qué tal le ha ido el trabajo?

–Muy bien. ¿Cómo está el presidente esta noche?

Peter suponía que ella estaría mejor informada que él, demasiado ocupado con sus propios pacientes como para preocuparse por otras personas.

–Sigue resistiendo. Empiezo a pensar que si ha aguantado hasta ahora, es posible que sobreviva. ¿Usted qué piensa?

—Pues que quizá tenga razón. —Peter esbozó una sonrisa—. De todos modos, espero que mañana no se levante de golpe de la cama y tenga usted que regresar a casa enseguida.

—No creo que este peligro exista de momento, ¿verdad?

—Desde luego que no.

Peter la miró satisfecho mientras la acompañaba a un restaurante cercano.

—Por cierto, ¿cómo están sus hijos?

—Bien. Saben que usted está aquí por la información de los noticiarios, pero no he tenido tiempo de decirles que la he visto.

—Mejor sería no decírselo —contestó ella, tras guardar silencio un instante.

—¿Por qué no?

—Podrían ponerse nerviosos. Los chicos tienen unas antenas extraordinarias. Lo sé por mis hijas. Sobre todo, Jess. A Val se la puede engañar durante algún tiempo porque siempre está ocupada en sus cosas. Pero Jessica presiente las cosas casi antes de que sucedan.

—Pam también es así algunas veces. Pero los chicos son distintos.

—Eso es lo que quiero decir. Bastantes dificultades tiene ella ya para que encima tenga que preocuparse por mí.

—¿Qué le hace pensar que se preocuparía?

—¿Y qué le hace a usted pensar que no? Bien mirado, todo su mundo se ha trastornado en los últimos dos años, pero al menos ella sabe que le tiene a usted. Y no ha tenido que competir con ninguna otra mujer, por lo menos desde su punto de vista. Y de repente aparezco yo en escena y me convierto en una amenaza concreta.

—¿Por qué lo dice?

—Soy una mujer. Ella es una chica y usted es su padre. Usted le pertenece.

–El hecho de que yo me interesara por alguien no modificaría la situación.

–Podría modificarla de forma sutil. Estoy segura de que sus relaciones con Pam no eran las mismas cuando vivía su esposa. Tenía menos tiempo para ella, tenía otras cosas que hacer. Ahora, en cambio, es todo para ella o casi. Cambiar otra vez a lo de antes y por culpa de una desconocida no sería muy agradable.

Él adoptó una expresión pensativa mientras detenía el automóvil frente a la entrada de un pequeño restaurante italiano.

–Nunca me lo había planteado en estos términos. –La miró con una leve sonrisa–. Pero es que nunca tuve ocasión. Tendré que andarme con un poco más de cuidado con mis palabras.

–Creo que sí. –Melanie sonrió–. A lo mejor, dentro de unos días no quiere volver a verme. Está a punto de verme convertida en una piltrafa. Cuando me paso varios días sin dormir empiezo a desmoronarme.

–Como todo el mundo.

–Yo creía que usted no. Con todo lo que hace, a mí me parece que resiste usted de maravilla.

–Tengo mis límites.

–Y yo también, y hace un par de días los rebasé.

–Vamos a comer algo. Eso le sentará bien –entraron y el *maître* les guió a una mesa apartada– ¿Vino, Mel?

Ella negó con la cabeza.

–Me quedaría dormida –dijo riendo.

Pidió un bistec pequeño. Ya no tenía apetito, pero sabía que las proteínas le serían beneficiosas. Mientras disfrutaban de la cena y de una conversación intrascendente, Mel se asombró de lo muy a gusto que se sentía a su lado. Él parecía interesarse por su trabajo y ella ya sabía muchas cosas acerca del suyo. Fue una conversación tranquilizadora y estimulante a un tiempo, y finalmente ella tomó un café, complacida y satisfecha.

–Es usted un regalo de Dios, ¿lo sabe?

–Yo lo estoy pasando muy bien –repuso él.

–Eso no es lo que esperaba cuando vine a Los Ángeles.

–Lo sé. A estas horas, pensaba usted hallarse en las Bermudas.

–Pero ¿qué día es hoy?

Había perdido la noción del tiempo y ni siquiera había hablado con las niñas desde su llegada, pero sabía que ellas lo comprenderían. De todos modos, sus hijas se habían ido a Cape Cod a pasar el largo fin de semana, el cual había empezado sin que ella se diera cuenta. Le parecía que llevaba varias semanas en Los Ángeles. Y, en cierto modo, pensaba que ojalá fuera así. Jamás había sentido nada semejante. Toda su vida se centraba normalmente en Nueva York, pero no en aquellos momentos. Su vida estaba en Los Ángeles.

–Lamento que se perdiera el viaje a las Bermudas, Mel.

–Yo no. –Le miró sinceramente a los ojos–. Prefiero estar aquí.

Puesto que no sabía qué contestar, él le cogió la mano.

–Me alegro. Su regreso me hace feliz, Mel. Sólo lamento que tenga que trabajar tanto.

Ella le miró muy seria.

–Es un precio muy pequeño a cambio de poder verle.

Peter no pudo reprimir un triste comentario.

–Estoy seguro de que el presidente no piensa lo mismo.

Ambos compartieron unos instantes de reflexión y después Mel consultó su reloj. Tenía que regresar al trabajo. Él se ofreció a acompañarla de nuevo al hospital y esperarla, pero ella se opuso.

–Puedo tomar un taxi cuando termine la conexión de las once –dijo Mel, consciente de que en Los Ángeles eran sólo las ocho.

–Ya se lo dije. Mientras esté aquí, soy su chófer. A menos que prefiera no…

Esta vez fue ella quien le tomó la mano.

–Me encantará.

–Muy bien.

Peter pagó la cuenta y regresaron al Center City a tiempo de que ella anunciara a los telespectadores de Nueva York que el presidente tenía un poco de fiebre, pero que eso era normal. Media hora después, Peter la acompañó al hotel, prometiendo regresar a la mañana siguiente a la misma hora. Mel subió a su habitación y se acostó, pero no consiguió dormirse. Estaba todavía despierta cuando él la llamó media hora más tarde.

–¿Diga?

Temía que fueran a comunicarle una mala noticia sobre el presidente.

–Soy yo. –Era Peter, y ella lanzó un suspiro de alivio, explicándole el porqué.

–Siento haberla asustado.

–No se preocupe. ¿Ocurre algo?

–No… –Peter vaciló y ella casi pudo percibir su respiración–. Simplemente quería decirle que me parece usted maravillosa.

Él mismo se sorprendió de sus palabras y notó que se le aceleraban los latidos del corazón. Melanie se incorporó en la cama, nerviosa y complacida al mismo tiempo.

–Yo llegué a esta misma conclusión acerca de usted la última vez que estuve aquí.

Peter se ruborizó y se sintió un necio. Ella también sonrió, y pasaron un rato charlando hasta que se despidieron, llenos de emoción, asustados y felices como dos chiquillos. Estaban avanzando paso a paso por la rama de un árbol y aún no era demasiado tarde para volver atrás, pero el equilibrio resultaba más difícil cada día y ninguno de ellos podía imaginar lo que ocurriría cuando Mel regresara a Nueva York… aunque era demasiado pronto para preocuparse por eso. De momento se limitaban a disfrutar avanzando lentamente.

«Buenas noches, Mel. Hasta mañana…» Su voz resonaba todavía en sus oídos mientras yacía tendida en la oscuridad, tratando de conciliar el sueño… Le parecía que el chico más guapo del colegio acababa de invitarla al baile de gala estudiantil… Era curioso, pero el hecho de estar con él la hacía sentirse nuevamente una chiquilla…

14

A la mañana siguiente acudió de nuevo a recogerla y la acompañó al hospital, donde le dijeron que el presidente había mejorado un poco. Por primera vez en muchos días descubrió que tenía unos minutos libres en su agotadora jornada y, obedeciendo a un súbito impulso, llamó a la unidad de cardiología y preguntó si podía visitar a Marie. Subió en el ascensor hasta el sexto piso y la encontró sentada en la cama, pálida pero muy bonita, aunque con el rostro un poco hinchado. Melanie comprendió con tristeza que los medicamentos estaban empezando a producirle aquella anormal hinchazón, pero la chica tenía los ojos brillantes y pareció alegrarse de verla.

–¿Qué está haciendo aquí?

Miró a Melanie asombrada al verla entrar en la habitación. Llevaba todavía un catéter intravenoso en el brazo, pero ofrecía un aspecto más saludable que antes del trasplante.

–He venido a verte. Pero me temo que no desde Nueva York. Llevo varios días en el vestíbulo a causa del presidente…

Marie asintió con expresión muy seria.

–Ha sido terrible. ¿Está mejor?

–Hoy se encuentra levemente mejor. Pero aún no

está fuera de peligro. –Mel comprendió de repente su falta de tacto al decir eso, porque Marie tampoco estaba fuera de peligro. Miró sonriente a aquella joven a la que apenas llevaba unos años y cuya vida se mantenía en un precario equilibrio–. No ha tenido tanta suerte como tú, Marie.

–Eso porque no es paciente de Peter Hallam.

Los ojos de la muchacha se iluminaron al pronunciar el nombre y Mel lo comprendió todo mientras la observaba. Peter Hallam se había convertido en una especie de Dios para aquella muchacha. Y Mel sospechaba que la chica estaba enamorada de él. No era un acontecimiento insólito, teniendo en cuenta que dependía de aquel hombre y que él le había salvado la vida gracias al trasplante. Pero sólo cuando Peter entró en la habitación al poco rato y se ruborizó al ver a Mel, ésta comprendió otra cosa: la extraordinaria comunicación que se había establecido entre médico y paciente. Peter se sentó junto a la cabecera de la cama y empezó a hablar con Marie con tono sereno y tranquilizador; parecía como si ambos estuvieran solos en la habitación.

Mel se sintió súbitamente como una intrusa y se retiró poco después, reuniéndose con el enjambre de periodistas que todavía se arremolinaban en el vestíbulo. Y no volvió a ver a Peter hasta que él la acompañó al hotel aquella noche. Al igual que la víspera, disponía de una pausa de dos horas y después tendría que regresar al hospital a las ocho y efectuar una transmisión en directo para el noticiario de las once de Nueva York. Le habló de Marie mientras se dirigían a cenar.

–Ella le adora, Peter.

–No sea tonta. Es una paciente como otra cualquiera. –Pero él sabía a qué se refería Melanie. Se establecía un nexo especial entre él y sus pacientes, y quizá el que le unía a Marie fuera más profundo porque la muchacha no tenía a nadie–. Es una buena chica. Y necesita hablar con alguien mientras dure este proceso. Cuando una persona permanece tendida todo el día, a veces empieza a pensar demasiado. Necesita desahogarse con alguien.

–Y usted tiene mucha paciencia.

Mel sonrió, preguntándose cómo lo conseguía. Ofrecía sin freno su habilidad, su tiempo y su paciencia. Parecía increíble.

Cuando estaban a medio cenar, el «busca» que llevaba Peter empezó a emitir señales y tuvo que regresar al hospital para atender un caso urgente.

–¿Marie? –preguntó ella con inquietud mientras regresaban a toda prisa al automóvil.

–No –contestó él, moviendo la cabeza–, un hombre que ingresó la semana pasada. Necesita con urgencia un corazón y todavía no tenemos ningún donante.

La falta de donantes cuando más los necesitaba parecía ser el principal problema de Peter.

–¿Conseguirá sobrevivir?

–No lo sé. Espero que sí.

Peter avanzó hábilmente por entre el tráfico, y llegaron al hospital en menos de diez minutos. Aquella noche Mel ya no volvió a verle. Antes de iniciar la transmisión a Nueva York, recibió un recado en el vestíbulo, anunciándole que el doctor Hallam estaría varias horas en cirugía; ella se preguntó si habrían encontrado un donante o si Peter estaría tratando de arreglar provisionalmente lo que pudiera. Regresó al hotel en un taxi y se sorprendió de lo mucho que le echaba de menos. Tomó un baño caliente y se quedó contemplando la pared de azulejos y lamentando haberle hecho aquellas preguntas acerca de Marie. La expresión de la joven y el tono que él empleaba con ella revelaban tal intimidad que Mel casi se sintió celosa. Se acostó a las nueve y media y durmió como un tronco hasta que la despertaron a las cinco de la madrugada; a las seis menos cuarto, él ya la estaba aguardando abajo. Pero se le veía cansado.

—Hola —dijo ella, subiendo al automóvil casi en un acto reflejo. Estuvo a punto de inclinarse y darle un beso en la mejilla, pero en el último momento no lo hizo. Le observó y comprendió enseguida que ocurría algo—. ¿Se encuentra bien?

—Sí.

Pero ella no le creyó.

—¿Qué tal lo de anoche?

—Le perdimos. —Peter puso en marcha el vehículo y Mel contempló su perfil. En sus ojos había una mezcla de dureza y soledad—. Hicimos todo lo que pudimos, pero era demasiado tarde.

—No tiene por qué convencerme… —dijo suavemente—. Sé lo mucho que se esforzó.

—Sí. A lo mejor quería convencerme a mí mismo.

—Peter… —dijo ella, tocándole el brazo.

—Lo siento, Mel.

La miró con una sonrisa cansina y ella deseó poder hacer algo por él, pero no sabía qué.

—No sea tan duro consigo mismo.

—Sí —dijo él. Tras un silencio, añadió—: Tenía una esposa y tres hijos pequeños.

—No se culpe por lo ocurrido.

—¿Y a quién tengo que culpar? —repuso él en un acceso de cólera.

—¿Se le ha ocurrido pensar que usted no es Dios y no tiene la culpa? ¿Que no es usted quien otorga el don de la vida? —Eran palabras duras, pero Mel observó que él la escuchaba con interés—. No son sus manos las que obran el milagro, por muy hábiles que sean.

—Hubiera sido el candidato perfecto para un trasplante si hubiéramos tenido un donante.

—Pero no lo tenían. Y todo ha terminado. Ahora olvídelo.

Se detuvieron en el aparcamiento del hospital. Él la miró.

–Tiene razón, lo sé. Después de todos estos años no tendría que castigarme, pero siempre lo hago. –Suspiró–. ¿Tiene tiempo para tomar un café conmigo?

La presencia de Melanie resultaba reconfortante y él necesitaba consuelo. Ella consultó el reloj y frunció el entrecejo.

–Desde luego. Iré primero a ver qué hay. Probablemente nada nuevo.

Pero había novedades. Faltaban tres minutos para que facilitaran un parte por los altavoces. El presidente acababa de salir de la fase crítica. Cuando se comunicó la noticia, los reporteros empezaron a lanzar vítores en el vestíbulo. Para la mayoría de reporteros ello significaba que pronto podrían regresar a casa y dejar de montar guardia en el vestíbulo del Center City.

Mel transmitió la noticia al Este mientras Peter la contemplaba. Todo el país se alegraba, pero ella y Peter se sentían extrañamente deprimidos. Al finalizar la transmisión, ambos se miraron a los ojos.

–¿Tendrá que regresar a casa ahora? –le preguntó él en un susurro.

–Todavía no. Y acabo de recibir instrucciones. Quieren que entreviste hoy a su esposa, si puedo conseguirlo.

En aquel momento llamaron a Peter por los altavoces y él tuvo que marcharse.

Mel envió una nota a la esposa del presidente, que había pasado dos días durmiendo en una habitación contigua a la de su marido. Poco después recibió la respuesta. La primera dama concedería a Mel una entrevista exclusiva al mediodía en un salón privado del tercer piso, lo cual echó por tierra cualquier esperanza de poder almorzar con Peter. Sin embargo, la entrevista salió muy bien. Mel se alegró mucho y aquella tarde les facilitaron un parte alentador. El presidente estaba fuera de peligro. Por la noche, cuando la tensión ya había disminuido considerablemente, Peter la llevó a cenar.

—¿Qué tal día ha tenido? —preguntó Mel, hundiéndose en el asiento del automóvil y mirándole con una sonrisa—. El mío ha sido espantoso, pero las cosas empiezan a mejorar.

—No he parado en todo el día. Marie me ha dicho que la salude de su parte.

—Déle recuerdos de mi parte. —Pero Melanie estaba pensando en otras cosas.

Se preguntaba cuándo tendría que irse. Corrían rumores de que el presidente iba a ser trasladado en los próximos días al hospital Walter Reed de Washington, pero la primera dama no quiso o no pudo confirmar la noticia.

—¿En qué está pensando, Mel?

Ella le miró sonriente y observó que no parecía tan deprimido como por la mañana.

—En diez mil cosas a la vez. Dicen que van a enviarle a casa muy pronto. ¿Cree usted que pueden trasladarle?

—En estos momentos sería un poco arriesgado, pero, si sigue mejorando, quizá lo hagan. En el avión presidencial pueden instalar todo el equipo médico que haga falta.

La idea no pareció alegrarle y Mel tampoco se sentía feliz, pero durante la cena se olvidaron de todo y Peter empezó a contar divertidas historias de cuando Matt tenía dos o tres años y a describirle los ridículos episodios que habían ocurrido en el hospital cuando él estaba haciendo la especialización. Se rieron como unos chiquillos de puro agotados que estaban, y cuando él la acompañó de nuevo al hospital poco antes de las ocho, Melanie tuvo que hacer un esfuerzo para mostrarse muy seria durante la transmisión, pero lo más curioso fue que cuando abandonaron el Center City media hora más tarde, ambos se encontraban todavía de excelente humor. El hecho de estar juntos les llenaba de euforia y hacía que la vida mereciera ser vivida.

—¿Quiere venir a casa a tomar una copa?

Peter no deseaba apartarse todavía de su lado y, de repente, pensó que quizá ella tendría que marcharse al cabo de pocos días. Deseaba saborear todos los momentos de su presencia.

—No creo que deba. Sigo pensando que sus hijos se podrían molestar.

—Y yo, ¿qué? ¿No tengo derecho a ver a una amiga?

—Desde luego, pero llevar a alguien a casa puede ser arriesgado. ¿Cómo cree que reaccionaría Pam si volviera a verme?

—Quizá no tenga más remedio que adaptarse a la situación.

—¿Cree que merece la pena por unos días? —Mel creía que no—. ¿Por qué no viene a mi hotel a tomar una copa? No es muy acogedor, pero el bar es aceptable.

A ninguno de los dos le apetecía beber. Lo único que deseaban era permanecer sentados, charlando horas y horas.

—Mire, me encantaría pasarme toda la noche hablando con usted.

Peter estaba asombrado de la cantidad de emociones contradictorias que ella le inspiraba: atracción, respeto, confianza, temor, distancia e intimidad todo a la vez. Pero, fuera lo que fuese, nunca tenía bastante. La presencia de Melanie Adams en su vida era como una droga. Estaba atrapado y no sabía qué hacer.

—Yo pienso lo mismo, y lo más gracioso es que apenas nos conocemos el uno al otro, aunque a mí me parezca que hace años que le conozco.

Nunca lo había pasado tan bien hablando con una persona y, cuando pensaba en ello, aún se asustaba. Era un tema del que ninguno de los dos hablaba, pero en el que ambos pensaban. Mientras se tomaban el segundo café irlandés, Melanie decidió armarse de valor. La bebida les había animado, suavizando al mismo tiempo las cosas. La mezcla de café y whisky intensificaba el embriagador efecto que cada uno de ellos ejercía sobre el otro.

—Le voy a echar de menos cuando me vaya.

—Y yo a usted —contestó él, mirándola cautelosamente—. Estaba pensando en ello esta mañana cuando la dejé. Lo que me ha dicho sobre el paciente de anoche era muy sensato. Me quitó usted la angustia y volví a animarme. Estaba a punto de caer en picado. Me resultará extraño no pasar a recogerla a su hotel a las seis de la mañana.

—A lo mejor dispondrá de un poco más de tiempo para usted y para sus hijos. ¿Aún no se han quejado?

—Parece que están ocupados en sus propias vidas.

—Lo mismo les ocurre a las gemelas. —Aquella noche regresaban de Cape Cod—. Tendré que llamarlas si consigo hacerlo en un momento adecuado. Cuando me despierto, ellas ya se han ido a la escuela y, cuando regreso al hotel, ya están durmiendo.

—Pronto volverá a casa. —Él lo dijo con tristeza y ella tardó un rato en contestar.

—Llevo una vida alocada, Peter —dijo, mirándole a los ojos como si quisiera preguntarle su opinión.

—Pero satisfactoria, imagino. Ambos trabajamos sin descanso, pero eso no tiene nada de malo cuando a uno le gusta lo que hace.

—Es lo que siempre he pensado. —Mel sonrió y él le tomó la mano sobre la mesa. Era el único contacto que se habían permitido, pero el gesto les resultaba reconfortante–. Gracias por todo lo que ha hecho por mí, Peter.

–¿Qué? ¿Acompañarla unas cuantas veces al hospital? No es que sea precisamente un gran favor...

–Pero ha sido agradable.

Ella sonrió y él le devolvió la sonrisa.

–También lo ha sido para mí. Lo echaré de menos cuando usted se haya ido.

–Es probable que yo salga a la puerta de mi casa de Nueva York todas las mañanas a las seis menos cuarto, esperando verle aparecer por la esquina con su Mercedes –dijo ella, riéndose.

–Ojalá...

Ambos permanecieron en silencio mientras aguardaban al camarero con la cuenta. Era tarde y tenían que levantarse temprano. Mientras se despedían, Melanie deseó que no tuvieran que hacerlo.

–Hasta mañana, Peter.

Él asintió con la cabeza, saludándola con la mano mientras se cerraban las puertas del ascensor; después regresó a casa, pensando en Mel y preguntándose cómo sería la vida sin ella. No quiso ni imaginarlo mientras se desvestía.

En la habitación del hotel, Melanie permaneció largo rato mirando por la ventana y pensando en Peter y en las cosas que ambos se habían dicho durante aquellos días y, de repente, sintió una profunda sensación de soledad que jamás había experimentado. Súbitamente, pensó que no deseaba regresar a Nueva York en absoluto. Pero eso era una locura. Era lo mismo que le había ocurrido durante su anterior estancia en Los Ángeles, sólo que ahora con más intensidad. Se acostó, pensando con inquietud que Peter Hallam se había introducido en su vida mucho más allá de lo que ella esperaba. Y sin embargo, cuando estaba con Peter, no pensaba en eso. Hablaba con él como si le conociera de mucho tiempo. Experimentaba esta sensación cada vez que le veía y, por un instante, se preguntó si Peter la estaría tratando como trataba a sus pacientes. Aquella noche tuvo sueños agitados. Lanzó un suspiro de alivio al verle a la mañana siguiente. Subió rápidamente al automóvil y ambos recorrieron el habitual camino del hospital, charlando animadamente. De repente, Peter se echó a reír y se volvió a mirarla.

—Es como si estuviéramos casados, ¿no le parece?

—¿A qué se refiere? —preguntó ella, palideciendo.

—Eso de ir al trabajo juntos todos los días. —La miró con timidez—. Tengo que confesarle una cosa. Me gusta la rutina. Soy un animal de costumbres.

—Yo también. —Ella le devolvió la sonrisa y se tranquilizó. Por un instante, se había asustado. Se reclinó en el asiento y enseguida apareció ante su vista la mole del hospital—. Me pregunto qué noticias tendremos hoy.

El presidente estaba haciendo progresos y de un momento a otro se esperaba la confirmación de su traslado.

Sin embargo, cuando aquella mañana anunciaron que el presidente sería trasladado a Washington al día siguiente con un equipo de médicos en el avión presidencial, Mel se quedó aturdida. De su boca se escapó en un susurro la palabra «No». Pero era cierto. Se lo iban a llevar. En el vestíbulo se produjo una vez más el caos. Transmisiones, entrevistas con médicos, docenas de llamadas a Nueva York por parte de Mel. Estaban tratando de conseguirle un permiso para viajar en el avión presidencial, pero de momento sólo se sabía que se concedería autorización a seis periodistas. Mel empezó a rezar en silencio para que no la incluyeran entre los seis afortunados, pero, a las cinco en punto, recibió una llamada de Nueva York: ella estaba entre esos periodistas, e iban a salir hacia el mediodía del día siguiente. Tendría que acudir al hospital a las nueve en punto para hacer los preparativos. Cuando aquella noche se reunió con Peter en el aparcamiento, su cuerpo se hundió en el asiento del automóvil.

–¿Qué ocurre, Mel?

Peter adivinó enseguida que ocurría algo. Su jornada también había sido muy dura, pues se había pasado cuatro horas implantando un corazón de plástico en contra de sus deseos. Era la única salida. Habían fracasado todos los tratamientos y no disponían de ningún donante para realizar un trasplante. Peter sabía que el riesgo de infección era muy grande. Por si esto fuera poco, Marie también había tenido problemas. Sin embargo, no le dijo nada a Mel y ella se volvió a mirarle con expresión muy triste.

–Me voy mañana.

–Oh… –La miró largo rato y después asintió–. En fin, no podía usted quedarse aquí para siempre –Peter hacía esfuerzos por serenarse y después puso en marcha el automóvil–. ¿Tiene que regresar esta noche?

Ella negó con la cabeza.

–He terminado y no tengo que volver hasta mañana a las nueve.

Él pareció animarse y la miró con dulzura.

–Entonces le diré una cosa: ¿por qué no la acompaño a su hotel, descansa usted un poco, se cambia y vamos a cenar a algún sitio agradable? ¿Le parece buena idea?

–Encantadora. ¿De veras no está usted cansado?

Mel observó que parecía muy agotado.

–De veras. Me encantará. ¿Le apetece volver al Bistro?

–Sí… –contestó ella sonriendo–. El único sitio al que no quiero volver es Nueva York. ¿No le parece horrible?

Llevaba ausente una semana, pero a ella le parecía un año y, de golpe, su vida en Nueva York había sur-

223

gido otra vez en el horizonte. Los noticiarios de las seis y las once, las gemelas, su rutina cotidiana... En aquel momento, nada de todo aquello la atraía y aún estaba deprimida cuando subió a su habitación para cambiarse. Sólo se animó cuando volvió a ver a Peter a las siete y media. Iba enfundado en un traje cruzado de franela gris oscuro y Mel jamás le había visto tan elegante. Lo único que ella pudo ponerse fue un vestido de seda beige y una chaqueta de seda color crema que llevaba para salir en antena, pero que todavía no se había puesto.

Cuando entraron en el Bistro, parecían una pareja muy distinguida y el *maître* les acompañó a una mesa estupenda. Peter pidió las bebidas y el camarero les trajo el menú. Pero Mel no tenía apetito. Sólo deseaba charlar y estar al lado de Peter, y en varios momentos de la velada se sintió dominada por el impulso de abrazarle. Por fin, tras el soufflé de chocolate y el café, Peter pidió coñac para ambos y la miró.

—Quisiera que no se marchara, Mel.

—Yo también... Parece una locura, pero ha sido una semana maravillosa a pesar del trabajo que he tenido.

—Volverá —le dijo él.

Pero sólo Dios sabía cuándo. Llevaba más de un año sin visitar Los Ángeles cuando se trasladó allí para entrevistar a Peter. Había sido una casualidad que tuviera que regresar tan pronto.

—Ojalá no viviéramos tan lejos el uno del otro —dijo ella muy afligida, como una muchacha que acabara de encontrar novio. Entonces él sonrió y le rodeó los hombros con el brazo.

—Pienso lo mismo —dijo él—. La llamaré.

Pero y después, ¿qué?

Era imposible hallar las respuestas, pues vivían en lugares muy apartados entre sí, con sus respectivos hijos, hogares, profesiones y amigos. Nada de todo ello se podía meter en una maleta y llevar a otro sitio. Mel y Peter tendrían que conformarse con las llamadas telefónicas y las visitas ocasionales. Mientras paseaban por Rodeo Drive después de la cena, la idea se le antojó a Mel insoportable.

—Quisiera que nuestras vidas fueran distintas, Peter.

—¿De veras? ¿Cómo?

—Podríamos vivir por lo menos en la misma ciudad.

—En eso estoy de acuerdo. Pero, por lo demás, yo diría que tenemos mucha suerte ahora que nos conocemos. Eso ha añadido muchas cosas a mi vida.

—Y a la mía también.

Melanie sonrió y ambos se tomaron fuertemente de la mano mientras paseaban, inmersos en sus propios pensamientos.

Él la miró sin soltarle la mano.

—Me sentiré muy solo sin usted.

Oyó el eco de sus propias palabras y no pudo creer que las hubiera pronunciado, pero sí lo había hecho y, en aquel momento, ya no le asustaba tanto lo que sentía. El coñac había contribuido a infundirle valentía y la semana transcurrida en compañía de Mel había sido un regalo totalmente inesperado. Se había encariñado con ella aún más y la perspectiva de su marcha le entristecía más de lo que hubiera imaginado.

Regresaron lentamente al automóvil y él la acompañó al hotel. Al llegar, permanecieron sentados, mirándose bajo la luz de una farola.

—¿La veré mañana, Mel?

—No tengo que regresar hasta las nueve.

—Yo estaré en cirugía a las siete. ¿A qué hora sale el avión presidencial?

—A mediodía.

—Pues entonces supongo que tenemos que despedirnos.

Ambos seguían mirándose tristemente y después,

sin decir palabra, él se inclinó, tomó suavemente su rostro entre sus manos y la besó. Ella cerró los ojos y sintió que sus labios se fundían con los de Peter y le pareció que se le removían las entrañas. Estaba casi aturdida cuando él se detuvo, y permaneció estrechándolo un buen rato hasta que finalmente le miró y sus dedos le acariciaron el rostro y los labios mientras él se los besaba.

–Te echaré de menos, Mel.

–Yo también a ti.

–Te llamaré.

Y después, ¿qué? Ninguno de los dos sabía las respuestas.

Sin decir nada más, Peter la atrajo de nuevo hacia sí y la estrechó fuertemente. Después la acompañó al vestíbulo del hotel y la besó por última vez antes de que ella desapareciera en el ascensor.

Regresó lentamente a su automóvil y se alejó, experimentando un pesar tan hondo como el que había sentido al perder a Anne. Era algo que jamás hubiera querido volver a sentir. Le daba miedo tenerle tanto afecto. Hubiera preferido no encariñarse con ella.

15

Cuando llegó al hospital al día siguiente, Mel fue autorizada a subir con un equipo de filmación integrado por dos hombres para entrevistar brevemente a la primera dama mientras se efectuaban los preparativos para el traslado del presidente. Saldrían del hospital hacia las diez y llegarían al aeropuerto internacional de Los Ángeles poco antes de las once. El presidente mejoraba, pero la primera dama estaba visiblemente preocupada. Su estado era aceptable, pero no se podía predecir lo que ocurriría durante el vuelo. Pese a ello, el presidente deseaba regresar a Washington y sus médicos habían dado el visto bueno.

Mel terminó la entrevista y esperó en el pasillo hasta que el presidente apareció tendido en una camilla cuarenta y cinco minutos después. Saludó con la mano a las enfermeras y auxiliares congregados en el pasillo, sonrió animosamente e intentó decir algo, pero estaba todavía mortalmente pálido y llevaba múltiples vendajes y un catéter intravenoso en el brazo. Un grupo de agentes del servicio secreto rodeaba la camilla, mezclándose con los médicos y las enfermeras que iban a regresar a Washington con él. Mel les siguió a una distancia respetuosa y tomó otro ascensor para bajar al vestíbulo, donde se reunió con el grupo de selectos reporteros que iban a volar al Este en el aparato presidencial. Les habían reservado un automóvil especial y Mel subió al mismo, volviéndose para contemplar por última vez el Center City. Hubiera deseado dejarle una nota a Peter en el mostrador de recepción antes de marcharse, pero no había tenido tiempo ni oportunidad de hacerlo y, momentos después, el vehículo ya se dirigía a toda velocidad al aeropuerto.

–¿Cómo le has visto? –le preguntó el reportero que tenía al lado, consultando unas notas mientras encendía un cigarrillo.

Eran profesionales experimentados, pero, aun así, se advertía en el aire una especie de tensión electrizante. Había sido una semana interminable para todos y sería agradable regresar a casa y descansar un poco. Casi todos ellos iban a regresar a sus lugares de origen en cuanto llegaran a Washington, y Mel ya tenía reservado pasaje para Nueva York en un vuelo de las diez de la noche. Acudirían a recogerla al aeropuerto La Guardia a las once y la acompañarían a casa. En cierto modo, tenía la sensación de regresar de otro planeta. Pero no estaba muy segura de querer regresar a casa, pues no hacía más que pensar en las palabras que Peter le había dicho la víspera, en su rostro y en sus labios.

–¿Cómo?

No había prestado atención a la pregunta del reportero.

–Digo que cómo le has visto.

El reportero pareció irritarse y Mel entrecerró los ojos, pensando en el presidente, tendido en la camilla.

–Mal. Pero está vivo.

A no ser que ocurriera algún percance durante el vuelo o surgieran graves complicaciones, ya no era probable que muriera. Había tenido mucha suerte, como todos ellos habían repetido una y otra vez durante las transmisiones. Otros presidentes no habían sido tan afortunados como él.

Se hicieron las habituales bromas durante el trayecto al aeropuerto, se contaron chistes subidos de tono, chismorreos y viejas noticias. Nadie revelaba nada importante, aunque en la vuelta no hubiera tanta tensión como en la ida. Mel volvió a pensar en la semana transcurrida y en la primera vez que vio a Peter. Se preguntó cuándo volvería a verle. No acertaba a imaginar que pudiera presentarse otra oportunidad en un próximo futuro y la idea la deprimió.

El reportero sentado a su lado volvió a mirarla.

–Parece que esta última semana te ha dejado muy abatida, Mel.

–No –dijo ella, sacudiendo la cabeza al tiempo que apartaba la mirada–. Supongo que simplemente estoy cansada.

–Cualquiera lo está.

Media hora más tarde, subieron al aparato y se sentaron en la parte trasera. En la parte anterior habían instalado una especie de salón-hospital para el presidente, pero ninguno de los periodistas pudo verlo. Durante el vuelo, cada media hora aproximadamente, el secretario de prensa se reunía con ellos y les comunicaba cómo estaba el presidente, pero el vuelo transcurrió sin que se produjera ningún acontecimiento significativo. Cuatro horas y media después llegaron a Washington, y en menos de una hora el presidente fue trasladado al hospital Walter Reed. Mel comprendió de súbito que su labor había terminado. El corresponsal de la cadena en Washington acudió a recibirla al aeropuerto y, tras acompañar al presidente al Walter Reed junto con los demás periodistas y ver fugazmente a la primera dama, Mel subió al automóvil que la aguardaba y regresó al aeropuerto. Faltaba una hora para el vuelo de Nueva York y ella se sentó como hundida en un estado de shock. La semana transcurrida estaba empezando a parecerle un sueño y se preguntó si no habría imaginado a Peter y el tiempo que ambos habían pasado juntos.

Se acercó lentamente a una cabina telefónica situada junto a una puerta de salida, introdujo una moneda de diez centavos en la ranura y llamó con pago revertido a su domicilio. Contestó Jessie y, por un instante, los ojos de Mel se llenaron de lágrimas y comprendió de repente lo cansada que estaba.

—Hola, Jess.

—Hola, mamá. ¿Ya estás en casa? —preguntó su hija, emocionada como una chiquilla.

—Casi, cariño. Estoy en el aeropuerto de Washington. Creo que llegaré a casa hacia las once y media. Dios mío, tengo la sensación de llevar un año fuera.

—Te hemos echado de menos. —La muchacha no le reprochó siquiera que no las hubiera llamado. Sabía que había tenido un programa muy apretado—. ¿Estás bien?

—Estoy molida y deseando llegar a casa. Pero no me esperéis levantadas. Entraré en silencio y me quedaré dormida como un tronco.

No era sólo el cansancio lo que ahora empezaba a sentir. Estaba empezando a deprimirse al pensar en lo lejos que estaba de Peter, aunque eso era una estupidez. Pero no podía librarse de aquellos sentimientos.

—¿Bromeas? —exclamó Jess—. ¡Llevamos una semana sin verte! Pues claro que te esperaremos levantadas. Te llevaremos en volandas arriba, si hace falta.

Mel sonrió y sus ojos se empañaron.

—Te quiero, Jess —dijo. Y preguntó—: ¿Cómo está Val?

—Muy bien. Las dos te hemos echado de menos.

—Yo también a vosotras, cariño.

Aunque algo importante le había ocurrido en California y tenía que ordenar o, por lo menos, asimilar muchas cosas, las únicas personas a las que deseaba ver en aquellos momentos eran las gemelas.

La estaban esperando en el salón y la abrazaron una después de otra, alegrándose de tenerla de nuevo con ellas. Mel miró a su alrededor y pensó que la casa o sus hijas nunca le habían parecido más adorables.

–¡Cuánto me alegro de estar en casa!

Sin embargo, una diminuta parte de sí misma decía que ello no era cierto. Una parte de sí misma deseaba encontrarse a cinco mil kilómetros de distancia, cenando con Peter. Pero todo había quedado atrás y tenía que olvidarlo, por lo menos de momento.

–Habrá sido horrible, mamá. Por lo que vimos en el noticiario, casi nunca salías del vestíbulo del hospital.

–Casi nunca, salvo algunas horas para dormir de vez en cuando…

Y el tiempo transcurrido en compañía de Peter… Las miró fijamente, casi esperando que sus hijas descubrieran en ella algo distinto. Pero no fue así. No se podía ver nada como no fuera lo que sentía dentro de sí y eso procuraba mantenerlo bien oculto.

–¿Os habéis portado bien toda la semana? –Val le sirvió una coca-cola y ella sonrió con gratitud, mirando a la voluptuosa gemela–. Gracias, cariño… ¿Vuelves a estar enamorada, señorita? –añadió.

–Todavía no. –Val rió, mirando a su madre–. Pero me estoy esforzando.

Mel puso los ojos en blanco y las tres permanecieron charlando largo rato. Era la una de la madrugada cuando se fueron a acostar. Las gemelas se despidieron de su madre con un beso junto a la puerta de su alcoba y subieron a sus habitaciones mientras Mel deshacía el equipaje y se tomaba una ducha caliente. Cuando miró de nuevo el reloj, ya eran las dos de la madrugada… las once en punto en la costa Oeste… De repente, sólo le importaba saber dónde estaba él y qué estaba haciendo. Era como estar partida constantemente en dos. Tenía que vivir en Nueva York, y sin embargo, una parte de su ser había quedado a cinco mil kilómetros de distancia. Su vida iba a ser muy difícil, y aún no había averiguado qué significaba todo aquello... qué significaba Peter Hallam para ella... si bien, en su fuero interno, ya lo sabía.

16

A la mañana siguiente, Grant la llamó poco antes del mediodía y la despertó, haciéndola sonreír mientras se daba la vuelta en la cama, contemplando aquel soleado día de junio.

—Bienvenida a casa, muchacha. ¿Cómo te fue en Los Ángeles?

—De maravilla —contestó Mel, desperezándose con una sonrisa—. Me pasaba todo el día junto a la piscina, tomando el sol. —Ambos rieron al pensar en el frenesí de aquellos días—. Y tú, ¿qué tal has estado?

—Con un trabajo de locos, como de costumbre. ¿Y tú?

—Ya puedes figurarte, con el jaleo que ha habido allí.

—Supongo que has de estar agotada.

Sin embargo, no daba la impresión de que lo estuviera.

—Tienes razón. Estoy muerta.

—¿Vas a venir, hoy?

—Esta tarde, para hacer el noticiario de las seis. No creo que consiga ir antes.

—No importa. Te estaré esperando. Te he echado de menos, chiquilla. ¿Vas a tener tiempo para tomarte una copa conmigo?

Tiempo sí, pero no le apetecía. Deseaba estar un

poco a solas para ordenar las cosas. Y aún no quería contarle nada a Grant.

–Esta noche no, cariño. La semana que viene quizá.

–De acuerdo. Hasta luego, Mel.

Mientras se levantaba, Melanie pensó en Grant y sonrió para sus adentros. Era una suerte que tuvieran un amigo como él y, mientras se dirigía al cuarto de baño para abrir el grifo de la ducha, oyó que sonaba el teléfono y se preguntó si sería él otra vez. Poca gente la llamaba a casa al mediodía, y casi nadie sabía que había regresado de la costa Oeste. No lo sabrían hasta que la vieran en el noticiario de la tarde. Mel tomó el auricular frunciendo el entrecejo, desnuda junto al escritorio mientras contemplaba el jardín posterior de la casa.

–¿Diga?

–Hola, Mel. –Parecía ligeramente nervioso y a ella le dio un vuelco el corazón al oír su voz. Era Peter, y se percibía el característico zumbido de las llamadas interurbanas–. No estaba seguro de encontrarte en casa y sólo dispongo de unos minutos, pero quería llamarte. ¿Llegaste bien a casa?

–Sí... muy bien... –Se le estaba trabando la lengua y cerró los ojos mientras escuchaba su voz.

–Hoy nos hemos tomado un pequeño descanso entre las intervenciones y quería decirte simplemente que te echo muchísimo de menos. –Con una sola frase le llenó el corazón de gozo y ella no pudo contestar–. ¿Mel?

–Sí... estaba pensando. –Entonces dejó de lado todas las precauciones y se sentó junto al escritorio, suspirando–. Yo también te echo de menos. Has trastornado toda mi vida, doctor.

–¿De veras? –dijo Peter como tranquilizándose. Ella había ejercido en él el mismo efecto. Peter apenas había dormido en toda la noche, pero no se había atrevido a llamarla y despertarla. Sabía lo cansada que estaba.

–¿Te das cuenta de lo insensato que es todo eso,

Peter? Sabe Dios cuándo volveremos a vernos, y aquí estamos nosotros como un par de chiquillos chiflados el uno por el otro.

Sin embargo, mientras hablaba, Mel volvió a sentirse feliz. Lo único que deseaba era estar con él.

Él rió.

–¿Eso es lo que nos ocurre? ¿Una chifladura? No sé.

–¿Tú qué crees?

Mel no sabía muy bien lo que andaba buscando y tenía miedo de lo que pudiera encontrar. No estaba preparada para escuchar apasionadas declaraciones de amor y él tampoco lo estaba todavía para hacerlas. Pero lo peor era que ni siquiera sabía si deseaba sentirse a salvo de él.

–Yo creo que es verdad. Estoy chiflado por ti, Mel, ¿es así como se dice? –Ambos se echaron a reír y ella volvió a sentirse como una chiquilla. Peter le producía siempre aquel efecto y eso que sólo le llevaba nueve años–. Por cierto, ¿cómo están las niñas?

–Muy bien. ¿Y tus hijos?

–Lo estarán. Matthew se quejaba anoche de que nunca me veía. Si puedo escaparme, este fin de semana nos iremos a pescar o algo por el estilo. Pero todo depende de cómo vaya la siguiente operación.

–¿Qué vas a hacer?

–Una «derivación» triple, pero no creo que surjan complicaciones. –Peter miró el reloj de la salita desde la que estaba llamando–. Ahora será mejor que vuelva al trabajo. Pero seguiré pensando en ti, Mel.

–Conviene que no lo hagas. Es mejor que pienses en el paciente. –Pero Melanie estaba sonriendo–. Quizá podría despedir el noticiario con esta frase: «Y buenas noches, Peter, dondequiera que estés.»

–Tú ya sabes dónde estoy.

Su voz era tan suave que ella sintió el doloroso deseo de estar a su lado.

–Sí. A cinco mil kilómetros de distancia –dijo Mel tristemente.

–¿Por qué no vienes a pasar un fin de semana?

–¿Estás loco? Acabo de regresar.

Pero le encantaba la idea, por absurda que fuera.

–Era distinto, estabas trabajando. Tómate unos días libres y ven a hacerme una visita.

–¿Así, por las buenas? –preguntó ella con aire divertido.

–Pues claro. ¿Por qué no?

Sin embargo, ella sospechaba que ambos se hubiesen aterrorizado si lo hubiera hecho. Aún no estaba preparada para dar aquel paso.

–Puede que te sorprenda, doctor Hallam, pero yo aquí tengo una vida y dos hijas.

–Y cada año os vais de vacaciones los meses de julio y agosto. Tú misma me lo dijiste. Lleva a las niñas a Disneylandia o algo así.

–¿Por qué no venís vosotros a visitarnos a Martha's Vineyard?

Estaban jugando y ambos lo sabían, pero resultaba divertido.

–Ante todo, tengo que hacer una «derivación» triple. Fin del asalto.

–Buena suerte. Y gracias por llamar.

–Te llamaré más tarde, Mel. ¿Estarás en casa esta noche?

–Sí, entre los dos noticiarios.

–Te llamaré.

Y lo hizo, y el corazón de Melanie volvió a brincar. Acababa de cenar con sus hijas y él acababa de regresar a casa desde su despacho. Mel se quedó aturdida hasta la hora de salir para el noticiario de las once y se dijo que era una locura. Hizo un esfuerzo por concentrarse en las noticias que estaba leyendo y pudo conseguirlo hasta que finalizó el noticiario, pero cuando vio a Grant en la puerta de su estudio, estaba totalmente distraída.

–Hola, Mel. ¿Te ocurre algo?

Faltaban quince minutos para que Grant iniciara su programa y no disponían de mucho tiempo para hablar.

–No. ¿Por qué?

–Te veo algo rara. ¿Te encuentras bien?

–Pues claro.

Pero sus ojos mostraban una expresión soñadora y a Grant le pareció que su mente estaba en otro lugar. De repente lo comprendió todo. Una vez había visto en su mirada una expresión parecida, aunque no tan intensa. Se preguntó quién sería y cuándo ella habría tenido tiempo para eso. ¿O dónde, en Nueva York o Los Ángeles? Estaba un poco intrigado y Mel daba la impresión de hallarse en otro mundo.

–Vete a casa a dormir un poco, chiquilla. Parece que aún estás un poco aturdida.

–Creo que sí.

Mel sonrió y le vio dirigirse al plató. Después se marchó, comprendiendo que aquellas llamadas de Peter le habían devuelto a la anterior situación. ¿Cómo demonios iba a poder concentrarse en su trabajo? Apenas podía dejar de pensar en él.

Regresó a casa en taxi. Sus hijas ya estaban acostadas y Raquel se había tomado unos días de vacaciones para compensar el trabajo de la semana anterior. Mel se tendió en el sofá del salón, pensando en su vida. Pensó en la sugerencia de Peter de ir a Los Ángeles, pero le pareció una locura. La única solución era seguir resistiendo unas cuantas semanas en Nueva York y después irse a Martha's Vineyard. Tal vez allí pudiera aclarar sus ideas, como hacía todos los años. Con el sol, el mar y aquella tranquilidad, las cosas volverían a normalizarse.

17

—¿Estáis listas? —gritó Melanie desde la planta baja, echando un último vistazo alrededor.

Estaban a punto de empezar sus vacaciones estivales y las dos grandes maletas de Mel ya se encontraban en el recibidor junto con tres raquetas de tenis, dos grandes sombreros de paja de las niñas —Mel llevaba puesto el suyo— y la pequeña maleta verde de plástico de Raquel, que pasaba todos los años seis semanas con ellas y las dos últimas semanas regresaba a Nueva York para tomarse unas vacaciones sola.

—¡Vamos, chicas! ¡Tenemos que estar en el aeropuerto dentro de media hora!

Cada año se respiraba una maravillosa atmósfera de optimismo y Mel volvía a sentirse una chiquilla cuando se trasladaban a Martha's Vineyard. La víspera se despidió de los telespectadores y cuando Grant finalizó su programa se fue con él a tomar una copa para celebrar su libertad provisional. Estuvieron charlando tranquilamente, aunque él pudo ver en sus ojos que aún estaba confusa; últimamente la encontraba cansada y nerviosa. Mel se había pasado largas horas trabajando en la emisora, había terminado su reportaje sobre los trasplantes cardíacos en California y había grabado dos importantes entrevistas y un programa especial para el verano. Seguía siendo muy responsable en su trabajo, pero en los últimos tiempos se la veía más agotada que antes y Grant sospechaba que la culpa la tenía el torbellino emocional en que se encontraba metida, aunque él no supiera nada al respecto. Y, efectivamente, Peter seguía llamándola todos los días y Melanie no sabía en qué pararía todo, si es que paraba en algo. Últimamente se había preocupado incluso por su contrato, que debería renovarse en octubre. En la emisora se habían producido muchos cambios políticos; hasta se hablaba de un nuevo propietario y sólo Dios sabía lo que eso podría significar. Grant la tranquilizó, diciéndole que no tenía por qué preocuparse y Peter le dijo lo mismo cuando ella se lo comentó. Pese a ello, no había podido quitárselo de la cabeza aunque ahora podría olvidarlo todo durante dos meses. No pensaría en el trabajo y tampoco en Peter ni Grant. Se iba a Martha's Vineyard para descansar en compañía de sus hijas. Pero, si no bajaban pronto, no irían a ninguna parte, pensó mientras esperaba en el recibidor en compañía de Raquel. Al fin, las niñas bajaron ruidosamente, portando toda clase de juegos, libro y bolsas. Valerie llevaba un enorme oso de trapo.

—Val... por el amor de Dios...

—Mamá, tengo que llevarlo. Josh me lo regaló la semana pasada, y como sus padres tienen una casa en Chappaquiddick, vendrá a vernos y si no tengo...

—De acuerdo, pero, por favor, recogedlo todo enseguida y larguémonos en un taxi; de lo contrario no vamos a llegar.

Viajar con las niñas era siempre un reto. Pero el taxista consiguió introducirlo todo en el maletero y, después se pusieron en marcha, Mel y las niñas en el asiento de atrás con el enorme oso de felpa de Val y Raquel delante con los sombreros y las raquetas de tenis. Mientras se dirigían velozmente al aeropuerto La

Guardia, Mel repasó una lista, tratando de recordar si había cerrado bien la puerta del jardín y todas las ventanas, si había dejado puesta la alarma antirrobo, si había cerrado la llave del gas… siempre tenía la impresión de haber olvidado algo. Sin embargo, cuando subieron al avión, todas se encontraban de excelente humor y, al iniciarse el despegue, Mel experimentó una sensación de alivio que no sentía desde hacía muchas semanas, como si todas sus preocupaciones se hubieran quedado en Nueva York, permitiéndole de este modo encontrar la paz de Martha's Vineyard.

Peter la había seguido llamando una o dos veces cada día y, a pesar de que disfrutaba conversando con él, Mel se atormentaba. ¿Por qué la llamaba? ¿Cuándo volverían a verse? Y, a fin de cuentas, ¿con qué objeto? Él sentía lo mismo, pero parecía que ambos no podían dejar de avanzar inexorablemente por aquel camino hacia una meta invisible que seguía causándoles temor y sobre la cual procuraban no hablar. Se limitaban a los temas intrascendentes y, de vez en cuando, reconocían que se echaban de menos. Pero ¿por qué?, se preguntaba Mel. ¿Por qué le echo de menos? Seguía sin conocer la respuesta, o tal vez no quería conocerla.

—Mamá, ¿crees que mi bicicleta aún estará en buenas condiciones o se habrá oxidado?

Val estaba contemplando el espacio a través de la ventanilla, abrazada a su oso con expresión de felicidad mientras un hombre del otro lado del pasillo la miraba con lasciva fascinación. Mel se alegró de no haberle permitido ponerse los calzones cortos que llevaba durante el desayuno y que había amenazado con llevar durante el viaje a Martha's Vineyard.

—No lo sé, cariño. Ya lo veremos al llegar.

La mujer que les alquilaba la casa todos los años les permitía dejar algunas cosas en el sótano.

En Boston alquilaron un automóvil y se dirigieron

a Woods Hole, donde tomaron el transbordador de Vineyard Haven. Ésta era la parte del viaje que más les gustaba. Les parecía que dejaban atrás el mundo real con todas sus responsabilidades. Melanie permaneció sola de pie junto a la borda unos minutos, dejando que el viento le despeinara el cabello, sintiéndose más libre que antes. Comprendió lo mucho que necesitaba unas vacaciones. Y disfrutó de unos momentos de soledad hasta que las niñas se reunieron nuevamente con ella. Habían dejado a Raquel conversando con un hombre en la cubierta inferior y, cuando ésta volvió, empezaron a gastarle bromas. De repente, Mel se echó a reír, pensando en la señora Hahn (la de Peter) y no pudo imaginársela siendo objeto de alguna broma o coqueteando con un hombre en un transbordador. Pese al carácter independiente de Raquel, las tres la querían mucho y Mel se alegró de ver que Jess la abrazaba poco antes de desembarcar. Incluso Raquel esbozó una sonrisa. Vineyard era un refugio para ellas y, cuando llegaron a la conocida casa de Chilmark, las niñas corrieron descalzas a la playa y empezaron a perseguirse mientras Mel las observaba.

Se instalaron con la misma facilidad de todos los años, y al anochecer a las cuatro les pareció que ya llevaban un mes allí. Ya tenían las mejillas coloradas por las horas que habían pasado en la playa aquella tarde, habían ordenado el equipaje y el oso de felpa se encontraba acomodado en la mecedora del dormitorio de Val. La casa estaba cómodamente amueblada, pero sin ninguna floritura. Parecía la casa de la abuela, con un gran porche y un columpio de mimbre. Había percal estampado a flores en todas las habitaciones y, al principio, siempre se percibía un olor a moho que desaparecía al cabo de unos días. Todo formaba parte de la conocida personalidad de Chilmark. Las gemelas iban allí desde pequeñas y, como Mel le explicó a Peter cuando él la llamó aquella noche, Chilmark formaba parte de su hogar.

—A ellas les encanta y a mí también.

—Parece una típica localidad de Nueva Inglaterra, Mel. —Peter trató de imaginársela a través de la descripción de ella. Vastas playas, arena blanca y una vida relajada de calzones cortos y camisetas y pies descalzos y un grupito de intelectuales de Nueva York que se reunían allí de vez en cuando para comer langosta y almejas en la playa—. Nosotros vamos a la montaña todos los años, a Aspen. —Era un lugar totalmente distinto de Martha's Vineyard, pero Mel pensó que debía ser interesante—. ¿Por qué no te vienes con las niñas? Vamos a estar allí los primeros diez días de agosto.

—No las podría arrancar de aquí ni por un millón de dólares o una cita con su estrella de rock preferido. Bueno...

Mel reconsideró esta última posibilidad y ambos se echaron a reír. Sus relaciones telefónicas resultaban muy agradables, aunque a veces parecieran un poco irreales. Eran unas voces incorpóreas que noche tras noche se aproximaban por teléfono sin reunirse jamás.

—Supongo que tampoco te podría arrancar a ti.

—Lo dudo.

Se hizo un extraño silencio y Mel se preguntó qué estaría pensando Peter, pero, cuando él volvió a hablar, le notó un tono burlón.

—Lástima.

—¿Qué es una lástima?

Mel no entendía a Peter y se sentía maravillosamente relajada después de la cena. No le apetecía jugar por teléfono, pero resultaba evidente que a él sí.

—Que no quieras marcharte de ahí.

—¿Por qué? —preguntó Mel mientras el corazón se le empezaba a desbocar. Peter la estaba poniendo extrañamente nerviosa.

—Porque me han pedido que pronuncie una conferencia en Nueva York ante un grupo de cirujanos de toda la costa Este. Se reunirán en la Universidad Presbiteriana de Columbia.

Ella guardó silencio un instante, conteniendo la respiración, y después habló apresuradamente:

—¿De veras? ¿Y tú vas a ir?

—Podría. Por regla general, suelo rechazar esas invitaciones, sobre todo en esta época del año. Nueva York en julio no es muy apetecible, pero pensé que dadas las circunstancias...

Peter se ruborizó muchísimo y Mel se quedó boquiabierta de asombro.

—¡Peter! ¿Vas a venir?

Él esbozó una sonrisa, alegrándose por ambos. Eran como un par de chiquillos.

—Les he dicho que sí a las tres en punto de esta tarde. Y ahora, ¿qué me dices de ti y de Martha's Vineyard?

—Maldita sea... —exclamó ella, mirando alrededor con una sonrisa—. Acabamos de llegar.

—¿Hubieras preferido que no fuera? —se apresuró a preguntarle él—. No estoy obligado...

—Por Dios, no seas tonto. ¿Cuánto tiempo crees que podemos seguir así? ¿Llamándonos dos veces al día y sin vernos jamás?

Habían transcurrido sólo tres semanas y media desde su partida de California, pero a ambos les parecían tres años y necesitaban reunirse de nuevo para tratar de aclarar sus sentimientos.

—Eso pienso yo también. O sea que...

Peter volvió a reírse, alegrándose ante aquella perspectiva.

—¿Cuándo llegas?

—El martes que viene... —contestó él—. Ojalá fuera mañana —añadió suavemente.

—Ojalá. —Mel se puso muy seria y después soltó un silbido—. Faltan sólo seis días.

—Lo sé —dijo él, emocionado como un muchacho—. Me han reservado habitación en el Plaza.

Mientras Peter hablaba, a Mel se le ocurrió una idea. No sabía si expresarla por temor a crear una situación embarazosa entre ambos, pero si sabían manejar la situación quizá daría resultado.

—¿Por qué no te alojas en mi casa? Las niñas no estarán y podrás tener todo su piso a tu disposición. Sería mucho más cómodo para ti que un hotel.

Peter guardó silencio un instante, sopesando los pros y los contras, como había hecho ella antes de exponerle la idea. Convivir bajo un mismo techo podía ser embarazoso y era un compromiso considerable… Pero tratándose de pisos distintos…

—¿No te importaría? Pero no quisiera causarte ningún trastorno o…

Se atoró con las palabras y ella se echó a reír, desperezándose en la cama con el teléfono pegado al oído.

—Me pone tan nerviosa como a ti, pero, qué demonios, somos adultos. Podemos afrontarlo.

—¿De veras? —dijo él sonriendo. No estaba muy seguro—. ¿Y podrás dejar solas a las niñas?

—No, Raquel está aquí con nosotras y todo irá bien. —De repente, Melanie se sintió exultante al pensar en la llegada de Peter—. ¡Oh, Peter, no puedo soportar la espera!

—¡Ni yo!

Los seis días que faltaban fueron interminablemente largos para ambos. Hablaban por teléfono dos y tres veces al día y, al final, Raquel comprendió que alguien importante estaba llamando a Mel, aunque las niñas no parecían darse cuenta. El domingo por la noche, Mel comentó como quien no quiere la cosa que tenía que irse unos días a Nueva York y que se marcharía el martes por la mañana, pero la noticia fue acogida con boquiabiertas expresiones de asombro. Jamás había regresado a Nueva York para nada, menos el año en que Jess se fracturó un brazo y Mel quiso que la viera un especialista de Nueva York. Pero sólo estuvieron ausentes dos días y por una causa justificada. Esta vez Mel dijo que regresaría el viernes por la tarde, lo cual significaba que iba a estar ausente cuatro días. Les pareció increíble que tuviera que irse, pero ella habló de un problema con uno de los programas especiales, y añadiendo que debía regresar para ver el montaje. Sus hijas estaban todavía sorprendidas cuando por la noche regresaron a la playa para reunirse con unos amigos y encender una hoguera, pero Raquel le dirigió una astuta mirada mientras ambas quitaban la mesa.

—Esta vez va en serio, ¿eh?

Mel evitó mirarla y se dirigió a la cocina con un montón de platos.

—¿A qué se refiere?

—A mí no puede engañarme. Tiene usted otro hombre.

—Eso no es cierto. El hombre es un personaje que entrevisté en uno de mis programas. —Pero no podía mirar a Raquel de frente y sabía que, de haberlo hecho, no hubiera logrado convencerla—. Vigile bien a las niñas en mi ausencia, sobre todo a Val. Veo que el chico de los Jacob está muy crecido y se le cae la baba cuando la ve.

—Descuide. Vigilaré.

Después Raquel vio que Melanie se retiraba a su habitación y se dirigió a la cocina fumando un cigarrillo. Desde luego, no era la señora Hahn, pero era una anciana muy perspicaz y las quería mucho a las tres.

El martes por la mañana, Mel tomó el transbordador y después un vuelo de Boston a Nueva York. Llegó a la casa a las cuatro de la tarde con tiempo suficiente para ventilarla, poner en marcha el acondicionador de aire, llegarse hasta la esquina para comprar unas flores y los comestibles que pudieran necesitar y después prepararse para recibirle. El avión llegaba a las nueve y ella salió hacia el aeropuerto a las siete y media porque había mucho tráfico y los automóviles circulaban muy despacio. A las nueve menos cuarto llegó al aeropuerto. Se informó apresuradamente de cuál sería la puerta de llegada y corrió hacia allá, pero después tuvo que pasarse media hora esperando nerviosamente porque el vuelo llevaba quince minutos de retraso. A las nueve y cuarto en punto, el gran pájaro plateado se posó en la pista y los pasajeros empezaron a desembarcar. Mel permaneció de pie, observándoles atentamente con sus bronceados californianos, sus sombreros de paja, las doradas piernas desnudas y las faldas de seda abiertas hasta la cintura con cadenas de oro. De pronto vio a un hombre que no se parecía a ellos en absoluto, con un traje beige de hilo, camisa azul y corbata azul marino, el rostro bronceado y el cabello sólo ligeramente aclarado por el sol. Estaba muy serio cuando se acercó a ella, la miró y, sin más preámbulos, se inclinó para besarla. Permanecieron de pie largo rato mientras la gente se arremolinaba a su alrededor como un río derramándose en cascada junto a las rocas. Él la miró sonriendo.

–Hola.

–¿Qué tal el vuelo?

–Regular… –Se dirigieron con las manos entrelazadas a recoger el equipaje y se encaminaron hacia la salida para tomar un taxi. De vez en cuando se detenían para besarse, y Mel se preguntó cómo había podido sobrevivir sin él–. Estás maravillosa, Mel.

El bronceado realzaba sus ojos verdes y su cabello cobrizo y el vestido de seda blanca, la flor en el cabello y las sandalias blancas de tacón alto le daban un aspecto veraniego, saludable y feliz. Sus ojos parecieron beber en los de Peter como si hubiera pasado toda una vida aguardándole.

–Hacía años que no venía a Nueva York, ¿sabes? –dijo él, contemplando el feo paisaje por el que cruzaban para dirigirse a la ciudad–. Siempre les decía que no, pero esta vez pensé que...

Se encogió de hombros y se inclinó para besarla de nuevo. Ella no esperaba que fuera tan atrevido ni que ella se sintiera tan a gusto a su lado. Sin embargo, las interminables conversaciones telefónicas les habían dado una soltura que de otro modo no hubieran tenido. Se conocían desde hacía dos meses, pero a ambos les parecía que eran dos años o más.

–Me alegro de que esta vez no rechazaras la invitación –dijo ella sonriendo–. ¿Tienes apetito?

–No mucho.

Para él eran tan sólo las siete menos cuarto; en Nueva York, en cambio ya eran casi las diez.

–Tengo comida en casa, pero podemos ir a tomar un bocado a algún sitio, si te apetece.

–Lo que prefieras –contestó Peter sin apartar la mirada de ella. Todo se borró de su mente cuando extendió la mano para tomar la suya–. No sabes cuánto me alegro de verte, Mel.

Parecía increíble que volvieran a estar juntos.

–Es como un sueño, ¿verdad? –dijo ella.

–Sí. El mejor sueño que he tenido en años.

Ambos permanecieron en silencio mientras se acercaban a la ciudad.

Peter sonrió y acarició el cuello de Mel con la mano.

–Pensé que por lo menos te debía un viaje al Este ya que tú habías estado dos veces en Los Ángeles. –Aun así, le hacía falta un pretexto. No se había limitado a tomar un avión para ir a verla. Sin embargo, de esa manera era más fácil para ambos y podrían seguir acercándose el uno al otro como lo habían venido haciendo hasta entonces, paso a paso–. Desde luego, el presidente se ha recuperado muy bien.

–Hace sólo cinco semanas y ya se levanta y pasa unas cuantas horas en su despacho cada día. –Mel sacudió la cabeza asombrada y entonces se acordó de una cosa–. Por cierto, ¿cómo está Marie?

–Bien. –Peter frunció el entrecejo, pero meneó la cabeza como para librarse de aquella preocupación–. La he dejado al cuidado de dos médicos en mi ausencia. Está bien, pero lo pasó muy mal con los esteroides. Ahora tiene la cara completamente hinchada y de momento no podemos hacer nada. Ya lo hemos intentado todo. Y nunca se queja. –Miró a Mel con tristeza–. Ojalá no fuera tan difícil para ella.

Mel trató de concentrarse en Marie, pero sólo podía pensar en él. El resto de sus vidas se les antojaba a ambos inexistente. Los hijos, los enfermos, la guerra, los programas de televisión. Lo único que importaba era Peter y Mel.

El taxi bajó por Franklin D. Roosevelt Drive y enfiló la calle Noventa y seis mientras Peter contemplaba con curiosidad las calles de la ciudad en la que Mel vivía, pensando cómo sería su casa y todo lo demás. Por una parte, sabía muchas cosas sobre lo que ella sentía y pensaba, pero por otra apenas sabía nada, sobre todo con respecto a su ambiente.

Llegaron a la casa y Mel sonrió al recordar la primera vez que había visto la casa del Bel-Air, asombrándose de su grandiosidad. Sabía que su casa le iba a causar a Peter un efecto muy distinto y no se equivocó. Al entrar, él aspiró el aroma de las flores que Mel había comprado, miró a su alrededor, contemplando los alegres colores, y echó un vistazo al pequeño y bonito jardín. Después se volvió a mirarla con una sonrisa.

–Es una casa muy propia de ti. Sabía que iba a ser así.

La enlazó por la cintura y ella esbozó una sonrisa.

–¿Te gusta?

Resultaba evidente que sí, antes de que él asintiera con la cabeza.

–Me encanta.

–Ven, te enseñaré el resto.

Le tomó de la mano y le acompañó arriba, mostrándole su dormitorio y el estudio. Después subieron a las habitaciones de las gemelas, donde lo había preparado todo para que estuviera a gusto. Flores sobre el escritorio y junto a la cama, un termo de plata con agua fría, montones de suaves toallas al lado de la bañera y las luces encendidas para que el ambiente resultara acogedor. Le había instalado en la habitación de Jessica porque ésta era más ordenada y así él se iba a sentir más cómodo.

–Todo esto es una maravilla –dijo Peter, sentándose junto al escritorio mientras miraba alrededor–. Tienes un toque exquisito. –Era lo mismo que ella pensaba de él, aunque no resultara tan evidente en aquella casa donde aún perduraba la gélida huella de Anne. La miró con dulzura y alargó el brazo. Ella se acercó lentamente y él le tomó la mano sin moverse del lugar donde estaba–. Me alegro muchísimo de volverte a ver, Melanie.

Después la atrajo sobre sus rodillas y la besó de nuevo, Mel estaba todavía sin aliento cuando volvieron a bajar. Permanecieron sentados junto a la mesa de la cocina conversando durante horas, como habían estado haciendo por teléfono varias semanas. Eran casi las dos cuando volvieron a subir y se desearon buenas noches con otro interminable beso a la puerta del dormitorio de Mel. Después, saludándola con la mano y dirigiéndole una sonrisa, él subió a la habitación de Jessica. Mel entró en su alcoba, pensando en todo lo que él le había dicho aquella noche y en otras ocasiones, y advirtió lo feliz que era a su lado. Mientras se cepillaba los dientes y se desnudaba, no pudo evitar pensar en él y, una vez en la cama, se alegró de que Peter hubiera accedido a alojarse en la casa. Al parecer, iban a poder afrontar la situación sin dificultades y a ella le gustó oírle caminar por el piso de arriba. Como consecuencia de la diferencia de horario, aún no estaba cansado y, cosa curiosa, tampoco ella lo estaba. Permaneció tendida pensando en él, y le pareció que habían transcurrido muchas horas cuando le oyó bajar la escalera y pasar por delante de su dormitorio. Prestó atención y oyó que se cerraba la puerta de la cocina. Se levantó sonriendo y le siguió. Le encontró sentado junto a una mesa, comiéndose un bocadillo de jamón y queso y bebiendo una cerveza.

—¡Ya te dije que teníamos que comer! —exclamó ella sonriente mientras sacaba un Seven-Up para bebérselo.

—¿Qué haces levantada, Mel?

—No puedo dormir. Supongo que debo estar nerviosa.

Se sentó y él la miró con una sonrisa.

—Yo también. Podría pasarme toda la noche aquí charlando contigo, pero mañana me quedaría dormido durante la conferencia.

—¿La tienes preparada?

—Más o menos. —Peter le explicó en qué iba a consistir. Utilizaría diapositivas de varias intervenciones, incluida la de Marie—. Y tú, ¿qué? ¿Qué vas a hacer esta semana?

—Nada en absoluto. Me voy a pasar dos meses sin trabajar, y me dedicaré a jugar y haraganear mientras tú estés aquí. ¿Puedo asistir a tu charla?

—Mañana, no. Pero el viernes, sí. ¿Te apetecería venir?

—Por supuesto. —Él la miró asombrado y ella rió—. ¿No te acuerdas de mí? Soy la señora que te hizo la entrevista en el Center City.

Él se golpeó la cabeza con la palma de la mano y adoptó una expresión de sorpresa.

–¡Conque eres tú! Ya decía yo que nos habíamos visto en alguna parte, pero no recordaba dónde.

–Tonto –dijo ella, mordisqueándole una oreja mientras él le daba una palmada en el trasero.

Resultaba agradable permanecer sentados allí en mitad de la noche. Al fin, volvieron a subir tomados de la mano como si llevaran muchos años viviendo juntos y, cuando ella se detuvo ante la puerta de su dormitorio, él le dio otro beso.

–Buenas noches, cariño.

–Buenas noches, amor mío.

Las palabras se le escaparon y ella le miró con los ojos muy abiertos; entonces él volvió a rodearla dulcemente con sus brazos y ella se sintió a salvo y segura.

–Buenas noches.

Peter habló en un susurro, volvió a besarla en los labios y desapareció en el piso de arriba mientras Mel entraba en su dormitorio, apagaba las luces y se acostaba, pensando en él y en lo que acababa de decirle. Y lo más curioso era que ella sabía que iba de veras. Tendido en la cama de arriba, Peter supo también que la quería.

18

Cuando Mel se despertó al día siguiente, Peter ya se había ido. Ella se levantó lentamente y subió al piso de arriba para hacerle la cama, pero encontró la habitación perfectamente ordenada y, al bajar a la cocina, descubrió que él le había dejado una nota.

«Me reuniré contigo aquí a las seis. Que tengas un buen día. Con cariño, P.» Mel sonrió ante aquellas sencillas palabras, pero se alegró de leerlas. Se pasó todo el día como flotando. Fue a los almacenes Bloomingdale's y compró algunas cosas para ella, para la casa y las niñas y, al regresar, pensó con asombro que dentro de unas horas no iba a estar sola.

Se sentó en el salón, puso a enfriar una botella de vino y le esperó. Peter llegó muy cansado y con la ropa arrugada, pero muy contento de verla. Ella se le acercó corriendo.

—Hola, cariño, ¿qué día has tenido?

—Ahora, maravilloso. —Se encaminaron hacia el salón. Las luces aún no estaban encendidas y la estancia aparecía inundada de sol—. ¿Cómo ha sido el tuyo?

—Interminable sin ti. —Era la pura verdad. Mel volvió a sentarse en el sofá y dio unas palmadas en el asiento—. Ven a sentarte y cuéntame qué has hecho.

Resultaba agradable tener a otra persona distinta de

las niñas con quien hablar al término de la jornada. Ella le explicó lo que había comprado y adónde había ido, y después le confesó tímidamente que contó cuántas horas faltaban para volver a verle. Él pareció alegrarse.

–A mí me ha ocurrido lo mismo. Sólo podía pensar en ti. Parece una locura, ¿verdad?

Entonces le rodeó los hombros y la atrajo hacia sí, y súbitamente los labios de ambos se encontraron… Esta vez se quedaron sin aliento, y pareció que no tuvieran nada que decirse al terminar. Lo único que deseaban era volver a besarse.

–¿Y si empezara a preparar la cena o algo por el estilo? –dijo Mel riendo porque ambos necesitaban distraerse de sus sentimientos.

–¿Qué te parece una ducha fría *à deux*?

–No estoy segura de que eso de *à deux* diera resultado –repuso ella mientras se levantaba y empezaba a pasearse.

–Te quiero, Mel –dijo él, atrayéndola de nuevo hacia sí.

Entonces pareció como si todo el mundo se detuviera. Peter jamás se lo había dicho a nadie más que a Anne, y Mel se había pasado varios años pensando que no deseaba volver a oír aquellas palabras ni decírselas a nadie. Pero esta vez era distinto y, cuando él la besó de nuevo, sintió como si se le escapara el alma y se aferró a él como si temiera ahogarse. Él le besó el rostro y los labios y el cuello y las manos y, de repente, Mel se levantó sin pensar y le acompañó dulcemente a su habitación.

–Yo también te quiero –le dijo.

Habló tan quedo que, si él no hubiera estado mirándola, no lo hubiese oído.

–No tengas miedo, Mel… por favor…

Se acercó a ella y le bajó cuidadosamente la cremallera del vestido. Ella le desabrochó despacio la camisa y, cuando estuvo desnuda, él la depositó con cuidado en la cama y acarició lentamente su sedoso cuerpo hasta que, al final, ella se arqueó, ansiando dolorosamente el contacto de Peter. Ambos se abrazaron con fuerza, saboreando cada momento hasta que, por fin, él la penetró y ella emitió un gemido entrecortado, ronroneando como un gato hasta que lanzó un grito y él jadeó, permaneciendo después en silencio mientras el sol entraba a raudales en la estancia. Cuando Peter la miró, vio que las lágrimas resbalaban por sus mejillas.

–Oh, nena, lo siento… yo…

Estaba aterrado, pero ella sacudió la cabeza y volvió a besarle.

–Te quiero tanto que a veces tengo miedo.

–Yo también.

Pero aquella tarde, mientras permanecían tendidos uno junto al otro, él la estrechó con tal fuerza que les pareció imposible que aquella inmensa felicidad pudiera terminar alguna vez.

A las nueve volvieron a bajar. Ella preparó unos bocadillos y más tarde volvieron a subir, vieron un poco la televisión y se rieron como niños.

–Igual que un matrimonio –dijo él bromeando y ella puso los ojos en blanco, fingiendo desmayarse mientras él le apretaba suavemente el trasero. Mel comprendió que jamás había sido tan feliz con otro hombre. Aquella noche ambos durmieron juntos en la cama de Mel y se despertaron e hicieron el amor varias veces. Cuando él se levantó para ir a la conferencia, ella se levantó también y le preparó café y huevos revueltos para desayunar. Después, Melanie se quedó sentada desnuda, ansiando que llegara el momento del regreso de Peter.

19

El viernes Mel acompañó a Peter a la conferencia y se quedó fascinada por sus palabras y por la reacción de los asistentes. Sus comentarios, diapositivas y explicaciones de las últimas técnicas eran acogidos con incesantes aplausos y, al terminar, Peter se pasó una hora rodeado por sus colegas mientras Mel se mantenía a una discreta distancia, mirándole con orgullo.

—Bueno, ¿qué te ha parecido? —le preguntó él aquella noche, a solas finalmente con ella.

Habían optado por cenar en casa porque Peter se iba al día siguiente y deseaban estar a solas.

—Creo que eres sensacional.

Melanie sonrió alegremente mientras compartía con él una botella de vino blanco. Había comprado unas grandes langostas de Maine para evocar las cenas de que hubieran podido disfrutar en Martha's Vineyard. Y las iba a servir frías, con ensalada y pan de ajo y Pouilly-Fumé helado.

—Además la reacción de los asistentes me ha parecido extremadamente buena —agregó.

—A mí también —dijo él. Después se inclinó y la besó suavemente en los labios—. Me alegro de que hayas venido.

—Lo mismo digo.

Los ojos de Mel se empañaron al recordar que Peter se iría al día siguiente. A las ocho de la mañana, ambos se dirigirían al aeropuerto. El vuelo era a las diez y él llegaría a Los Ángeles a la una de allí, a tiempo para ver a Pam y pasar algunas horas con ella antes de que se fuera a un campamento de verano al día siguiente. Después, Mel regresaría a Martha's Vineyard y se reuniría con sus hijas.

—¿Qué ocurre, cariño? —preguntó él, tomando su mano—. Estabas muy triste hace un momento.

Peter se preguntó por centésima vez desde que ambos hicieran el amor por vez primera si ella lamentaría aquellas relaciones. Al fin y al cabo, él se iba a marchar y no sabían cuándo volverían a verse. Era una incertidumbre que tenían que soportar constantemente.

—Estaba pensando en mañana cuando te vayas.

—Yo también. —Peter posó el vaso de vino, hizo lo mismo con el de Mel y tomó su otra mano—. Llevamos una vida de locos. —Ella asintió y ambos sonrieron—. Pero ya nos inventaremos algo. —Peter decidió insistir en una idea que se le había ocurrido antes—. ¿Por qué no te vienes a Aspen con las niñas? Nosotros iremos dentro de tres semanas, y a Valerie y Jessica les encantaría, Mel. Es un lugar maravilloso para los chicos… para nosotros… en realidad, para cualquier persona. —Se le iluminaron los ojos al pensarlo—. Y tendríamos la oportunidad de volver a estar juntos.

—Pero no como ahora. —Mel suspiró y le miró tristemente a los ojos—. Nuestros hijos se volverían locos si comprendieran lo que ocurría.

Pam sí, pero Mel sabía que sus hijas experimentarían también un sobresalto. No había tenido tiempo de prepararlas. Peter era un desconocido para ellas, un nombre del que apenas habían oído hablar como no fuera en un contexto puramente laboral. Y, de repente, zas: «¿Sabéis una cosa, chicas? ¡Nos vamos a Aspen con él y sus hijos!» Melanie presentía que les iba a dar un colapso.

—Se adaptarán. Y no tienen por qué estar al corriente de todos los detalles —dijo Peter.

Se le veía tan seguro que Mel se reclinó en su asiento y le miró con una perezosa sonrisa de felicidad. Para ser un hombre que no había conocido a otra mujer que su esposa durante veinte años y que no había tratado a ninguna desde que ella había muerto, se le veía extraordinariamente seguro. Melanie no supo si ello obedecía a lo que sentía por ella o si era consecuencia de su constante equilibrio.

—Tienes una enorme confianza al respecto.

—Nunca lo había pensado, Mel. Pero me parece acertado. —Por lo menos, se lo parecía en Nueva York, en la preciosa casita soleada de Mel, a solas con ella. Tal vez fuera distinto cuando estuvieran rodeados de hijos, pero él no lo creía—. Creo que nuestros hijos podrán asimilarlo, ¿no te parece?

—Ojalá estuviera tan segura como tú. ¿Qué me dices de Pam?

—Le caíste bien cuando te conoció en Los Ángeles. Y en Aspen todo el mundo tiene algo que hacer: excursiones, paseos, natación, partidos de tenis, pesca, festivales de música por la noche. Los chicos se reúnen siempre con sus antiguos amigos. En cierto modo se fijarían menos en nosotros porque tienen otras cosas que hacer. —Pero a Mel le parecía demasiado fácil y temía que Peter no fuera muy realista—. Además… —añadió él, acercándose un poco más y estrechándola con fuerza—, no creo que pudiera sobrevivir muchas semanas sin ti.

—Parece una eternidad, ¿no es cierto? —dijo ella con suave tristeza mientras apoyaba la cabeza contra el pecho de Peter y el calor de éste la envolvía—. Pero no sé si es prudente que vayamos a Aspen, Peter. Les echaríamos encima demasiadas cosas de golpe.

–¿Qué? ¿Que somos amigos? –preguntó él, sorprendido y molesto–. Ellos no comprenderán más que lo que vean.

–No están ciegos, Peter. Prácticamente son adultos, exceptuando a Matt. No vamos a engañarles.

–¿Quién quiere engañarles? –Peter se apartó un poco para mirarla a los ojos–. Te quiero, Mel.

Era lo único que podía pensar cada vez que contemplaba su rostro, cada vez que la veía entrar en una habitación… cada vez que se la imaginaba.

–¿Quieres que ellos sepan eso?

–Más adelante –contestó él sonriendo.

–Y entonces, ¿qué? ¿Viviremos separados, a cinco mil kilómetros de distancia, y ellos sabrán que hemos tenido una aventura? Imagínate lo que van a pensar. –Mel guardó silencio un instante, recordando el angustiado rostro de Pam–. Sobre todo, Pam.

Parecía sincera y él lanzó un suspiro.

–Piensas demasiado.

–Hablo en serio.

–Pues no hables así. Limítate a venir a Aspen y divirtámonos un poco sin pensar en los chicos. Todo irá bien. Confía en mí.

Mel estaba asombrada de su inocencia. A veces se sorprendía de lo ingenuo que era Peter con sus hijos. Sin embargo, tenía que reconocer que, a pesar de las reticencias que le inspiraba el viaje, anhelaba poder verle de nuevo. Aspen le ofrecería una maravillosa oportunidad siempre y cuando pudiera convencer a las gemelas y alejarse durante dos semanas de Martha's Vineyard. Frunció el entrecejo al pensar en lo que iba a decirles cuando regresara.

–No te preocupes demasiado, Mel. Limítate a venir.

Ella sonrió y volvieron a besarse.

–No sé qué les diré a mis hijas para justificar que nos vayamos de Martha's Vineyard –dijo Mel, y tomó un sorbo de vino con aire pensativo.

—Diles que la montaña es mejor para su salud.

Ella se echó a reír y le miró, ladeando la cabeza.

—¿No te gusta la playa?

—Desde luego que sí. Pero me encanta la montaña. Aires sanos, vistas preciosas, bonitas excursiones.

Ella jamás hubiera imaginado que fuera un amante del aire libre, pero, teniendo en cuenta la intensidad de su trabajo, se comprendía fácilmente que necesitaba desahogarse. La montaña le ofrecía la posibilidad de hacerlo; en cambio, a Mel le gustaba la playa desde que era niña y Martha's Vineyard era un sitio ideal para pasar las vacaciones con sus hijas.

—Les podría hablar de Mark… —dijo—. Eso sería suficiente para convencer a Val, pero Dios nos libre de esta preocupación.

—Quizá fuera conveniente que yo le hablara a él de las gemelas antes de irnos —repuso Peter, riéndose.

Aquella noche no se atrevió a preguntarle de nuevo si estaba convencida, pero a la mañana siguiente, mientras tomaban el café, se lo tuvo que preguntar. Faltaba una hora para salir hacia el aeropuerto, su equipaje estaba listo y Mel ya había preparado también su pequeña maleta. No tenía previsto regresar a la casa hasta septiembre.

—Bueno, Mel, ¿vas a venir?

—Ojalá.

Peter posó la taza y se inclinó para besarla.

—¿Vas a venir a Aspen a fin de mes, Mel?

—Lo intentaré. Tengo que pensarlo.

Le había estado dando vueltas al asunto y aún no lo había decidido. Si no iba, tal vez tardara muchos meses en volver a verle y ella no quería que eso ocurriera.

Dejó la taza lanzando un suspiro y le miró a los ojos.

—No sé si es una buena idea mezclar a los hijos con nuestros sentimientos.

—¿Por qué no?

—Porque podría ser demasiado para ellos.

—Creo que subestimas a nuestros hijos.

—¿Cómo les explicarás nuestra aparición?

—¿Acaso hay que explicarla?

—¿A ti qué te parece? Claro que sí. Sería imposible que no lo hicieras.

—Muy bien, muy bien. Se lo explicaremos. Les diremos que somos viejos amigos.

—Ellos saben perfectamente que no es cierto.

Mel estaba empezando a irritarse. Peter consultó su reloj. Eran las siete y media y a las ocho tenían que salir hacia el aeropuerto. No quedaba mucho tiempo para convencerla. Y si ella no iba a Aspen, sólo Dios sabía cuándo volvería a verla.

—Me importa un bledo lo que les digamos a nuestros hijos, Mel. Pero quiero que vengas a Aspen.

Se estaba poniendo pesado y Mel se molestó.

—Tengo que pensarlo.

—No, no es cierto. —Peter se levantó y se situó junto a ella, tan inamovible como una columna de mármol—. Llevas tanto tiempo tomando tú sola las decisiones que ya no sabes confiar en otra persona.

—Eso no tiene nada que ver. —Ambos estaban empezando a levantar la voz—. Eres muy ingenuo a propósito de la reacción de los chicos.

—¿Qué más da? ¿Acaso no tenemos también derecho a la vida? ¿Acaso yo no tengo derecho a amarte?

—Sí, pero no tenemos derecho a perjudicar a nuestros hijos por algo que quizá no nos lleve a ninguna parte, Peter.

—¿Por qué piensas eso? —exclamó él—. ¿Tienes tú otros planes?

—Resulta que yo vivo en Nueva York y tú en Los Ángeles, ¿o es que no te acuerdas?

—Lo recuerdo perfectamente, por eso quería reunirme contigo a medio camino dentro de tres semanas. ¿Acaso es pedir demasiado?

–Por Dios bendito... ¡de acuerdo! –exclamó ella–. ¡De acuerdo! Iré a Aspen.

–¡Muy bien!

Peter consultó su reloj. Eran las ocho y cinco y, de repente, atrajo a Mel hacia sí. El tiempo volaba. Hubieran tenido que salir a las ocho, pero ahora no podía dejarla. Le besó la cabeza y le acarició el cabello.

–Creo que acabamos de tener nuestra primera pelea. Eres una mujer muy terca, Mel.

–Lo sé. Perdóname. –Le miró y ambos se besaron–. Pienso hacer lo más conveniente y no quiero inquietar a nuestros hijos.

–Lo sé –dijo él, asintiendo–. Pero ahora tenemos que pensar en nosotros.

–Llevo mucho tiempo sin hacerlo. Como no sea para impedir que me hagan daño...

–Yo no te haré daño, Mel –repuso Peter con tristeza, angustiándose al pensar que ella pudiera tener que defenderse contra él–. Espero con toda el alma no hacer eso jamás.

–No se puede evitar. Cuando las personas se quieren, sufren. A no ser que se mantengan constantemente a una distancia prudencial.

–Eso no es vivir.

–No, pero es seguro.

–Al diablo la seguridad. –Peter la miró muy serio–. Te quiero.

–Yo a ti también –dijo ella, temblando–. Ojalá no tuviéramos que marcharnos todavía.

Tendrían que darse mucha prisa para no perder el avión, pero entonces él consultó su reloj y miró a Mel.

–Se me ocurre una idea.

–¿Cuál?

–Llamaré a Los Ángeles y pediré que alguien me

sustituya un día más. Si han sobrevivido hasta ahora sin mí, podrán aguantar veinticuatro horas. ¿Qué te parece?

Ella sonrió como una chiquilla y se apretó contra él.

–Me parece maravilloso –contestó. Entonces recordó otra cosa–. ¿Y Pam? ¿No quieres verla antes de que se vaya al campamento?

–Sí, pero, por primera vez, en casi dos años haré lo que me apetezca, para variar. La veré dentro de tres semanas cuando vuelva a casa. Podrá sobrevivir sin mí.

–¿Estás seguro?

–¿Y tú? –preguntó él, mirándola muy serio sin soltarla–. ¿Podrás regresar mañana a Vineyard?

–¿Hablas en serio, Peter?

Mel le miró, sorprendiéndose de su decisión. Enseguida se dio cuenta de que hablaba en serio.

–Sí. No quiero dejarte. Vamos a pasar el fin de semana juntos.

–Eres un hombre extraordinario –dijo ella, mientras le estrechaba con fuerza.

–Enamorado de una mujer extraordinaria. Yo diría que hacemos muy buena pareja, ¿no crees?

–Sí, yo también lo creo –contestó ella quedamente. Después le miró con una leve sonrisa–. Puesto que no te vas ahora mismo, ¿qué le parece si subimos un rato arriba, doctor Hallam?

–Excelente idea, señorita Adams.

Melanie subió y él la siguió a los pocos minutos. Se quedó en la cocina justo el tiempo suficiente para llamar al médico de Los Ángeles que le sustituía y preguntarle si le importaría hacerlo durante otros dos días. Su colega le hizo unos comentarios burlones, pero no pareció importarle en absoluto; dos minutos después, Peter subió los peldaños de dos en dos e irrumpió en el dormitorio de Mel, alegre como un chiquillo.

—¡Puedo quedarme!

Ella no contestó. Se limitó a acercarse y empezó a desnudarle. Ambos se tendieron en la cama con un abandono nacido del nuevo paso que acababan de dar.

20

–Pero ¿por qué no vuelves a casa? –La voz de Pam parecía un gemido cuando Peter la llamó antes del almuerzo–. Tú no tienes pacientes en Nueva York.

Estaba enfadada y dolida, y en su voz se percibía un matiz de acusación.

–Se ha retrasado la conferencia, Pam. Estaré en casa mañana por la noche.

–Pero es que yo me marcho al campamento por la mañana.

–Lo sé. Pero la señora Hahn te puede acompañar al autobús. No es la primera vez que vas. –Resultaba extraño tener que defenderse ante los propios hijos, pensó Mel, que le escuchaba–. Es el cuarto año que vas. Ya eres toda una profesional, Pam. Y estarás de nuevo en casa dentro de tres semanas.

–Sí. –La niña habló con tono distante y sombrío y Peter empezó a sentir remordimientos, ahora que ya había adoptado la decisión y se había pasado dos horas haciendo el amor con Mel. En aquellos momentos, ya no se le antojaba tan urgente quedarse y su hija le recordaba de nuevo sus responsabilidades hogareñas–. De acuerdo –dijo Pam como excluyéndole, y él se angustió.

–Cariño, no he podido evitarlo.

Pero hubiera podido, y eso aumentó su angustia.

¿Habría sido un error quedarse? Pero, maldita sea, ¿acaso no tenía derecho a vivir su propia vida y a pasar algún tiempo con Mel?

—No te preocupes, papá.

Pero él pudo advertir lo desanimada y deprimida que estaba: sabía por experiencia que no convenía trastornarla.

—Mira, iré a verte el próximo fin de semana. —El campamento quedaba cerca de Santa Bárbara y se podía ir fácilmente en automóvil desde Los Ángeles, pero Peter recordó que iba a estar de guardia todo el fin de semana—. Maldita sea, no podré. Tendrá que ser el otro fin de semana.

—Da igual. Que te diviertas.

De repente, pareció como si la chica estuviera deseando interrumpir la conversación. Mel observó el rostro de Peter y pudo adivinar sus emociones sin el menor esfuerzo. Cuando él colgó el aparato, se le acercó y se sentó a su lado.

—Puedes tomar un avión esta tarde, ¿sabes?

Pero él sacudió la cabeza con obstinación.

—No creo que deba, Mel. Lo que antes he dicho es cierto. Tenemos derecho a pasar un poco de tiempo juntos.

—Pero ella también te necesita y tú te sientes culpable.

No hacía falta ser un psiquiatra para verlo, y él asintió.

—En cierto modo, ella me hace sentir culpable constantemente. Lo ha venido haciendo desde que murió Anne. Es como si me considerara responsable de su muerte y yo tuviera que expiar mis pecados sin conseguirlo.

—Es una carga muy pesada. Si estás dispuesto a aceptarla.

—¿Y qué remedio me queda? —Peter la miró con tristeza–. Ella ha tenido toda clase de problemas emocionales desde que murió su madre, desde anorexia hasta enfermedades cutáneas y pesadillas.

–Pero todo el mundo tiene traumas más tarde o más temprano. Tendrá que aceptar lo que ocurrió, Peter. No te lo puede hacer pagar eternamente.

Sin embargo, parecía que eso era lo que pretendía la chica. Por lo menos así lo creía Mel, pero no le dijo nada más a Peter. Él estaba decidido a quedarse y quería que ella adoptara también las medidas necesarias. Poco después, Mel llamó a las gemelas y a Raquel a su casa de Chilmark.

Como es natural, las gemelas se mostraron decepcionadas, Jessica más que Val, pero ambas dijeron que la verían al día siguiente por la noche y después le pasaron el teléfono a Raquel. El ama de llaves esperó a que las niñas se hubieran retirado para hacer un comentario personal.

–¡Vaya, debe de ser un personaje muy especial!

–¿Quién? –preguntó Mel con rostro inexpresivo mientras Peter la observaba.

–El nuevo amigo de Nueva York.

–¿Qué amigo? –Pero Melanie se había ruborizado–. Raquel, está usted obsesionada con el sexo. ¿Cómo están las niñas?

–Están bien. Val conoció ayer a un chico en la playa y creo que hay alguien que está cortejando a Jessica, pero ella no parece muy interesada.

–Todo parece muy normal –dijo Mel, sonriendo–. ¿Qué tiempo hace?

–Precioso. Yo parezco una jamaicana.

Ambas mujeres se echaron a reír y Mel cerró los ojos, pensando en Vineyard. Pensó que ojalá ella y Peter pudieran estar allí en lugar de tener que quedarse en Nueva York un sábado de julio. Sabía que, aunque él fuera un amante de la montaña, aquella playa le hubiera encantado.

–Hasta mañana, Raquel. Estaré en casa a ratos, si me necesitan.

–No la vamos a necesitar.

–Gracias.

Era un alivio saber que las niñas estaban en buenas manos y, mientras colgaba el teléfono, Mel sonrió, tratando de imaginarse una conversación parecida con la señora Hahn, el ama de llaves de Peter. Era algo inimaginable y se lo comentó a él entre risas.

–Te gusta mucho tu ama de llaves, ¿verdad? –le preguntó él.

–Le agradezco mucho todo lo que ha hecho –dijo Mel, asintiendo–. A veces es una vieja un poco insoportable, pero quiere a las niñas y también a mí.

–Eso no es nada difícil –dijo él, besándola en la boca y reclinándose en su asiento para mirarla.

Ella trataba a sus hijas de una manera distinta de como él trataba a sus hijos, hablaba con su ama de llaves como él jamás hubiera hecho y su vida parecía discurrir sin altibajos. Por un instante, Peter se preguntó si él se la iba a desorganizar. Mel vio la expresión de sus ojos mientras se levantaba y desperezaba. La mañana había sido para ellos un maravilloso y extraordinario regalo, tanto más agradable por lo inesperado.

–¿En qué estabas pensando, Peter?

Siempre sentía curiosidad por lo que pensaba y siempre la intrigaba lo que él le decía.

–Pensaba en lo bien organizada que tienes la vida y en el tiempo que llevas siguiendo este camino. No sé si soy para ti más un trastorno que una ventaja.

–¿Tú qué crees?

Mel se tendió desnuda en la meridiana de su dormitorio y él empezó a desearla de nuevo. Le parecía asombroso que pudiera desearla constantemente.

–Pienso que no puedo pensar a derechas cuando te veo desnuda.

–Ni yo.

Mel sonrió y le hizo señas de que se acercara. Peter se acercó y se tendió a su lado y, momentos después, dio suavemente la vuelta y colocó el esbelto cuerpo de Mel encima del suyo.

–Estoy loco por ti, Mel.

Melanie le deseaba tanto que apenas podía respirar.

–Y yo por ti...

Volvieron a hacer el amor y se olvidaron de sus inquietudes y sus sentimientos de culpabilidad y sus responsabilidades, e incluso de sus hijos.

Era la una y media cuando se ducharon y vistieron. Melanie parecía un gato satisfecho cuando salieron de la casa para pasear bajo el sol.

–Somos unos perezosos.

–¿Y por qué no? Ambos trabajamos como negros y yo no recuerdo haber pasado jamás un fin de semana como éste –dijo él sonriendo mientras ella se echaba a reír.

–Yo tampoco. En tal caso, estaría demasiado cansada para poder trabajar.

–Estupendo. A lo mejor conviene que yo te canse un poco para que no estés pensando constantemente en tu preciosa profesión.

–¿Hago yo eso? –preguntó ella, sorprendiéndose ante aquel comentario.

No se había percatado de que estaba pensando siempre en su trabajo y se preguntó a qué se había referido Peter.

–En realidad, no. Pero se advierte en ti la presencia de una vida que no tiene nada que ver con los hijos, la casa y un marido.

–Ah. –Melanie empezaba a comprenderlo–. Quieres decir que no soy una simple ama de casa. ¿Te importa?

–No. –Peter sacudió la cabeza pensando en ello.

Bajaban por Lexington Avenue sin rumbo fijo. Era

un día caluroso y soleado y ambos se alegraban mucho de estar juntos.

–No me importa. Y me impresiona mucho lo que haces y respeto quién eres. Pero no eres... –la miró, buscando la palabra más adecuada y esbozó una sonrisa–, no eres una simple mortal.

–Tonterías. ¿Dónde está la diferencia?

–Tú no podrías viajar conmigo por Europa durante seis meses, ¿verdad?

–No, mi contrato se desvanecería en el aire y me pondrían un buen pleito. Pero tú tampoco podrías hacer eso.

–Es distinto. Yo soy un hombre.

–¡Oh, Peter! –exclamó ella–. Eres un machista redomado.

–Sí –la miró con orgullo–, lo soy. Pero respeto tu trabajo. Mientras sigas siendo tan femenina como ahora y puedas llevar a cabo todas las tareas propias de la mujer...

–¿Qué quieres decir? –De repente, a Melanie le hizo gracia lo que él estaba diciendo. Si se lo hubiera dicho otro hombre, se hubiese molestado–. ¿Quieres decir encerar el suelo y preparar empanadas de queso?

–No; ser una buena madre, tener hijos y cuidar al hombre de tu vida sin anteponer a ello tu trabajo. Yo siempre me alegré de que Anne no trabajara porque, de este modo, la tenía toda para mí. Me molestaría mucho no poder tener por entero a la mujer que amo.

–Nadie está siempre disponible, Peter. Ni las mujeres ni los hombres. Pero cuando se quiere a alguien, se pueden arreglar las cosas de modo que uno esté disponible cuando haga falta. Es cuestión de organizarse y de tener una jerarquía de prioridades. Yo he estado disponible para las niñas casi siempre, mejor dicho, siempre.

–Lo sé. –Él así lo había intuido desde un principio–. Pero no has querido estar disponible para un hombre.

—No, en efecto —dijo ella con sinceridad.

—¿Y ahora?

La miró con preocupación, como un chiquillo que temiera no encontrar a su madre.

—¿Qué me estás preguntando, Peter? —Súbitamente se hizo el silencio. Había algo que ambos percibían y que todavía les daba miedo, pero Peter tuvo la valentía de hablar de ello: deseaba averiguar qué opinaba Mel al respecto, aunque no quería asustarla. Quizá fuera demasiado pronto para hacer aquellas preguntas. Ella intuyó su inquietud y se inclinó hacia él–. No te preocupes tanto.

—A veces me pregunto qué significa todo eso para ti.

—Lo mismo que para ti. Algo hermoso y maravilloso que jamás me había ocurrido. Pero lo que no te puedo decir es adónde nos llevará.

—Lo sé —dijo él, asintiendo–. Y eso también me inquieta. Es como en una operación, no me gusta andar a tientas, me gusta saber adónde voy, cuál va a ser la fase siguiente. —La miró sonriendo–. Soy un planificador, Mel.

—Yo también. Pero estas cosas no se pueden planificar —dijo ella sonriendo para aligerar la tensión.

—¿Por qué no? —preguntó él con tono burlón y ella se echó a reír.

—¿Qué quieres, que te firme un contrato?

—Desde luego. Un contrato que me otorgue el derecho a gozar de este precioso cuerpo tuyo siempre que lo desee.

Se tomaron de las manos.

—Me alegro de que te hayas quedado a pasar el fin de semana conmigo —dijo Mel, mirándole alegremente.

—Yo también.

Se dirigieron a Central Park, donde estuvieron paseando hasta las cinco y después subieron por la Quinta Avenida para tomar una copa en la terraza del hotel Stanhope. Luego recorrieron a pie la escasa distancia que los separaba de la casa, dispuestos a encerrarse de nuevo en la cómoda vivienda de Mel. Se acostaron e hicieron el amor, contemplaron la puesta del sol a las ocho y después se ducharon y se fueron a cenar a Elaine's. El local estaba abarrotado de gente y Mel conocía a muchas de las personas que allí se encontraban, pese a que casi todos sus amigos solían pasar fuera de la ciudad los fines de semana. Se comprendía inmediatamente hasta qué punto todo ello formaba parte de su vida: los personajes famosos que ella conocía y que la conocían a ella, las atenciones de los demás y toda la electrizante atmósfera de Nueva York parecían estar en consonancia con ella. En Los Ángeles había un ambiente parecido, pero Peter nunca había pertenecido al mismo. Estaba demasiado ocupado con su trabajo, su familia y sus pacientes.

—Bueno, dime doctor, ¿qué piensas de Nueva York?

Estaban bajando por la Segunda Avenida tomados del brazo para regresar a casa.

—Pienso que te quiere y que tú la quieres.

—Es cierto —dijo ella, sonriendo—. Pero ocurre que también te quiero a ti.

—¿Aunque no sea un personaje invitado a un programa, un político o un escritor?

—Tú eres mejor que todo eso, Peter: eres auténtico.

—Gracias —contestó él, satisfecho por el cumplido—. Pero ellos también lo son.

—No es lo mismo. Ellos sólo afectan una mitad de mi vida, Peter. Hay otra parte que ellos no conocen. Nunca había encontrado a nadie que comprendiera las dos mitades de mi vida. Mi vida familiar y mi vida profesional son igualmente importantes para mí, por distintas que resulten.

—Parece que consigues combinarlas.

—Pero no siempre es fácil —dijo ella, sonriendo.

—¿Hay algo que lo sea?

De pronto, Peter recordó la reacción de su hija al comunicarle que iba a prolongar su estancia en Nueva York y pensó que ella se lo iba a hacer pagar cuando volviera a verle. Lo hacía siempre.

Mel le miró sonriente y ambos se adentraron en la calle Ochenta y uno y regresaron a casa, donde estuvieron charlando hasta las dos de la madrugada.

A la mañana siguiente almorzaron en la Tavern-on-the-Green y después se dirigieron a una feria callejera de Greenwich Village. En Nueva York no había gran cosa que hacer en verano, pero a ninguno de los dos parecía importarle. Querían simplemente estar juntos, por lo que estuvieron callejeando durante horas, hablando de su pasado, de sus vidas, de su trabajo, de sus hijos y de sí mismos. Parecía como si no lograran saciarse jamás de su mutua compañía, y a las cinco de la tarde regresaron tristemente a casa e hicieron el amor por última vez. A las siete tomaron un taxi para dirigirse al aeropuerto. Y, de repente, el tiempo empezó a discurrir con excesiva rapidez. Enseguida tuvieron que despedirse, abrazándose junto a la puerta de salida en los momentos finales.

—Voy a echarte mucho de menos —le dijo él, alegrándose de su viaje a Nueva York. Intuía que ello había cambiado el curso de toda su vida y ya ni siquiera estaba asustado. Apoyó un dedo bajo la barbilla de Mel y le levantó el rostro—. ¿Me prometes que vendrás a Aspen?

Ella sonrió y reprimió las lágrimas que asomaban a sus ojos.

—Allí estaré —contestó. Pero aún no sabía cómo se lo diría a las gemelas.

—Más te vale.

La estrechó con fuerza y la besó por última vez antes de subir a bordo del aparato. Al despegar, Melanie tuvo la sensación de que su corazón se iba con él.

El viaje de regreso a Martha's Vineyard fue muy largo y Melanie llegó a la casa de Chilmark pasada la medianoche cuando ya todo el mundo estaba durmiendo. Se alegró de que así fuera. Únicamente le apetecía hablar con Peter Hallam, que todavía se encontraba a bordo de un avión rumbo a Los Ángeles.

Mel permaneció largo rato sentada en el porche de la casa, escuchado el rumor del océano mientras la suave brisa le acariciaba el rostro. El simple hecho de estar allí le producía una maravillosa sensación de paz y lamentó que Peter no hubiera podido acompañarla. Pero necesitaban estar solos. La estancia en Aspen con las gemelas y los hijos de Peter iba a ser un desafío. Aún no sabía cuándo ni cómo se lo iba a decir a las niñas, pero a la mañana siguiente, a la hora del desayuno, decidió decírselo para que tuvieran tiempo de asimilar la idea. Jamás habían abandonado Martha's Vineyard en mitad del verano y Mel sabía que se les antojaría extraño. Más aún, les resultaría sospechoso.

—¿Aspen? —preguntó Jessica, mirándola con asombro—. ¿Y para qué tenemos que ir a Aspen?

Mel trató de adoptar un aire de indiferencia, pero su corazón latía apresuradamente. En parte porque las niñas la estaban poniendo en un apuro y, en parte, porque ella estaba a punto de decir una mentira.

—Porque es una invitación muy emocionante y nunca hemos estado allí.

Raquel soltó un bufido mientras regresaba a la cocina para ir en busca del jarabe de arce. Val miró a su madre horrorizada.

—Pero no podemos irnos. Las cosas interesantes están ocurriendo aquí y en Aspen no conocemos a nadie.

Mel miró a la menor de las gemelas. Se dejaría convencer con más facilidad que su hermana.

–Tranquilízate, Val, en Aspen también hay chicos.

–Pero es distinto. ¡Aquí conocemos a todo el mundo!

Parecía que iba a echarse a llorar, pero Mel se mantuvo en sus trece.

–Creo que es una oportunidad que no podemos perdernos.

¿O acaso había querido decir «no puedo perderme»? Se sentía culpable por lo que ellas no sabían.

–¿Por qué? –Jessica observaba todos sus movimientos–. ¿Qué se nos ha perdido en Aspen?

–Nada… Quiero decir… por Dios, Jess, pareces una comisión investigadora. Es un lugar fabuloso, las montañas son maravillosas, hay chicos en cantidad y miles de cosas que hacer: excursiones, caballos, paseos, pesca…

–¡Puag! –la interrumpió Valerie con expresión de hastío–. Odio todas estas cosas.

–Te sentarán bien.

Pero esta vez terció Jessica con su espíritu práctico.

–Eso significa que vamos a perdernos parte del verano aquí. Y hemos alquilado la casa para dos meses.

–Sólo estaremos fuera un par de semanas. Aún nos quedarán seis semanas.

–Francamente, no lo entiendo –dijo Jessica, levantándose de la mesa con visible enfado mientras Val rompía a llorar y se retiraba a su habitación.

–¡No quiero ir! ¡Es el mejor verano que he tenido y tú me lo quieres estropear!

–Yo no pretendo…

Pero la puerta se cerró antes de que ella pudiera terminar y Melanie miró a Raquel con visible irritación mientras ésta quitaba la mesa.

—La cosa debe ir en serio —dijo Raquel, sacudiendo la cabeza mientras Mel se levantaba enfurecida.

—Ya basta, Raquel.

—Bueno, bueno. No me diga nada. Pero verá cómo dentro de seis meses se casa usted. Nunca la había visto dejar Vineyard.

—Va a ser un viaje fabuloso.

Estaba tratando de convencerlas y de convencerse a sí misma. Ojalá no fuera tan difícil, pensaba.

—Lo sé. Y yo, ¿qué? ¿Tengo que ir también?

Raquel parecía tan poco entusiasmada con la idea como las niñas.

—¿Por qué no se toma sus vacaciones en vez de esperar al final del verano?

—Me parece muy bien.

Por lo menos, se había quitado de encima una preocupación. Val salió de su habitación dos horas más tarde con los ojos y la nariz enrojecidos y se fue a la playa para reunirse con sus amigos, sin dirigirle la palabra a su madre. Jessica salió al porche media hora más tarde y encontró a Mel que contestaba a unas cartas. Se sentó en la escalera a los pies de su madre y esperó a que ésta levantara la vista de lo que estaba escribiendo.

—¿A qué viene eso de ir a Aspen, mamá?

Miró a Mel directamente a los ojos y fue muy difícil no decirle la verdad: porque me he enamorado de este hombre y él pasa sus vacaciones de verano allí. Pero dijo:

—He pensado que sería un cambio agradable para nosotras, Jess.

No se atrevió a mirar a Jessica a los ojos y no pudo ver con qué detenimiento la observaba su hija.

—¿Hay alguna otra razón?

—¿Como qué?

Mel estaba tratando de ganar tiempo, con la pluma en suspenso sobre el papel.

–No lo sé. No acabo de entender por qué quieres ir a Aspen.

–Nos han invitado unos amigos.

Por lo menos, era una verdad a medias, pero estaba resultando ser tan difícil como Mel había imaginado y Peter se equivocaba si creía que sus hijos iban a ser más fáciles de manejar.

–¿Qué amigos?

Jessica la miró con atención y Mel respiró hondo. De nada serviría mentirle, pronto averiguaría la verdad.

–Un hombre llamado Peter Hallam y su familia.

Jessica la miró asombrada.

–¿El médico al que entrevistaste en California? –Mel asintió–. ¿Y por qué nos invita a Aspen?

–Porque ambos estamos solos con nuestros hijos. Fue muy amable durante la entrevista y nos hicimos amigos. Tiene tres hijos más o menos de vuestra edad.

–¿Y qué? –dijo Jessica en tono receloso.

–Que podría ser divertido.

–¿Para quién?

Había dado en la diana. Jess estaba furiosa y, de pronto, Mel se sintió muy cansada. Tal vez fuera una estupidez seguir insistiendo en ir a Aspen.

–Mira, Jess, no quiero discutir contigo sobre este asunto. ¡Iremos y basta!

–¿Esto qué es? –preguntó Jessica, levantándose con los brazos en jarras mientras miraba enfurecida a su madre–. ¿Una dictadura o una democracia?

–Llámalo como quieras. Vamos a Aspen dentro de tres semanas. Espero que lo pases bien; en caso contrario, considéralo dos semanas perdidas de un largo y satisfactorio verano. Quisiera recordarte que te vas a divertir mucho aquí, que harás lo que quieras durante casi dos meses y tú y Val celebraréis una gran fiesta de cumpleaños la semana que viene. No creo que tengáis motivo para quejaros.

Pero, al parecer, Jessica sí lo creía y se alejó indignada sin decirle una palabra a su madre.

La situación no mejoró demasiado en las dos semanas siguientes a pesar del festín de almejas para setenta y cinco chicos que se organizó en la playa para celebrar el cumpleaños de Jessie y de Val. Fue una fiesta maravillosa y todo el mundo lo pasó muy bien, lo cual hizo que las niñas lamentaran todavía más el viaje que iban a emprender a la semana siguiente. Para entonces, Mel ya estaba harta de oír sus quejas.

—¿Qué has hecho tú, amor mío?

Estaba acostada una noche, hablando por teléfono con Peter. Hablaban dos veces al día y se morían de deseos de volver a verse, a pesar de sus hijos.

—Aún no se lo he dicho. Hay tiempo.

—¿Bromeas acaso? Vamos a reunirnos la semana que viene —dijo ella aterrada.

Había soportado dos semanas de discusiones con las gemelas y él ni siquiera había empezado a resolver la parte del asunto que le correspondía.

—Hay que actuar con indiferencia en estas cosas.

Se le notaba muy despreocupado y Mel pensó que estaba loco.

—Peter, tienes que darles tiempo para que se hagan a la idea de que nos vamos a reunir contigo en Aspen, pues de lo contrario se van a llevar una sorpresa y quizá lo tomen a mal.

—Todo irá bien. Y ahora háblame de ti.

Ella le contó lo que había hecho y él le habló de una nueva técnica quirúrgica que había ensayado aquella mañana. Marie estaba progresando mucho a pesar del pequeño retraso que se había producido: abandonaría el hospital en los próximos días, más tarde de lo previsto, pero muy animada.

—Estoy deseando verte, cariño.

—Y yo a ti.

Peter sonrió al pensarlo y ambos estuvieron conversando un buen rato. Sin embargo, la sonrisa de Peter se borró cuatro días más tarde, cuando habló con Pam.

–¿Qué es eso de que este año hemos invitado a unos amigos a Aspen? –preguntó Pam con el rostro lívido desde el otro lado de la mesa del comedor. Peter se lo había comunicado a Mark la víspera como el que no quería la cosa y Mark se mostró sorprendido, pero no tuvo tiempo de discutirlo. Y pensaba decírselo a Matthew cuando ya se lo hubiera dicho a Pam. Pero Pam estaba furiosa–. ¿Qué amigos?

–Una familia que te va a gustar. –Peter notó que empezaba a sudar y se enfadó. ¿Por qué permitía que la niña le pusiera tan nervioso?–. Hay dos chicas que tienen aproximadamente tu misma edad.

–¿Cuántos años tienen?

–Dieciséis.

La miró expectante, pero sus esperanzas se desvanecieron enseguida.

–Serán unas tontas y me mirarán por encima del hombro porque soy más pequeña.

–Lo dudo.

–No pienso ir.

–Pam… por lo que más quieras…

–Me quedaré aquí con la señora Hahn.

Parecía tan inamovible como el granito.

–Ella se irá de vacaciones.

–Entonces me iré con ella. Yo no quiero ir a Aspen contigo a menos que te libres de esta gente. Por cierto, ¿quiénes son?

–Mel Adams y sus gemelas.

No había más remedio que decirlo y Pam le miró con los ojos muy abiertos.

–¿*Ella*? ¡No pienso ir!

Algo en su tono de voz provocó el enfado de Peter

que, sin poder contenerse, descargó un puñetazo sobre la mesa.

–Harás lo que yo diga, ¿entendido? Y si digo que irás a Aspen, ¡eso es exactamente lo que vas a hacer! ¿Está claro?

Ella no dijo ni una palabra; tomó el plato vacío y lo estrelló contra la pared. El plato se rompió en el suelo en mil pedazos y él se quedó mirándola mientras abandonaba el comedor hecha una furia. Si Anne hubiera estado viva, la hubiese obligado a regresar y limpiar el estropicio, pero él no se atrevió a hacerlo. Era una niña sin madre. Se quedó sentado en el comedor contemplando fijamente su plato y después se levantó y se encerró en su estudio. Tardó media hora en hacer acopio de valor para llamar a Mel. Necesitaba oír su voz, pero no le contó nada de lo ocurrido.

A la mañana siguiente, Pam no bajó a desayunar y Matthew le miró con expresión inquisitiva. Había regresado de casa de su abuela la víspera después de la cena.

–¿Quién va a venir a Aspen con nosotros, papá?

Con expresión beligerante, Peter le miró a los ojos.

–La señorita Adams, la que cenó aquí con nosotros una noche, y sus dos hijas.

Peter estaba preparado para la batalla porque eso era lo que había tenido que afrontar en el primer asalto del combate, pero, inesperadamente, el rostro de Matthew se iluminó de alegría ante la noticia.

–¿De verdad? ¿Y cuándo viene?

Peter se relajó y esbozó una sonrisa de alivio, mirando a su hijo menor. Menos mal que uno de ellos lo aceptaba de buen grado. Mark aún no había dicho nada, pero cabía la remota posibilidad que se comportara igual que Pam. Mark estaba muy ocupado con sus propios asuntos y no plantearía muchos problemas.

–Se reunirá con nosotros en Aspen, Matt. Van a ir las tres.

–¿Y por qué no vienen aquí y tomamos el avión todos juntos?

–¿Tomar el avión para ir adónde? –preguntó Mark, entrando en la estancia adormilado.

Se había acostado muy tarde la víspera y tenía que salir hacia su tarea a toda prisa, pero se estaba muriendo de hambre. Ya le había pedido a la señora Hahn huevos fritos, jamón, tostadas, zumo de naranja y café.

–Estábamos hablando de Aspen. –Peter miró a Mark como a la defensiva, aguardando la previsible explosión–. Matt dice que Mel Adams y sus hijas tendrían que reunirse con nosotros aquí –no hubo reacción inmediata y Peter se dirigió de nuevo a Matt–: Pero, viniendo del Este, a ellas les es más fácil volar a Denver y dirigirse desde allí a Aspen.

–¿Son guapas?

–¿Quiénes? –preguntó Peter, desconcertado.

Últimamente parecía que no daba abasto para atenderlos a todos y aún estaba molesto por la reacción de Pam. Su hija aún no había salido de su habitación. La víspera, al tratar él de abrir la puerta, la encontró cerrada y no obtuvo respuesta cuando la llamó. Decidió dejarla en paz durante todo el día. Hablaría con ella por la noche cuando regresara del despacho.

–¿Son guapas las hijas?

Mark miró a su padre como si le considerara extremadamente estúpido y Peter se echó a reír al ver llegar el pantagruélico desayuno de Mark.

–Santo cielo, ¿eso para quién es?

–Para mí. Dime, ¿lo son?

–Si son ¿qué? Ah… sí… perdón. Pues… no lo sé. Supongo que sí. Ella es una mujer muy guapa, y sus hijas también deben serlo.

–Mmm… –Mark dudaba entre zamparse el desayuno o seguir hablando de las hijas de Mel–. Espero que no sean unos monstruos.

–Eres un tonto –dijo Matt, mirándole con hastío–. Seguramente son guapísimas.

Peter se levantó y miró sonriente a sus hijos.

–Caballeros, les deseo muy buenos días. Si veis a vuestra hermana, dadle recuerdos de mi parte. Nos veremos esta noche. Mark, ¿estarás en casa?

Mark asintió mientras engullía media tostada y miraba el reloj, temiendo llegar tarde a su tarea.

–Creo que sí, papá.

–No olvides comunicarle tus planes a la señora Hahn.

–No lo olvidaré.

Después, Peter se fue al hospital para visitar a los pacientes. Aquella mañana no tenía programada ninguna intervención quirúrgica. Se iba a celebrar una reunión especial para comentar las nuevas técnicas, entre ellas la más reciente de Peter, que le explicó a Mel con todo detalle cuando la llamó aquella tarde. Al terminar, decidió confesarle la verdad acerca de la reacción de Pam.

–Ya se le pasará. Creo que lo debe considerar una amenaza muy grande.

–¿Sigues empeñado en que vayamos?

–¿Bromeas? –Peter se horrorizó ante la sola idea de que ella pudiera preguntárselo–. No tengo intención de ir sin ti. ¿Qué me dices de tu prole? ¿Se van adaptando?

–A regañadientes.

La «indiferente» acogida que él esperaba se había esfumado. Mel tenía razón, por lo menos en lo tocante a Pam.

–Matt está emocionadísimo y me temo que Mark ya está pensando en las gemelas con cierto interés. Pero es inofensivo.

–¡No me digas! –exclamó Mel, riéndose–. ¡Ya verás cuando veas a Val!

–Tan exótica no será.

Mel siempre le hablaba de la voluptuosa figura y el

atractivo sexual de la chica. Pero lo más probable era que, siendo su madre, su opinión no fuera demasiado imparcial.

—Peter —le dijo Mel muy seria—, Valerie no es exótica. Simplemente tiene mucho atractivo. Ya puedes empezar ahora mismo a echar alguna pócima en la comida de Mark...

—Pobrecillo. Yo creo que todavía es virgen y está tratando por todos los medios de cambiar de estado. Va a cumplir dieciocho años el mes que viene, iniciará sus estudios universitarios en septiembre y lo que menos le apetece es seguir siendo virgen.

—Bueno, pues dile que practique con otra que no sea mi hija.

—Trato hecho, siempre y cuando yo pueda practicar con la madre.

Ambos se echaron a reír, pensando con ansia en Aspen, a pesar de sus hijos.

—¿Crees que podremos sobrevivir, Peter?

—No tengo la menor duda, mi amor. Todos lo vamos a pasar de maravilla.

—¿Crees que Pam va a estar bien?

—Seguro que sí. Pero también tenemos que pensar en nosotros. Te quiero, Mel.

Ella le contestó lo mismo y finalmente se despidieron.

Sin embargo, el diagnóstico de Peter resultó ser excesivamente optimista cuando unos días más tarde tomaron el avión en el aeropuerto de Los Ángeles para dirigirse a Denver.

—Vamos, aguafiestas, es hora de subir a bordo. —Pam le parecía a Mark insoportable cuando estaba enfurruñada. La chica llevaba varios días sin hablar con su padre—. Te propones fastidiarnos las vacaciones a todos, ¿verdad?

–Vete al infierno.

Pam se dirigió a su hermano con un tono que hubiera puesto los pelos de punta a cualquiera y Mark la miró como si deseara propinarle una paliza.

–Ya basta, vosotros dos.

Peter llevaba unos pantalones de tela gruesa, una camisa a cuadros escoceses y un jersey rojo sobre los hombros, y portaba una pequeña maleta. Llevaba todas las tarjetas de embarque en una mano y con la otra sujetaba el pequeño. Matthew estaba tan contento que compensaba con creces el comportamiento de Pam, la cual se acomodó en un asiento del otro lado del pasillo cuando subieron a bordo. Los tres hombres se sentaron en tres asientos contiguos. Matt se sentó junto a la ventanilla y Peter en el del pasillo para vigilar a Pam, pero ella se pasó la mitad del vuelo mirando por la ventanilla y después se dedicó a leer un libro hasta que les sirvieron el almuerzo, del que apenas probó bocado. Peter procuró disimular su preocupación. Más tarde, cuando él rompió la barra de caramelo que había comprado para sus hijos y le ofreció un trozo a Pam, ella lo rechazó sin mirarle tan siquiera.

–Es una auténtica estúpida, papá –dijo Mark en voz baja poco antes de que el aparato aterrizara en Denver.

–Ya se le pasará. Las hijas de Mel la distraerán. Lo más probable es que se sienta amenazada porque, durante algún tiempo, no va a ser la abeja reina. Está acostumbrada a ser la única chica en medio de tres hombres y ahora van a venir tres mujeres…

–Lo que ocurre es que siempre quiere salirse con la suya. Lo ha venido haciendo desde que murió mamá. –Mark miró a su padre con expresión de reproche–. Mamá no se lo hubiera permitido.

–Tal vez no.

A Peter le dolió el reproche. A pesar de lo mucho

que se esforzaba, ellos siempre pensaban que Anne lo hubiera hecho mejor.

Pero Matthew reclamó su atención una vez en tierra y tuvieron que darse prisa para cambiar de avión y tomar el que se dirigía a Aspen. Fue un corto vuelo algo movido por entre las montañas, con un aterrizaje espectacular en el que descendieron casi en picado hasta el diminuto aeropuerto lleno de pequeños aparatos privados. Aspen era como un imán que atraía a los ricos, pero también a un variado espectro de personas. Allí había de todo y se congregaban gentes de todo tipo: ésta era una de las razones por las cuales le gustaba tanto a Peter. Era una de las muchas tradiciones que compartía con Anne y que seguía conservando porque allí había pasado con ella momentos muy felices durante sus vacaciones tanto en invierno como en verano.

–¡Bueno, ya hemos llegado! –exclamó mientras los cuatro desembarcaban.

Alquilaron un automóvil para dirigirse a un apartamento muy parecido al que habían tenido alquilado durante cinco años. Pensaban que había llegado el momento de cambiar e incluso Pam pareció animarse a medida que se iban acercando a la ciudad. Como de costumbre, nada había cambiado, ni siquiera el espectacular panorama de las montañas. Apenas les dio tiempo a instalarse, deshacer el equipaje y comprar algunas provisiones en el supermercado antes de que Peter se fuera al aeropuerto para recibir a Mel. Peter miró a sus hijos, que estaban deshaciendo los paquetes de la comida, y preguntó con fingida indiferencia:

–¿Alguien me acompaña?

–Yo –contestó Mark, apresurándose a ponerse unas zapatillas de deporte.

Llevaba unos calzones cortos de color caqui y una camiseta roja, y con su intenso bronceado de Los Ángeles y el cabello aclarado por el sol, hasta Peter tuvo que reconocer que el muchacho era asombrosamente apuesto. Las gemelas de Mel se iban a derretir; en caso contrario, pensó, ello significaría que algo fallaba, enorgulleciéndose de su hijo mayor.

—¡Yo también! —exclamó Matt con su vocecita cantarina, tomando su fusil espacial preferido.

—¿Te hace falta este trasto? —preguntó Peter, contemplando el arma, cuyo ruido le desquiciaba.

—Pues claro, podrían invadirnos criaturas del espacio exterior.

—Van a llegar en el próximo vuelo —dijo Pam con intención mientras Peter la miraba enfurecido.

—¡Ya basta! En realidad... —Peter miró a su hija muy enojado—, creo que tú también deberías venir. Formamos una familia y hacemos las cosas juntos.

—Qué emocionante. —Pam no se movió de la cocina—. Creo que me voy a quedar.

—Vamos, estúpida —dijo Mark, empujándola hacia la puerta. Entonces ella le empujó a su vez y Peter lanzó un rugido:

—¡Maldita sea! ¡Te vas a portar bien porque yo lo ordeno!

El bramido de su padre pareció ablandar a Pam y los cuatro se dirigieron al aeropuerto en silencio, mientras Peter pensaba con inquietud en lo que les diría Pam a Mel y a sus hijas. Pero al ver a Mel bajando por la escalerilla, sólo pudo pensar en lo mucho que la amaba y en el deseo de estrecharla en sus brazos. Sin embargo, en presencia de los chicos tenían que controlarse. Ella se acercó con el cabello rojizo recogido en un moño algo suelto, un sombrero de paja que le protegía los ojos, un precioso vestido de hilo color crema y sandalias a juego.

—Cuánto me alegro de verte, Mel —dijo Peter, estrechándole la mano mientras los chicos le miraban.

Ella le besó rápidamente la mejilla y enseguida se

volvió hacia sus hijos. Tuvo que hacer un gran esfuerzo para no besarle en la boca.

–Hola, Pam, me alegro mucho de verte –dijo, dándole una leve palmada en el hombro e inclinándose para besar a Matt, que le lanzó los brazos al cuello; finalmente se volvió para saludar a Mark, pero el chico estaba mirando con gran atención a una jovencita–. Os presento a mis hijas. Ésta es Jessica. –Se notaba que eran madre e hija por ser pelirrojas, pero fue Valerie la que más interés suscitó en Mark–. Y ésta es Valerie.

Ambas muchachas saludaron cortésmente y Mel las presentó a continuación a Peter, el cual tuvo que hacer un esfuerzo por no soltar una carcajada. Su hijo mayor parecía estar a punto de desmayarse a los pies de Valerie y, mientras acompañaba a Melanie a recoger el equipaje, la miró sonriente y sacudió la cabeza.

–Tenías razón. No creo que la pócima de que me hablaste pudiera ser demasiado eficaz. –La muchacha tenía una voluptuosidad indescriptible, acentuada por su lozanía e ingenuidad–. Tendrías que evitar que saliera a la calle, Mel.

–Ya lo intento, cariño, ya lo intento. –Ella se volvió a mirarle–. ¿Cómo estás? ¿Qué tal el viaje?

–Muy bien.

–¿Cómo está Pam? –Mel la miró con el rabillo del ojo y vio que Jessie estaba hablando con ella mientras Matt miraba a Jess con adoración–. Yo creo que todo irá bien. –Val y Mark charlaban animadamente y Pam le estaba contestando algo a Jess, la cual había tomado a Matt de la mano y estaba admirando su fusil espacial mientras conversaba con la hermana–. Son todos buenos chicos y eso ayuda mucho.

–También lo es la madre.

–Te quiero –dijo ella en voz baja, de espaldas a los chicos, y él experimentó el deseo de estrecharla en sus brazos.

—Yo también a ti —le musitó él al oído mientras un mozo les ayudaba a llevar las maletas.

Menos mal que tenían una camioneta, porque eran siete personas más el equipaje de la familia Adams y el vehículo estaba lleno hasta el tope cuando emprendieron el camino de regreso al apartamento. Todos hablaban a la vez y pareció que incluso Pam empezaba a salir de su caparazón mientras charlaba con Jessica.

Ni siquiera protestó con la vehemencia que Peter temía cuando éste anunció cómo se iban a distribuir para dormir. Pam, Jess y Val compartirían la habitación de las literas. Iban a estar un poco apretujadas, pero no les importaba. Pam llegó incluso a reírse cuando Jessica le hizo un comentario burlón. Los dos chicos iban a compartir la habitación de las dos camas, y Peter y Mel ocuparían las dos habitaciones más pequeñas con camas individuales. Por regla general, los hijos de Peter tenían cada uno su propia habitación, pero en aquella ocasión fue necesario un pequeño reajuste para que él y Melanie pudieran disponer de dormitorios separados, cosa de suma importancia tratándose del primer viaje en compañía de sus hijos.

—¿Todos arreglados?

—Estamos estupendamente bien —se apresuró a contestar Valerie, mirando a Peter con admiración. Después le susurró a su madre—: Es muy guapo.

Y Mel se echó a reír. Por desgracia, era evidente que opinaba lo mismo del hijo. Sin embargo, Mel ya le había advertido que un nuevo idilio durante aquellas dos semanas podría traer complicaciones para todos y Val se mostró de acuerdo, pero aquella noche, mientras preparaban la cena y ella y Mark se encargaban de la ensalada y las patas asadas, Mel empezó a pensar en un idilio inevitable. Sólo esperaba que ambos se cansaran el uno del otro antes de finalizar las dos semanas. Los idilios de Val eran muy fugaces, como Jessica le comentó a Pam entre risas mientras ambas permanecían sentadas frente a la chimenea tras haber acostado a Matthew. Jessica parecía mostrarse muy sensible a los recelos de Pam.

—Me parece que Mark se ha quedado bizco al veros —dijo Peter con una sonrisa, agradeciendo los esfuerzos de la mayor de las gemelas por ganarse la amistad de su hija.

Parecía una muchacha muy especial y él recordaba lo que Mel le había contado de ella. Era divertido verlas ahora después de haber oído hablar tanto de ellas pero verdaderamente se ajustaban mucho a la descripción que Mel le había hecho, sobre todo Val, que parecía una chica de las páginas centrales del *Playboy* y no una simple alumna de enseñanza secundaria. Sin embargo, a pesar de su espectacular figura, la muchacha poseía una encantadora inocencia.

—Tengo entendido que quieres estudiar medicina, Jess —añadió Peter.

Los ojos de Jessica se iluminaron y Pam adoptó una expresión de hastío.

—Qué desagradable.

—Lo sé —dijo Jessica, dirigiéndole a Pam una mirada apaciguadora—. Todo el mundo me lo dice. Quiero ser ginecóloga o pediatra.

—Son buenas especialidades, pero muy difíciles.

—Yo quiero ser modelo —dijo Pam con aire relamido mientras Jess sonreía.

—Ojalá pudiera serlo yo, pero no soy tan guapa como tú.

No era cierto, pero Jessica estaba sinceramente convencida de que sí. Llevada demasiado tiempo viviendo a la sombra de Val.

—Tú puedes ser cualquier cosa que te apetezca, Jess —dijo Mel, sentada a la vera del fuego, feliz por encontrarse de nuevo al lado de Peter.

Parecía que habían transcurrido mil años desde la última vez que le había visto.

–¿A alguien le apetece dar un paseo? –preguntó Mark, irrumpiendo en la estancia.

Se pasó un buen rato tratando de convencerles y, al final, todos estuvieron de acuerdo, menos Matt, que estaba durmiendo profundamente en su cama.

–¿Le podemos dejar solo? –preguntó Mel, preocupada.

–No le ocurrirá nada –contestó Peter, asintiendo con la cabeza–. Duerme como un lirón. Es el efecto que le produce el aire de la montaña. Anne siempre decía...

Peter dejó la frase sin terminar y palideció visiblemente. Mel notó que un temblor le recorría la columna vertebral. Se le antojaba extraño seguir las pisadas de Anne y estar allí con sus hijos ahora que ella había muerto. Se preguntó si ésa sería en parte la reacción de Pam y decidió hablar con ella en cuanto salieran a pasear bajo el fresco aire de la montaña, pero Pam mostraba más interés en conversar con Jessie y se pasaron media hora paseando en tres parejas: Val y Mark, Jessie y Pam, y Melanie y Peter.

–¿Lo ves? Todo ha ido bien –dijo Peter casi con arrogancia, y Mel se echó a reír.

–No cantes victoria. Acabamos de llegar.

–No seas tonta. ¿Qué podría ocurrir?

Ella hizo ademán de protegerse contra la cólera de los dioses y miró a Peter.

–¿Bromeas? Cualquier cosa. Esperemos que no haya asesinatos, huesos rotos o embarazos no deseados después de esta pequeña aventura.

–Qué pesimista eres –dijo él, empujándola detrás de un árbol y besándola rápidamente sin que lo vieran los chicos.

Después ambos reemprendieron el camino, riéndose. Era muy agradable volver a estar juntos y resultaba simpático ver a todos sus hijos reunidos, a pesar de los desastres que había predicho Mel.

Por fin regresaron tranquilos y felices al apartamento, cansados del viaje y del ajetreo, y todos se fueron a sus correspondientes dormitorios sin ningún problema. Todas las habitaciones tenían baño y no hubo necesidad de hacer cola para cepillarse los dientes. Mel pudo oír a las niñas riéndose por lo bajo en su habitación tras haber apagado las luces. Hubiera deseado entrar de puntillas en la habitación de Peter, pero no le pareció prudente. Todavía no. Sus hijos estaban demasiado cerca. Mientras permanecía tendida en la cama, pensando en lo bien que lo habían pasado en Nueva York, vio que se abría la puerta y que una sombra atravesaba la estancia. Se incorporó sorprendida mientras él se deslizaba a su lado bajo las sábanas.

–¡Peter! –exclamó.

–¿Cómo sabes que soy yo? –dijo él, sonriendo en la oscuridad mientras ella le rodeaba con sus brazos y le besaba.

–No debieras… ¿Y si los chicos…?

–No pienses en los chicos… Las niñas están demasiado ocupadas, pensando que no las oímos, y Mark probablemente está durmiendo como un tronco igual que Matt… Ya es hora de que nos dediquemos a nosotros, nena. –La abrazó y después deslizó una mano por debajo del camisón de Mel mientras ella procuraba no hacer ruido–. Oh, cuánto te he echado de menos.

Mel no dijo palabra, pero le demostró con creces que también le había echado de menos. Sus cuerpos se fundieron en exquisito placer durante varias horas hasta que, al fin, él la dejó a regañadientes. Mel se acercó de puntillas a la puerta para darle un beso de despedida y le vio alejarse despacio por el pasillo. Las habitaciones de los chicos estaban en silencio. Todos estaban profundamente dormidos y ella no recordaba haber sido jamás tan feliz. Regresó a la cama, que todavía conservaba el dulce aroma de su pasión, y se durmió abrazada a la almohada.

21

Al día siguiente decidieron efectuar una caminata de varios kilómetros y almorzaron por el camino. Se detuvieron junto a un riachuelo y lo vadearon. Matt apresó una serpiente para Mark y las chicas se asustaron y corrieron a refugiarse junto a Peter y Mel, que se burlaron de ellas. Al final, Matthew soltó la serpiente y reanudaron el paseo, regresando al apartamento a última hora de la tarde para nadar un poco en la piscina, donde los chicos se divirtieron como si se conocieran de toda la vida, aunque Mel observó que cuando Jessica no hablaba con Pam, ésta no hacía más que mirar lo que hacían ella y Peter.

–Forman un grupo muy simpático, ¿no es cierto, Mel?

No se podía negar. Y, por si fuera poco, eran todos unos muchachos muy bien parecidos, aunque en los ojos de Pam seguía habiendo tristeza, sobre todo siempre que veía a Mel con su padre. Mel le agradecía a Jessie que la distrajera. Como es lógico, Valerie y Mark no se habían separado desde la hora del desayuno.

–Forman un grupo muy simpático –convino Mel, esbozando una sonrisa cansina–. Pero hay que vigilarles.

–Ya vuelves con lo mismo. ¿Qué te preocupa ahora?

Las reacciones de Mel le hacían gracia. Siempre se

inquietaba por los hijos de ambos, pero eso era algo que a Peter le gustaba mucho. Se adivinaba fácilmente que era una madre maravillosa.

–No me preocupa nada. Pero estoy observándoles.

Sonrió y Peter miró a Val y Mark.

–Yo creo que son inofensivos. Todo energía y juventud, pero, por suerte, ninguno de ellos sabe todavía qué hacer exactamente con todo eso. El año que viene, puede que no fuéramos tan afortunados.

–¡Oh, no! –exclamó Mel, poniendo los ojos en blanco–. Espero que no sea cierto. Ojalá hubiera casado a esta niña cuando tenía doce años. No creo que pueda soportar vigilarla otros cuatro o cinco años.

–No me parece necesario. Es una muchacha muy formal.

Mel asintió con cierto recelo.

–Pero demasiado confiada. Tiene un carácter muy distinto del de Jessie.

Él asintió porque ya se había dado cuenta.

–Pam parece apreciar mucho a Jess.

–Ella sabe cómo tratar a los más pequeños.

–Lo sé. –Peter se sentía más dichoso que nunca–. Matt la adora. –Después bajó la voz y se inclinó hacia Mel–. Y yo te adoro a ti. ¿Piensas que podríamos quedarnos aquí para siempre?

–Me encantaría.

Pero eso no era enteramente cierto. Mel echaba de menos los días que ambos habían pasado solos en Nueva York. Aquí no era libre de ser ella misma. Se veía obligada a vigilar a los chicos y no temía mostrarse enérgica en caso necesario. Permitió que los cuatro mayores fueran al cine aquella noche mientras ella y Peter se quedaban en casa con Matt, pero cuando Mark y Val pidieron permiso para salir solos tras haber acompañado a Jessie y Pam a casa, Mel se opuso a la idea sin discusión.

–No sería justo con los demás. Aquí estamos todos en grupo.

Y había otras razones que no quería especificar. Razones que la obligaban a mantener cada día una estrecha vigilancia mientras salían a dar un paseo, montaban a caballo y merendaban en los floridos campos. Todo resultaba demasiado natural y sensual debido a las ajustadas camisetas y los calzones cortos y los atrevidos trajes de baño, el aire de la montaña y la constante proximidad a que se veían obligados en el apartamento. Jamás había visto a Val tan encandilada con un muchacho y eso la preocupaba más de lo que había confesado a Peter. Un día en que ambas estaban solas, se lo comentó a Jess y ésta le dijo que también lo había observado.

–¿Crees que está bien, mamá?

Las gemelas estaban unidas por un vínculo muy fuerte y Jessica siempre andaba preocupada por su hermana.

–Sí, pero hay que vigilarla.

–¿Tú crees que…? –A Jessie no le gustaba acusar a su hermana ante su madre–. Yo no creo que ella…

–Yo tampoco lo creo –dijo Mel, sonriendo–, pero pienso que es fácil perder la cabeza en los campos de flores silvestres rodeados de montañas nevadas, o de noche estando solos. Creo que Mark es mucho más vehemente que los chicos que ella conoce. Y quiero estar segura de que no cometerá ninguna tontería. Aunque, en realidad, no creo que lo hiciera, Jess.

–Esta vez no me cuenta casi nada, mamá.

Eso era muy impropio de Val. Generalmente, Valerie le contaba a Jess todo lo que ocurría en su vida, en especial, lo que hacía referencia a los chicos. Pero sobre Mark guardaba un extraño y riguroso silencio.

–A lo mejor cree que es algo más serio. El primer amor –dijo Mel con dulzura.

–Mientras no cometa ninguna estupidez…

–No lo hará. –Mel confiaba en su propia vigilancia y en la prudencia de su hija–. ¿Qué me dices de Pam? ¿Qué piensas de ella, Jess?

Confiaba en la opinión de su hija más que en ninguna otra, exceptuando tal vez a Peter, el cual, por otra parte, no podía ser muy imparcial, tratándose de su única hija.

–No creo que sea feliz, mamá. Hemos estado hablando de muchas cosas y a veces es muy sincera; otras veces, en cambio, se encierra en sí misma. Creo que echa de menos a su madre. Más que sus hermanos. Mark es más mayor y Matthew era muy pequeño cuando ella murió, pero Pam está muy afectada. A veces se enfada con su padre por este motivo.

–¿Eso te ha dicho ella, Jess? –preguntó Mel con preocupación.

–Más o menos. Yo creo que está un poco confusa. No es una edad fácil, mamá.

Jessica hablaba con una cordura impropia de su edad y Mel se conmovió.

–Lo sé. Y tú has sido muy cariñosa con ella. Te lo agradezco, Jess.

–Me gusta –dijo Jessica con sinceridad–. Es una chica muy inteligente. Un poco rara a veces, pero lista como un demonio. La he invitado a venir algún día con nosotros a Nueva York y ha aceptado. –Mel pareció sorprenderse–. ¿Te importa?

–En absoluto. Todos los Hallam serán bienvenidos siempre que lo deseen.

Jess guardó silencio un instante y después miró a su madre.

–¿Qué está ocurriendo entre el doctor Hallam y tú, mamá?

–No gran cosa. Somos buenos amigos. –Pero a Mel le pareció que Jessica ya sabía muchas más cosas–. Me gusta, Jess.

—¿Mucho?

Jessica miró a su madre fijamente y ella comprendió que tendría que ser sincera con su hija.

—Sí.

—¿Estás enamorada de él?

Mel contuvo la respiración. ¿Qué significaban aquellas palabras? ¿Qué deseaba saber Jess? La verdad, se dijo Mel. Sólo eso. Tenía que decirle la verdad.

—Sí, creo que sí.

—Ah —dijo Jessica como si acabara de recibir un golpe físico.

—¿Te sorprende?

—Más bien sí y más bien no. Lo sospechaba, pero no estaba segura. Es distinto cuando te lo confirman directamente… —Jess suspiró y miró a Mel—. Me gusta.

—Me alegro.

—¿Crees que os vais a casar?

—No, no creo —contestó Mel, sacudiendo la cabeza.

—¿Por qué no?

—Porque nuestras vidas están excesivamente separadas. Yo no puedo dejar mi trabajo y trasladarme a Los Ángeles, y él no puede ir a Nueva York. Y hay demasiadas cosas que nos retienen en nuestras respectivas ciudades.

—Lástima. —Jessica miró a su madre—. Si vivierais en la misma ciudad, ¿crees que os casaríais?

—No lo sé. Es una cuestión que no nos podemos plantear. Por consiguiente, es mejor aprovechar el tiempo que tengamos. —Mel extendió el brazo y tocó la mano de su hija—. Te quiero, Jess.

—Y yo a ti también, mamá —dijo la muchacha contenta—. Y me alegro de que hayamos venido. Siento haberte causado tantas dificultades.

—No te preocupes. Me alegro de que todo se haya arreglado.

—¿Interrumpo algo? —preguntó Peter viéndolas tomadas de la mano al entrar en la estancia.

—Estábamos charlando —dijo Mel.

—Estupendo. —Peter parecía contento y miró a Jess con una sonrisa—. ¿Dónde están los demás?

—No lo sé.

Eran aproximadamente las cinco de la tarde y Mel acababa de regresar de la tienda cuando inició su conversación con Jess. Suponía que los chicos debían estar en la piscina, como habían venido haciendo durante toda la semana.

—Val y Mark se han ido a dar un paseo con Matt.

—¿De veras? —Mel pareció sorprenderse—. Entonces, ¿dónde está Pam?

—Durmiendo en nuestra habitación. Le dolía la cabeza esta tarde. Pensaba que ya lo sabías.

Pero Mel aún estaba sorprendida y Peter le dio una palmada en el brazo.

—Mark cuidará bien de Val y Matt. No te preocupes por ellos, Mel.

Sin embargo, al ver que a las siete aún no estaban de regreso, Mel empezó a inquietarse en serio y Peter tampoco estuvo tan tranquilo.

Fue a ver a Jess y Pam, que se encontraban en su habitación.

—¿Sabéis adónde fueron?

Jessica sacudió la cabeza y Pam le miró inexpresiva.

—Yo estaba durmiendo cuando se marcharon.

Él asintió y regresó junto a Mel. Aún no había oscurecido, pero quería echar un vistazo por los alrededores.

—Vuelvo enseguida —dijo.

Pero al ver que no regresaba al cabo de una hora, Mel se asustó tanto como las niñas.

—¿Qué crees que ha ocurrido, mamá? —murmuró Jessica.

Pam, con el rostro muy pálido, permanecía sentada en su habitación.

—No lo sé, cariño. Peter les encontrará.

Pero Peter vagaba sin rumbo por las laderas de las colinas que rodeaban la casa, llamándoles a gritos tras haber abandonado los senderos. Ya había anochecido cuando, por fin, encontró a Mark y Val, solos, arañados y asustados.

—¿Dónde está Matt? —le preguntó Peter a su hijo con tensión y temor en la voz al ver que Val tenía todo el rostro cubierto de lágrimas y arañazos.

Mark también parecía estar a punto de echarse a llorar.

—No lo sabemos.

—¿Cuándo le visteis por última vez? —preguntó Peter.

—Hará dos o tres horas. Estábamos paseando y, de repente, nos volvimos y ya no estaba.

Val empezó a sollozar y dio su versión de la historia. Peter observó entonces que Mark aún sostenía la mano de la chica en la suya y empezó a sospechar lo que había ocurrido y la razón por la cual habían perdido a Matt.

—¿Os estabais besuqueando? —les preguntó mientras Val arreciaba en su llanto y Mark bajaba tímidamente la cabeza, no sin que antes su padre le soltara un sonoro bofetón—. ¡Maldito miserable, si te llevaste a tu hermano, le tenías que vigilar!

—Lo sé, papá.

Las lágrimas empezaron a resbalarle por las mejillas. Los tres se pasaron una hora buscando infructuosamente hasta que, al fin, regresaron al camino que habían abandonado para volver al apartamento. Tenían que llamar al sheriff e iniciar la búsqueda de Matt. Encontraron a Mel muy pálida con las niñas y, al ver que sólo regresaban Mark y Val, las muchachas se echaron a llorar. Peter se dirigió rápidamente al teléfono acompañado de Mel, y el equipo de rescate se presentó antes de media hora con cuerdas y camillas, personal sanitario y grandes reflectores.

–Mañana utilizaremos helicópteros si no le encontramos esta noche.

Pero Peter no quería que el niño pasara la noche solo en la montaña y temía que hubiera caído en una hondonada y se hubiera roto una pierna o algo peor. Podía estar inconsciente en alguna parte. Peter se fue con los hombres y las chicas se quedaron abajo con Mel y Mark. El muchacho lloraba sin rebozo. Mel trató de consolarle, pero no había modo de liberarle del remordimiento que sentía y Mel consiguió no decirle casi nada a Val. Ya eran más de las diez y aún no se veía ni rastro del niño. De repente, Pam estalló y empezó a insultar a Val.

–Tú tienes la culpa, cochina perra, si no hubieras estado por ahí tonteando con Mark mi hermanito no se habría perdido.

Val no pudo contestarle nada; se hundió simplemente en brazos de Jessie y empezó a sollozar histéricamente. Entonces Mel oyó un grito y un rumor como de cuernos de caza en lo alto de la ladera; se encendieron unos reflectores y poco después bajó el equipo de rescate, llevando a Matt en brazos mientras Peter les saludaba con la mano, tratando de reprimir sus lágrimas.

–¿Está bien? –preguntó Mel, corriendo al encuentro de Peter, que finalmente se echó a llorar.

Peter permaneció un buen rato sollozando abrazado a ella. Matthew se encontraba todavía un poco lejos, en brazos de uno de los hombres del sheriff. Le habían localizado a la entrada de una cueva, asustado y frío pero ileso. Dijo que había empezado a pasear y se había perdido. Y afirmaba haber visto un oso.

–Oh, Mel… –Peter no quería soltarla–. Creía que íbamos a perderle también.

Ella asintió mientras las lágrimas rodaban por sus mejillas.

–Gracias a Dios que está bien. –Entonces vio que estaba sucio, con el rostro lleno de arañazos y la ropa a jirones, y observó que se había caído varias veces. Pero el niño estaba muy orgulloso de encontrarse en compañía de los hombres del sheriff y sostenía en la mano el sombrero de uno de ellos. Mel se agachó y le tomó en brazos–. Nos has dado un susto de muerte, Matt.

–Estoy bien, Mel –dijo el niño como un valeroso adulto.

–Me alegro mucho –dijo ella, dándole un beso en la mejilla y entregándolo a su padre, que dio las gracias a los hombres del sheriff.

Regresaron todos a la casa y se desplomaron en los sillones del salón. Mark mantenía a su hermanito abrazado contra el pecho y Valerie estaba llorando, pero ahora ya sonreía e incluso Pam había llorado de alivio. Todos se agitaban alrededor del chiquillo y ya eran las doce de la noche cuando, al fin, consiguieron tranquilizarse. Pam le pidió disculpas a Val, y Mark juró que nunca más se irían solos. Cuando todos se encontraban reunidos alrededor de la chimenea, comiéndose las hamburguesas que Mel había preparado, Peter les dijo:

–Ahora quiero dejar bien sentada una cosa. Creo que esta noche nos ha dado a todos una lección. –Miró significativamente a Val y Mark y después a Matt, Jessica y Pam–. Podemos divertirnos mucho mientras estemos aquí. Pero no hemos de cometer estupideces. Os podríais perder en el bosque, podrían morderos las serpientes y sabe Dios qué más. Y quiero que cada uno se sienta responsable del resto del grupo. A partir de ahora, os quiero ver a los cinco juntos. Si alguien va a alguna parte, los demás le acompañarán. ¿Está claro? –Miró a su hijo mayor, el cual asintió con expresión afligida. Había estado tan ocupado introduciendo la lengua en la boca de Val y la mano en sus calzones que se olvidó por completo de Matt. Y cuando ambos recuperaron el resuello, el niño había desaparecido–. Si veo a alguien emparejado por aquí, se irá a casa, sea quien sea. –Todos comprendieron que se refería a Mark y Val–. Y ahora quiero que todos nos vayamos a dormir porque ha sido una noche muy dura.

Se dirigieron hacia sus respectivos dormitorios en un clima de renovada camaradería. Mel observó que Val y Jess parecían estar más unidas y lo mismo ocurrió con Pam y Mark e incluso con Pam y Val, mientras que Matt se sentía más unido a todos los que habían temido perderle para siempre. Había sido una buena lección para todos, pero Mel y Peter no querían volver a experimentar aquel terror.

–Por Dios bendito, Mel, he creído morir en aquella colina mientras le buscaba sin encontrar ni rastro.

Peter se hallaba en la cama de Mel, temblando en sus brazos al evocar lo ocurrido.

–Todo ha terminado, cariño. Está a salvo y no volverá a suceder.

Aquella noche ni siquiera hicieron el amor. Permanecieron abrazos y Mel pasó buena parte de la noche sin dormir, contemplando a Peter hasta que las primeras luces del alba iluminaron el cielo. Entonces le despertó suavemente y él regresó a su cama; finalmente, Mel se durmió. Había pasado toda la noche pensando en lo mucho que le amaba y en lo mucho que amaba a Pam, Mark y Matt y en su ardiente deseo de que jamás les volviera a ocurrir nada malo. Fue la primera vez que comprendió lo mucho que les quería y cuán profundamente los llevaba en su corazón. Cuando todos se despertaron al día siguiente, parecían de verdad una sola familia. A partir de aquel momento, los cinco chicos se hicieron inseparables, y aunque Mark tomaba a menudo la mano de Val o la miraba con aquella expresión especial que le iluminaba todo el semblante, no volvieron a salir solos y el resto de la semana transcurrió con excesiva rapidez.

La víspera de la partida salieron a divertirse y lo pasaron de maravilla, charlando y riendo como viejos amigos. Al verles, nadie hubiera dicho que no se habían criado bajo el mismo techo y nadie hubiese imaginado lo mucho que al principio todos se habían opuesto a aquellas vacaciones. Peter miró sonriendo a Mel varias veces. Habían sido unas vacaciones perfectas, a pesar de la horrible noche que pasaron buscando a Matt, pero eso también parecía olvidado en aquellos momentos.

Todos permanecieron sentados alrededor de la chimenea hasta muy tarde, incluso Matt, que acabó quedándose dormido sobre el regazo de Jessica, la cual tuvo que acostarle con la ayuda de Pam. Cuando se fueron a dormir, todos lamentaron que hubieran terminado aquellos días de felicidad y Mel y Peter se pasaron muchas horas despiertos pensando con tristeza en la separación.

—No puedo creer que vuelva a dejarte —dijo Peter, incorporándose en la cama para contemplarla tras haber hecho el amor.

—No podemos evitarlo. —Pero a Mel se le ocurrió una idea y lo miró esperanzada—. ¿Por qué no venís a pasar el fin de semana del día del Trabajo con nosotras en Martha's Vineyard? Es a primeros de septiembre.

—Es un viaje muy largo sólo para tres días, Mel —dijo Peter con tono dubitativo, pese a lo mucho que deseaba aferrarse a cualquier esperanza.

—Pues quedaos una semana.

Quedaos un mes... un año...

—No puedo.

—Pero los chicos sí... —A Mel le parecía una excelente idea—. Pam y Matt podrían. Mark ya habrá terminado entonces su trabajo, y podría venir contigo a pasar el fin de semana. Los otros dos podrían venir antes.

–Es una idea. –Peter sonrió sin pensar en los chicos, sólo en ella. Hubiera deseado con toda el alma permanecer a su lado, pero era imposible–. Te quiero mucho, Mel.

–Y yo a ti.

Volvieron a abrazarse e hicieron el amor hasta el amanecer. A la mañana siguiente, cuando se levantaron en sus respectivos dormitorios, ambos estaban muy deprimidos. Ya no podrían hacer el amor aquella noche, ya no pasearían por los bosques y los campos floridos. Había llegado el momento de regresar a casa. Vuelta a la realidad y a las conversaciones telefónicas. Pero Mel expuso la idea del día del Trabajo y los chicos la acogieron con alegría.

–Pues ya está decidido –dijo, mirando a Peter con aire triunfal.

–Muy bien –dijo él, alegrándose también de poder disfrutar de aquellas vacaciones–. Tú ganas. Iremos.

–¡Hurra! –gritaron los chicos y sus voces resonaron hasta media ladera de la colina.

Pasaron charlando todo el vuelo desde Aspen a Denver. Los chicos ocuparon una fila de asientos y Peter y Mel se sentaron solos al otro lado por última vez. Al llegar a Denver, todos lloraban. Peter miró a Mel y le dijo en voz baja:

–Te quiero, Mel. No lo olvides.

–Y tú recuerda que yo también te quiero.

Los chicos fingieron no mirar, pero Val y Mark sonrieron y Pam se volvió para no verles, pero Jessica la consoló, tomando su mano. Matt le dio a Mel un gran beso de despedida.

–¡Te quiero, Mel!

–Y yo a ti.

Mel apartó la mirada y besó a cada uno de los chicos y después le dijo a Pam:

–Cuida bien de tu papá. –«Por mí», deseó añadir.

–Lo haré.

Se percibía en la voz de Pam una nueva dulzura y todos se entristecieron al separarse. Matthew se echó a llorar con desconsuelo mientras su padre se dirigía con él al avión.

—Quiero que venga con nosotros.

—Muy pronto las volverás a ver.

—¿Cuándo?

—Dentro de unas semanas, Matt.

Peter miró entonces a Mark y descubrió en su rostro una expresión soñadora. Se preguntó qué habría ocurrido entre él y Val, pero suponía que no gran cosa. A bordo del aparato que había despegado con destino a Boston a la misma hora que el de Los Ángeles, Jessica y Val apenas hablaron y Mel se pasó el rato mirando a través de la ventanilla sin ver más que el rostro de Peter. Las tres semanas que faltaban para el día del Trabajo se le antojaban interminables, y después ¿qué? ¿Un año interminable hasta que pudieran volver de nuevo a Aspen? Habían cometido una locura, pero Mel comprendió, como lo comprendió Peter en el avión que le llevaba a Los Ángeles, que ya era demasiado tarde para volver atrás.

22

Las semanas en Martha's Vineyard les parecieron a las tres interminablemente largas a su regreso de Aspen. No fue como otras veces en julio, en que solían entregarse en cuerpo y alma a las diversiones del verano. Val se pasaba el rato contemplando el cielo, Mel se lo pasaba hablando por teléfono y Jessica les tomaba el pelo a las dos.

—Pues vaya, no sois una compañía muy amena que digamos.

Valerie abría cada día el buzón, esperando recibir cartas de Mark, y cada vez que Mel regresaba a casa de hacer alguna diligencia, preguntaba «¿Ha llamado alguien?», y las gemelas se echaban a reír. Sólo Raquel parecía pensar que una grave enfermedad se había abatido sobre la casa. Les dijo que cuando hubieran transcurrido seis meses... ¡ya verían! Nunca terminaba sus frases, pero a ellas se les antojaban de mal agüero y Mel siempre la escuchaba con aire divertido.

—¡Vamos, Raquel, tranquilícese!

—Esta vez es muy serio, señora Mel.

—Sí, lo es. Pero serio y definitivo no son lo mismo.

Grant llamó para saludarla. Estaba locamente enamorado de la chica del tiempo del Canal Cinco y había también una preciosa jockey pelirroja en White Plains, por no hablar de una cubana sensacional. Mel bromeó con él y le dijo que se comportara de acuerdo con su edad; finalmente le habló de Peter o, mejor dicho, fueron las niñas quienes lo hicieron. Cuando Mel se puso de nuevo al teléfono, él se mostró ofendido.

—¿No hubieras podido decírmelo tú misma? Yo creía que éramos amigos.

—Y lo somos, pero necesitaba tiempo para reflexionar.

—¿Tan serio es? —preguntó Grant.

—Podría serlo, pero aún no hemos resuelto el problema de la distancia.

—¿La distancia? —De repente, todas las piezas empezaron a encajar—. Mozuela insensata, es el cirujano cardiólogo de la costa Oeste, ¿no?

Ella rió como una chiquilla.

—Eres una loca. ¿Qué vas a hacer ahora? Tú aquí y él allí.

—Todavía no lo he pensado.

—Pero ¿qué hay que pensar, Mel? Has vuelto a hacer lo mismo, te has buscado un «sueño imposible». Ninguno de los dos va a dejar su trabajo y cada uno está anclado en su sitio. Amiga mía, lo has vuelto a hacer. Juegas sobre seguro.

Las palabras de Grant la deprimieron un buen rato y durante muchos días Mel se preguntó si lo que él había dicho sería cierto. ¿Se habría metido de nuevo en otro idilio imposible?

Como para confirmar sus sentimientos, llamó a Peter a California.

Él estaba muy contento por los progresos de Marie, la había examinado aquel día y la chica se encontraba muy bien. Mel empezó a rezar para que no se presentara un nuevo enfermo de trasplante a la semana siguiente ya que, en tal caso, Peter no podría viajar al Este para pasar con ella el fin de semana del día del Trabajo.

Peter le comunicó que Pam y Matt ya se estaban preparando para el viaje y que Matthew estaba tan emocionado que apenas daba pie con bola.

–¿Y Pam?

–Parece más tranquila que Matt, pero está tan emocionada como él.

–Lo mismo les ocurre a mis hijas. Están deseando que lleguen.

Habían forjado docenas de planes que incluían a Pam, y Mel iba a encargarse de Matthew. Hasta Raquel esperaba con ansia aquella visita, aunque fingiera quejarse del trabajo que le iba a caer encima. Se pasaron varias horas organizando el alojamiento. Decidieron que Mark dormiría en un saco de dormir sobre el sofá del salón. Pam dormiría en una cama plegable en la habitación de las gemelas, Matt en la otra cama que había en la habitación de Raquel y, cuando llegara Peter, le asignarían el dormitorio de los huéspedes. Había sido un poco difícil, pero podrían albergar a todos.

Cuando llegaron Pam y Matthew empezó a respirarse en la casa una atmósfera festiva. Después bajaron a la playa y se reunieron con sus amigos de cada día. El chico que había descubierto al principio del verano ya no significaba nada para Val, y había como una media docena de muchachos locamente enamorados de Jess, pero ella no se dignaba mirarlos siquiera. Algunos consideraban a Pam una chica extraordinariamente atractiva, y nadie podía creer que sólo tuviera catorce años porque era muy alta y se la veía muy mayor. Mel pasó una semana muy feliz en compañía de todos ellos, hablando dos veces al día con Peter.

–Estoy deseando que vengas.

–Yo también. Mark está exultante.

Sin embargo, la víspera de su partida de Los Ángeles el viaje estuvo a punto de irse a pique, porque ingresó en el hospital una joven con síntomas de rechazo del trasplante que le habían hecho hacía cuatro meses así como con una grave infección. Mel se enteró de la noticia con una imperiosa sensación de angustia, pero no insistió ni le pidió a Peter que dejara a la chica en manos de sus capacitados colegas. Sin embargo, la paciente murió aquella misma noche. Al día siguiente Peter llamó a Mel muy abatido para comunicárselo.

—No pudimos hacer nada —dijo, tan afligido como siempre.

—No me cabe duda. Ahora te sentará bien marcharte.

—Supongo que sí.

Pero el viaje perdió parte de su atractivo y Peter estuvo muy callado durante el vuelo a Boston en compañía de Mark. No obstante, en la segunda etapa del trayecto se animó un poco y empezó a conversar con Mark acerca de las hijas de Mel.

—Son muy simpáticas, papá.

Mark se ruborizó en su intento de simular indiferencia y Peter le miró con una sonrisa.

Iba a ser maravilloso ver de nuevo a Mel y, de repente, sólo pudo pensar en ella hasta que el pequeño avión tomó tierra en la estrecha pista de aterrizaje y descendieron del aparato. Mark salió como propulsado por la portezuela, descendió por la frágil escalerilla metálica y se detuvo en seco ante Val sin saber si estrecharle la mano, darle un beso o limitarse a decirle hola. Permaneció allí indeciso y rojo como un tomate mientras Val hacía lo mismo. Peter abrazó con fuerza a Mel y después besó a Pam, a Jess, a Val y finalmente al pequeño Matt. Acto seguido Val y Mark fueron a recoger el equipaje tomados de la mano y Mel y Peter les contemplaron sonrientes.

—Allá van otra vez.

—Por lo menos, aquí no podrán perderse en el bosque —dijo Mel.

Sin embargo, ambos se pasaron buena parte del fin de semana a bordo de una embarcación de vela y Peter tuvo que recordarles de nuevo las normas del grupo que se habían establecido en Aspen.

–Las normas siguen vigentes aquí.

–Oh, papá –protestó Mark casi gimoteando como cuando era más chico. Ambos tenían muchas cosas que contarse y él deseaba permanecer a solas con Val–. Sólo queremos hablar.

–Hacedlo en compañía de los demás.

–Debierais oír las porquerías que se dicen. –Pam puso los ojos en blanco y se apretó la nariz.

Sin embargo, Mel había observado que a Pam no le era totalmente indiferente un chico de catorce años que había conocido en la playa. Sólo Jess y Matthew parecían conservar la cordura. Matt era tan feliz con Mel y su padre que no planteaba ninguna dificultad. Llevaba mucho tiempo ansiando aquella seguridad, sin acertar a comprender del todo lo que le faltaba. Y Peter se reía con Raquel, que lo encontraba muy simpático y se pasaba todo el rato diciéndole que había tenido mucha suerte con Mel y que lo que necesitaba era un hombre bueno con quien casarse. Mel se horrorizó cuando Peter se lo contó el domingo en la playa.

–¿De veras ha dicho eso?

–Sí. Y, a lo mejor, tiene razón. Quizá es eso lo que necesitas. Un buen marido… –A Peter parecía divertirle la idea y más aún contemplar a los chicos viviendo su locura de fin del verano. Vigilaba muy de cerca a Mark. No quería que rebasara ciertos límites con Val, y durante el fin de semana pudo observar que las hormonas de ambos se agitaban furiosamente. Peter miró a Mel, recordando lo que Raquel le había dicho–. ¿Tú qué dices a eso?

–Estoy segura de que a la cadena le encantaría. –Le hacía gracia la sugerencia, pero en aquellos momentos no la consideraba una auténtica amenaza. Lo único que le importaba era tenerle a su lado aquel fin de semana. Ya pensaría más tarde en el futuro, en lo que tendrían que hacer para poder verse otra vez. Entonces recordó otra cosa–. Por cierto, tengo que llamar a mi abogado cuando pase este fin de semana.

–¿Por qué?

–Mi contrato expira en octubre y me gusta empezar con tiempo a preparar lo que quiero incluir en el siguiente.

Peter admiraba su forma de actuar en el trabajo. En realidad, admiraba en ella otras muchas cosas.

–A estas alturas seguramente podrás imponer tus condiciones.

–Hasta cierto punto. En cualquier caso, quiero hablar con él en las próximas semanas para que me dé su opinión.

Peter sonrió y se sintió dominado por aquel ambiente veraniego que estaba empezando a apoderarse de todos ellos.

–¿Por qué no lo dejas todo de una vez?

–¿Y qué hago? –preguntó ella. La idea no le resultaba tan divertida como a Peter.

–Trasladarte a California.

–¿Y vender bocadillos en la playa?

–No, es posible que te sorprendas, pero allí nosotros también tenemos televisión. E incluso noticiarios.

La miraba con una sonrisa y Mel pensó que estaba más favorecido que nunca.

–¿De veras? Qué emocionante.

Mel no se tomó en serio la sugerencia hasta que él le tocó el brazo y la miró con una extraña expresión en los ojos.

–Podrías hacerlo, ¿sabes?

–¿Qué?

Un estremecimiento recorrió a Mel, a pesar del sol y el calor.

—Marcharte y radicarte en California. Alguien te daría trabajo en la televisión.

Mel se incorporó y miró a Peter, tendido sobre la arena.

—¿Tienes idea de los años que he tardado en llegar al puesto que ahora ocupo en la cadena? ¿Tienes una remota idea de lo que era Buffalo a seis grados bajo cero o Chicago? Me he esforzado mucho para conseguir este puesto y no pienso dejarlo ahora, así que no bromees con eso, Peter. Nunca. —Aún estaba enojada cuando volvió a tenderse a su lado sobre la arena—. ¿Por qué no dejas tu trabajo y empiezas desde cero en Nueva York?

Vio que él la estaba mirando atentamente y lamentó haber empleado un tono tan áspero. Se le veía dolido.

—Lo haría si pudiera, Mel. Haría cualquier cosa por estar a tu lado.

La estaba acusando de no estar dispuesta a hacer lo mismo, y no era justo.

—¿Te das cuenta de que para mí no es más fácil que para ti? —preguntó Mel con más dulzura—. Dejar Nueva York para ir a otro sitio sería un retroceso para mí.

—¿Incluso si te fueras a Los Ángeles?

Peter se sintió repentinamente deprimido. La situación era irremediable.

—Incluso si me fuera a Los Ángeles. —Tras unos momentos de silencio, mientras ambos contemplaban el mar que estaba mitigando el dolor de sus heridas, Mel añadió—: Tendremos que encontrar algún medio de poder estar juntos.

—¿Qué sugieres? ¿Fines de semana en Kansas City? —dijo Peter con amargura y enojo, mirándola con un extraño brillo en sus ojos azules—. ¿En qué se va a convertir eso con el tiempo? ¿Un idilio de vacaciones?

¿Reuniéndonos para pasar largos fines de semana en compañía de nuestros hijos?

—No sé qué decirte. Yo puedo trasladarme a Los Ángeles, ¿sabes?, y tú puedes venir aquí.

—Sabes que casi nunca puedo dejar a mis pacientes.

Y ella no podía dejar a cada momento a las niñas y ambos eran conscientes de ello.

—¿Qué me estás diciendo? ¿Que debo renunciar? ¿Eso es lo que quieres? —De repente, Mel se asustó del sesgo que estaba adquiriendo la conversación—. Yo no tengo las respuestas, Peter.

—Pues yo tampoco. Y algo me dice que no deseas encontrarlas.

—Eso no es cierto. La verdad es que ambos tenemos ocupaciones importantes en los dos extremos del país y no podemos abandonar lo que estamos haciendo y trasladarnos a otro sitio, ni queremos hacerlo. Además, aún no estamos preparados.

—Ah, ¿no? —dijo él con enfado—. ¿Y por qué no?

—Porque sólo nos conocemos desde hace cuatro meses y, no sé a ti, pero a mí no me parece mucho tiempo.

—Yo me hubiera casado con Anne a los cinco minutos de haberla conocido, y no me equivoqué.

—¡Eso era Anne! —Mel hablaba a gritos. Ambos se encontraban solos en la playa. Los chicos se habían ido a jugar al voleibol y Matt estaba buscando caparazones de moluscos con Raquel—. Yo no soy Anne, Peter, soy Mel. Y no pienso seguir sus huellas. Aunque me llevaras a Aspen, que es adonde ibas con ella todos los años.

—¿Y qué, maldita sea? ¿Acaso no te gustó?

—Sí, pero sólo tras haber superado la angustiosa sensación de pensar que habías estado con ella por todos aquellos lugares y probablemente hecho el amor en la misma cama.

Ambos se habían puesto en pie.

—Quizá te interese saber que esta vez pedí un apartamento distinto. No soy tan insensible como pareces creer, señorita Adams.

Ambos permanecieron inmóviles sin decir nada hasta que, de repente, Mel inclinó la cabeza.

–Lo siento... no quería ofenderte... –Volvió a mirarle–. A veces resulta difícil, sabiendo lo mucho que la querías.

Peter la atrajo lentamente hacia sí y le dijo:

–Estuve casado con ella dieciocho años, Mel.

–Lo sé... pero tengo la sensación de que siempre me comparas con ella. La esposa perfecta. La mujer perfecta. Y yo no soy perfecta. Yo soy yo.

–¿Quién te compara? –preguntó él, sorprendido.

Jamás había dicho nada al respecto, pero no hacía falta.

Mel se encogió de hombros y ambos volvieron a sentarse muy juntos en la arena.

–Tú... los chicos... tal vez la señora Hahn.

–A ti no te gusta la señora Hahn, ¿verdad? –le preguntó él, mirándola a los ojos–. ¿Por qué?

–Quizá porque era de Anne. O porque es tan fría. Creo que yo tampoco le gusto a ella.

Mel sonrió pensando en Raquel, y Peter rió sabiendo lo que pensaba.

–No, desde luego, no es como Raquel, pero no hay nadie que lo sea. Excepto la propia Raquel.

Él también la apreciaba, pero no estaba seguro de poder tolerar sus descarados comentarios en la casa. A él le gustaba el comedimiento de la señora Hahn y su manera de controlar a los chicos. Raquel era más bien una amiga con un estropajo en una mano y un micrófono en la otra.

–¿Hablabas en serio al decirme que me trasladara a vivir a California, Peter?

Mel esbozó una expresión de inquietud y Peter meneó la cabeza.

–Creo que no. Era un simple sueño. Sé que no puedes abandonar tu trabajo. Y, en cualquier caso, yo no lo aceptaría. Pero me gustaría poder hallar un medio de estar juntos. Eso de viajar constantemente de un lado para otro crea una tensión terrible.

Las palabras de Grant resonaron en los oídos de Mel: un callejón sin salida… un callejón sin salida… Y ella no quería que lo fuera.

–Sé muy bien el esfuerzo que te supone venir aquí. Yo trataré de ir a Los Ángeles siempre que pueda.

–Y yo haré lo mismo.

Pero ambos sabían que iba a ser ella la que más a menudo se desplazara. No había más remedio. Ella podía dejar a las gemelas más fácilmente que él a sus enfermos, y algunas veces incluso podría llevarlas consigo. Como para demostrarlo, Peter recibió casualmente una llamada el domingo por la noche. Uno de sus antiguos pacientes había sufrido un grave ataque cardíaco y él facilitó por teléfono todas las indicaciones precisas. El trasplante se había realizado dos años antes y las posibilidades de seguir con vida no eran muchas aunque Peter hubiera estado allí; pero él se pasó toda la noche despierto y preocupado por el enfermo, pensando que hubiera tenido que estar a su lado.

–Yo he contraído una responsabilidad con estas personas, Mel. No todo termina cuando me quito la mascarilla y la bata después de la intervención. Tengo que controlar el proceso mientras vivan. Por lo menos, eso es lo que creo.

–Por eso eres tan bueno en tu profesión.

Mel se encontraba sentada a su lado en el porche con los brazos alrededor de las rodillas, contemplando con él la salida del sol. Una hora más tarde llamaron de Los Ángeles para comunicar que el paciente había muerto. Entonces dieron un largo paseo por la playa tomados de la mano sin apenas decir nada. Una vez en la casa, Peter ya se sentía mejor. Iba a echar de menos todo aquello cuando volviera a Los Ángeles. Necesitaba tenerla a su lado.

El lunes iba a ser el último día que pasarían juntos en Martha's Vineyard. Los chicos ya habían organizado sus planes y Raquel andaba ocupada limpiando la casa antes de cerrarla. Mel había aconsejado a todo el mundo hacer las maletas la víspera para no tener que perder el tiempo con ello el último día. Y ya habían decidido que se irían el martes por la mañana. Peter y sus hijos se irían igual que habían venido, en un vuelo que salía de Martha's Vineyard a las siete de la mañana y enlazaba con otro de Boston a Los Ángeles que salía a las nueve y llegaba a esta última ciudad aquella misma mañana. La diferencia de horario les era favorable y Peter podría trasladarse directamente al hospital para visitar a los pacientes, tras haber acompañado a sus hijos a casa. Pam y Matthew no empezaban las clases hasta la semana siguiente y faltaban todavía tres semanas para que Mark empezara sus estudios en la universidad.

Mel y las gemelas tomarían el transbordador hasta Woods Hole, se dirigirían por carretera a Boston, devolverían el automóvil alquilado y tomarían un vuelo con destino a Nueva York, llegando a su casa más tarde que el grupo que regresaba a Los Ángeles. El lunes por la noche todos se pusieron muy tristes al pensar en la partida y la separación. Pam fue la primera en expresarlo con palabras y su hermano la secundó sin soltar la mano de Valerie, un espectáculo al que ya todos habían empezado a acostumbrarse.

–¿No podríamos separar un poco a esta pareja? –preguntó Peter, levemente preocupado.

Mel, en cambio, se mostró muy tranquila mientras ambos conversaban en la cama la última noche que pasaban juntos.

–No va a ocurrir absolutamente nada. Yo creo que, cuanto menos alboroto armemos, tanto antes se van a cansar.

–Siempre y cuando no haya ningún embarazo.

–No te preocupes, yo estoy vigilando a Val y Jess también lo hace. Y, la verdad, pienso que Mark es un muchacho muy responsable. No creo que se aprovechara de Val. Aunque ella le tentara, cosa que espero no haga.

–Y yo espero que no le sobreestimes, Mel –dijo Peter, rodeándole los hombros con el brazo y pensando en el fin de semana que estaba tocando a su fin. Después la miró con una tierna sonrisa–. Bueno, pues, ¿cuándo vendrás a Los Ángeles?

–Vuelvo al trabajo dentro de dos días, voy a ver qué ocurre por allí y ya hablaremos de ello. ¿Te parece bien dentro de dos semanas, o el fin de semana de la siguiente? –preguntó ella esperanzada.

–Eso ya es prácticamente octubre –contestó él, triste.

–Haré todo lo que pueda.

Peter asintió porque no quería discutir, pero «todo» no iba a ser lo que él quisiera. La quería constantemente a su lado y no sabía cómo conseguirlo. Y tampoco estaba dispuesto a renunciar a ella. Durante el último mes se había dado cuenta de que no podía vivir sin ella. Sabía que era una locura, pero no podía evitarlo. La necesitaba a su lado para que compartiera con él las alegrías y las tristezas de la vida cotidiana, las cosas divertidas que decía Matt, los pacientes que morían, las lágrimas que derramaba Pam, la belleza y los traumas de toda su existencia. Todo carecía de sentido sin ella, pero no había modo de poder llevársela a Los Ángeles. Mientras hacían el amor aquella noche, experimentó el deseo de beberse su espíritu y tragarse su alma para recordar todos los recovecos y escondrijos de su cuerpo.

–¿De veras no quieres venir conmigo? –le dijo en

voz baja antes de subir al aparato que iba a conducirle a Boston.

—Ojalá pudiera. Pero iré muy pronto.

—Te llamaré esta noche.

Sin embargo, la sola idea de tener que llamarla de nuevo y no poder verla le deprimía. Al fin había encontrado a la mujer que andaba buscando, pero no podía retenerla, debido no a otro hombre sino a que una cadena de televisión la consideraba de su propiedad, y lo peor de todo era que a ella eso le gustaba. Sin embargo, Peter sabía que ella le amaba. Era una situación desastrosa, pero él esperaba que con el tiempo surgiera algo capaz de resolverla. Sonrió para sus adentros. Tal vez ella llegara a la conclusión de que no podía vivir sin él.

—Te quiero, Mel.

—Y yo a ti más —contestó ella en voz baja y vio con el rabillo del ojo que Mark y Val se estaban besando y abrazando mientras Pam hacía una mueca.

—Qué asco. Son repugnantes.

Sin embargo, el chico que había conocido en la playa acudió a despedirla y ella se ruborizó intensamente en el momento de decirle adiós. Sólo Matt había quedado excluido de la romántica escena y todo el mundo le besó media docena de veces. Raquel, Melanie y las gemelas. Al final, Mel y Peter volvieron a besarse.

—Ven pronto.

—Te lo prometo.

Las dos tribus se saludaron con la mano mientras el contingente de California subía a bordo del pequeño aparato, tratando infructuosamente de no llorar. Después, la familia de Melanie Adams subió a su automóvil y todos se pusieron en marcha hacia el transbordador, las gemelas llorando sin disimulo y agitando pañuelos y Mel procurando ocultar el dolor de su corazón.

23

La entrevista que Melanie le había hecho a Peter se emitió durante la primera semana de septiembre y fue considerada uno de los más extraordinarios reportajes jamás realizados en la historia de la televisión. Todo el mundo estaba seguro de que Mel iba a ganar un premio, y de pronto todos empezaron a hablar del doctor Peter Hallam. Y la mejor noticia era que, desde que la habían operado, Pattie Lou Jones había florecido como un capullo y se había realizado otro breve reportaje sobre ella.

En Los Ángeles todo el mundo llamaba a Peter para decirle una y otra vez que la entrevista era maravillosa y había contribuido muchísimo a dar a conocer al gran público el tema de los trasplantes. Sin embargo, Peter insistía en que todo el mérito era de Mel, que había hecho un trabajo magnífico. Hasta el punto de que, cuando ella se trasladó a Los Ángeles el último fin de semana de septiembre, todos la acogieron en el hospital como una vieja amiga, al igual que hicieron Mark y Matthew; Pam seguía mostrándose un poco recelosa y la señora Hahn la recibió con su acostumbrada frialdad.

—Es casi como si volviera a casa, Peter —dijo ella alegremente mientras él la acompañaba al hotel.

Iba a alojarse en el Bel-Air porque estaba más cerca de la casa y a ella le gustaba el aislamiento. Peter iba a pasar la noche con ella y ambos ardían en deseos de estar juntos. Mel rió al pensar que parecían dos muchachos, escapándose a hurtadillas a un hotel. Él les diría a sus hijos al día siguiente que se había quedado en el hospital con un paciente, pero todos sus contactos médicos sabían dónde estaba, en caso de que le necesitaran durante la noche.

—Cuánto me alegro de estar aquí.

Mel empezó a pasear por la bonita y espaciosa habitación, se quitó la ropa y se sentó con sólo las bragas puestas, mirando a Peter. Llevaban tres semanas y media sin verse, pero ella no pudo escaparse antes pese a lo sola que se sentía sin él. Hubo una emergencia en la emisora, Jessica se puso enferma y tardó más tiempo del previsto en reorganizar su vida en otoño. Siempre le sucedía lo mismo, pero en aquellos momentos tenía más prisa que de costumbre, pues estaba deseando trasladarse a Los Ángeles para reunirse con él.

—Y yo me alegro mucho de verte, Mel. Es horrible estar separados por una distancia de cinco mil kilómetros.

—Cierto. —Pero no había solución y ambos lo sabían. Pidieron que les sirvieran la cena en la habitación porque preferían estar solos y ya habían hecho el amor una vez cuando Peter le preguntó a Mel cómo iban las negociaciones del nuevo contrato—. Por lo menos sabemos lo que queremos. Ahora se trata de ver cómo vamos a conseguirlo.

Aquello era un poco parecido a la situación en que ambos se encontraban metidos y él la besó suavemente en los labios, mirándola con una sonrisa.

—Son unos insensatos si no te dan todo lo que pides. Eres lo mejor que tienen y ellos lo saben.

—Quizá convendría que llevaras tú las negociaciones en lugar de mi abogado —contestó Mel, sonriendo ante aquel generoso elogio.

–¿Cuándo empezarás a negociar todo eso?

–Dentro de un par de semanas.

–Eso significa que no podré volver a verte hasta dentro de un mes, supongo –dijo él con triste resignación.

Mel no podía negarlo. Las negociaciones del contrato iban a ser difíciles y ella quería encontrarse disponible en todo momento. No le hubiera apetecido ir a ningún sitio y ni siquiera verle a él.

–¿No podrías venir tú al Este?

–Lo dudo –contestó él, sacudiendo la cabeza–. Hemos tenido dos pacientes con trasplante el mes pasado... –ella ya lo sabía– y vamos a hacer un trasplante cardíaco-pulmonar. Estaré algún tiempo sin poder ir a ninguna parte.

–Podrás, pero no querrás –le recordó ella–. Hay una diferencia.

Sin embargo, Mel comprendía las razones. Ambos estaban atrapados por su trabajo, por sus vidas y por sus hijos. Era una locura, parecía que estuvieran casados con personas distintas y no tuvieran más remedio que aprovechar lo que pudieran.

Mel no volvió a ver a los hijos de Peter hasta el domingo por la tarde, poco antes de tomar el avión. Ambos habían permanecido casi ocultos en el Bel-Air. Deseaban estar a solas todo el tiempo que pudieran y Mel creía conveniente no ver demasiado a los hijos de Peter. Ya había percibido que Pam no se mostraba tan cordial como antes, ahora que estaba en su propio terreno. Allí se sentía más segura y tenía a su padre con ella sola. Los chicos, por el contrario, no habían cambiado. Mark le pedía constantemente noticias de Val, y Matthew sólo deseaba sentarse sobre su regazo y abrazarla. La tarde y la noche transcurrieron velozmente y le pareció que sólo habían pasado unas horas cuando Peter acompañó de nuevo al aeropuerto a la llorosa Mel.

Ella no quería dejarle, pero no tenía más remedio que hacerlo.

—Llevamos una vida de locos, ¿verdad?

—Sí —contestó Peter.

Entonces el transmisor automático empezó a emitir señales y él tuvo que correr al teléfono mas próximo. Había un problema con uno de los trasplantes y debía acudir enseguida. Por un instante, Peter recordó la noche en que, tras operar a Marie, había llamado a Mel al aeropuerto poco antes de que ella subiera al avión. Pero esta vez no la habían invitado ni estaba haciendo ningún reportaje y tenía que encontrarse de vuelta en Nueva York a la mañana siguiente. Peter no pudo esperar siquiera a que despegara el aparato. Le tuvo que dar un beso de despedida y después echó a correr por el largo pasillo de la terminal, volviéndose una o dos veces para saludarla con la mano antes de desaparecer. Mel se quedó sola. Era un problema tener dos profesiones tan absorbentes como las suyas, pensó Mel mientras se acomodaba en la zona de primera clase del aparato, decidiendo romperle un brazo a cualquiera que le solicitara un autógrafo. No estaba de humor, pero, por suerte, nadie le dirigió la palabra entre Los Ángeles y Nueva York y llegó a su casa a las seis y media de la mañana siguiente, cansada y deprimida. Cuando llamó a Peter al hospital a las siete de la mañana, hora de Los Ángeles, le dijeron que acababa de iniciar una nueva intervención. Ambos llevaban una existencia muy solitaria, pero no podían remediarlo. No volvió a verle hasta octubre. Las negociaciones del nuevo contrato estaban resultando muy difíciles.

—¿Me has olvidado por entero o hay alguna esperanza de que pueda verte el mes que viene?

Peter empezaba a quejarse diariamente por teléfono y Mel pensaba que, como viera otro sobre floreado de los que Mark le enviaba a Val, se pondría a gritar. Ya debía de haberle enviado todas las postales más cursis que había en California y ella estaba volviéndose loca, pero a Val le encantaba.

—Te lo prometo, iré este mes.

—Lo mismo dijiste el mes pasado.

—Es el maldito contrato y, además, tú sabes que he trabajado dos fines de semana seguidos. —El primer ministro soviético y su mujer habían efectuado una visita inesperada a Washington y Mel fue enviada allí para entrevistar a la homóloga rusa de la primera dama norteamericana, que, por cierto, le pareció muy simpática. Y el otro fin de semana tuvo que realizar un reportaje suplementario sobre la recuperación del presidente—. No lo puedo evitar, Peter.

—Lo sé, pero no tengo a nadie más con quien desahogarme.

Ella sonrió. A veces, pensaba lo mismo acerca de los enfermos de Peter.

—Te lo prometo. Iré el próximo fin de semana.

Y mantuvo su palabra, pero él se pasó mucho rato operando a Marie, que de pronto estaba empezando a empeorar. La habían operado dos veces en un mes y sufría una serie de complicaciones típicas de los trasplantes. Y Mel se pasó casi todo el fin de semana yendo de compras y saliendo con los hijos de Peter. Se llevó a Pam consigo cuando salió a comprarle algunas cosas a las niñas y después ambas almorzaron en el Polo Lounge del hotel Beverly Hills. Pam se entusiasmó aunque no quiso reconocerlo, y ponía unos ojos como platos cuando alguien se acercaba a Mel para pedirle un autógrafo, cosa que ocurrió unas cuatro o cinco veces durante el almuerzo. Después se llevó a Matt al cine. El domingo pudo disfrutar finalmente de la compañía de Peter, pero él estaba distraído, pendiente del teléfono y pensando constantemente en Marie.

—¿Sabes una cosa? Si no estuviera tan enferma, tendría celos –dijo ella con tono de chanza, pero en realidad ninguno de ellos estaba de humor.

–La chica está muy enferma, Mel.

–Ya lo sé. Pero es duro tener que compartirte con ella con lo poco que nos vemos.

Entonces él recordó algo que deseaba preguntarle.

–¿Qué me dices del día de Acción de Gracias?

–¿Qué ocurre ese día? –preguntó ella perpleja.

–Quería preguntarte si te apetecería venir con tus hijas. Cada año celebramos la tradición del día de Acción de Gracias y nos encantaría que vinierais. Sería un acontecimiento auténticamente familiar.

–Faltan unas tres semanas, ¿verdad? –Él consultó el calendario y asintió–. Para entonces ya habremos firmado el contrato.

–¿Todo está en función de eso, Mel, incluso el día de Acción de Gracias? –preguntó él irritado y ella trató de apaciguarle con un beso.

–Me pone muy nerviosa, eso es todo. Pero para entonces creo que ya estará todo resuelto.

–¿Vendrás, pues?

–Sí.

Él pareció alegrarse, pero después preguntó con preocupación:

–¿Y si el contrato no está firmado antes de esa fecha?

–Vendré de todos modos. ¿Qué crees que soy? ¿Un monstruo?

–No; una mujer muy ocupada. ¡Y demasiado importante, por si fuera poco!

–¿Me quieres a pesar de todo esto?

De vez en cuando Mel temía que él se hartara y arrojara la toalla y que el éxito le costara el amor de un hombre honrado como él. Pero Peter la rodeó con sus brazos y la estrechó fuertemente contra sí.

–Te quiero más que nunca.

Y aquella noche, cuando la acompañó al aeropuerto, Peter esperó hasta que el aparato despegó.

Cuando se lo dijo a Jess y Val a la mañana siguiente, Valerie lanzó un grito de júbilo y subió corriendo a su habitación para escribirle una nota a Mark antes de salir hacia la escuela mientras Mel miraba a la mayor de las gemelas con expresión de hastío.

–¿Es que no piensa en otra cosa?

–Apenas –contestó Jessica con toda sinceridad.

–Estoy deseando ver sus notas a mediados de este semestre.

Jessica no dijo nada porque sabía que iban a ser muy malas. Las constantes cartas a Mark habían influido negativamente en los deberes escolares de su hermana.

–Será divertido ir a California para el día de Acción de Gracias.

–Así lo espero.

Mel esbozó una sonrisa cansada y besó a sus hijas antes de que fueran a la escuela. Llamó a su abogado sin esperar a deshacer el equipaje. Sabía que acudía a su despacho todas las mañanas antes de las ocho. Pero las noticias que él le dio no eran buenas. La cadena seguía dando largas al asunto en la esperanza de que ella cediera en algunas de sus exigencias. El abogado le señaló, sin embargo, que no debía ceder, ya que era muy probable que ellos aceptaran sus condiciones y, caso de no aceptarlas, le lloverían inmediatamente docenas de ofrecimientos sólo con que ella diera a entender que estaba dispuesta a estudiarlos.

–Pero es que no quiero, George. Quiero quedarme donde estoy.

–Pues entonces manténte firme.

–Eso pienso hacer. ¿Hay alguna posibilidad de que

podamos tenerlo resuelto antes del día de Acción de Gracias?

–Lo intentaré.

Pero no pudo ser. Y cuando tomaron el avión para volar a Los Ángeles tres semanas más tarde, aún no se había llegado a ningún acuerdo. El abogado de Mel insistía en que todo estaba a punto de resolverse, pero todavía no había firmado nada y ella se estaba volviendo loca. Por su forma nerviosa de descender del aparato, Peter pudo adivinar que aquello la traía de cabeza, pero iban a disfrutar de cuatro días juntos y él confiaba poder tranquilizarla. Esperaba que no le dispararan ningún tiro al presidente y que nadie necesitara un trasplante coincidiendo con el día de Acción de Gracias. Y sus esperanzas se vieron cumplidas. Pasaron una fiesta muy tranquila y los cinco chicos se alegraron de volver a estar juntos. La señora Hahn se esmeró en la preparación de un almuerzo que les dejó a todos sin poder levantarse de la mesa.

–Santo cielo, no puedo moverme –dijo Val, y Mark acudió en su auxilio, ayudándola a levantarse mientras Pam y Jess subían arriba a jugar al ajedrez. Matthew se acurrucó junto a la chimenea con su manta preferida y su osito de peluche y se quedó dormido como un tronco. Peter y Mel se fueron al estudio a charlar. Se respiraba una atmósfera relajada, y Peter había insistido en que no se alojaran en un hotel sino en su casa. Mel suponía que Pam no se sentiría tan molesta porque Jess la acompañaba. Jess era algo así como el salvoconducto de Mel.

–Ha sido un almuerzo estupendo, Peter.

–Me alegro de que estéis aquí. –Peter la miró inquisitivamente y vio unas arrugas de cansancio en sus ojos. En la pantalla no se notaba gracias al maquillaje, pero él sabía que las arrugas estaban allí y no quería verlas. Mel no hubiera tenido que esforzarse tanto ni estar sometida a tantas presiones–. Trabajas demasiado, amor mío.

–¿Por qué lo dices? –preguntó ella, estirando las piernas hacia el fuego de la chimenea.

–Has adelgazado y pareces cansada.

–Imagino que sí… Es una profesión muy dura.

Mel sabía que Peter también había estado trabajando mucho con otros dos trasplantes y con Marie, que había vuelto a tener problemas con los esteroides, aunque ya los estaba superando.

–¿Ninguna novedad en el asunto del contrato?

–George dice que es cuestión de horas. Tendrían que firmarlo el lunes cuando yo regrese.

Peter guardó silencio un buen rato y después miró a Mel. No sabía cómo plantearle la cuestión, pero si no lo hacía entonces, no lo haría nunca. Podía ser la última oportunidad en toda su vida o, por lo menos, en un año. Tenía que hablarle.

–Mel…

–¿Mmm….? –Mel contemplaba el fuego en silencio y le miró con una sonrisa en los labios, ya más tranquila al cabo de varias semanas de tensión–. ¿Sí, doctor?

Hubiera querido acercarse más a ella, pero no lo hizo.

–Tengo que preguntarte una cosa.

–¿Ocurre algo? –Tal vez era algo relacionado con Pam, aunque últimamente parecía que la chica estaba muy bien. Seguramente mejor que Val, cuyas notas nunca habían sido peores, según había descubierto Mel. Tendría que hablar de ello con Peter. Habría que imponer ciertas restricciones a los enamorados antes de que Val abandonara sus estudios por completo, y Mel necesitaba el respaldo de Peter. Pero no había prisa–. ¿Qué sucede, cariño?

–Algo que quiero discutir contigo hace tiempo. Sobre tu contrato.

Ella le miró asombrada. Hasta entonces, él no le había dado ningún consejo acerca de su trabajo y a Mel le parecía muy bien. Peter sabía tan pocas cosas de su profesión como ella de la suya y lo único que podían ofrecerse el uno al otro era un necesario apoyo moral.

—¿De qué se trata?

—¿Y si no lo firmaras?

—Eso no depende de mí, sino de ellos —contestó ella—. Yo firmaría enseguida si esos bastardos aceptaran nuestras condiciones. Y creo que lo harán. Pero, hasta ahora, ha sido una guerra de nervios.

—Ya lo sé. Pero ¿y si no lo firmaras...? —Peter contuvo la respiración. Después añadió—: ¿Y si firmaras con otros...?

—Es posible que lo haga si no consigo lo que quiero. —Pero Mel aún no le había entendido porque era lo que menos se hubiera podido imaginar—. ¿Por qué? ¿A qué te refieres?

Él trataba de decirle algo, pero ella no sabía exactamente qué.

Peter la miró a los ojos y se lo dijo con una sola palabra.

—Matrimonio.

Ella se quedó boquiabierta y después palideció.

—¿Qué quieres decir? —preguntó en un leve susurro.

—Quiero decir que deseo casarme contigo, Mel. Llevo meses intentando decírtelo, pero no quería estropear tu carrera. Sin embargo, puesto que estás tardando tanto tiempo en firmar el contrato, he pensado... no sabía si...

Ella se levantó, se situó frente a la chimenea de espaldas a él y luego se volvió poco a poco.

—No sé qué decirte, Peter.

Él trató de sonreír, pero estaba tan asustado que no pudo.

—Bastaría un simple sí.

–Pero es que no puedo hacerlo. No puedo renunciar a todo lo que he construido en Nueva York. Es que no puedo… –Los ojos de Mel se llenaron de lágrimas–. Te quiero, pero eso no puedo hacerlo…

Empezó a temblar y él se acercó y la estrechó en sus brazos sin que ella viera sus ojos empañados por las lágrimas.

–No te preocupes, Mel. Lo comprendo. Pero tenía que preguntártelo.

Ella se apartó para poder mirarle y vio que las lágrimas también estaban rodando por sus mejillas.

–Te quiero… Pero por Dios, Peter, no me pidas que haga eso. No me exijas que te demuestre lo que no puedo demostrar.

–No tienes que demostrarme nada, Mel. –Peter se secó las lágrimas y se sentó en el sofá. No podían engañarse, no se podían pasar la vida atravesando el país de un extremo a otro para verse. El final era inevitable y ambos lo sabían. Ahora clavó los ojos en los de Mel y sacudió lentamente la cabeza–. Yo pensaba que éramos muy afortunados porque nos habíamos encontrado el uno al otro y teníamos unos hijos magníficos y una profesión estupenda –sonrió tristemente–. Ahora ya no me parece que seamos tan afortunados.

Mel no contestó y, al fin, se sonó la nariz y se secó las lágrimas.

–No sé qué decirte, Peter.

–No digas nada. Quiero que sepas simplemente que, si cambias de idea, yo estoy aquí y te quiero. Deseo casarme contigo. Apoyaré todo lo que hagas dentro de unos límites razonables. Podrías trabajar todo lo que quisieras en cualquiera de las cadenas de televisión de Los Ángeles.

–Pero Los Ángeles no es Nueva York.

Peter hubiera querido preguntarle si Nueva York

era para ella más importante que él, pero sabía que no era justo hacerle semejante pregunta.

–Lo sé. No es necesario que lo discutamos. Pero tenía que preguntártelo.

–Parece como si antepusiera el trabajo a tu amor y resulta desagradable.

–A veces, la verdad es desagradable.

Ambos tenían que enfrentarse a aquella situación.

–¿Seguirás queriendo que… nosotros… que yo… si firmo el nuevo contrato y me quedo en Nueva York? –preguntó Mel, temblando de angustia.

¿Qué le iba a quedar si perdía a Peter? Nada.

–Sí. Seguiremos todo el tiempo que podamos resistir. Pero la situación no puede prolongarse indefinidamente y ambos lo sabemos. Y cuando termine, Mel, vamos a perder algo maravilloso, algo que necesitamos con desesperación. Jamás he amado a nadie tanto como a ti.

Mel se echó nuevamente a llorar y, sin poder soportar por más tiempo la tensión, salió fuera a tomar un poco el aire. Al cabo de un rato, Peter se reunió con ella.

–Lamento habértelo preguntado, Mel. No quería afligirte.

–Y no lo has hecho. Lo que ocurre es que a veces… –los ojos de Melanie se empañaron y su voz se quebró–, a veces la vida está llena de alternativas muy duras. Lo único que yo quería era un contrato mejor que el anterior y ahora me parece que, si lo firmo, te voy a partir el corazón.

–No es verdad –dijo él, estrechándola con fuerza–. Haces lo que tienes que hacer, Mel. Eso es muy importante y yo lo respeto.

–¿Por qué tenemos que ser tan desdichados? –dijo ella, sollozando–. ¿Por qué no podemos vivir en la misma ciudad?

Peter sonrió, aceptando su destino. Melanie era lo

que siempre había sido desde un principio y él se había equivocado en su intento de modificar la situación.

—Porque la vida es un continuo desafío, Mel. Ya nos arreglaremos. Qué demonios, aunque tuviera que recorrer una distancia cinco veces superior, seguiría queriendo verte. —La miró en la oscuridad—. ¿Querrás volver aquí por Navidad?

—Sí, si no tengo ningún trabajo.

—Muy bien.

Peter trató de darse por satisfecho, pero no pudo. Sin embargo, no tenía más remedio que aceptarlo y aquella noche, en la intimidad, estuvieron pensando en su situación; aquel sombrío estado de ánimo les acompañó al día siguiente y también al otro.

Sus hijos no les ayudaron demasiado. Val y Mark tenían planes para todo el fin de semana y Jess, Pam y Matthew fueron al cine, visitaron a sus amigos e hicieron diversos recados. Peter ni siquiera insistió en que permanecieran juntos; tenía demasiadas cosas en que pensar. Mel estaba trastornada, y la llamada de su abogado a la mañana siguiente no contribuyó a tranquilizarla.

—Bueno, ya lo tenemos —exclamó él victorioso al llamarla a las once de aquella mañana.

Mel estaba paseando arriba y abajo en su habitación, recordando el rostro de Peter al separarse de ella. Peter estaba destrozado y ella todavía más, pero no podían hacer otra cosa y él lo sabía.

—¿Qué tenemos?

Estaba demasiado nerviosa para pensar en aquello. Había enviado a sus hijas a la escuela a pesar de haber regresado en el desagradable vuelo nocturno.

—¡Santo cielo! Pero ¿qué has estado haciendo en California, Mel? ¿Tomando droga todo el fin de semana? ¡Tienes tu *contrato*! —El abogado estaba tan nervioso y agotado como ella. La lucha había sido muy larga, pero había merecido la pena. Ella tuvo el valor de resistir y había conseguido todo lo que quería. No tenía muchos clientes capaces de hacer semejante cosa, pero ella lo había hecho–. Firmaremos hoy al mediodía. ¿Podrás venir?

–Pues claro que sí –contestó ella.

Llevaban dos meses esperándolo, pero al colgar el teléfono descubrió por alguna extraña razón que su júbilo se había esfumado. La victoria se había convertido en algo hueco, por obra de Peter. Cuando firmara el contrato, pensaría que le estaba traicionando.

Pero al mediodía se dirigió a la cadena y encontró a George y todos los directivos aguardándola. Había diez personas en la sala y Mel fue la última en llegar. Llevaba un vestido negro de Dior, un abrigo de visón colgado del brazo y un sombrero negro con velo que hacía juego con su estado de ánimo. Parecía la viuda de una película antigua, acudiendo a la lectura de un testamento. Hizo una entrada espectacular y vio que los hombres de la cadena mostraban unos semblantes satisfechos. Mel Adams era una buena inversión y ellos la respetaban por la larga batalla que había sostenido. Mel empezó a repartir sonrisas a diestro y siniestro, como si arrojara arroz en una boda, y se sentó mirando a George, el cual asintió con la cabeza. El abogado estaba deseando llamar a la prensa y dar la noticia. Era un contrato sensacional para Mel y todos los presentes lo sabían, incluida la propia Mel, que empezó a examinar las condiciones con la pluma en la mano. Los directivos de la cadena ya habían firmado y sólo faltaba la firma de ella sobre la línea de puntos. Mel tomó la pluma y la mantuvo en suspenso mientras empezaba a sudar y su rostro palidecía al imaginarse a Peter. Miró en silencio a George, que asintió de nuevo con la cabeza.

–Todo está bien, Mel –le dijo con una sonrisa que a ella le pareció monstruosa.

De repente, comprendió que no podía hacerlo. Se

levantó con la pluma todavía en la mano y sacudió la cabeza, mirando a los hombres para quienes había estado trabajando hasta entonces.

—Lo siento. No puedo hacerlo.

—Pero ¿qué ocurre? —Estaban estupefactos. ¿Se habría vuelto loca? Ella les hubiera contestado que sí, caso de que se lo hubieran preguntado—. Todo está ahí, Mel. Todo lo que pedías.

—Lo sé. —Mel volvió a sentarse con aire abatido—. No puedo explicarlo. Pero me es imposible firmar el contrato.

Como un solo hombre, todos empezaron a mirarla con expresión enojada, incluido George.

—Pero ¿qué demonios…?

Ella les miró uno a uno sin dejar de temblar, con los ojos escociéndole a causa de las lágrimas, pero sin poder llorar. Lo deseaba tanto que casi lo podía saborear, pero había otra cosa que deseaba todavía más y que iba a durar toda una vida… Peter tenía razón. Podía trabajar en Los Ángeles. Su carrera no acabaría por el simple hecho de abandonar Nueva York. Volvió a levantarse y dijo con voz firme:

—Caballeros, me voy a California.

La estancia quedó sumida en un sobrecogedor silencio.

—¿Ha firmado con la cadena de allí?

Ahora tenían la certeza de que estaba loca. No hubieran podido ofrecerle más dinero. ¿O sí? Qué insensatos. Sin embargo, Mel tenía la suficiente clase como para no comportarse de aquella manera. Nadie entendía lo que había ocurrido y su abogado aún menos. Mel tragó saliva y dijo, sin dirigirse a nadie en particular:

—Voy a casarme.

Y, sin más, abandonó la estancia, corrió hacia el ascensor y salió del edificio antes de que nadie pudiera impedirlo. Regresó a casa a pie y empezó a sentirse un poco mejor. Acababa de arrojar por la borda toda su maldita carrera, pero pensaba que Peter lo merecía y esperaba no haberse equivocado. Descolgó el teléfono, marcó su número y la telefonista del hospital le llamó por el interfono. Peter se puso al teléfono en menos de un minuto, ocupado y distraído, pero alegrándose de que ella le llamara.

–¿Estás bien? –le preguntó sin demasiado interés.

–Pues no.

Entonces la oyó y notó que su tono era extraño. Santo cielo, algo había ocurrido. Experimentaba la misma inquietud que cuando la muerte de Anne... Las gemelas...

–¿Qué ocurre? –preguntó con el corazón desbocado mientras aguardaba la respuesta.

–He ido a firmar el contrato... –Mel parecía aturdida–. Y no lo he hecho.

–¿No has hecho qué?

–No he firmado.

–¿Que no? –A Peter empezaron a temblarle las piernas–. ¿Estás loca?

–Eso han dicho ellos. –De repente, Mel sintió pánico y temió que él hubiera cambiado de idea y ya fuera demasiado tarde. Lo había arrojado todo por la borda–. ¿Lo estoy? –susurró.

Y entonces él comprendió lo que había hecho y por qué, y las lágrimas asomaron a sus ojos.

–Oh, nena, no, no lo estás... sí, lo estás... Oh, Dios mío, cuánto te quiero. ¿Lo dices en serio?

–Creo que sí. Acabo de despreciar un millón de dólares al año. Me parece que lo debo decir en serio. –Se sentó y empezó a reírse, y de pronto no pudo dejar de hacerlo y Peter tampoco. Se quitó el sombrero y el velo y los lanzó al aire–. Doctor Hallam, a partir del treinta y uno de diciembre, que por cierto es Nochevieja, estoy sin empleo. Prácticamente una mendiga.

–Estupendo. Siempre he querido casarme con una mendiga.

Cesaron las risas del otro extremo de la línea.

–¿Lo sigues queriendo?

–Sí –musitó él–. ¿Vas a casarte conmigo, Mel? –Ella asintió con la cabeza y él esperó, presa del nerviosismo–. No te oigo.

–He dicho que sí –terció Mel. Después le preguntó, nerviosa–: ¿Crees que me van a contratar en Los Ángeles?

–¿Bromeas? –Peter se echó a reír–. Esta misma noche empezarán a llamar a tu puerta. –Pero estaba pensando en otras cosas–. Mel, casémonos por Navidad.

–De acuerdo. –Ella aún estaba sumida en el estupor y todo lo que él le decía le parecía bien–. Pero ¿cuándo exactamente?

Era todo como un sueño y ella no estaba segura del tiempo que llevaba soñando. Recordaba una habitación llena de hombres trajeados en la que ella se había negado a firmar un contrato, pero después todo le parecía borroso, menos la llamada telefónica. Apenas recordaba cómo había regresado a casa. ¿A pie? ¿En taxi? ¿En avión?

–¿Qué te parece Nochebuena?

–Muy bien. ¿Cuándo es eso?

–Dentro de tres semanas y media. ¿De acuerdo?

–Sí –contestó ella, asintiendo lentamente. Luego añadió–: Peter, ¿crees que estoy loca?

–No; creo que eres la mujer más valiente que jamás he conocido, y te quiero por eso.

–Tengo un miedo terrible.

–Pues no lo tengas. Aquí vas a conseguir un empleo estupendo y seremos felices. Todo será maravilloso.

Melanie esperaba que tuviera razón. En aquellos momentos sólo podía pensar en que acababa de negarse a firmar el contrato, pero, si se lo hubieran vuelto a pedir, hubiese hecho lo mismo. Ya había tomado una decisión y tendría que obrar en consecuencia, costara lo que costara.

—¿Qué voy a hacer con la casa?

—Véndela.

—¿No podría alquilarla?

Le angustiaba la idea de tener que prescindir de ella para siempre. Estaba dando unos pasos de gigante.

—¿Tienes previsto regresar?

—Desde luego que no, a menos que tú lo hagas.

—Pues, entonces, ¿por qué conservarla? Véndela, Mel. El dinero podrás invertirlo aquí.

—¿Vamos a comprar una nueva casa?

Con la mirada perdida en la distancia, empezó a sentirse confusa mientras oía sonar el timbre de la puerta. No fue a abrir. Era el día libre de Raquel y en aquellos momentos no quería ver a nadie y menos a los reporteros, suponiendo que se hubieran enterado de la noticia.

—No necesitamos una nueva casa, Mel. Ya tenemos ésta —dijo él rebosante de felicidad. Pero, mientras le escuchaba, Mel comprendió que no deseaba vivir allí. Era la casa de Anne… la casa de ellos dos… no la suya… pero quizá sólo al principio—. Mira, ahora tranquilízate. Tómate una copa o algo por el estilo. Tengo que volver al trabajo. Te llamaré luego. Y recuérdalo: te quiero.

—Yo a ti también —dijo ella en voz baja.

Se pasó una hora sentada, pensando en lo que había hecho y, cuando George la llamó, intentó explicárselo. Él le dijo que estaba loca, pero que su decisión era profundamente personal. Accedió a sondear las cadenas de televisión de Los Ángeles en su nombre y, por la noche ya tuvo tres ofertas. A la semana siguiente, Mel consiguió un contrato por el mismo dinero que le ofrecían en Nueva York y que tanto meses había estado aguardando. Claro que aquello era Los Ángeles y no Nueva York. El revuelo subsiguiente fue indescriptible, y el hecho de tener que seguir trabajando en la cadena resultó para ella un suplicio. Le habían rogado que se quedara hasta el quince de diciembre y después podría marcharse dos semanas antes de expirar el contrato. Pero todo el mundo la trataba como a una traidora e incluso Grant acudió a verla para decirle que estaba loca, que la cosa no daría resultado, que ella estaba hecha para los grandes acontecimientos de Nueva York, no para el mercado de Los Ángeles, y que el matrimonio no era para ella. Le pareció estar viviendo una pesadilla y hasta las gemelas la miraban como si las hubiera traicionado.

—¿Sabías que lo ibas a hacer? —le preguntó Jess cuando ella les comunicó la noticia, refiriéndose a la aceptación de la propuesta de Peter.

Pero pareció que le estuviera preguntando si sabía que iba a cometer un asesinato...

—Pues no.

—¿Cuándo te lo pidió?

—El día de Acción de Gracias.

El reproche asomaba a los ojos de la muchacha cada vez que miraba a su madre. Valerie estaba tan nerviosa que parecía a punto de vomitar cuando miraba a Mel, porque ni siquiera a ella le complacía totalmente el traslado. Tendrían que cambiar de escuela a medio curso, tendrían que abandonar su casa y dejar a sus amigos. Cuando puso la casa en venta, Mel creyó morir de tristeza. La vendió al primer fin de semana y, tras haber cerrado la operación, se sentó en la escalera y se echó a llorar. Todo transcurría con excesiva rapidez. Y sólo Raquel parecía saber lo que ocurría mientras iba llenando interminables cajas con destino a California.

—Se lo dije, señora Mel... se lo dije el verano pasado: dentro de seis meses...

–Por lo que más quiera, Raquel, cállese de una vez.

Pero, mientras hacía el equipaje, Mel se dio cuenta de que no sabía qué iba a hacer con Raquel. No había sitio para ella en casa de Peter y aquella mujer llevaba muchos años con ella. Presa del pánico, llamó a Peter a las tres de la madrugada en Nueva York, medianoche en California.

–¿Qué voy a hacer con Raquel?

–¿Está enferma?

Peter estaba medio adormilado; en cambio, Mel estaba completamente despierta.

–No; me refiero a traerla.

–No puedes traerla, Mel.

–¿Por qué no? –preguntó ella, procurando contener su enojo.

–Ya sabes que aquí no hay sitio, y la señora Hahn la mataría.

–Personalmente, preferiría que Raquel matara a la señora Hahn.

–La señora Hahn quiere mucho a mis hijos.

Era la primera vez que Peter le hablaba con aquel tono y a Mel no le gustó.

–Raquel quiere mucho a mis hijas. ¿Y qué?

–Sé razonable.

¿Hasta qué extremo tendría que ser razonable? Había abandonado un trabajo y una casa, sus hijas habían tenido que dejar a sus amigos y su escuela. ¿Qué otra cosa quería Peter que dejara? ¿También tendría que renunciar a Raquel?

–Si ella no viene, yo no iré y las niñas tampoco.

–Vamos, por Dios –exclamó Peter y después pensó que era demasiado tarde para discutir–. Muy bien. Alquilaremos un apartamento para ella.

–Gracias.

Mel le comunicó la noticia a Raquel a la mañana siguiente, sintiéndose todavía un poco ofendida con Peter, pero esta vez Raquel la sorprendió.

–¿A California? ¿Está loca? Yo vivo aquí, en Nueva York. –Miró sonriendo a Mel y la besó en la mejilla–. Pero se lo agradezco. La voy a echar de menos. Pero no quiero irme a vivir a California. Va usted a tener ahora una vida muy buena. Tiene un excelente marido. Pero mi amigo está aquí. Puede que más tarde o más temprano también nos casemos –añadió con tono esperanzado, tras haber decidido no ir a California.

–Nosotras también vamos a echarla de menos.

No iban a llevarse nada de lo que hasta entonces les había sido familiar. Incluso los muebles los tendrían que guardar en un almacén. No había sitio para ellos en casa de Peter. A medida que transcurrían los días, Mel comprendió que el proceso no iba a ser fácil.

El quince de diciembre, dos semanas antes de que expirara su contrato, Mel presentó por última vez el noticiario de las once de la noche desde Nueva York. Sabía que aproximadamente dos semanas más tarde iba a aparecer en pantalla desde una cadena de televisión de Los Ángeles, pero aquella etapa de su vida ya había terminado. Para siempre. Al quitarse el micrófono y abandonar el estudio, se echó a llorar. Fuera la estaba aguardando Grant y ella se arrojó en sus brazos sollozando mientras él sacudía la cabeza como un padre sorprendido pero orgulloso de su hija. Mel había elegido lo mejor y él se alegraba. Peter Hallam era un hombre excelente. Grant esperaba que todo marchara por buen camino: el trabajo, los hijos, el traslado. Era mucho pedir. Pero si había alguna persona capaz de conseguirlo, era Mel.

–Buena suerte, Mel. Te vamos a echar de menos.

Sus compañeros querían ofrecerle una fiesta, pero ella la rechazó. No hubiera podido soportarlo. Sus emociones estaban a flor de piel. Prometió regresar para visitarles y presentarles a Peter. A ellos les parecía un cuento de hadas. Al realizar un reportaje, Mel se había enamorado del apuesto médico, pero ahora todo se le antojaba demasiado doloroso. Dejarles a todos, cerrar la casa, abandonar Nueva York...

–Adiós, Grant. Cuídate mucho.

Le dio un beso y se alejó mientras las lágrimas rodaban por sus mejillas. Estaba a punto de dejar atrás todo lo que le era familiar, incluidos sus viejos amigos y, cinco minutos más tarde, abandonó el edificio en el que tan alto había apuntado y tan lejos había llegado. Iba a dejarlo todo y, al regresar a casa aquella noche, sólo pudo ver una montaña de cajas. Los empleados de mudanzas acudirían al día siguiente, que también iba a ser el último de Raquel. Pasarían el fin de semana en el hotel Carlyle y el lunes cerrarían la casa, ella acudiría a recoger el vestido de lana blanca de Bill Blass que se había comprado en Bendel's y, al día siguiente, 19 de diciembre, tomarían un avión con destino a Los Ángeles, cinco días antes de su boda... Se sentó en la oscuridad, abrumada por el peso de todos aquellos acontecimientos. Su boda. Se iba a casar...

–Oh, Dios mío –se dijo.

Se sentó en la cama y contempló el caos que la rodeaba mientras lloraba de nuevo y se preguntaba qué torbellino se había apoderado de su vida. No la consoló siquiera pensar en la imagen de Peter esperándola en Los Ángeles.

24

El sábado 16 de diciembre Mel entró por última vez en su dormitorio de la calle 81 Este. Los hombres de las mudanzas se habían pasado dos días saqueando la casa. El último camión acababa de alejarse rugiendo calle abajo, llevándose sus «bienes», como ellos los llamaban, a California, donde todo lo que ella poseía –menos la ropa y algunos pequeños tesoros– iría a parar a un almacén. El resto no cabría en la casa de Peter, según él le había dicho.

Las niñas la estaban esperando en el recibidor con Raquel, pero ella quería ver por última vez su dormitorio. Ya nunca más se despertaría en la cama por la mañana, mirando por la ventana y oyendo los trinos de los pájaros en el pequeño jardín. Había otros pájaros en California, otro jardín, una vida totalmente distinta. Pero no podía dejar de pensar en lo mucho que significó para ella aquella casa cuando la compró. Era mucho a cambio del hombre al que amaba y, sin embargo, no era sino una casa.

–¿Mamá? –la llamó Val desde el recibidor–. ¿Bajas?

–Enseguida –contestó ella mientras contemplaba la estancia por última vez.

Después bajó rápidamente y las encontró aguardándola con los brazos llenos de los regalos que se habían intercambiado con Raquel, de pie junto a las maletas que iban a llevarse al hotel. Y cuando salió para tomar un taxi, Mel vio que había un poco de nieve en el suelo. Tardó casi media hora en encontrar uno y, al regresar, encontró a las niñas llorando abrazadas a Raquel.

—Os voy a echar de menos, chicas. —Raquel miró a Mel y sonrió sin dejar de llorar—. Pero ha hecho usted bien, señora Mel. Es un buen hombre.

Mel asintió, incapaz de hablar por unos momentos, y después besó a Raquel y miró a las gemelas.

—Tenemos el taxi fuera, chicas, ¿por qué no ponéis vuestras cosas en el asiento delantero?

Salieron ambas ruidosamente con sus botas y pantalones vaqueros y cálidas bufandas, y Mel pensó que aquellos días también habían terminado para siempre, a no ser que fueran a esquiar a alguna parte.

—Raquel… —dijo con la voz ronca a causa de la emoción que sentía—. La queremos mucho, recuérdelo. Y si alguna vez necesita algo, o si cambia de idea sobre Los Ángeles…

Sus ojos se llenaron de lágrimas mientras abrazaba a Raquel.

—Todo irá bien, hija… Va usted a ser muy feliz allí… no llore…

Pero ella también estaba llorando. Eran muchos años en común, y juntas habían criado a las niñas. Mas ahora todo había terminado. Mel lo abandonaba todo a cambio de su nueva vida, incluida Raquel.

—La echaremos mucho de menos.

Se oyó un bocinazo y Mel abrazó una vez más a Raquel y miró alrededor en la casa a oscuras. Iba a firmar su venta el lunes y los nuevos propietarios la ocuparían al día siguiente. Todo iba a ser distinto. Pintarían y empapelarían toda la casa, reformarían la cocina, derribarían algunos tabiques. Se estremeció al pensarlo mientras Raquel la miraba.

–Vamos, señora Mel…

Raquel tomó cariñosamente a Melanie de la mano y ambas salieron fuera. Después Mel regresó para cerrar por última vez la puerta principal, notando que se crispaba interiormente. Pero eso era lo que ella quería y ya no podía volver atrás.

Permanecieron de pie la una junto a la otra, Raquel con el abrigo nuevo que le habían regalado para Navidad y que ella había decidido estrenar antes. Antes de dirigirse al taxi, Mel le entregó un cheque que cubriría sus gastos de uno o dos meses y unos informes que le permitirían conseguir un nuevo empleo. Abrió la portezuela del coche, se sentó al lado de las chicas y saludó a Raquel con la mano mientras se alejaban, llorando las tres a lágrima viva en el asiento de atrás. También Raquel lloró y agitó la mano bajo la nieve…

Una vez en el hotel, las gemelas se entusiasmaron con la preciosa suite. Pidieron que les sirvieran la comida en la habitación, pusieron la televisión y empezaron a telefonear a sus amigos; por fin, Mel pudo disfrutar de un poco de tiempo libre. Llamó a Peter desde su dormitorio.

–Hola, cariño.

–Pareces cansada. ¿Estás bien?

–Sí, ha sido tremendo decirle adiós a Raquel y cerrar la casa.

–Pronto estarás aquí y lo olvidarás todo, Mel.

Peter le dijo que la cadena de televisión de Los Ángeles había enviado un montón de papeles para ella. Empezaría a trabajar el uno de enero y querían tener un cambio de impresiones en la emisora en cuanto llegara.

–Les llamaré el martes cuando salga.

–Eso les he dicho. ¿Estás bien, cariño?

Peter sabía lo duro que resultaba para ella abandonar Nueva York y la admiraba por su valentía. Aunque le había pedido que se casara con él, no estaba seguro de que lo hiciera.

–Estoy bien, amor mío. Simplemente cansada. –Y deprimida, pensó, pero eso no lo dijo. Todo iría mejor cuando estuviera de nuevo a su lado; entonces la angustia del cambio no sería tan honda–. ¿Qué tal el trabajo?

–En estos momentos, muy intenso. Tenemos la casa llena de enfermos que necesitan trasplantes y nos faltan corazones. Es como un malabarista que quisiera mantener en el aire diez bolas a la vez.

Pero ella sabía que Peter lo sabía hacer muy bien y comprendió de nuevo lo mucho que le echaba de menos. No estaba con él desde su último viaje a Los Ángeles el día de Acción de Gracias; no le había visto siquiera desde que había aceptado su proposición.

–¿Cómo está Marie?

–Ya va mejor. Creo que se repondrá.

Parecía de muy buen humor y Mel se sintió más tranquila tras haber hablado con él. Aquella noche, ella y las niñas cenaron en sus habitaciones y se acostaron temprano. Cuando despertaron a la mañana siguiente, había un palmo de nieve en la calle.

–¡Mira, mamá! –Por una vez, Jessica perdió los papeles y empezó a gritar como una chiquilla–. Vamos al parque a jugar con las bolas de nieve.

Y eso fue exactamente lo que hicieron. Después Mel propuso alquilar unos patines y se fueron a patinar a Wollman Rink, riendo y bromeando, deslizándose y cayendo. Val no parecía tan contenta como su madre y su hermana, pero finalmente accedió y las tres lo pasaron muy bien. Luego regresaron a pie al hotel y se tomaron unas humeantes tazas de chocolate caliente con crema batida.

–Supongo que ahora somos unas simples turistas –dijo Mel, sonriendo.

Por la noche fueron al cine las tres. Las chicas tenían planes con sus amigos para el día siguiente, pero no habían previsto nada para aquella noche. El lunes por la mañana, Mel acudió a firmar el contrato de venta y luego pasó por Bendel's para recoger su vestido de boda según lo acordado. Era un sencillo vestido de lana con chaqueta a juego, confeccionado en una preciosa tela color crema de Bill Blass. Sus hijas la acompañaron y se compraron unos vestidos de color azul celeste y, por consejo de Mel, adquirieron otro idéntico para Pam.

Se iban a casar la víspera de Navidad en la iglesia de St. Albans de Beverly Hills, ubicada en la Hilgard Avenue, frente a los edificios de la Universidad de California en Los Ángeles. Sólo asistiría un puñado de invitados, todos amigos de Peter puesto que Mel no conocía a nadie en aquella ciudad.

–Será extraño que no estén nuestros amigos, ¿verdad, mamá? –dijo Val.

–Así será durante algún tiempo –contestó Mel con una sonrisa–, hasta que los amigos de Peter sean también los nuestros.

Val asintió y Jessica miró a su madre con aire abatido al recordar que no conocían a nadie en Los Ángeles y tendrían que matricularse en una nueva escuela. No le apetecía en absoluto. Sólo a Val no le importaba, porque ella tenía a Mark.

El lunes por la noche, las tres se fueron al club 21 a disfrutar de su última cena en Nueva York. Un automóvil las condujo después al hotel donde iban a pasar su última noche en la ciudad de los rascacielos. Antes de acostarse, contemplaron la silueta de los edificios recortándose en el horizonte y a Mel se le empañaron de nuevo los ojos.

–Volveremos a visitarla, ¿sabéis? –Pero no estaba muy segura de si lo decía para tranquilizar a sus hijas o para tranquilizarse a sí misma–. Y a lo mejor vosotras querréis estudiar en la universidad de aquí.

A ellas les faltaban sólo dos años para eso… Ella, en cambio, ya no regresaría… como no fuera en plan de visita. Había dado un paso enorme en todos los sentidos.

La partida del Carlyle al día siguiente ya no les fue tan dolorosa. Les parecía que estaban iniciando una aventura y las gemelas se mostraron muy animadas mientras se dirigían al aeropuerto y cuando posteriormente subieron al avión. Dos estudiantes universitarios que regresaban a su casa de Los Ángeles ya les habían echado el ojo y, una vez el aparato hubo despegado, Mel ya no volvió a verlas hasta el momento de aterrizar.

–¿Dónde os habíais metido? –les preguntó más tarde, aunque a bordo de un avión, no podían ir muy lejos.

–Estábamos jugando al bridge en la parte de atrás con dos chicos de Los Ángeles. Estudian en la Universidad de Columbia. Van a pasar las Navidades en casa y nos han invitado a una fiesta mañana por la noche en Malibú.

A Val le brillaron los ojos y Jessica rió, mirando a su madre.

–Sí, y apuesto a que mamá nos dará permiso –dijo, recordando las normas de su madre.

–Podríamos llevar a Mark –añadió Val.

–Creo que vamos a estar un poco ocupadas instalándonos.

–Oh, mamá…

Pero, cuando tocó tierra, vieron que el día era claro y soleado. Al descender por la escalerilla, las tres miraron muy nerviosas a su alrededor, preguntándose qué miembros de la familia Hallam habrían acudido al aeropuerto. Val vio entonces a Mark y lanzó un grito y Mel descubrió que todos estaban allí, incluso Matthew. Corrió a arrojarse en brazos de Peter, que la estrechó con fuerza, y en aquel instante comprendió que su decisión había sido acertada y que le amaba con todo su corazón.

25

Mel y las niñas se alojaron en el Bel-Air hasta el 24 de diciembre. Ese día, a las cinco de la tarde, un automóvil de alquiler acudió a recogerlas y las condujo a la iglesia de St. Albans, en Hilgard Avenue. Mel estaba bellísima con su vestido blanco de lana y las chicas resultaban encantadoras con los suyos de color azul. Mel llevaba un ramillete de fresias blancas mezcladas con orquídeas y Jess y Val llevaban un pequeño ramillete de estefanotes blancos entreverados de florecillas silvestres; lucían también unos adornos de las mismas flores entretejidos con sus sedosos cabellos.

Mel las miró por última vez antes de subir al automóvil y dijo:

—Estáis preciosas, nenas.

—Tú también, mamá. —Los brillantes ojos de Jessica se fijaron en los de su madre—. ¿Tienes miedo?

Mel vaciló y después esbozó una sonrisa.

—Me muero de miedo.

Jessica la miró con preocupación, temiendo que fueran a regresar a casa.

—¿Te vas a echar atrás?

—No, por Dios —contestó Mel, riendo—. Ya sabéis que a casa no se puede volver. —Pero entonces vio que una sombra de tristeza nublaba los ojos de Jessie y lamentó haber hecho aquel frívolo comentario. Entonces acarició la mano de la bonita pelirroja–. Perdóname, Jess… Ésta será pronto nuestra casa.

Pero sabía que Jess había sido la más afectada por el traslado, aunque no lo hubiera exteriorizado con una sola queja. Jess se pasó los últimos cinco días ayudando a Pam a reorganizar su habitación y a Val a colocar sus cosas en el cuarto de invitados. Ambas hermanas iban a compartir este cuarto y se les antojaría extraño no tener cada una el suyo propio.

–No me importaría si mi hermana no fuera tan desordenada –le confesó Jess a Pam, encogiéndose de hombros.

No había sitio suficiente en la casa y ella lo aceptaba. Lo aceptaba todo. Incluso la fría acogida de la señora Hahn, que miraba constantemente sus maletas y sus armarios con expresión despectiva. Sus últimas maletas aguardaban en el hotel Bel-Air, de donde las recogerían aquella noche para trasladarlas a la casa de los Hallam. Mel no quiso mudarse hasta el día de la boda.

–Bueno… –Jess contempló la bonita iglesia por la ventanilla del automóvil–. Ya hemos llegado.

Mel se limitó a guardar silencio y Val se quedó boquiabierta al ver a Mark entrar en la iglesia. Era tan apuesto, joven y fuerte. Peter y Matt ya estaban dentro y Pam las esperaba en el vestíbulo. Ella iba a avanzar por el pasillo en primer lugar, con su precioso vestido y un ramillete; después la seguirían Valerie y Jessica y, finalmente, aparecería Mel. Peter y los chicos la estarían aguardando en el altar y, al salir, Pam y Matt avanzarían por el pasillo tomados de la mano y seguidos de Mark, y a continuación lo harían Peter y Mel. Lo habían organizado en cuestión de semanas: Mel había encargado las invitaciones en Nueva York y la secretaria de Peter las había enviado a sus amigos más íntimos.

Mientras avanzaba por el pasillo de la iglesia, Mel

miró alrededor y no vio a ningún conocido. Se iba a casar y no la acompañaba ningún amigo, sólo las gemelas. Se acercó al altar mortalmente pálida de la emoción y miró a Peter, que se adelantó para tomarla del brazo. Sintió entonces que no había nada en el mundo que le importara más que él y un suave rubor iluminó su rostro.

—Te quiero, Mel —le dijo en voz baja antes de iniciarse la ceremonia—. Todo irá bien.

—Yo también te quiero a ti.

Fue lo único que pudo decir.

Entonces el sacerdote recordó a los presentes por qué estaban allí.

—Queridos hermanos, nos encontramos aquí reunidos en este santo día de la víspera de Navidad… —esbozó una sonrisa— para unir a este hombre y a esta mujer en el sagrado vínculo del matrimonio…

El corazón de Mel palpitaba a pesar de las suaves palmadas que le daba Peter cada dos minutos. Vino después el momento de los votos y del intercambio de anillos. Peter había encargado el de Mel en su ausencia: un sencillo aro de brillantes. Ella le había dicho que no quería un anillo de compromiso. Al contemplar la joya se le llenaron los ojos de lágrimas y apenas pudo ver a Peter mientras colocaba en su dedo una sencilla alianza de oro.

—…que deberéis conservar a partir de este día… para bien o para mal hasta que la muerte os separe… —Un estremecimiento recorrió a Mel. Después de todo aquello, no podría soportar perderle. Sin embargo, él había sobrevivido a la muerte de Anne y en aquellos momentos estaba con ella. Contempló al hombre que ya era su marido—. Yo os declaro marido y mujer. —El órgano empezó a sonar y un coro entonó el villancico *Noche de paz* mientras Mel contemplaba a Peter, a punto de derretirse—. Puede besar a la novia —le dijo el corpulento sacerdote al novio mirando a Mel con una sonrisa.

Peter así lo hizo y luego ambos avanzaron como flotando por el pasillo. Mel se pasó una hora, estrechando manos de docenas de personas desconocidas hasta que por fin encontró un momento para besar a Mark, Matthew y Pam y decirles que era muy feliz, y vislumbró en la distancia a la señora Hahn. A Mel le pareció que la mujer mostraba una expresión avinagrada, pero Peter insistió en ir a estrecharle la mano y entonces Mel la vio sonreír. Se preguntó si la señora Hahn no estaría conforme con la boda. Tal vez echaba todavía de menos a Anne. Se acordó también de Raquel y pensó que ojalá estuviera allí el día de su boda. Puesto que no tenía familia, Raquel había sido una madre para ella.

Finalizada la ceremonia, los siete subieron a un automóvil para dirigirse al hotel Bel-Air, donde iba a tener lugar la recepción. Mel se percató entonces de que el número de invitados era superior al que ella había previsto. La recepción era a las seis y media y la cena empezaría a las siete y media. Al entrar en los espaciosos salones, Mel observó que debía de haber por lo menos cien personas. Una orquesta de siete músicos empezó a interpretar la marcha nupcial y Peter se detuvo en seco y la besó en la boca.

—Hola, señora Hallam.

De pronto, todo le pareció a Mel una maravillosa locura y no le importó quiénes eran los invitados ni si volvería a verlos alguna vez. Todos compartían con ella el momento más feliz de su vida. Se le acercaban para estrechar su mano, decirle lo mucho que les gustaba verla en la televisión y lo afortunado que era Peter. Al final ya no le parecieron unos desconocidos.

—No, soy yo la afortunada —repetía ella una y otra vez. Su dicha sólo se empañó un poco al ver a Val en compañía de Mark llorando en un rincón del comedor.

Sin embargo, cuando se acercó a ellos, Val ya se había recuperado y abrazó a Mel sonriendo mientras Jessica observaba la escena. Después Jessie abrazó también a su madre.

–Te queremos mucho, mamá. Y nos alegramos por ti.

Pero Mel pudo ver también el dolor en los ojos de Jessie. Tardarían algún tiempo en acostumbrarse, incluso ella misma, pese a tener a Peter a su lado. Sin embargo, estaba segura de haber hecho lo mejor, sobre todo para ella y Peter, y sus hijas se tendrían que adaptar. Sabía que había sido un cambio brutal para ellas y se alegraba de que no la hubieran tomado con Peter, como quizá hubiera sucedido con unas hijas menos afectuosas que las suyas.

En una o dos ocasiones había observado lo arisca que se mostraba Pam con ella. Ya se encargaría de aquel asunto poco a poco cuando Pam se acostumbrara a la idea del nuevo matrimonio de su padre. Todo a su debido tiempo, pensó Mel una y otra vez.

El idilio entre Mark y Val estaba en pleno apogeo, aunque ambos parecían menos felices que otras veces y Mel sospechaba que la convivencia iba a apagar aquel fuego. En cuanto él viera lo desordenada que era Val, y en cuanto ella le tuviera constantemente a su lado, el idilio se enfriaría. Por lo menos, eso esperaba Mel. Después, sus pensamientos se centraron en Matt, que acababa de inclinarse ante ella para invitarla a bailar. Bailó con él una especie de giga mientras los invitados contemplaban sonrientes la escena y, por fin, apareció Peter y se la llevó en un vals.

–¿Tienes idea de lo preciosa que estás?

–No, pero ¿sabes tú lo feliz que me siento? –contestó ella con una sonrisa radiante.

–Dímelo. Quiero oírtelo decir.

A Peter se le veía tan feliz como a ella. Pero es que el cambio había resultado más fácil para él. Era Melanie la que había dejado su trabajo, sacado a sus hijas de la escuela, vendido la casa, renunciado a Raquel, abandonado Nueva York...

—Jamás he sido más feliz en mi vida.

—Estupendo. Así debe ser. —Peter miró a su alrededor mientras ambos evolucionaban por la pista de baile—. Nuestros hijos parecen también bastante felices.

Pam estaba riendo de algo que le había contado Jess, Mark bailaba con Val y Matthew estaba atendiendo a los invitados.

—Creo que sí. Menos la señora Hahn, que no parece muy entusiasmada.

—Dale tiempo. Es un poco rígida. —Era un comentario de lo más moderado, pero Mel no dijo nada—. Ella también te quiere, como todos mis amigos.

—Parecen simpáticos.

Pero hubieran podido ser los invitados de cualquier boda, enviados por una empresa especializada para que comieran, bailaran y exhibieran radiantes sonrisas.

—Más adelante cuando todo esté más tranquilo, organizaré algunas veladas para que vayas conociendo a mis amigos. Sé lo duro que debe de ser eso para ti.

—En realidad, no lo es en absoluto —repuso ella, mirándole a los ojos—. Gracias a ti. Tú eres lo único que me importa aquí, ¿sabes? Exceptuando a los chicos, claro.

Él la miró complacido, pero deseaba también que apreciara a sus amigos. Ellos ya sabían quién era, pero ella tenía que conocerles.

—Te van a gustar.

Al terminar el baile, se acercó uno de los colegas de Peter y mencionó la entrevista que ella le había hecho a Peter unos meses antes. Estaba presente en el quirófano cuando le hicieron el trasplante a Marie, y Mel le recordaba.

Bailó con docenas de hombres desconocidos, se rió de los chistes, estrechó un montón de manos y trató de recordar los nombres, pero después se dio por vencida sabiendo que no lo iba a conseguir; finalmente, a las once de la noche todos se fueron a casa. El automóvil les dejó en la casa de Peter en Copa de Oro Drive, en Bel-Air. Mark llevaba en brazos a Matt que se había quedado dormido en el automóvil, y las chicas seguían conversando medio adormiladas cuando Peter asió el brazo de Mel impidiéndole franquear la puerta.

–Un momento, por favor.

–¿Ocurre algo? –preguntó ella.

Peter la miró sonriendo mientras el chófer entraba con las maletas. Entonces, sin más, la levantó en brazos y cruzó con ella el umbral de la puerta, depositándola en el suelo junto al árbol de Navidad.

–Bienvenida a casa, amor mío.

Ambos se besaron y los chicos subieron de puntillas al piso de arriba. Mark era el único que sonreía y las tres chicas se mostraban nerviosas y procuraban no pensar en lo que significaba aquel día. Ya no se trataba de un juego. Era de verdad. Pam y las gemelas se dieron las buenas noches y subieron a sus habitaciones. A Pam le gustaba tan poco ver a Mel en brazos de Peter como a las gemelas comprender que su madre ya no era enteramente suya. Las líneas divisorias se habían trazado con toda claridad.

Peter y Mel permanecieron abajo un rato, hablando de la boda. La fiesta había sido bonita y lo habían pasado muy bien. Él le ofreció otra copa de champán en el bar, y brindó por ella mientras el reloj de la repisa de la chimenea daba la hora.

–Feliz Navidad, Mel.

Ella se levantó y posó la copa y entonces ambos se besaron largamente. Luego Peter la tomó en brazos, con vestido de boda y todo, y se la llevó al piso de arriba.

26

Peter y Mel pasaron la Navidad con sus hijos en la casa de Copa de Oro Drive. La señora Hahn les preparó una maravillosa comida navideña con ganso y arroz de la India, puré de castañas, guisantes y cebollas, pastel de frutas y budín de ciruelas como postre.

–¿No hay pavo este año? –preguntó Jessica.

Al percibir el aroma del ganso, Val se echó a llorar y subió corriendo al piso de arriba, pero cuando Mel hizo el ademán de ir a consolarla, Mark la detuvo.

–Yo lo haré, Mel.

Se le veía extrañamente apagado, pero nadie se había dado cuenta a excepción de Jessica. Val lloraba mucho aquellos días, o al menos eso pensaba Jess. La había oído llorar en su cama la víspera, pero Val no quería decirle qué le ocurría y Jessie no quería inquietar a su madre, que no parecía haber notado nada raro en su hija.

–Gracias, Mark –dijo Mel. Después se dirigió a Peter–: Lo siento. Creo que todos estamos cansados.

Él asintió sin preocuparse demasiado. Sus tradiciones constituían una novedad para las gemelas. Ellos comían ganso todos los años, gracias a la señora Hahn en los tiempos más recientes y a Anne en años anteriores. Sólo comían pavo el día de Acción de Gracias. Y por Pascua tomaban jamón.

Cuando la señora Hahn sirvió el pastel de frutas, Jessie y Val apenas lo probaron, recordando la tarta caliente de manzanas que siempre comían en Nueva York por Navidad. Incluso el árbol les pareció extraño. Había unas diminutas lucecitas intermitentes y unas grandes bolas doradas. Todos los antiguos adornos de Navidad que ellas habían ido coleccionando amorosamente y todas las luces multicolores se encontraban en un almacén junto con el resto de sus pertenencias.

–Estoy atiborrada –dijo Mel mirando a Peter con desesperación cuando se levantó de la mesa.

Lo único bueno que se podía decir de la señora Hahn era que sus habilidades culinarias resultaban magníficas. La comida estaban sido espléndida y todos se sintieron satisfechos cuando fueron a sentarse al salón. Entonces Mel miró a su alrededor y observó que en su nuevo hogar aún estaban las mismas fotografías de Anne y un retrato al óleo que colgaba sobre una estrecha mesa adosada a la pared. Peter la vio contemplando las fotos de Anne y se crispó, preguntándose si iba a decir algo. Pero Mel no hizo comentario alguno. Decidió que las retiraría al regresar del viaje de luna de miel la mañana del último día del año.

Peter le sugirió Puerto Vallarta, uno de sus lugares preferidos. Viajarían con sus cinco hijos, aunque a Mel le preocupaba llevarse a Matt a México, temiendo que pudiera ponerse enfermo. Los demás eran ya lo suficientemente mayores, pero a Matt tendría que vigilarle. Pensaron que no sería muy diplomático dejar a sus hijos tan pronto. Más adelante ya viajarían solos, tal vez a Europa o Hawai, según la época del año. De acuerdo con las condiciones de su nuevo contrato, Mel ya no podría disfrutar de dos meses de vacaciones como en Nueva York. Sólo tendría un mes y un permiso en caso de maternidad. A Mel le hizo gracia que ellos insistieran en incluir este extremo en el contrato. Ya había tenido todos los hijos que quería y, por si fuera poco, de una sola vez. Se rió al contárselo a Peter y él le dijo en broma que, como no se portara bien, la iba a dejar embarazada. Mel le respondió amenazándole con unas tijeras de bordar.

Sentados en el salón aquella noche, Mel se quejó de tener que hacer nuevamente las maletas. Se había pasado un mes haciendo equipajes, pero menos mal que en Puerto Vallarta no necesitaría muchas cosas, y además todos los chicos estaban deseando ir. Aquella noche hubo muchos corretos de una habitación a otra mientras los chicos se reían, bromeaban, se quitaban cosas los unos a los otros, Matt brincaba sobre la cama de Val y Pam se probaba algunos jerséis de Jessica, aceptando la invitación de su nueva hermana.

Peter y Mel oían el barullo desde su dormitorio.

—Creo que lo van a conseguir —dijo Mel sonriendo.

Pero aún percibía cierta tensión entre ambos grupos. Se trataba de algo evidente.

—Te preocupas demasiado por ellos, Mel. Están estupendamente bien —le dijo él con una sonrisa mientras contestaba el teléfono. Después se sentó detrás de su escritorio frunciendo el entrecejo e hizo una serie de rápidas preguntas. Después colgó el aparato, tomó la chaqueta que había dejado sobre una silla y le explicó a Mel lo ocurrido—. Es Marie. Vuelve a haber problemas de rechazo.

—¿Es grave?

—Está en coma —contestó él, con el rostro lívido—. No sé por qué no me han llamado antes. Me han dicho no sé qué tontería de que era Navidad y no querían molestarme porque no estaba de guardia. Maldita sea. —Se detuvo junto a la puerta y miró tristemente a Mel—. Volveré en cuanto pueda.

Mel comprendió entonces que el viaje a México se había esfumado. Cuando los chicos bajaron más tarde para darle las buenas noches, no les dijo nada porque no quería disgustarles. Les comentó simplemente que Peter se había ido al hospital para examinar a un paciente. Más tarde Mel empezó a pensar en Marie y a rezar por ella. Peter nunca llamaba para darle noticias. Por fin, a las dos y media de la madrugada, Mel se dio por vencida y se fue a la cama, esperando que él pudiera salir de viaje. De otro modo, lo tendrían que anular. Ella no deseaba irse sin Peter. Era su viaje de luna de miel.

Él se deslizó a su lado bajo las sábanas poco después de las cinco de la madrugada, y Mel advirtió al tocarle que se mostraba distante y rígido. Eso era tan impropio de él que Melanie abrió un ojo y después se le acercó un poco más.

–Hola, cariño. ¿Todo bien? –Al ver que no contestaba, abrió ambos ojos. Algo había ocurrido–. ¿Peter?

–Ha muerto a las cuatro. Hemos hecho todo lo posible, pero ya era demasiado grave. Ha sido el peor caso de endurecimiento de las arterias que jamás he visto, y eso que llevaba un corazón nuevo, maldita sea.

Era obvio que se echaba la culpa de lo ocurrido. Le habían dado siete meses, siete meses más de lo que hubiera vivido sin el corazón trasplantado.

–Lo siento.

Poco era lo que ella podía decir y Peter la estaba excluyendo. Rechazaba todos sus intentos de consolarle y animarle. Finalmente, a las seis de la madrugada, Peter se levantó.

–Tendrías que intentar dormir un poco antes de irnos –le dijo Mel.

Ella también lamentaba lo sucedido. Marie había sido muy importante para ambos desde un principio. Mel había sido testigo de la operación de trasplante. Y ahora sentía la muerte de la chica. Sin embargo, no esperaba lo que Peter le dijo a continuación. Parecía un chiquillo triste y enfurruñado.

–Yo me quedo. Ve tú con los niños.

Estaba malhumorado y afligido y se sentó pesadamente en uno de los sillones del dormitorio. Aún no había amanecido y Mel encendió una lámpara para verle mejor. Parecía agotado y unas oscuras ojeras destacaban en su rostro. Era un terrible colofón de su boda y un espantoso comienzo de su luna de miel.

–Aquí no puedes hacer nada. Y nosotros no nos iremos sin ti.

–No me apetece, Mel.

–No es justo. Los chicos se van a decepcionar. Y es nuestra luna de miel... –El comportamiento de Peter era absurdo, pero Mel sabía que estaba demasiado cansado como para actuar con lógica–. Peter, por favor...

–¡Maldita sea! –exclamó él, levantándose de un salto y mirándola enfurecido–. ¿Cómo te sentirías tú? Siete jodidos meses, eso es todo... eso es todo lo que le he dado.

–Tú no eres Dios, Peter. Hiciste lo que debías y además lo hiciste brillantemente. Pero las decisiones son de Dios, no tuyas.

–Tonterías. Hubiéramos debido hacerlo mejor.

–Pues bien, no lo hicisteis y ella ha muerto. –Mel también estaba gritando–. Y no puedes quedarte aquí enfurruñado, tienes una responsabilidad para con nosotros.

Él la miró furioso y abandonó la habitación, pero regresó a la media hora con dos tazas de café. No tenían que ir al aeropuerto hasta el mediodía, y por consiguiente aún había tiempo para convencerle. Peter le ofreció a Mel una humeante taza de café y la miró con tristeza mientras ella le daba las gracias.

–Lo siento, Mel. Es que... lo paso muy mal cuando pierdo a un paciente, y ella era una muchacha tan encantadora... No es justo...

Dejó la frase sin concluir y Mel dejó la taza y le abrazó.

–Es que la tuya no es una actividad muy justa. Tú lo sabes. Eres consciente de las dificultades con que te enfrentas cada vez que haces algo. Intentas olvidarlas, pero están ahí.

Él asintió porque Melanie tenía razón y le conocía muy bien. Se volvió a mirarla con una triste sonrisa.

–Soy un hombre afortunado.

–Y un cirujano extraordinario. No lo olvides.

No volvió a hablarle de México hasta después del desayuno con los chicos; se le veía muy apagado, y Mark le preguntó a Mel qué sucedía cuando subió con ella al piso de arriba.

–¿Qué le ocurre a papá?

–Anoche perdió a una paciente.

Mark asintió en ademán comprensivo.

–Siempre se lo toma así, sobre todo si son pacientes de trasplante. ¿Lo era?

–Sí. Es la chica que operó cuando yo le entrevisté en mayo.

Mark volvió a asentir y miró inquisitivamente a Mel.

–Pero ¿vamos a México?

–Así lo espero.

Mark no estaba tan seguro.

–No sabes cómo se pone con estas cosas. Es posible que no vayamos.

–Haré todo lo que pueda.

Él la miró y estaba a punto de decirle algo, pero entonces apareció Matt. No encontraba las aletas y quería saber si Mel las había visto.

–Pues no, pero ya buscaré por ahí. ¿Has mirado en la piscina?

Matt se fue. Entonces Mel regresó al dormitorio y encontró a Peter sentado en un sillón con la mirada perdida y aspecto súbitamente envejecido. Su hijo mayor le conocía muy bien. La muerte de Marie le había afectado enormemente y Mel dudaba de que pudieran ir a alguna parte aquel día.

—Bueno, cariño… —Se sentó en el borde de la cama—. ¿Qué hacemos?

—¿Sobre qué?

Él la contempló inexpresivo porque estaba pensando cómo estaba el corazón de Marie cuando la habían operado.

—El viaje. ¿Nos vamos o nos quedamos?

Él la miró fijamente, vacilando.

—No lo sé.

En aquellos momentos parecía incapaz de tomar una decisión.

—Yo creo que te sentaría bien, y a los chicos también. Hemos pasado por muchas cosas últimamente: muchos reajustes, muchos cambios, y los que vendrán… Un viaje sería lo más aconsejable.

Mel sonrió y no le recordó que a ella le faltaba una semana para empezar a trabajar en una nueva cadena, lo cual le supondría una enorme tensión. Las vacaciones aún le eran más necesarias que a él.

—Muy bien, pues. Iremos. Creo que tienes razón. No podemos decepcionar a los chicos. Ya he dispuesto que alguien me sustituya.

—Gracias —dijo ella, rodeándole con los brazos y estrechándole con fuerza.

Pero él apenas contestó y tampoco habló con nadie mientras se dirigían al aeropuerto. Mel y Mark se miraron un par de veces, pero no hicieron comentario alguno hasta que estuvieron solos un momento en el avión.

Mark la informó de lo que podía ocurrir.

—Es posible que esté así durante algún tiempo, ¿sabes?

—¿Cuánto suele durar?

—Una semana, a veces dos. A veces incluso un mes, depende de lo responsable que se sienta y de la intimidad que se haya establecido entre él y el enfermo.

Mel asintió. No era una perspectiva muy halagüeña y menos durante la luna de miel. Mark tenía razón. Aterrizaron en Puerto Vallarta y tomaron dos jeeps que les llevaron al hotel, donde habían reservado tres habitaciones que daban a la playa. Había un enorme bar al aire libre justo bajo sus ventanas, y tres piscinas llenas de gente que parecía muy feliz. Y, dominándolo todo, la música de una orquesta de percusión, con la que alternaba un grupo de mariachis. Era una atmósfera festiva y los chicos estaban entusiasmados, sobre todo Jessica y Val, que jamás habían estado en México. Mark se los llevó a todos a nadar y tomar un refresco en el bar, pero Peter insistió en quedarse en su habitación. Mel trató de convencerle.

–¿Quieres que salgamos a pasear por la playa, cariño?

–No me apetece, Mel. Prefiero estar sólo. ¿Por qué no te reúnes con los chicos?

Ella hubiera querido replicarle que aquélla era su luna de miel, no la de los chicos, pero decidió no hacerlo. Tal vez de aquella manera se le pasara antes el abatimiento. Le dejó solo.

Pero pasaban los días y el estado de ánimo de Peter no mejoraba. En una ocasión Mel se fue de compras a la ciudad con Pam y las gemelas, y las tres se compraron unas preciosas blusas y unos vestidos bordados, y Mark se fue a pescar con Matthew. En otra, se los llevó a todos menos a Matt al Carlos O'Brien a tomar un refresco, e incluso una noche acompañó a los mayores a una discoteca, pero Peter no fue con ellos en ninguna ocasión. Estaba obsesionado con lo que le había ocurrido a Marie y varias veces al día se pasaba una hora tratando de conseguir línea con Los Ángeles para averiguar cómo seguían sus pacientes.

–La verdad es que no merecía la pena venir para

pasarte toda la semana sentado en tu habitación llamando al hospital –le dijo Mel cuando ya las vacaciones tocaban a su fin, pero él se limitó a mirarla con expresión distante.

–Ya te lo dije en casa, pero tú no quisiste decepcionar a los chicos.

–Es nuestra luna de miel, no la de ellos.

Por fin se lo había dicho. Estaba amargamente desilusionada. Él no se había esforzado lo más mínimo en toda la semana, y ni siquiera habían hecho el amor desde la muerte de Marie. No era una luna de miel digna de ser recordada.

–Lo siento, Mel. Elegimos un mal momento. Ya te compensaré más adelante.

Pero ella se preguntó si lo podría hacer. De repente, comprendió que no tenía una casa propia a la que regresar cuando finalizara el viaje. Echaba de menos como nunca su casa de Nueva York y, al pensar en ella, se acordó de las fotografías de Anne que tenía intención de retirar a su regreso. Y se preguntó qué querría hacer Peter con el retrato al óleo. Aquella casa era también la suya y no quería ver a Anne cada vez que mirara alrededor. A Mel le parecía normal, pero no deseaba plantear la cuestión hasta que volvieran a Los Ángeles. Ella se refería siempre a Los Ángeles y no a su casa, porque aún no lo era. Su casa estaba en Nueva York. Observó que a las gemelas también les ocurría lo mismo; en el Carlos O'Brien, unos muchachos le preguntaron a Jessica que de dónde eran y ella contestó «Nueva York» sin pensarlo; entonces Mark le gastó una broma y ella explicó que acababan de trasladarse a Los Ángeles. Sin embargo, hubo otras adaptaciones más rápidas. Mel observó que los chicos se llamaban unos a otros hermanos y hermanas, excepto Mark y Val, que tenían sus buenas razones para no hacerlo.

La única que se puso enferma fue Valerie, el último

día. Se compró un helado en la playa y, al enterarse de lo que había hecho, Mel la regañó y permaneció a su lado mientras ella se pasaba varias horas seguidas vomitando. Val estuvo toda la noche con diarrea. Peter quería administrarle algo, pero ella se negó a tomarlo, y cuando Melanie regresó a su habitación a las cuatro de la madrugada, Peter se despertó con su instinto médico alerta.

–¿Cómo está?

–Al final se ha dormido. Pobrecilla. Jamás había visto a nadie tan indispuesto. No sé por qué no se ha querido tomar el Lomotil que tú le dabas, en general no suele ser tan terca.

–Mel, ¿tú crees que está bien? –preguntó él frunciendo el entrecejo mientras pensaba en otra cosa.

–¿Qué quieres decir?

–Pues no estoy muy seguro… Una especie de presentimiento. ¿Le han hecho un chequeo últimamente?

–Peter, me estás poniendo nerviosa. ¿Qué sospechas?

Mel temió que fuera leucemia, pero él meneó la cabeza.

–Tal vez anemia. Parece que duerme mucho y Pam dice que el día de Navidad vomitó después del almuerzo.

–Creo que son los nervios –dijo Mel, suspirando–. A Jess tampoco la veo nada bien. El traslado ha supuesto un gran cambio para ellas, y están en una edad difícil. Pero tal vez tengas razón. Las llevaré al médico cuando volvamos.

–Te dirigiré al internista que utilizamos nosotros. Pero no te preocupes. –La besó por primera vez en varios días–. No creo que sea grave y seguramente tienes razón. Las chicas de esta edad suelen sufrir trastornos nerviosos. Lo que ocurre es que, desde que Pam tuvo anorexia el año pasado, me alarmo cada vez que veo algo raro. Probablemente no es nada.

Pero, en la habitación de las chicas, Mark estaba sentado al lado de la cama de Val. Había esperado varias horas a que Mel se marchara. Val estaba despierta y muy débil a causa de su indisposición, y lloraba muy quedo mientras Mark le acariciaba el cabello. Hablaban en voz baja para no despertar a Jessie o a Pam.

—¿Crees que eso perjudicará al niño? —preguntó Val en un susurro y él la miró muy afligido.

Lo habían sabido a los dos días de haber llegado ella de Nueva York. Mark la acompañó a que se hiciera la prueba del embarazo. Ambos sabían cuándo había ocurrido: el día de Acción de Gracias en que finalmente hicieron el amor por primera vez. Val estaba aterrada. Aún no tenían decidido lo que iban a hacer, pero, en caso de que decidieran tenerlo, ella no quería traer al mundo un hijo deforme.

—No lo sé. ¿Has tomado alguna medicina?

—No —musitó ella—. Tu padre me quería dar algo, pero yo no he querido tomarlo.

Mark asintió, aunque aquél era el menor de sus problemas. Val estaba embarazada tan sólo de cinco semanas, pero eso significaba que les quedaban menos de dos meses para hacer algo al respecto, en caso de que ella quisiera…

—¿Crees que podrás dormir ahora?

Ella asintió con los párpados medio cerrados y él se inclinó para besarla y abandonó la habitación de puntillas. Hubiera deseado decírselo a su padre, pero, con el ajetreo de Navidad, la boda y todo lo demás, no pudo hacerlo y Val le suplicó que se callara. Si ella quería abortar, tendría que llevarla a un buen especialista, no a un medicucho cualquiera, pero esperaba hablar con ella de todo eso cuando regresaran a Los Ángeles. De nada hubiera servido discutirlo allí. No podían hacer nada y ella se pondría más nerviosa.

—¿Mark? —Jessica se dio la vuelta en su cama cuando él estaba a punto de salir de la habitación. El ruido la había despertado–. ¿Qué ocurre? –preguntó, incorporándose y mirándole primero a él y después a su hermana.

–He entrado para ver cómo estaba Val.

Val ya estaba durmiendo y él no se apartó de la puerta.

–¿Pasa algo?

Debía estar completamente adormilada, pensó Mark, si no recordaba lo indispuesta que había estado Val todo el día.

–Le sentó mal la comida.

–Quiero decir si hay algo más.

–No, está bien.

Pero Mark estaba temblando cuando regresó a su habitación. Jessie había intuido algo y se decía que los hermanos gemelos prácticamente solían adivinarse los pensamientos. Como les dijera algo a su padre o a Mel, se armaría la marimorena. Él quería encargarse de todo personalmente. Tenía que hacerlo. No había más remedio.

27

Emprendieron el viaje de regreso a Los Ángeles la mañana del último día del año. Val estaba todavía un poco débil, pero en condiciones de viajar. Llegaron a la casa a las cuatro de la tarde, cansados, bronceados y satisfechos de sus vacaciones. El último día, Peter accedió a abandonar su encierro y todos se divirtieron muchísimo. Incluso Mel, pese a que no había disfrutado de su luna de miel. Peter se disculpó durante el viaje de vuelta y ella dijo que lo comprendía. Por lo menos, había descansado un poco antes de empezar a trabajar en la cadena de Los Ángeles. Tenía que estar allí al mediodía del día siguiente, el día de Año Nuevo, y, a las seis de aquella misma tarde, presentaría el noticiario junto con Paul Stevens. Paul llevaba muchos años en la emisora y, aunque tenía algunos entusiastas seguidores, su índice de aceptación estaba empezando a bajar y los directivos pretendían utilizar a Mel para infundir nueva vida al programa. La cadena consideraba que juntos formarían un equipo insuperable. Paul era alto, tenía el cabello gris y los ojos azules y, según las encuestas, a las mujeres les encantaba su estilo y su sonora y profunda voz. Mel poseía por su parte un fuerte atractivo y todas las encuestas demostraban que gustaba mucho a los hombres. La cadena sabía que, si ambos presentaban juntos el programa, el éxito iba a ser extraordinario y, en caso de que Stevens siguiera bajando, Mel le sostendría. Sin embargo, era la primera vez que Paul Stevens presentaba un programa con otra persona y la perspectiva no le entusiasmaba. En cuanto a Mel, era también un retroceso ya que ella había sido durante años la única presentadora de su programa. Ella sabía que iba a ser una lección de humildad para ambos y que el hecho de trabajar con Paul le iba a exigir una gran dosis de diplomacia.

Peter y Mel decidieron pasar en casa la Nochevieja y beber champán junto a la chimenea. Mark se llevó a Val y Jessie a un par de fiestas a las que había sido invitado. Mel se alegró de que llevara también a Jessie, aunque ésta no pareciera muy entusiasmada y Val aún no estuviera en plena forma. Mel les rogó que no volvieran muy tarde y que tuvieran cuidado con el coche, y después subió a ver a Pam y a una amiga suya que iba a quedarse a dormir en la casa. Matt dormía en su cama con una matraca. Quería que alguien le despertara a medianoche para poder tocar la trompeta, pero Mel suponía que no iba a haber nadie despierto en casa a aquellas horas. Pensaba esperar a Mark y a las gemelas levantada, pero ella y Peter estaban demasiado cansados. Mientras él permanecía sentado en la cama leyendo unas publicaciones médicas, Mel empezó a recorrer la casa en un intento de aclimatarse a su nuevo hogar, pero no lo consiguió. Al ver las fotografías de Anne en sus marcos de plata, se acordó. Empezó a retirarlas una a una –había un total de veintitrés– y las guardó todas en un cajón del estudio de Peter. Mientras cruzaba el salón llevando en brazos el último montón de fotografías, vio a Pam de pie en la puerta.

–¿Qué estás haciendo?

–Guardando unas fotografías.

Hubo un extraño intercambio de miradas y Mel observó que Pam se ponía rígida.

–¿De quién?

–De tu madre –contestó Mel sin vacilar.

–¡Vuelve a dejarlas en su sitio!

La voz fue casi un rugido y Mel pudo ver que la amiga que iba a dormir allí se encontraba de pie detrás de Pam.

–¿Cómo dices?

–Digo que las vuelvas a dejar en su sitio. Ésta es la casa de mi madre, no la tuya.

De no haberla conocido mejor, Mel hubiera pensado que estaba bebida. Pero no era así. Estaba simplemente furiosa y trastornada hasta el punto de temblar de rabia.

–Creo que eso podemos discutirlo en otro momento, Pam. A solas.

Mel estaba decidida a no perder la calma, pero descubrió que ella también temblaba.

–¡Dámelas!

De repente, Pam se abalanzó contra ella y, al verla, Mel dejó las fotografías en un sillón y le agarró los brazos antes de que pudiera causar algún daño.

–Vete a tu habitación –le dijo sin soltarla–. ¡Ahora mismo!

Era lo que les hubiera dicho a las gemelas en una situación parecida. Pero Pam no le hizo caso y recogió frenéticamente todas las fotografías enmarcadas que Mel había dejado sobre el sillón, espetándole con furia:

–¡Te odio!

–Puedes quedarte con todas las fotografías que quieras. Las demás las guardaré en el estudio de tu padre.

Pam no le prestó atención.

–Ésta es nuestra casa, *nuestra* y de mi madre, ¡no lo olvides!

Mel hubiera deseado propinarle un bofetón, pero no le pareció oportuno en presencia de su amiga. En cambio, asió con fuerza a Pam por el hombro y la empujó hacia la puerta.

–Sube a tu habitación ahora mismo, Pam. De lo contrario, llamo a la madre de tu amiga y digo que venga a recogerla. ¿Está claro?

Pam no replicó y subió ruidosamente al piso de arriba con las fotografías de su madre, seguida de su desconcertada amiga Joan. Mel apagó las luces de la planta baja y después subió al dormitorio, donde Peter estaba leyendo todavía. Mel se lo quedó mirando un rato y llegó a la conclusión de que Pam tenía parte de razón. La casa era de ellos. A Mel ni siquiera le habían permitido traer sus muebles. Y conservaba la huella de Anne en todas partes.

Temblando todavía a causa de su discusión con Pam, Mel miró a Peter y le dijo:

–Quiero que mañana se retire aquel retrato.

–¿Qué retrato? –preguntó él, mirándola como si estuviera loca.

–El de tu difunta esposa –dijo ella, apretando los dientes.

Él la miró desconcertado y pensó que el champán se le había subido a la cabeza.

–¿Por qué?

–Porque ésta también es mi casa, no la suya. Y quiero que lo retiren. ¡Inmediatamente! –exclamó.

–Es de un artista muy famoso.

Peter empezaba a molestarse. La actitud de Mel le resultaba totalmente fuera de lugar porque desconocía su discusión con Pam.

–Me importa un comino de quién sea. Líbrate de él. Tíralo. Quémalo. Regálalo. ¡Haz lo que demonios quieras con él, pero quítalo de mi salón!

Estaba a punto de echarse a llorar y él la miraba con incredulidad.

–¿Qué te ocurre, Mel?

–¿Qué me ocurre? ¿Qué me *ocurre*? Me llevas a una casa donde no hay ni un alfiler de sombrero que sea mío, donde todo es tuyo y de tus hijos y donde hay fotografías de tu primera esposa por todas partes, ¿y quieres que me sienta a gusto?

Peter empezaba a comprender, o eso creía él, pero la actitud de Mel le seguía pareciendo absurda. ¿Por qué precisamente en aquel momento?

–Pues guarda las fotografías si quieres. Pero antes no habías dicho nada.

–Antes no vivía aquí. Ahora sí.

–Eso parece. –Peter empezaba a perder la paciencia–. Supongo que la decoración no te parece apropiada, ¿verdad? –dijo en tono desagradable.

–Es perfectamente apropiada siempre y cuando a uno no le importe vivir en Versalles. Personalmente, preferiría vivir en una casa, un hogar, algo un poco más cálido y a escala algo más humana.

–¿Como la casa de muñecas que tenías en Nueva York?

–Exactamente.

Se encontraban de pie en la habitación, mirándose con furia.

–Muy bien, pues. Guarda las fotografías, si quieres. Pero el retrato se quedará en su sitio –dijo Peter para fastidiarla porque no le había gustado su manera de plantear la cuestión.

Mel se quedó boquiabierta.

–Ni hablar –dijo. Y añadió–: O se va el retrato o me voy yo.

–¿No te parece ridículo? Te estás comportando como una insensata.

–Y tú te estás comportando como un imbécil. Quieres que sea yo quien me adapte a todo, cuando tú no has cambiado nada, ni siquiera las fotografías de tu mujer.

–Pues te vamos a sacar unas cuantas fotografías a ti

y las distribuiremos también por la casa –dijo él, consciente de que sus palabras resultaban ofensivas, pero harto de oírla despotricar acerca de las fotografías de Anne. Él mismo había pensado retirarlas más de una vez, pero la sola idea le deprimía y no deseaba disgustar a sus hijos. Ahora se lo quiso recordar a Mel–. Supongo que no se te ha ocurrido pensar en las consecuencias que tendría sacar el retrato.

–Oh, sí, las conozco –contestó ella, acercándose a él con los ojos encendidos de cólera–. Estaba guardando las fotografías en cuestión en el estudio y tu hija me ha informado de que ésta es tu casa y no la mía o, más exactamente, la casa de su madre.

Peter lo comprendió todo de golpe. Se sentó cabizbajo y miró a Mel. Ya se imaginaba la escena con Pam y ahora comprendía un comportamiento que antes le había parecido absurdo. No creía que Mel fuera una mujer muy dada a los accesos de cólera.

–¿Eso te ha dicho, Mel? –preguntó con tono más amable, mirándola con dulzura.

–Sí.

Mel se echó a llorar sin moverse de sitio.

–Lo siento. –Peter le indicó que se aproximara, pero ella permaneció inmóvil. Él se acercó y la rodeó con sus brazos–. Lo siento mucho, cariño. Ya sabes que ésta es también tu casa. –La estrechó con fuerza mientras ella sollozaba–. Mañana quitaré el retrato. Ha sido una estupidez por mi parte.

–No, no es eso… es que…

–Lo sé…

–Es tan difícil acostumbrarse a vivir en la casa de otra persona. Yo estoy tan habituada a la mía…

Él se sentó a su lado en la cama.

–Lo sé… pero ésta es ahora tu casa.

–No, no lo es –dijo ella, resollando–. Todo es tuyo y de Anne… ni siquiera tengo mis propias cosas.

Peter adoptó un aire meditabundo mientras la escuchaba.

—Todo lo que tengo es tuyo, Mel.

Pero ella quería sus cosas, no las de Peter.

—Dame tiempo. Ya me acostumbraré. Simplemente estoy cansada y han ocurrido muchas cosas. Pam me ha disgustado con sus palabras.

Peter la besó y se levantó.

—Subiré a hablar con ella.

—¡No! Deja que yo resuelva este asunto. Si tú intervienes, se enfadará todavía más conmigo.

—Ella te quiere. Sé que te quiere —dijo Peter, pero su mirada denotaba preocupación.

—Ahora es distinto. Antes yo era una simple invitada, pero ahora soy una intrusa en su casa.

Al oírla, Peter se angustió todavía más. ¿Eso era lo que pensaba?

—No eres una intrusa. Eres mi mujer. Espero que lo recuerdes.

—¡Y lo recuerdo! —dijo ella, sonriendo entre lágrimas—. Es que han ocurrido muchas cosas de golpe y mañana empiezo a trabajar en mi nueva ocupación.

—Lo sé. —Peter lo comprendía, pero no quería verla llorar y entonces decidió retirar el retrato de Anne al día siguiente. Ella tenía razón—. ¿Por qué no nos acostamos temprano esta noche? Estamos cansados y ha sido una semana muy movida.

Mel estaba de acuerdo. La partida de Nueva York, la boda, la luna de miel, la muerte de Marie... Se cepillaron los dientes y se acostaron y él la abrazó en la oscuridad, percibiendo la calidez de su cuerpo. Era lo que había estado deseando durante seis meses... mejor dicho, durante dos años... e incluso antes, porque con Anne había sido diferente. Ella se mantenía mucho más distante que Mel. Mel parecía formar parte de su propia persona y, por primera vez en una semana, notó que algo se agitaba en lo más hondo de su ser, y mientras la estrechaba con fuerza la quiso como jamás la había querido. Estaban haciendo el amor cuando el año viejo se convirtió en nuevo...

28

De acuerdo con el nuevo contrato negociado cuando ella se encontraba todavía en Nueva York, un automóvil acudió a recoger a Mel a primera hora de la tarde y la acompañó a la emisora. Al entrar, Mel fue consciente de que cientos de ojos la estaban mirando. Su aparición había suscitado una increíble curiosidad. Mel Adams iba a empezar a trabajar. Le presentaron a los productores, ayudantes de producción, directores, cámaras, montadores y decoradores y, de repente, pese a hallarse en un lugar desconocido, Mel tuvo la sensación de que estaba en un mundo familiar. En nada se diferenciaba de Nueva York, Chicago o Buffalo. Un estudio era un estudio y, mientras contemplaba el despacho que le habían asignado, lanzó un suspiro y se sentó. En cierto modo, le parecía que era como un regreso a casa. Se pasó toda la tarde familiarizándose con la gente que iba y venía y con los reportajes y entrevistas que se habían realizado en los últimos días. Se tomó una copa de vino con el productor y su equipo y, a las cinco y media, llegó Paul Stevens. El productor les presentó y Mel sonrió.

—Me gustará mucho trabajar contigo, Paul.

—Ojalá pudiera yo decir lo mismo —contestó él, estrechándole la mano y alejándose mientras el productor trataba de arreglar las cosas.

Mel arqueó una ceja.

—Bueno, por lo menos ya sé qué terreno piso —comentó con una triste sonrisa.

Pero no iba a ser nada fácil trabajar con aquel hombre. A Paul le molestaba que una presentadora compartiera el programa con él y trataría de vengarse de Mel por todos los medios posibles. Ella lo descubrió aquella misma tarde cuando ambos salieron en antena. Paul se mostró almibaradamente dulce al dirigirse a ella, pero procuró socavar su actuación y robarle todo el protagonismo que pudo, tratando de ponerla nerviosa, desconcertarla y volverla loca de mil maneras. La hostilidad de Paul era tan evidente que, al finalizar el programa, Mel se acercó a su escritorio y le preguntó:

—¿Hay algo de lo que tengamos que hablar ahora, antes de que la situación se nos escape de las manos?

—Desde luego. ¿Qué pensarías si tuvieras que repartir tu paga conmigo? Yo me reparto el programa contigo, me parece que es lo menos que puedo hacer.

Sus ojos brillaban de rabia y Mel comprendió la razón. Los periódicos habían divulgado los términos de su contrato y lo más probable era que a ella le pagaran tres veces más que a él, pero de eso Mel no tenía la culpa.

—Yo no soy culpable de los acuerdos a que he llegado con la cadena, Paul. En Nueva York se había organizado una verdadera guerra de precios. Ya sabes lo que son estas cosas.

—No, pero me gustaría saberlo.

Paul llevaba años tratando de introducirse en Nueva York y ella acababa de dejar todo aquello para venir a fastidiarle a él. Odiaba a aquella bruja, por muy buena que fuera. No necesitaba en absoluto que presentara el programa con él. Se levantó y le dijo casi gruñendo:

—Quítate de mi vista y todo irá bien. ¿Entendido?

Ella le miró con tristeza, dio media vuelta y se retiró. No iba a ser fácil trabajar con Paul y se pasó el rato

pensando en ello mientras regresaba a casa. Allí sólo
tenía que presentar el noticiario de las seis por la misma cantidad que le ofrecían en Nueva York para presentar los noticiarios de las seis y las once. Los Ángeles le había sido muy propicio. Y Paul Stevens la odiaba
por eso.

–¿Qué tal ha ido? Has estado estupenda –le dijo
Peter muy orgulloso cuando Mel regresó a casa.

Todos estaban reunidos frente al televisor, pero ella
no estaba contenta.

–Tengo un compañero que me odia con toda su
alma. Eso animará mucho el ambiente.

Eso y la advertencia de Pam de que vivía en la casa
de Peter y Anne, pensó Mel mientras colgaba el abrigo.

–Ya se ablandará.

–No cuentes con ello –contestó Mel–. Creo que
está deseando que me muera o que regrese a Nueva
York. –Miró a Pam, preguntándose cómo estaría, pero
ella mostraba una expresión impenetrable. Al mirar
hacia el salón, vio que el retrato había desaparecido y
se alegró. Abrazó a Peter, se sintió mejor y le murmuró al oído–: Gracias, amor mío.

Pam, comprendiendo de qué estaban hablando, se
levantó y abandonó la estancia mientras los demás la
miraban.

–He colgado el retrato de Anne en el pasillo –dijo
Peter tranquilo.

–Ah, ¿sí? –Mel se quedó helada–. Creo que me dijiste que lo ibas a guardar.

–Allí no molestará a nadie. –¿Ah, no? Las miradas
de ambos se cruzaron–. No te importa, ¿verdad?

–Pues en realidad sí –contestó ella muy calmada–.
No es lo que convinimos.

–Lo sé… –Peter se volvió a mirarla–. Es un poco
duro para los chicos hacerlo todo de golpe. Todas las
fotografías se han retirado.

Mel asintió con la cabeza y no dijo una palabra. Después subió a su habitación para lavarse la cara y las manos, a continuación se reunió con los demás para cenar y más tarde llamó a la puerta del dormitorio de Pam.

—¿Quién es?

—Tu perversa madrastra —contestó Mel, sonriendo.

—¿Quién?

—Mel.

—¿Qué quieres?

—Tengo que darte una cosa. —Pam abrió cautelosamente la puerta y ella le entregó una docena de fotografías de Anne en marcos de plata—. He pensado que las querrías para tu habitación.

Pam las miró y las tomó.

—Gracias.

Pero no dijo nada más. Simplemente se volvió y le cerró a Mel la puerta en las narices.

—¿Has ido a ver a Pam? —preguntó Peter al ver entrar a Mel en la habitación.

Estaba leyendo unas publicaciones de medicina porque necesitaba estar al corriente de todas las novedades.

—Sí. Le he llevado unas fotografías de Anne.

—Mira, Mel, no deberías preocuparte tanto por eso.

—Ah, ¿no? —Peter no entendía nada y ella estaba demasiado cansada para discutir con él—. ¿Por qué no?

—Porque ella ya no está.

Peter habló tan bajo que Mel tuvo que hacer un esfuerzo para oírle.

—Lo sé. Pero es difícil vivir aquí con sus fotografías mirándome constantemente.

—Exageras. No había muchas.

—Anoche guardé veintitrés en tu estudio. No está mal. Acabo de entregarle una docena a Pam. Y he pensado poner algunas en las habitaciones de Matt y Mark. Es el lugar que les corresponde.

Peter no contestó y siguió leyendo mientras Mel se tendía en la cama. El productor le había pedido que hiciera todos los programas especiales que pudiera. Necesitaban con urgencia aumentar sus índices de aceptación y todo el mundo sabía que las entrevistas de Mel habían obrado milagros en los noticiarios de Nueva York. Ella les prometió esforzarse al máximo y ya había tomado notas acerca de unos cuantos temas que le interesaban. Pero ya se imaginaba lo que iba a decir Paul Stevens cuando se enterara. Tal vez lo mejor fuera no hacerle caso, pero, a la tarde siguiente, él se mostró muy desconsiderado con ella cuando llegó al plató, y a pesar del encanto de que hizo gala durante el programa, Mel tuvo la impresión de que deseaba propinarle una paliza al terminar. Era una situación insoportable a la que ella no estaba acostumbrada. Pero aquella tarde le presentó al productor su lista de posibles entrevistas y a él le gustaron casi todas, lo cual era una buena y mala noticia a la vez. Significaba que tendría que pasarse uno o dos meses haciendo horas extraordinarias, pero quizá fuera un buen medio de aclimatarse. Trabajar para una nueva cadena siempre resultaba extraño al principio. Sólo que esta vez parecía un poco más extraño porque también trataba de adaptarse a un nuevo hogar.

–¿Has tenido un día ocupado? –le preguntó Peter con aire distraído al entrar.

Ella regresó a casa a las siete y cuarto y él todavía más tarde, casi a las ocho.

–Bastante –contestó Mel con tono apagado.

Estaba harta de los forcejeos con Paul Stevens.

–¿Se portó un poco mejor este sujeto? ¿Paul como se llame?

Mel sonrió. Todo el mundo en Los Ángeles sabía cómo se llamaba.

–No, creo que se portó un poco peor.

–Qué hijo de perra.

–Y tú ¿qué?

–Tres «derivaciones» seguidas. No ha sido un día muy emocionante.

–Yo voy a entrevistar a Louisa Garp. –Era la máxima estrella de Hollywood.

–¿De veras?

–Sí.

–¿Cuándo?

–La semana que viene. Hoy nos ha dado su conformidad –contestó Mel y Peter la miró con asombro–. Pero si una vez entrevisté incluso al doctor Peter Hallam –añadió sonriendo mientras él le tomaba la mano.

Ambos estaban muy atareados y tenían unas profesiones muy agitadas, pero Peter esperaba que ello no les impidiera estar juntos. No era la clase de vida que deseaba. Le gustaba saber que tenía a su esposa a su disposición. Y él quería estar también a disposición de Mel.

–Hoy te he echado de menos, Mel.

–Y yo a ti.

Pero Melanie sabía lo que iba a suceder en los dos meses siguientes. Apenas le iba a ver. Quizá las cosas se calmaran un poco más adelante.

Después de la cena se fueron a charlar un rato al salón y entonces bajó Pam.

Peter tendió un brazo hacia ella.

–¿Cómo está mi niña? –Pam se acercó sonriente–. ¿Sabías que Mel va a entrevistar a Louisa Garp?

–¿Y qué?

Se mostraba constantemente ofensiva, como si Mel constituyera una auténtica amenaza para ella. Peter estaba molesto.

–No es una respuesta muy amable.

–Ah, ¿no? –Estaba pidiendo pelea, pero Mel no dijo nada–. ¿Y qué? Hoy me han dado a mí un sobresaliente en historia del arte.

–¡Estupendo! –exclamó Peter, sin prestar atención al comentario anterior.

Mel estaba furiosa y, cuando la niña se fue, se lo dijo.

–¿Y qué querías que dijera? El año pasado Pam suspendía todas las asignaturas, y ahora me dice que le han dado un sobresaliente.

–Magnífico. Pero eso no disculpa su grosería conmigo.

–Por el amor de Dios, Mel, dale tiempo para que se adapte. –Peter había tenido una dura jornada y estaba cansado. No le apetecía regresar a casa y empezar a discutir con Mel–. Vamos a nuestro dormitorio y cerremos la puerta.

Pero entonces entró Jess y Mel le rogó amablemente que se fuera.

–¿Por qué? –preguntó la muchacha, disgustada.

–Porque no he visto a Peter en todo el día y queremos hablar.

–Yo tampoco te he visto –replicó Jessica, visiblemente ofendida.

–Lo sé. Pero ya hablaré contigo mañana por la mañana. Peter estará entonces en el hospital.

Peter abandonó la habitación para ir a ducharse y Mel hizo ademán de besar a su hija, pero ella se apartó.

–No te molestes.

–Vamos, Jess… Es difícil cortarme en pedazos para todo el mundo. Dame una oportunidad.

–No faltaba más.

–¿Cómo está Val?

–¡Y yo qué sé! Pregúntaselo a ella. Conmigo ya no habla y parece que tú no tienes tiempo para hablar con nosotras.

–Eso no es justo.

–Ah, ¿no? Es la pura verdad. Él es lo primero –dijo la chica, señalando con un movimiento de la cabeza la puerta del cuarto de baño.

–Jess, ahora estoy casada. Si hubiera estado casada todos estos años, hubiese sido muy distinto…

–Ya me lo imagino. Personalmente, prefería estar como antes.

–Jessie… –Mel se angustió al mirar a su hija mayor–. ¿Qué te ocurre?

–Nada. –Pero las lágrimas asomaron a los ojos de la muchacha, que se sentó en la cama de su madre, tratando de reprimirlas–. Es que… no sé… –Sacudió la cabeza y miró a Mel con desesperación–. Es todo… una nueva escuela, una nueva habitación… Ya nunca volveré a ver a ninguno de mis amigos… Tengo que compartir una habitación con Val y ella es un desastre. Me quita todas las cosas y nunca me las devuelve. –Eran grandes problemas para ella y Mel se conmovió–. Y se pasa todo el rato llorando.

–¿De veras? –Mel cayó en la cuenta de que Val llevaba varias semanas llorando mucho. A lo mejor, Peter tenía razón y Val estaba enferma–. ¿Se encuentra bien, Jess?

–No lo sé. Está muy rara. Y siempre anda por ahí con Mark.

Mel tomó nota de que debería decir algo al respecto.

–Volveré a hablar con ellos.

–Eso no cambiará nada. Ella se pasa el rato en la habitación de Mark.

–Le dije muy en serio que no lo hiciera.

Mel frunció el entrecejo. Pero había otras cosas que también le había dicho que no hiciera y Jess sabía perfectamente que estaba haciéndolas aunque jamás se lo hubiera dicho a su madre. Mel abrazó a Jessica y la besó en la mejilla, y la muchacha la miró con tristeza.

–Perdona que haya sido tan antipática.

–Es un poco duro al principio para todos, pero ya nos acostumbraremos. Estoy segura de que a Pam, Mark y Matt también les resulta difícil tenernos en casa. Hay que dar tiempo a todo el mundo para que se adapte.

–¿Qué es eso? –preguntó Peter, saliendo de la ducha con una toalla alrededor de la cintura y dirigiéndole a Jess una sonrisa–. Hola, Jess. ¿Todo bien?

–Sí –contestó Jessica, levantándose. Sabía que tenía que dejarles solos. Miró a Mel y le dijo–: Buenas noches, mamá.

Mientras Jess abandonaba la habitación, a Mel le partió el corazón verla tan triste.

No le habló a Peter de la conversación que había mantenido con ella, pero se llevó consigo esa carga cuando fue a trabajar al día siguiente y tuvo que hacer frente a los habituales desaires de Paul Stevens. Aquella tarde, cuando regresó a casa, Peter llamó para decirle que se había producido una urgencia y que tardaría un «rato» (el rato se convirtió en las once de la noche).

No paraban ni un momento, y Mel pasó tres semanas haciendo entrevistas, discutiendo con Paul Stevens antes o después del programa o bien escuchando las quejas de Jessie y Val al volver a casa. La señora Hahn no les permitía entrar en la cocina para prepararse un bocadillo. Pam les quitaba la ropa, Jess dijo que Val y Mark se pasaban todo el rato encerrados en la habitación de Mark y, por si fuera poco, a finales de enero, la llamaron de la escuela de Matt. El niño se había caído de un columpio en el patio, rompiéndose el brazo. Peter se reunió con ellos en la sala de urgencias de un traumatólogo amigo suyo y Mel le dijo bromeando que era la primera vez que se veían desde hacía varias semanas. Él tenía urgencias todas las noches, practicaba constantes operaciones de «derivación» y dos pacientes candidatos a trasplantes se le habían muerto por falta de donantes.

–¿Crees que podremos sobrevivir, Mel?

Ella se dejó caer una noche en la cama, muerta de cansancio.

—Algunos días no estoy muy segura. Jamás en mi vida he hecho tantas entrevistas.

Mel seguía teniendo la sensación de vivir en una casa ajena, lo cual no contribuía a mejorar las cosas, pero aún no había tenido tiempo de hacer nada al respecto.

Ni siquiera había tenido tiempo de resolver el asunto de la glacial señora Hahn.

—Me gustaría que te libraras de ella —le dijo finalmente Mel una tarde a Peter.

—¿De la señora Hahn? —preguntó Peter desconcertado—. Lleva muchos años con nosotros.

—Pero les está haciendo la vida imposible a Val y a Jess, y conmigo no es nada amable. Podría ser una buena ocasión para cambiar.

Hubiera deseado introducir muchos cambios en la casa, pero no tenía tiempo.

—Eso es una locura, Mel —dijo Peter, enfureciéndose ante la idea—. Ella forma parte de esta familia.

—Raquel también formaba parte de la nuestra y tuve que dejarla en Nueva York.

—¿Y por eso estás enojada conmigo? —Peter se preguntó si le habría pedido demasiado a Mel al rogarle que se mudara de ciudad. Ella se mostraba constantemente malhumorada y el trabajo no la llenaba. Ganaba muchísimo dinero, eso no se podía negar, pero las condiciones no eran tan satisfactorias como antes y siempre tenía problemas con Paul Stevens—. Me culpas de todo, ¿verdad?

Peter andaba buscando pelea. Por un motivo inexplicable, aquella mañana se le había muerto un paciente cuya operación no presentaba especiales dificultades.

—Yo no te culpo de nada. —Mel estaba terriblemente agotada—. Lo que ocurre es que nuestras profesiones nos exigen mucho y tenemos cinco hijos y una vida muy agitada. Yo quisiera suavizar la situación en la medida de lo posible. Pero la señora Hahn está complicando las cosas.

–A ti quizá, pero no al resto de nosotros.

La miró con dureza y ella sintió deseos de echarse a gritar.

–¿Acaso yo no vivo también aquí? Santo cielo, entre tú y Pam...

–¿Y ahora qué?

El comentario había dado en el blanco.

–Nada. Que nuestra presencia la molesta. Ya me lo esperaba.

–¿Y crees que tus hijas no están molestas conmigo? Eres una insensata si no lo crees. Están acostumbradas a disponer de todo tu tiempo, y ahora se ofenden cada vez que cerramos la puerta de nuestro dormitorio.

–Eso no puedo evitarlo, de la misma manera que tú no puedes modificar el comportamiento de Pam. Todos necesitan tiempo para adaptarse, pero Jess y Pam son las que más han perdido con el cambio.

–De eso ni hablar. Pam perdió a su madre.

–Lo siento.

No se podía hablar de todo aquello con él, ni tampoco tocar el sagrado tema de su esposa. Mel observó que habían vuelto a colocar algunas fotografías de Anne y el retrato seguía en el pasillo, pero no hizo ningún comentario.

–Yo también lo siento.

–No es cierto –dijo Mel, prolongando imprudentemente la discusión–. Tú quieres que seamos nosotras las que nos adaptemos a todo.

–Ah, ¿sí? ¿Y qué piensas que hubiera tenido que hacer yo? ¿Trasladarme a vivir a Nueva York?

–No. –Mel le miró fijamente a los ojos– Mudarte a otra casa.

–Eso es absurdo.

–No, no lo es, pero te da miedo cambiar. Cuando

vine aquí, tú estabas con lo mismo de siempre, esperando el regreso de Anne. Y ahora me has metido en su casa. Te parece muy bien que yo cambie mi vida de arriba abajo, pero tú quieres que todo siga igual. ¿Y sabes qué te digo? Eso no da resultado.

—Tal vez lo que quieres es abandonar el matrimonio, Mel, no la casa.

Ella le miró con desesperación desde el otro extremo de la estancia.

—¿Estás dispuesto a dejarlo? —preguntó.

Él se dejó caer pesadamente en su sillón preferido.

—Algunas veces sí —contestó, mirándola muy serio—. ¿Por qué quieres cambiarlo todo, Mel? La casa, la señora Hahn… ¿Por qué no puedes dejar las cosas como están?

—Porque aquí todo ha cambiado, tanto si quieres reconocerlo como si no. Yo no soy Anne, sino Mel, y quiero una vida que sea nuestra, no una vida prestada.

—Ésta es una nueva vida —dijo él, no demasiado convencido.

—En una casa antigua. Jess, Val y yo nos sentimos aquí unas intrusas.

—A lo mejor, estás buscando un pretexto para regresar a Nueva York —dijo él con tono sombrío, y Mel sintió deseos de echarse a llorar.

—¿Eso piensas?

—A veces —contestó Peter con sinceridad.

—Bueno, pues voy a decirte una cosa. He firmado un contrato. Si tú y yo nos separáramos esta noche, yo tendría que quedarme aquí dos años, tanto si me gusta como si no. No puedo regresar a Nueva York.

—Y por eso me aborreces.

Ésa era la visión que él tenía de los hechos.

—Yo no te aborrezco por nada. Te quiero. —Mel se acercó y se arrodilló junto a su sillón—. Y me gusta este trabajo, pero las cosas no suceden sin más. Ambos te-

nemos que estar dispuestos a cambiar –añadió acarición-
dole suavemente el rostro.

–Creo que… –De repente las lágrimas asomaron a
los ojos de Peter, que apartó el rostro y después miró
de nuevo a Mel–. Pensaba… que podríamos conservar
muchas cosas… igual…

–Lo sé. –Mel se irguió y le besó–. Y yo te quiero
mucho, pero ocurren tantas cosas que a veces la cabeza me da vueltas.

–Ya lo sé. –Casi siempre conseguían serenarse después de las discusiones, aunque en los últimos tiempos
eran muy numerosas–. Hubieras tenido que firmar el
contrato de Nueva York, Mel. No fue justo que te
arrastrara aquí.

–Sí, lo fue –dijo ella, sonriendo entre lágrimas–.
Y tú no me arrastraste a ninguna parte. Yo no quería quedarme en Nueva York. Sólo quería estar aquí
contigo.

–¿Y ahora? –preguntó él, aguardando temeroso su
respuesta.

–Me alegro de haber venido. Todo se arreglará.

Él tomó su mano y la acompañó a la cama. Hicieron el amor como otras veces y Mel supo que le había
vuelto a encontrar. No se arrepentía de ninguna de sus
palabras, pero había tenido que pagar un tributo y todos ellos sufrían muchas tensiones. Esperaba que pudieran sobrevivir y, teniendo a su lado la fortaleza de Peter, sabía que lo lograrían.

De lo único que Peter no podía protegerla era de su
trabajo, y una tarde de febrero la vio regresar a casa a
punto de llorar.

–Dios mío, si supieras lo imbécil que es este hombre. –Paul Stevens la estaba volviendo loca–. Un día de
estos voy a acabar con él en el mismo plató mientras
estemos en antena.

–Eso sí iba a ser una noticia. –Peter la miró comprensivo. Por una vez, las cosas estaban un poco más tranquilas en el hospital–. Tengo una idea.

–Contratar a un hombre que le dé una paliza.

–Mucho mejor que eso.

–Zapatos de cemento.

Peter rió.

–Vámonos a esquiar este fin de semana. Nos sentará bien a todos. Yo no estoy de guardia y me han dicho que la nieve se encuentra en muy buenas condiciones. –Mel le miró con desaliento. La sola idea de tener que hacer las maletas le producía cansancio–. ¿Qué te parece?

–No lo sé… –No quería ser una aguafiestas y, por una vez, parecía que Peter estaba de buen humor. La miró sonriendo y él la abrazó–. Bien, de acuerdo.

Por lo menos, se alejarían de los problemas de la casa.

–¿Trato hecho?

–Sí, doctor.

Mel subió arriba para decírselo a los chicos, pero descubrió que Val se encontraba en cama, aquejada al parecer de una fuerte gripe. Estaba mortalmente pálida y amodorrada, y Mel le tocó la frente y comprobó que ardía. Mark estaba sentado muy preocupado junto a ella. Parecía un ataque gripal como los que solía tener en Nueva York. Val era más débil que Jess.

–Tengo una buena noticia –les dijo a Mark y a las gemelas–. Peter nos va a llevar a todos a esquiar este fin de semana.

Parecieron alegrarse, aunque la reacción fue bastante moderada. Mark estaba inquieto por Val y Jessica miró a su hermana con expresión dubitativa.

–Será bonito –dijo Val con un hilillo de voz.

–¿Estás bien, cariño? –preguntó Mel, sentándose en la cama de su hija.

–Estoy bien –contestó la muchacha, haciendo una mueca–. Es una simple gripe.

Mel asintió, pero estaba un poco angustiada por su hija.

–¿Crees que vas a estar bien este fin de semana, Val?

–Por supuesto.

Mel fue a decírselo a Pam y a Matt, regresó con una aspirina y un zumo de fruta para Val y luego volvió abajo.

–¿Están todos contentos?

–Creo que sí. Pero Val se siente indispuesta.

–¿Qué le ocurre? –preguntó él con inquietud–. ¿Te parece que le eche un vistazo?

Mel sonrió, pero conocía a su hija.

–Creo que le daría vergüenza que lo hicieras. No es más que la gripe.

–Ya se habrá repuesto para el fin de semana –dijo él, asintiendo.

–Aún tengo que llevarla al especialista en medicina interna que me recomendaste.

Sin embargo, cada vez que le sugería la idea a Val, ella se echaba a llorar e insistía en que estaba bien. Y cuando tomaron el avión con destino a Reno aquel fin de semana y después utilizaron una furgoneta para dirigirse a Squaw Valley, Val estaba todavía muy pálida, pero parecía que todos los demás síntomas habían desaparecido y Mel ya tenía otras preocupaciones. Paul Stevens había organizado una terrible escena en el plató poco antes de iniciarse el programa la víspera de la partida de Mel hacia Reno. El trabajo se estaba convirtiendo para ella en un suplicio, pero estaba decidida a seguir adelante ocurriera lo que ocurriera. Los fines de semana eran un alivio, sobre todo aquel viaje a Squaw Valley.

Peter alquiló una furgoneta en el aeropuerto de Reno y todos subieron muy alegres, entonando canciones y ayudándose unos a otros a cargar los esquíes y las bolsas. Peter se detuvo para besar a Mel antes de subir al vehículo y los chicos se asomaron a las ventanillas y empezaron a silbar y a gritar. Incluso Pam parecía de mejor humor que en los últimos días y a Val se le avivaron las mejillas en el momento de emprender la marcha a Squaw Valley. Al llegar, todos estaban riendo y bromeando, y Mel se alegró de haber hecho el viaje. A todos les sentaría bien dejar Los Ángeles y aquella casa por lo que tan a menudo discutía con Peter.

Peter había alquilado un bonito apartamento en un lugar que ya conocía anteriormente con sus hijos. Era pequeño, pero adecuado para ellos. Durmieron igual que en México, las chicas en una habitación, los chicos en otra y Mel y Peter en una tercera. A la hora del almuerzo ya estaban en las pistas, chillando y riendo y persiguiéndose unos a otros montaña abajo. Como de costumbre, Mark no se separó de Val, pero parecía que ambos estaban más serios que otras veces. Jess y Pam empezaron a hacer carreras por las pistas, seguidas de cerca por Matt.

Al terminar su primera carrera, Mel se detuvo sin aliento al pie de la montaña y aguardó al lado de Peter la llegada de los demás. Resultaba agradable encontrarse allí, y Mel se sentía más joven que nunca. Miró alegremente a Peter y vio que los chicos se deslizaban por la pendiente.

–¿No te alegras de que hayamos venido, Mel?

Ella le miró a los ojos. Tenía mejor aspecto que nunca con sus brillantes ojos azules, sus mejillas arreboladas y su cuerpo lleno de vida.

–Me haces muy feliz, ¿lo sabías?

–¿De veras? –preguntó él esperanzado. La quería tanto que jamás hubiera deseado disgustarla, aunque algunas veces temía haberlo hecho, obligándola a trasladarse al Oeste y buscarse otro empleo. Algo así como una novia por correspondencia. Sonrió al pensarlo–. Así lo espero. Quiero hacer muchas cosas contigo, y ofrecerte tanto…

–Lo sé. –Mel le comprendía mejor de lo que él pensaba–. Pero apenas tenemos tiempo. Quizá poco a poco podamos organizarlo todo mejor. –Sin embargo, ella siempre tendría que realizar entrevistas, reportajes y noticiarios, y siempre habría quien necesitara un corazón nuevo o un «arreglo» en el viejo–. Por lo menos, los chicos se calmarán.

–Yo no estoy tan seguro de eso. –Peter rió al ver a los cinco jóvenes descendiendo a toda velocidad, con Matt en la retaguardia. Era casi tan rápido como los demás–. ¡No está nada mal, chicos! –gritó–. ¿Lo probamos otra vez? ¿O queréis almorzar?

Habían tomado algo en el avión, y en Reno compraron unos bocadillos para comer en la furgoneta, Pero Jess se apresuró a decir:

–Creo que Val tiene que comer.

Mel se conmovió al ver cómo se preocupaba por su hermana y entonces se percató de lo pálida que estaba Val. Se acercó a ella con los esquíes puestos y le tocó la frente. No tenía fiebre.

–¿Te encuentras bien, Val?

–Sí, mamá.

Pero sus ojos estaban como perdidos, y mientras subían de nuevo en el telesilla a la cima de la montaña, Mel se lo comentó a Peter.

–Tengo que llevarla al médico cuando volvamos a casa por mucho que grite y patalee. No sé por qué razón se obstina en no querer ir.

Peter sonrió mientras ascendían a la cima suspendidos en el aire, pasando junto a unos enormes pinos.

–Hace dos años tuve que llevar a Pam al pediatra a que le hiciera un chequeo para la escuela y recuerdo que empezó a correr por la habitación, chillando porque no quería que le pusieran la inyección del tétanos. La verdad es que, por muy desarrolladas que estén, son unas chiquillas. A veces es fácil olvidarlo porque las creemos tan sofisticadas… Pero es pura apariencia. En el fondo, no son más maduras que Matthew.

Mel sonrió mientras sus esquíes se balanceaban en el aire.

–Tienes razón con respecto a Val, pero no creo que sea cierto en el caso de Jessie. Esta chica es adulta desde que nació y siempre ha cuidado mucho de su hermana. A veces pienso que confío demasiado en ella.

–A mí me ocurre lo mismo –dijo Peter suavemente–. La veo algo trastornada desde que vinisteis. ¿Es por mí o está celosa de Val y Mark?

Mel no se había percatado de la tensión que emanaba de Jessie como un alambre de púas y se asombró de que él lo hubiera notado. Peter era sorprendentemente perspicaz, sobre todo teniendo en cuenta lo poco que les veía debido a las muchas horas que se pasaba en el hospital y en su despacho.

–Creo que un poco de ambas cosas –respondió Mel–. Está acostumbrada a tenerme a su disposición más que ahora. Yo he tratado de suavizar la situación con Pam, y Matt me necesita más que los otros. Llevaba dos años hambriento de cariño.

–Hice todo lo que pude –dijo Peter, dolido.

–Ya lo sé. Pero tú no eres una mamá –repuso ella, inclinándose hacia Peter para besarle.

Al llegar a la cima de la montaña, bajaron del telesilla. Resultaba agradable tener tiempo para hablar con su marido. En Los Ángeles casi nunca lo tenían y además estaban siempre muertos de cansancio. En cambio allí, en pocas horas habían vuelto a establecer contacto. Mientras descendían por las pistas, Mel volvió la cabeza una o dos veces para cerciorarse de que todos los demás estaban allí. Les reconocía por las combinaciones de colores y por sus atuendos. Jessica y Val iban de amarillo, Mark de negro y rojo, Pam de rojo de la cabeza a los pies y Matthew de azul cobalto y amarillo.

Ella llevaba una chaqueta de piel y gorro y pantalones negros, y Peter iba todo de azul marino. Formaban un grupo muy vistoso.

A última hora de la tarde entraron a tomar unas tazas de chocolate caliente y después volvieron a esquiar. Los chicos eligieron una pista distinta de la de Mel y Peter, pero Mel sabía que eran unos buenos esquiadores y que tendrían cuidado, incluso Matthew, y sabía también que Jessie le vigilaría en caso de que Pam no lo hiciera. Era una delicia esquiar al lado de Peter en aquella tonificante atmósfera alpina, y en su último recorrido decidieron hacer una carrera. Peter ganó por pocos metros y Mel se reunió con él al final, riéndose casi sin aliento.

—¡Eres tremendo! —le dijo con admiración.

Peter sabía hacerlo todo muy bien.

—Ahora no. Yo formaba parte del equipo de esquí de la universidad, pero ya hace años que no lo tomo en serio.

—Pues me alegro de haberte conocido ahora. No hubiera podido seguirte.

—Tampoco lo haces mal —dijo Peter, dándole una palmada en el trasero con la mano enguantada.

Ella se rió y se besaron, abandonaron la pista, se quitaron los esquíes y decidieron aguardar la llegada de los chicos. La espera pareció muy larga, pero al fin todos aparecieron. Primero Mark y después Jess, Pam, Matt y Val en último lugar. Parecía más lenta que los demás y Jess se volvió varias veces para vigilarla mientras Mel las observaba con preocupación.

—¿Te parece que está bien?

—¿Quién? —preguntó Peter, que miraba a Matt.

El niño estaba haciendo unos progresos asombrosos.

—Val.

—¿La que va detrás de Mark?

Peter no le podía ver el color del cabello oculto por el gorro de lana y la había confundido con Jess.

—No, es la última, un poco más arriba, con el mismo traje que Jess. —Peter la observó y vieron que se tambaleaba una o dos veces, tropezaba, recuperaba el equilibrio, seguía deslizándose por la pendiente, y estaba a punto de chocar con dos esquiadores—. Oye... —Mel asió instintivamente el brazo de Peter—. Algo le ocurre.

En ese momento Val describió una extraña curva con los esquíes, recuperó el equilibrio y después empezó a tambalearse mientras todos la miraban. De repente, cayó de lado poco antes de llegar al final de la pista, se le soltaron los esquíes y quedó tendida boca abajo sobre la nieve. Mel corrió hacia ella, seguida de Peter, que se arrodilló enseguida junto a la chica inconsciente, le examinó los ojos, le tomó el pulso y miró a Mel, sin poder comprender lo que había ocurrido.

—Tiene un shock. —Sin decir más, se quitó la chaqueta y se la puso encima. Jess hizo lo mismo en un acto reflejo y le entregó la prenda a Peter, mientras los demás contemplaban incrédulos la escena y ella se arrodillaba al lado de su hermana y le tomaba la mano. Peter miró al grupo, esperando que la patrulla de socorro les viera enseguida—. ¿Sabe alguien lo que ha ocurrido? ¿Ha tenido una mala caída, se ha golpeado la cabeza?

¿Se habría fracturado algo? ¿Sería una luxación? Mark guardaba un extraño silencio. Pam sacudió la cabeza y Matt se echó a llorar y abrazó a Mel. Mientras contemplaba la figura inerte de su hija, Mel lanzó un grito al ver una enorme mancha roja que se extendía por la entrepierna de sus pantalones e incluso sobre la nieve.

—Peter, oh, Dios mío...

Se quitó los guantes y tocó el rostro de Val, más frío que el hielo...

Peter miró a su esposa y después a su hijastra.

—Tiene una hemorragia.

En aquellos momentos llegó la patrulla de socorro y dos vigorosos jóvenes con brazales blancos y rojos se arrodillaron al lado de Peter.

—¿Una mala caída?

—No; soy médico. Tiene una hemorragia. ¿Con qué rapidez pueden conseguir una camilla?

Uno de los jóvenes sacó un transmisor y dio la alerta roja, facilitando la localización exacta.

—Llegará enseguida.

Casi antes de que el joven terminara de hablar, apareció en la distancia una camilla sobre un trineo con dos hombres esquiando.

Mel se había arrodillado al lado de Val y pudo ver que, aunque también le había colocado su chaqueta encima y pese a todos sus esfuerzos, la muchacha estaba inconsciente y sus labios habían adquirido una coloración azulada.

—¿No puedes hacer algo? —preguntó, mirando a Peter con los ojos llenos de lágrimas y de reproches mientras él la miraba con desesperación.

Si algo le ocurría a su hija, Mel no se lo perdonaría jamás. Sin embargo, él no podía hacer absolutamente nada.

—Hemos de detener la hemorragia y hacerle rápidamente una transfusión. —Peter se dirigió al muchacho de la patrulla de socorro—: ¿Está cerca el puesto de primeros auxilios? —El joven le señaló el pie de la colina, apenas a un minuto del lugar en que se encontraban—. ¿Tienen plasma?

—Sí, señor.

Val ya estaba colocada en el trineo, dejando un enorme charco de sangre en la nieve.

Peter se volvió a mirar a Mel mientras toda la familia seguía al trineo hasta el pequeño refugio.

—¿Cuál es su grupo sanguíneo?

–Cero positivo.

Jessie estaba llorando muy quedo, igual que Pam, y Mark parecía estar a punto de desmayarse. Levantaron a Val del trineo con toda la rapidez que pudieron y la llevaron adentro. Había una enfermera y acababan de avisar a un médico que estaba en una de las pistas atendiendo a un hombre con la pierna rota, pero Peter se apresuró a levantar a Val por la cadera y la enfermera le ayudó a desnudarla mientras los demás contemplaban la escena. Empezaron a hacerle una transfusión y le administraron una inyección intravenosa, pero Val no daba muestras de recuperar el conocimiento y Mel se atemorizó.

–Dios mío, Peter... –Había sangre por todas partes. Mel se volvió a mirar a Jessie y vio a Matt, que contemplaba con los ojos muy abiertos a su hermanastra–. Pam, llévate a tu hermano fuera.

Pam asintió en silencio y se fue con el niño mientras Mark y Jessica permanecían de pie tomados fuertemente de la mano, observando, en compañía de Mel, los esfuerzos de Peter y la enfermera por salvar la vida de Val.

El médico llegó cinco minutos más tarde y empezó a ayudar a Peter. Se avisó a una ambulancia y tuvieron que llevarla al hospital enseguida puesto que, según dijeron, se trataba de una hemorragia ginecológica, aunque nadie sabía cómo había empezado ni por qué.

–¿Alguien sabe...? –Empezó a preguntar el médico y Mark les sorprendió a todos, adelantándose y hablando con voz temblorosa.

–Tuvo un aborto el martes.

–¿Cómo...? –exclamó Mel.

La habitación empezó a dar vueltas a su alrededor mientras ella miraba a Mark y luego a Peter, que la sostuvo antes de que se desmayara. La enfermera trajo un frasco de sales y el médico siguió atendiendo a Val. Pero estaba claro que sólo una intervención quirúrgica podría detener la hemorragia, aunque, en aquellos momentos, ni siquiera eso era seguro. La muchacha había perdido mucha sangre y Peter miró a su hijo horrorizado.

–¿Quién demonios hizo eso?

Mark miró a su padre llorando y contestó con voz trémula:

–No queríamos acudir a nadie que tú conocieras y eso excluía a casi todos los médicos de Los Ángeles. Val quería ir a una clínica. Y fuimos a una de Los Ángeles oeste.

–¡Santo cielo! ¿Te das cuenta de que la pueden haber matado? –gritó Peter en la pequeña estancia.

Mel empezó a sollozar mientras Jess la abrazaba.

–Se va a morir… Oh, Dios mío… se va a morir… –decía Jessica, que había perdido totalmente el control al ver el estado de su hermana.

Percatándose de lo que estaba ocurriendo a su alrededor, Mel se sobrepuso. Se dirigió a Jess con brutalidad y su voz fue la única que se escuchó en el minúsculo refugio.

–*No* va a morir, ¿me has oído? ¡*No* se va a morir! –gritó, dirigiéndose tanto a Dios como a los allí presentes. Después miró a Mark y a Jess, sintiéndose llena de furia–. ¿Por qué demonios no me lo dijisteis? –Sólo hubo silencio por parte de Mark. Esperar que se lo dijeran era pedir demasiado. Al fin añadió, dirigiéndose a Jess–: ¡Y tú! ¡Tú lo sabías!

Era una perversa acusación.

–Lo adiviné. Ellos no me lo dijeron. –La pobre estaba tan furiosa como su madre–. ¿Y qué hubieras hecho si te lo hubiésemos dicho? Tú siempre estás ocupada con tu trabajo y tu marido y Pam y Matt. Podrías habernos dejado en Nueva York, podrías…

Pero un fuerte bofetón de su madre la envió a sollozar a un rincón. De repente se escuchó la sirena de la ambulancia, y poco después acomodaron a Val, acompañada de dos auxiliares y de Mel.

—Yo os seguiré en la furgoneta —le dijo Peter a su mujer.

Salió corriendo fuera, dejando los esquíes en el refugio. Ya acudirían a recogerlos más tarde. Puso en marcha el motor y los demás subieron en silencio al vehículo. Jess y Mark a su lado en el asiento delantero, Pam y Matthew en el trasero. Nadie dijo una palabra mientras se dirigían al hospital de Truckee. Peter fue quien rompió el silencio.

—Hubieras debido decírmelo, Mark —dijo serenamente, imaginándose la angustia de su hijo.

—Lo sé... ¿Se pondrá bien, papá? —preguntó el muchacho con voz temblorosa mientras las lágrimas rodaban por sus mejillas.

—Creo que sí, si la llevan al hospital enseguida. Ha perdido mucha sangre, pero la transfusión de plasma la ayudará. —Jessica permanecía sentada entre ambos en petrificado silencio, visible aún en el rostro la huella de la mano de su madre. Peter la miró y le dio unas palmadas en la rodilla—. Se pondrá bien, Jess. La situación parece más grave de lo que es en realidad. Impresiona mucho ver tanta sangre.

Jessica asintió sin decir nada. Cuando llegaron al hospital de Truckee, todos descendieron del vehículo, pero los más jóvenes no pudieron pasar de la sala de espera. Mel y Peter entraron con Val, y Peter decidió no presenciar la intervención quirúrgica para poder estar al lado de Mel. Habían llamado a un cirujano especializado en ginecología y Peter esperaba que fuera competente. Sólo les habían dicho que la muchacha se encontraba en grave peligro y que era posible que tuviera que practicarle una histerectomía. No sabrían el alcance de la lesión hasta que la examinaran. Mel asintió en silencio y Peter la acompañó afuera junto a los demás. Se mantenía visiblemente apartada de Mark, y Jess no quiso acercarse a ella. Al cabo de un rato, Peter le dio veinte dólares a su hijo mayor y le dijo que fuera con los demás a tomar algo a la cafetería. Mark se marchó con todo el grupo, pero nadie tenía apetito. Sólo pensaban en Val, tendida en el quirófano. Una vez a solas con Peter, Mel se volvió a mirarle con ojos llorosos y se apoyó contra su pecho, lanzando un gemido de desesperación. Era una escena que él veía todos los días en los pasillos del Center City, pero ahora les estaba ocurriendo a ellos… a Mel… a Val y él tenía la misma sensación de impotencia que había experimentado al morir Anne. Por lo menos, en aquellos momentos podía ayudar a Mel. La estrechó en sus brazos para tranquilizarla.

—Se pondrá bien, Mel… Se va a…

—¿Y si ya no pudiera tener hijos? —dijo Mel, sollozando con desconsuelo en sus brazos.

—Por lo menos estará viva y la tendremos a nuestro lado.

Ya podrían darse por satisfechos.

—¿Por qué no me lo dijo?

—Supongo que tenían miedo. Querían resolverlo todo por sí mismos.

Un comportamiento admirable, pero insensato.

—Sólo tiene dieciséis años.

—Lo sé, Mel… lo sé…

Peter sospechaba desde hacía algún tiempo que Mark y la muchacha habían hecho finalmente el amor, pero no quiso decir nada para no disgustar a Mel. Comprendió que hubiera tenido que hablar con Mark. Lo estuvo pensando hasta que los chicos regresaron de la cafetería y Mark se acercó despacio a Mel y su padre. Mel le miró con tristeza y siguió llorando mientras Mark se sentaba con expresión afligida.

—No sé qué decir… lo siento mucho… Yo… yo no pensé… nunca hubiera permitido que ella…

Inclinó la cabeza y empezó a llorar. Peter se conmovió y le atrajo hacia sí, junto a Mel, entonces Mark y Mel se abrazaron llorando y luego se les unieron Jessica, Pam y Matthew. Era una escena terrible y el médico lanzó un suspiro al verles. Peter advirtió su presencia y se apartó de los demás para hablar con el cirujano mientras Mel les miraba a ambos con ojos aterrados.

–¿Qué tal ha ido?

El médico asintió y Mel contuvo la respiración.

–Ha tenido suerte. No ha sido necesario extirparle la matriz. Ha sido una hemorragia tremenda, pero no se han producido lesiones permanentes. De todos modos, yo le aconsejaría que no volvieran a practicarle otro aborto.

Peter asintió. Esperaba que ello no ocurriera.

–Muchas gracias.

Ambos cirujanos se estrecharon la mano.

–Me han dicho que usted es médico.

–En efecto. Cirugía cardíaca. Somos de Los Ángeles.

El otro cirujano entrecerró los ojos, se dio una palmada en la frente y sonrió.

–Claro. Ahora ya sé quién es usted. ¡Usted es Hallam! –Estaba tan emocionado que apenas podía disimularlo–. Me alegro de no haberlo sabido antes de entrar –dijo riéndose–. Hubiera estado más nervioso que un flan.

–No hay por qué. Yo no hubiera podido hacer lo que usted ha hecho.

–Bien, me alegro de haber podido ser útil –dijo el médico, estrechando de nuevo la mano de Peter–. He tenido mucho gusto.

Peter comprendió que no les iban a cobrar nada por la intervención y lo lamentó porque aquel hombre, con su excelente trabajo, había salvado la vida de Val y las vidas de sus futuros hijos y tal vez incluso la de Mark.

Se preguntó si ya habría terminado el idilio o si el incidente volvería a unir a la pareja. Pero no cabía duda de que había unido a la familia y, mientras todos permanecían sentados, aguardando a que Val despertara de la anestesia, la animación volvió a adueñarse de ellos. Empezaron a charlar y a bromear un poco, aunque en tono algo apagado. Habían tenido un buen susto. Antes de que Val despertara, Peter acompañó a Pam y a Matthew al apartamento. Mark y Jess insistieron en quedarse con Mel porque querían ver a Val, pero en aquellos momentos los otros dos estaban peor que Val. A pesar de sus protestas, Peter decidió acompañarlos a casa.

—Queremos ver a Val —gimoteó Matthew.

—No os van a dejar entrar y ya es tarde, Matt —dijo su padre con una dulzura no exenta de firmeza—. Ya la veréis mañana, si os lo permiten.

—Quiero verla esta noche.

Peter le acompañó fuera y Pam les siguió, volviéndose a mirar por última vez a los demás.

Cuando Peter regresó, Val acababa de despertar y se encontraba en su habitación, pero estaba demasiado amodorrada para comprender lo que decían. Se limitaba a sonreír y a dormirse de nuevo. Cuando vio a Mark extendió la mano hacia él y murmuró:

—Lo siento… yo…

Después se durmió de nuevo y, una hora más tarde, todos regresaron al apartamento. Era pasada la medianoche y estaban agotados.

Mel le dio a Jessie un beso de buenas noches y la mantuvo abrazada un buen rato. Jessica la miró muy triste.

—Siento lo que he dicho y hecho.

—Puede que parte de ello sea verdad. Quizá haya estado demasiado ocupada con los demás.

—Ahora somos muchos y tú tienes demasiadas cosas que hacer. Ya lo sé, mamá… —dijo Jessica.

Su voz se apagó mientras recordaba otros tiempos y otro lugar… cuando no tenían que compartir a su madre con otras personas.

—Eso no es ninguna excusa, Jess. Trataré de hacerlo mejor a partir de ahora.

Pero ¿de veras podría hacerlo? ¿Cuántas horas tenía un día? ¿Cómo podría dar a cada uno de ellos lo que necesitaba, ejercer su profesión y tener tiempo de respirar? Era la madre de cinco muchachos y la esposa de un eminente cirujano, por no hablar de su trabajo como presentadora de un noticiario televisivo. Apenas le quedaba tiempo para otras cosas. Y una de sus hijas la había acusado de prestar más atención a sus hijastros que a ellas mismas. Tal vez se esforzaba demasiado en complacerles a todos. Le dio también a Mark un beso de buenas noches y después se acostó, pero, a pesar de lo cansada que estaba, no pudo dormir. Permaneció varias horas despierta, pensando en lo que le había dicho Jess y en Val, tendida sobre la nieve cubierta de sangre. Peter la oyó estremecerse a su lado.

—Nunca me perdonaré no haber sabido lo que ocurría.

—Tú no puedes saberlo todo, Mel. Ahora casi son unas personas adultas.

—Ésa no era tu opinión… Tú me has dicho que eran como Matthew.

—Puede que estuviera equivocado. —El hecho de que su hijo hubiera estado a punto de ser padre le había causado una honda impresión. Pero Mark había cumplido dieciocho años en agosto. En realidad, ya era un hombre—. Sé que son jóvenes, demasiado para hacer lo que han hecho: acostarse, quedar la chica embarazada y sufrir un aborto, pero son cosas que ocurren, Mel. —Peter se incorporó y miró a su mujer—. Ellos trataron de resolver el problema, tienes que reconocerles este mérito.

Pero ella no quería reconocerles ninguno y tampoco se lo quería reconocer a sí misma.

–Parte de lo que Jessie ha dicho es verdad, ¿sabes? He estado muy ocupada contigo y con Pam y Matthew, y no he tenido mucho tiempo para ellas.

–Ahora tienes cinco hijos, una profesión y una casa más grande, y me tienes a mí. ¿Qué más puedes exigirte, Mel?

–Supongo que mucho más –contestó ella, pero la sola idea la desalentaba.

–¿Qué más puedes hacer?

–No lo sé. Pero parece que no hago lo suficiente, pues de otro modo a Val no le hubiera ocurrido eso. Hubiese tenido que adivinar lo que pasaba. Hubiera tenido que saberlo sin que nadie me lo dijera.

–¿Qué quieres hacer? ¿Jugar a ser policías? ¿Dejar tu trabajo para poder acompañar a los chicos a la escuela en automóvil?

No era una perspectiva muy halagüeña y ambos lo sabían, pero Mel contestó poco después en voz baja:

–Eso es lo que hacía Anne, ¿no?

–Sí, pero tú y ella sois mujeres distintas, Mel. Y si quieres que te diga la verdad, no creo que ella se sintiera completamente realizada. En cambio, tú sí. Y eso te convierte en una persona más feliz.

Fue bonito que se lo dijera, y ella le dirigió una sonrisa en la oscuridad, iluminada tan sólo por la luz de la luna que lanzaba sobre ellos unas tenues sombras.

–¿Sabes una cosa, Peter? Me haces sentir mejor en muchas cosas. Y especialmente acerca de mí misma.

–Me alegro de que así sea. Tú también me haces sentir mejor acerca de mí mismo. Siempre tengo la sensación de que respetas lo que hago. –Peter suspiró–. Anne jamás lo aprobó. –Miró a Mel con una ligera sonrisa–. Ella opinaba que los trasplantes estaban mal y eran algo repugnante. Su madre pertenecía a la Iglesia de la Ciencia Cristiana y siempre desconfió de la profesión médica.

—Eso debió ser muy duro para ti.

Jamás se lo había dicho antes y Mel estaba intrigada.

—Lo era. Nunca pensé que contara con su aprobación.

—Sabes que cuentas con la mía, Peter.

—Lo sé. Y eso significa mucho para mí. Creo que ésa fue una de las primeras cosas que me gustaron de ti. Yo te respetaba y comprendí que tú también a mí —dijo, besándole la punta de la nariz—. Y después me enamoré de tus preciosas piernas y de tu magnífico trasero y aquí estamos.

Mel rió por lo bajo, sorprendiéndose de lo extraña que era a veces la vida. Hacía apenas unas horas se había puesto histérica, en la certeza de que estaba a punto de perder a su hija, y en aquellos momentos ambos se encontraban tendidos en la oscuridad, charlando y haciéndose confidencias. Pero, además, acababa de comprender algo que le había pasado inadvertido. Ella y Peter se habían convertido en excelentes amigos durante los últimos meses y ella jamás se había sentido tan unida a nadie, hombre o mujer. Peter había derribado la muralla que ella había levantado a su alrededor a lo largo de los años y ella ni siquiera se había dado cuenta.

—Te quiero, Peter Hallam, mucho más de lo que imaginas.

Momentos después bostezó, durmiéndose en sus brazos y, cuando él la miró, vio que estaba sonriendo.

29

El domingo por la noche, Peter acompañó a Mark, Jess y Matthew a casa y Mel se quedó en Truckee con Val. Dejaron el apartamento y ella alquiló una habitación en un motel. Iba al hospital todos los días, y el miércoles el médico autorizó a la muchacha regresar a casa con su madre. Curiosamente, fueron unos días muy agradables para ambas, pues hablaron como hacía años no lo hacían acerca de la vida, los hicos, Mark, la sexualidad, el matrimonio, Peter y la vida de Mel. Cuando llegaron a Los Ángeles el miércoles por la noche, Mel pensó que conocía a Val mucho mejor que antes. Sólo lamentaba no haber podido dedicar más tiempo a sus hijas, evitando así el trauma que acababan de sufrir.

Val parecía encontrarse mentalmente repuesta. Le dolía mucho haber tenido que perder a un hijo no nacido, pero pensaba que tener una criatura a los dieciséis años hubiera arruinado su vida y Mel no podía por menos que mostrarse de acuerdo. Aquello hubiese cambiado toda su vida obligándola a prolongar sus relaciones con Mark, cosa que tal vez más adelante no le apeteciera. La chica le confesó a su madre que deseaba dejarle temporalmente y salir con otros muchachos. La vehemencia de aquellas relaciones la asustaba y ella no quería que volviera a ocurrirle lo mismo. Mel se alegró de ello y pensó que aquella dura lección tal vez le sirviera para el resto de su vida. Se tomaría en serio el control de la natalidad y no se lanzaría a unas relaciones sexuales sin antes haber reflexionado detenidamente. Sin embargo, Mel lamentaba que hubiera tenido que pasar por todas aquellas zozobras. Val le explicó cómo había sido el aborto y Mel se sorprendió de su valentía y así se lo dijo.

—Yo creo que no hubiera podido hacerlo.

—No tenía otra alternativa. Y Mark estaba conmigo.

Val trató de quitarle importancia, pero ambas sabían que jamás lo iba a olvidar. Mel la estrechó en sus brazos y las dos se echaron a llorar.

—Lo siento mucho, nena.

—Yo también, mamá… No sabes cuánto lo siento…

Val regresó a Los Ángeles arrepentida. Aquella noche, a la hora de la cena, Mel observó que trataba a Mark como a un hermano y que a él no parecía importarle demasiado. Se había producido entre ambos un sutil cambio y todo iba a ser para bien. Peter lo observó y se lo comentó a Mel.

—Lo sé —dijo ella—. Creo que el gran idilio ha terminado.

—Tanto mejor. —Peter sonrió con aire cansado. Su jornada había sido muy larga y por la mañana se había pasado cinco horas operando. Al volver a la vida real, se encontró con un montón de trabajo esperándole en el Center City—. Ahora no podemos dejar a Mark suelto por el barrio deseándole suerte. Nunca imaginé la angustia que implicaba tener una hija. —Aunque Pam le había causado quebraderos de cabeza, el caso de Val era distinto. El motivo de preocupación era aquel maldito cuerpo suyo—. Es una lástima que no sea fea.

—Y que lo digas —contestó Mel—. Llevo años preocupada por eso.

Pero, al día siguiente, las preocupaciones volvió a tenerlas en el estudio. Paul Stevens había organizado un lío tremendo en su ausencia. Mel pidió un permiso de tres días por enfermedad y, al regresar el jueves por la mañana, se encontró con que él había tratado por todos los medios de sabotear su labor. Afortunadamente, el productor sabía qué se proponía Stevens y también que la odiaba a muerte, y por esta razón los daños no fueron muy graves. Sin embargo, resultaba deprimente oír los chismorreos que él había divulgado y el alboroto que había armado, afirmando que en Nueva York todos la consideraban una bruja y la aborrecían, que se había abierto camino hasta la cumbre acostándose con los directivos, y toda la basura que se le pudo ocurrir. Mel se lo comentó a Peter y él se puso furioso.

–¡Será hijo de perra! –exclamó, apretando el puño mientras Mel contemplaba sonriente su reacción.

–La verdad es que es un cerdo.

–Siento que tengas que pasar por todo eso.

–Y yo también. Pero no hay más remedio.

–Pero ¿por qué te odia tanto?

–Sobre todo, por la diferencia de sueldo y también porque no quiere compartir las luces de las candilejas conmigo. Hace años que no tiene compañero de presentación y no lo quiere tener. Yo tampoco lo tenía, pero supongo que habré de adaptarme a la situación. Ojalá pudiera librarme de él, pero no merece la pena que le provoque.

–Lástima que él no piense lo mismo.

–Desde luego.

La situación se prolongó durante un mes hasta que Mel empezó a encontrarse mal constantemente, con dolores de cabeza y un nudo en el estómago que no desaparecía. Hacía todas las entrevistas que podía simplemente para no tener que estar en la emisora, pero también procuraba dedicar más tiempo a las chicas y, sobre todo, a las gemelas. No había olvidado el comentario de Jessica en ocasión del aborto de Val. La niña acusó a su madre de mostrar más interés por los hijos de Peter que por ellas, y Mel procuraba equilibrar las cosas. Pero intuía que Pam se sentía excluida, pues la vio varias veces aliándose con la señora Hahn contra ella. Para resolver el problema, Mel trataba de incluirla en todas las actividades de las gemelas, pero era difícil complacer a todo el mundo y ella llevaba unos cuantos días indispuesta y no podía satisfacer las necesidades de los demás y las suyas propias. Un día salió de compras con Matt y tuvo que sentarse para recobrar el aliento. Estaba tan aturdida y mareada que pensó que iba a desmayarse en el establecimiento Safeway. Le hizo prometer a Matt que no se lo diría a su padre, pero el niño se asustó tanto que se lo explicó a Jess y ésta se lo comunicó inmediatamente a Peter cuando regresó a casa. Él la observó con preocupación durante toda la cena y aquella noche se lo preguntó.

–¿Estás enferma, Mel?

–No, ¿por qué? –contestó ella, apartando el rostro para que no se lo viera.

–No sé. Un pajarito me ha dicho que hoy no estabas muy… católica –replicó Peter.

–¿Y qué ha dicho el pajarito?

–Que has estado a punto de desmayarte en la tienda. –Peter la hizo sentarse a su lado en la cama y la miró detenidamente–. ¿Es cierto?

–Más o menos.

–¿Qué te ocurre?

Ella suspiró mirando al suelo y luego dijo, dirigiéndose a él:

–Este cerdo de Paul Stevens me vuelve loca. Creo que tengo una úlcera porque me encuentro mal desde hace unas semanas.

—Mel, ¿me prometes que irás al médico? —le preguntó Peter, mirándola con inquietud.

—Sí —contestó ella, no demasiado segura—. Pero la verdad es que no tengo mucho tiempo.

—Pues búscalo —repuso él, asiéndola del brazo. Había perdido a una esposa y no podía soportar la idea de perder a otra—. ¡Lo digo en serio, Mel! O lo haces o te mando yo mismo al hospital.

—No seas tonto. Sencillamente me he mareado un poco.

—¿Habías comido?

—Hacía bastante rato.

—Entonces pudo ser eso. De todos modos, quiero que te examinen. —Peter observó que había adelgazado y que estaba pálida y desmejorada—. Tienes mala cara.

—Muchas gracias.

—Estoy preocupado por ti, Mel —repuso Peter, inclinándose hacia ella y tomando su mano—. Te quiero tanto. ¿Pedirás hora mañana para que te vea un médico?

—De acuerdo, de acuerdo.

A la mañana siguiente, él le entregó una lista de internistas y especialistas.

—¿Quieres que vaya a ver a toda esta gente? —inquirió Mel horrorizada.

—Con uno o dos será suficiente. ¿Por qué no empiezas con el internista Sam Jones y que él te diga a quién tienes que ir?

—¿Por qué no me ingresas en la Clínica Mayo para que me examinen durante una semana?

Mel estaba bromeando, pero a Peter no le hizo gracia, pues tenía aún peor aspecto que la víspera.

—Puede que lo haga.

—Ni hablar.

Mel concertó una cita con Sam Jones para aquella tarde. Hubiera tenido que aguardar cuatro semanas, pero cuando le dijo a la enfermera quién era encontraron milagrosamente un hueco para ella aquel mismo día. Acudió a las dos de la tarde porque tenía que estar en la emisora a las cuatro. Sam Jones aprovechó bien el tiempo, tomando muestras de sangre y orina, examinándola, anotando datos, auscultándola y tomándole la tensión. Cuando terminó, a Mel le pareció que le había examinado su cuerpo centímetro a centímetro.

–Bueno, de momento la encuentro bien. Tal vez un poco cansada, pero sana. De todos modos, ya veremos qué dicen los análisis de laboratorio. ¿Hace tiempo que se encuentra agotada?

Ella le explicó todos sus síntomas: las náuseas, los dolores de cabeza, la tensión del trabajo, el traslado desde Nueva York, el cambio de empleo, el aborto de Val, su boda, la necesidad de adaptarse a los hijos de Peter y de vivir con el espectro de la difunta esposa de su marido en una casa extraña...

–¡Alto! –El médico se reclinó en su asiento y se dio una palmada en la frente–. Yo también estoy empezando a sentir náuseas. Creo que usted misma se ha diagnosticado la enfermedad, amiga mía. Me parece que yo no le hago ninguna falta. Lo que usted necesita son seis semanas en una playa soleada.

–Ojalá –dijo ella sonriendo–. Ya le dije a Peter que eran los nervios.

–Puede que tenga usted razón.

El médico le ofreció Valium, Librium y unas píldoras para dormir pero ella lo rechazó todo. Aquella noche le contó a Peter lo que le había dicho Sam Jones.

–¿Lo ves? No me ocurre nada. Es simplemente exceso de trabajo.

Ambos lo sabían, pero él no estaba demasiado convencido. Solía preocuparse mucho por ella.

–Vamos a ver qué dicen los análisis.

Mel puso los ojos en blanco y fue a acostar a Matthew. Pam estaba poniendo discos y las gemelas hacían los deberes en su habitación. Mark había salido. Mel se había enterado hacía unos días de que tenía una nueva amiga, una alumna del primer año de la Universidad de California, y a Val no le importaba en absoluto. En su clase había un chico que era «un encanto» y, al final, Jessica había encontrado a alguien que le gustaba y que la había llevado al cine un par de veces. Por una vez, todo iba bien. Melanie regresó junto a Peter y lanzó un suspiro de felicidad.

—Sin novedad en el frente oriental –dijo.

Le contó a Peter lo que estaban haciendo los chicos y él se alegró. Por fin las cosas empezaban a arreglarse, pensó él. Sin embargo, ninguno de los dos estaba preparado para la noticia que recibieron al día siguiente.

Mel olvidó llamar al doctor Jones antes de salir hacia el trabajo y, cuando regresó a casa, éste había dejado recado de que le llamara. Peter vio primero la nota y llamó a su colega y amigo, pero él no le quiso decir nada.

—Di a tu mujer que me llame cuando vuelva a casa, Peter.

—Por el amor de Dios, Sam, ¿qué ocurre?

Él se asustó mucho, pero Jones no dio el brazo a torcer y, en cuanto Mel llegó a casa, Peter casi se abalanzó sobre ella.

—¡Llama enseguida a Jones!

—Pero bueno, ¿qué pasa? Acabo de llegar, déjame al menos colgar el abrigo.

—Por Dios, Mel…

—Caray, ¿qué sucede? –preguntó ella.

—No lo sé. No ha querido decirme nada.

—¿Le has llamado tú? –preguntó ella un poco molesta.

—Sí –contestó él–. Pero no ha querido decirme nada.

—Muy bien.

–Por lo que más quieras…

–Bueno, bueno.

Mel marcó el número del domicilio particular del médico y la señora Jones fue a avisar a su marido. Peter se acercó a Mel, pero ella le indicó que se apartara. Antes de ir al grano, hizo al médico algunos comentarios intrascendentes.

–No se lo he querido comentar a Peter antes de decírselo a usted. –Parecía muy serio y Mel contuvo la respiración. Tal vez Peter tuviera razón. Tal vez le ocurría algo terrible–. Está usted embarazada, Mel, pero he pensado que preferiría comunicárselo usted misma a su marido –dijo el médico con júbilo.

Pero Mel frunció el entrecejo. Se la había nublado la vista y Peter la miró, convencido de que le habrían dado alguna mala noticia. Se sentó lentamente en un sillón y esperó a que ella colgara el teléfono.

–¿Y bien?

Resultaba difícil esquivarle. Estaba sentado allí, mirándola.

–¿Qué ha dicho?

–Nimiedades.

–¡No me vengas con ésas! –Peter se levantó de un brinco–. He visto la cara que ponías. O me lo dices tú o le llamo.

–No te dirá nada.

Peter empezaba a perder la paciencia y Mel se había quedado aturdida. Miró fijamente a su marido y se levantó.

–¿Podríamos hablar en tu estudio? –preguntó ella. Sin decir palabra, él la siguió y cerró la puerta. Mel volvió a sentarse y le miró–. No lo entiendo…

–Dime qué te ha dicho y yo trataré de explicártelo, Mel, pero, por el amor de Dios, dime qué ocurre.

Mel sonrió. Peter esperaba oír algo complicado, pero lo que Jones le había dicho no tenía nada de eso.

Lo complicado iban a ser las consecuencias de todo ello en su vida.

—Estoy embarazada.

—¿Que estás *qué*? —Peter la miró con incredulidad—. No...

—Pues, sí.

—Vaya —dijo él, esbozando una súbita sonrisa—. ¿De veras?

—Sí —contestó ella, mirándole como si acabara de ser arrollada por un tren.

—Es la mejor noticia que he recibido desde hace años —dijo Peter, acercándose a ella y estrechándola en sus brazos.

—Ah, ¿sí? —dijo ella, todavía aturdida.

—Pues claro.

—Por el amor de Dios, Peter, era lo único que nos faltaba. Estamos completamente agobiados por las responsabilidades que tenemos. ¿Un niño ahora que ya tenemos cinco hijos entre los dos...?

La idea la aterraba.

Peter se quedó anonadado y le preguntó, procurando aparentar indiferencia:

—¿Vas a abortar?

Mel miró al vacío, recordando lo que Val le había contado de la clínica especializada en abortos a la que había acudido con Mark.

—No lo sé. No sé si podría.

—Pues entonces no hay que tomar ninguna decisión, ¿no?

—A ti todo te parece fácil —replicó ella, mirándole tristemente—. Pero no es tan sencillo.

—Pues claro que sí. Tienes una cláusula de maternidad en tu contrato. Tú me lo dijiste.

—Es verdad, lo había olvidado.

Y entonces Mel se echó a reír, recordando lo gracioso que le había parecido. De repente, todo le pareció divertido y empezó a reír sin freno. Peter la besó en la mejilla y sacó una botella de champán del bar. La descorchó, llenó una copa para cada uno y brindó por ella.

–Por nosotros –dijo. Y añadió–: Por nuestro hijo.

Mel tomó un sorbo pero enseguida dejó la copa porque empezó a sentir náuseas.

–No puedo.

La cara de Mel adquirió un tono verdoso. Peter dejó su copa y se acercó a ella.

–¿Estás bien, cariño?

–Estoy bien. –Mel sonrió y se apoyó en él, sin acertar a comprender todavía la ironía de aquella situación–. Tengo unas hijas de casi diecisiete años y estoy embarazada. ¿Te imaginas…? –Empezó a reírse de nuevo–. Ni siquiera puedo imaginar cómo ocurrió, a no ser que hicieras un agujero en el diafragma.

–¿Qué más da? Considéralo un regalo. –Peter miró muy serio a su mujer–. Yo trato con la muerte todos los días de la semana, lucho contra ella, la aborrezco, intento ganarle la partida colocando a la gente corazones de plástico, válvulas de cerdo y de oveja, hago trasplantes, hago lo imposible con tal de engañar a la muerte que siempre anda al acecho. Y aquí estás tú, con un precioso regalo de vida que se nos concede gratuitamente. Sería un crimen no agradecerlo.

Ella asintió en silencio, conmovida por sus palabras. ¿Qué derecho tenía ella a despreciar aquel regalo?

–¿Qué les diremos a los chicos?

–Que vamos a tener un hijo y estamos muy contentos. Santo cielo, pensaba que estabas enferma.

–Yo también. –Mel sonrió, ya más repuesta tras haber apartado el champán de sus labios–. Me alegro de no estarlo.

–No te alegras ni la mitad que yo, Mel. No podría vivir sin ti.

–Bueno, pues ni siquiera tendrás que intentarlo.

Entonces Matthew llamó a la puerta para anunciarles que ya era hora de cenar y, antes de pasar al comedor, Peter los reunió en el salón y les dirigió un pequeño discurso.

–Tenemos que comunicaros una agradable noticia –dijo Peter, mirando a Mel radiante de felicidad.

–¡Que vamos a Disneylandia la semana que viene! –exclamó Matt, y todos se echaron a reír, tratando de adivinar lo que iba a ser.

Mark dijo que iban a construir una pista de tenis, Pam pensó que iban a comprar un yate, las gemelas dijeron que un Rolls-Royce y un viaje a Honolulú –idea que aprobó todo el mundo– y Peter negaba con la cabeza cada vez.

–No. No exactamente. Aunque un viaje a Honolulú no me parece mal. Tal vez por Pascua. Lo que tenemos que deciros es más importante.

–Anda, papá, ¿qué es?

Matthew estaba deseando saberlo y Peter le miró directamente a los ojos.

–Vamos a tener un niño, Matt.

Después les miró a todos y Mel estudió sus rostros, pero la reacción de los chicos la dejó tan desconcertada como los resultados de los análisis de Sam Jones.

–¿Cómo has dicho? –Pam se levantó con presteza visiblemente horrorizada y miró a Mel con incredulidad–. Es lo más asqueroso que he oído en mi vida –añadió, rompiendo a llorar y abandonando la estancia mientras Matt miraba a su padre.

–Aquí no hace falta otro niño –dijo con labios trémulos–. Ya tenemos cinco.

–Pero podría ser un buen amigo para ti, Matt. –Peter le miró mientras los ojos del chiquillo se llenaban de lágrimas–. Los otros son mucho mayores que tú.

–A mí me gusta así –contestó el niño, yéndose rápidamente a su habitación como había hecho su hermana.

Mel miró a sus hijas y vio que Val estaba llorando desconsolada.

–No esperes que me alegre por ti, mamá. –Val se levantó, respirando afanosamente–. Hace un par de meses maté a mi hijo, ¿y ahora supones que voy a alegrarme por el tuyo?

La muchacha se alejó llorando y Mark se encogió de hombros, aunque la idea no le parecía muy acertada. Jessica se limitó a mirarles con asombro. Era como si ya supiera las responsabilidades que pesaban sobre sus espaldas y no lograra comprender que quisieran asumir otras nuevas. Y lo peor de todo era que Mel le daba la razón. La chica se retiró con la excusa de ir a ver cómo estaba su hermana, y Mark hizo lo propio.

Ambos se quedaron a solas en el salón.

–Bueno, pues ya… está –dijo Mel, enjugándose las lágrimas.

–Lo van a superar –contestó Peter, rodeándola con el brazo.

Al levantar la mirada, vio a Hilda Hahn.

–La cena se está enfriando –dijo la mujer con expresión severa. Mel se levantó muy deprimida.

Los chicos se habían alterado ante la idea de otro hijo y ella seguía teniendo problemas en su trabajo. Pensaba que no podría resistirlo y, mientras se dirigían al comedor, se sintió invadida por el desánimo. Entonces vio que la señora Hahn la estaba mirando.

–No he podido evitar oír la noticia. –Su acusado acento alemán siempre la ponía nerviosa. Su forma de hablar carecía de la cordialidad y dulzura que Mel había conocido en otras mujeres alemanas–. ¿No será un estorbo tener un hijo a su edad?

–En absoluto… –contestó Mel, sonriendo amablemente–. Tengo sólo cincuenta y dos años.

Lo dijo porque sabía que la señora Hahn tenía cincuenta y uno. Peter la miró con una sonrisa. Todo lo que hiciera Mel le parecía bien. Le importaba un bledo lo que pensaran los chicos, estaba emocionado y quería que Mel lo supiera. Pero ella no pudo cenar, pensando en los chicos y en su reacción ante la noticia. Subió a verles, pero todas las puertas estaban cerradas y no tuvo cordial acogida en ninguna parte. Al bajar a su dormitorio, Peter insistió en que se tendiera en la cama y ella se burló de él.

—Pero si sólo estoy embarazada de cuatro o cinco semanas…

—No importa. Es mejor empezar las cosas bien.

—Creo que eso hemos hecho hace un par de horas en el salón. —Mel se tendió en la cama y suspiró—. Menuda recepción, ¿verdad?

Las reacciones de los chicos la habían desconcertado, haciéndola sentirse sola y abandonada.

—Dales una oportunidad. Los únicos que tienen motivo para sentirse molestos son Val y Matt, y estoy seguro de que ambos superarán el golpe.

—Pobre Matt. —Mel sonrió al pensar en él—. Quiere ser nuestro hijito pequeño y no se lo reprocho.

—Tal vez sea una niña —dijo Peter emocionado.

—Otra no, por favor —repuso Mel—. Ya tenemos tres.

Ya empezaba a acostumbrarse a la idea y todo le parecía un milagro. Aquella noche estuvieron comentándolo durante horas, y a la mañana siguiente él la besó afectuosamente antes de marcharse. Cuando Mel bajó a desayunar y vio a Matt y Pam y a las gemelas, tuvo la impresión de haberse adentrado en el campo enemigo. Se angustió. Jamás se acostumbrarían a la idea.

—Siento mucho que penséis eso.

Val no quería mirarla y Jess estaba muy deprimida. Matt no probó bocado y, cuando Mel se fijó en la mirada de Pam, se aterró al ver una expresión de odio y furia mezclados con pánico. Era como si la niña se hubiera refugiado en un apartado rincón de su cabeza y Mel no pudiera llegar hasta ella.

La que más se había trastornado era Pam. Mel trató de hablar con ella cuando regresó de sus clases, pero al subir a su habitación le dio con la puerta en las narices y cerró con llave. Mel llamó, pero Pam no quiso abrir.

La casa se había llenado de angustia, dolor y cólera. Era como si cada uno de ellos quisiera castigar a Mel a su manera: Mark ausentándose constantemente de casa para desesperación de su padre, las gemelas manteniéndose apartadas de ella y excluyéndola de sus asuntos, Matt gimoteando sin parar y creando conflictos en la escuela y Pam aislándose y faltando a clase. En cuatro semanas, llamaron a Mel de la escuela otras tantas veces para decirle que Pam había desaparecido antes de empezar la segunda clase. Cuando Mel le preguntaba por qué lo había hecho, la muchacha se encogía de hombros, subía a su habitación y cerraba la puerta. Dio una muestra definitiva de su perversidad al colgar el retrato de su madre sobre la cabecera de la cama del dormitorio de Mel y Peter. Ella regresó a casa un día y se quedó boquiabierta al verlo allí.

–¿La ha visto usted hacer eso? –le preguntó a la señora Hahn, sosteniendo en sus temblorosas manos el retrato de Anne.

–Yo no veo nada, señora Hallam.

Pero Mel sabía que mentía. Cuando volvieron a llamar de la escuela de Pam para comunicar que había faltado a otra clase, Mel decidió quedarse en casa aguardando su regreso. Pero, a las cuatro de la tarde, la niña aún no había vuelto. Mel empezó a preguntarse si no habría ningún muchacho de por medio. A las cinco apareció muy sonriente, alegrándose de que Mel la hubiera estado esperando, y fue entonces cuando Mel se percató de que la niña estaba como drogada. La envió a su habitación tras haberla regañado y se fue a la emisora. Más tarde le dijo a Peter lo que creía.

—Lo dudo mucho, Mel. Jamás lo había hecho.

—Pues tenlo por seguro.

Pero él sacudió la cabeza y después interrogó a Pam, la cual negó todas las acusaciones de Mel. Pam empezaba a provocar desavenencias entre ellos, y Mel pensaba que había perdido a su único aliado. Peter siempre se ponía del lado de Pam y contra ella. Su casa —que ni siquiera era de ella— estaba llena de enemigos y Peter tomaba siempre partido por su hija.

—Peter, yo sé que estaba drogada.

—Pues yo no lo puedo creer.

—Tendrías que hablar con los profesores de su escuela —le dijo ella.

Mel quiso comentarlo con Val y Jess, que se mostraron esquivas aunque corteses. No querían entremeterse y Mark tampoco. Mel se había convertido en una paria para todos ellos a causa del ser que llevaba en sus entrañas. Pensaban que les había traicionado.

Dos semanas más tarde, cuando llamaron del departamento de policía de Los Ángeles, obtuvo una amarga victoria. Ella tenía razón. Habían sorprendido a Pam comprando marihuana a unos chicos en el centro de la ciudad en horas de clase. Peter se puso hecho una furia y amenazó con enviarla a un internado, pero Pam volvió a atacar a Mel.

—Tú le has puesto en contra mía. Quieres sacarme de casa.

—Yo no quiero nada de eso. Lo que quiero es que te portes bien, y ya es hora de que lo hagas, de que dejes de hacer novillos cada dos por tres, de fumar droga y comportarte en esta casa como un animalillo. Éste es tu hogar y nosotros te queremos, pero no puedes comportarte de cualquier manera. En todas las sociedades, en todas las comunidades, en todas las casas hay normas.

Pero, como de costumbre, Peter le sacó a Pam las castañas del fuego: la tuvo castigada una semana y después se olvidó del asunto. No respaldó la postura de Mel y dos semanas más tarde Pam fue detenida de nuevo. Entonces Peter se tomó más en serio el problema y llamó al antiguo psiquiatra de su hija, concertando con él una serie de citas. Después le rogó a Mel que la acompañara al consultorio, y en consecuencia Mel casi tuvo que llevarla a rastras cuatro veces a la semana, echar el resto para llegar a tiempo al trabajo y regresar corriendo a casa al anochecer para prestar un poco de atención a Matt y a las gemelas. Sólo le apetecía dormir entre los accesos de vómito que le provocaba la comida excesivamente condimentada por la señora Hahn.

—Eso es lo que le gusta al doctor —decía la señora Hahn, poniendo delante de Mel otro plato de *sauerkraut* hasta que, al cabo de un mes, Mel tuvo que ingresar un viernes por la noche en el hospital con hemorragia y calambres. El tocólogo la miró con preocupación.

—Si no se lo toma con más calma, va usted a perder al niño, Mel.

Las lágrimas asomaron a sus ojos. Últimamente todo se había convertido en una lucha.

—No creo que a nadie le importara.

—¿Y a usted?

Ella inclinó la cabeza con aire cansado y entristecido.

—No. Estoy empezando a pensar que no.

—Pues será mejor que diga a quienes la rodean que cambien de actitud.

Peter acudió a verla al día siguiente y la miró angustiado.

—Tú no quieres al niño, ¿verdad, Mel?

—¿Crees que estoy tratando de librarme de él?

—Eso es lo que cree Pam. Dice que la semana pasada te fuiste a montar a caballo.

—¿Cómo? Pero ¿estás loco? ¿Me crees capaz de hacer eso?

—No lo sé. Sé que eso es un obstáculo en tu trabajo o que tú piensas que lo será. —Ella le miró asombrada, se levantó de la cama y empezó a hacer la maleta—. ¿Adónde vas?

—A casa —contestó ella—. A darle un puntapié en el trasero a tu hija.

—Vamos, Mel… por favor…

Pero ella abandonó el hospital, regresó a casa y se acostó, a pesar de las disculpas que le ofreció Peter. Aquella tarde le ordenó a la señora Hahn que preparara para la cena arroz con pollo, algo que *ella* pudiera comer para variar, y después esperó el regreso de todos los chicos. A las seis todos se encontraban en casa y se sorprendieron al verla de nuevo. Cuando bajaron para cenar, ella les estaba aguardando en la mesa con los ojos encendidos de rabia.

—Buenas noches, Pam —le dijo a la chica—. ¿Cómo ha ido el día?

—Bien. —Pam trataba de aparentar seguridad, pero no hacía más que mirar a Mel muy nerviosa.

—Según tengo entendido, le dijiste a tu padre que la semana pasada fui a montar a caballo. ¿Es eso cierto? —Se hizo un silencio mortal en el comedor—. Repito: ¿es eso cierto?

—No —contestó Pam en voz baja.

—No te oigo, Pam.

—¡No! —exclamó Pam.

Peter asió el brazo de su mujer.

—Mel, por favor, no te disgustes…

Mel le miró a los ojos.

—Tenemos que despejar la atmósfera. ¿Has oído lo que ha dicho?

–Sí.

–¿Por qué le dijiste a tu padre una mentira? –le preguntó Mel a Pam–. ¿Querías que hubiera problemas entre nosotros? –Pam se encogió de hombros–. ¿Por qué, Pam? –Extendió la mano y rozó la de la chica–. ¿Porque voy a tener un hijo? ¿Es eso tan horrible como para castigarme? Pues bien, te diré una cosa: por muchos hijos que tengamos, te seguiremos queriendo. –Vio que los ojos de Pam se llenaban de lágrimas y notó la presión de la mano de Peter en su brazo–. Pero si no dejas de armar el jaleo que has provocado desde mi llegada, te pegaré tal patada en el trasero que irás a parar al otro extremo de la ciudad.

Pam sonrió entre lágrimas y miró a Mel.

–¿De veras lo harías?

Parecía casi contenta. Ello significaba que, a pesar de todo, la seguían queriendo.

–Pues claro. –Mel miró después a su alrededor–. Y eso va también por todos vosotros –añadió. Luego se dirigió a Matt con más dulzura–: Tú siempre serás nuestro niño, Matt. Éste de aquí no te va a quitar el sitio. –Pero el niño no parecía muy convencido. Luego siguió, dirigiéndose a las gemelas y mirando a Val–: Y vosotras dos… Yo no lo planeé con el propósito de hacerte sufrir, Val. No podía saber lo que iba a ocurrir, de la misma manera que tú tampoco supiste lo que te iba a ocurrir a ti. Las dos habéis sido muy insensibles conmigo y eso me parece muy triste. –Después miró a Mark y le dijo–: Y, francamente, Mark, me sorprende que estés aquí esta noche. Ya no te vemos demasiado. ¿Se te han acabado los fondos y has tenido que venir a comer a casa?

–Sí –contestó el muchacho, sonriendo.

–Bueno, pues recuerda que, mientras vivas en esta casa, tienes la obligación de estar con nosotros algo más que de vez en cuando. Queremos verte por aquí más a menudo.

Mark se sorprendió de las palabras de Mel y contestó muy sumiso mientras Peter le observaba:

—Sí, señora.

—Y tú, Pam… —la hija de Peter la miró cautelosamente—, a partir de ahora irás sola al psiquiatra. Puedes tomar el autobús como todo el mundo. No pienso acompañarte en automóvil por toda la ciudad. Si quieres verle, puedes ir tú misma, yo no pienso llevarte a rastras. Tienes cerca de quince años. Ya es ahora de que asumas alguna responsabilidad por tu cuenta.

—¿Yo también tendré que tomar el autobús para volver de la escuela? —preguntó Matt, esperanzado.

Le encantaba el autobús, pero Mel sacudió la cabeza sonriendo.

—No, tú no. —Mel miró a los demás—. Espero haberme explicado con claridad. Por diversas razones, todos vosotros os habéis comportado como unos animalillos salvajes desde que vuestro padre y yo os dijimos que estaba embarazada, y la verdad es que ha sido muy desagradable. Yo no puedo modificar vuestros sentimientos, pero sí puedo modificar vuestra conducta y no estoy dispuesta a aceptar el trato que *todos* me habéis dado. —Sus ojos se posaron también en la señora Hahn—. Aquí hay sitio para todo el mundo, para vosotros, para mí, para vuestro padre, para este niño que va a nacer, pero tenemos que ser considerados unos con otros. Y no voy a permitir que sigáis castigándome… —las lágrimas asomaron súbitamente a sus ojos y resbalaron por sus mejillas— por este niño no nacido.

Dicho esto, arrojó la servilleta y subió al piso de arriba sin haber probado bocado, aunque al menos en eso hizo valer sus derechos, ya que la señora Hahn les había servido efectivamente ensalada y arroz con pollo. Peter les miró a todos. Estaban justamente avergonzados y confusos.

—Tiene razón, ¿sabéis? Os habéis portado muy mal con ella.

Pam trató de amedrentarle con su mirada, pero no lo consiguió, y Mark se agitó con inquietud en su silla mientras Val inclinaba la cabeza.

—Yo no quería…

—Sí querías —le dijo Jess—. Todos lo queríamos. Estábamos furiosos con ella.

—No es justo tomarla con ella de esta manera.

—De acuerdo, papá. Todos vamos a ser buenos… —dijo Matt, dándole a su padre una palmada en el brazo mientras los demás sonreían.

Minutos más tarde, Peter tomó un plato de comida y lo llevó al dormitorio donde Mel estaba llorando en la cama.

—Vamos, cariño, no te disgustes. Te he traído un poco de comida.

—No quiero nada. Me encuentro mal.

—No tienes que excitarte de este modo, es perjudicial para ti.

Ella se volvió a mirarle con incredulidad.

—¿Perjudicial para mí? ¿Has pensado alguna vez en lo perjudicial que es para mí que todos me traten en esta casa como si fuera una mierda?

—Ahora se portarán mejor. —Ella no contestó—. Y no tienes que ser tan dura con ellos. Son unos chiquillos.

Mel le miró con los ojos entornados.

—No incluyo a Matt porque tiene seis años y es lógico que esté dolido, pero los demás son prácticamente adultos y se han pasado un mes fastidiándome. Pam llegó incluso a mentirte descaradamente para que pensaras que pretendía deshacerme del niño, ¡y tú la creíste!

Peter inclinó la cabeza y después la miró.

—Bueno, yo sé que este hijo será un obstáculo para tu trabajo, y al principio no lo querías.

—No estoy segura de quererlo ahora. Pero está aquí

y no hay más que hablar. ¿Dónde piensas que vamos a meterlo en esta casa?

—No lo había pensado.

—Ya lo imaginaba. —Mel estaba deprimida. No quería discutir con Peter, pero él también la había lastimado. Habló con más serenidad—. ¿No podríamos vender esta casa de una vez?

—¿Te ha vuelto loca? —exclamó él—. Ésta es la casa de mis hijos.

—Y la construiste con Anne.

—Eso no viene al caso.

—Para mí sí. Y aquí no hay sitio para nuestro hijo.

—Ampliaremos la casa.

—¿Por dónde? ¿Sobre la piscina?

Era una idea absurda y él lo sabía.

—Llamaré a mi arquitecto y veré qué me aconseja.

—Tú no estás casado con él.

—Y no estoy casado contigo. Tú estás casada con este maldito trabajo tuyo del que tanto protestas.

—Eso no es justo.

—Y no lo querrías dejar ni por un solo día, ¿verdad? —dijo él enfurecido—. ¡Aunque te costara nuestro hijo…!

Los gritos se podían oír en toda la casa.

—No me lo costará. —Mel se levantó de la cama y le miró con rabia—. Pero tú y tus hijos haréis que lo pierda si no me dejáis en paz y empezáis a hacer algo por mí para variar. Ellos quieren fastidiarme por haber tenido el atrevimiento de quedar embarazada y tú quieres encasillarme en tu antigua vida mientras que tu hija cuelga el retrato de su madre sobre mi cama.

—Lo hizo una sola vez. No hay para tanto —contestó quitando importancia al asunto.

—Esta *cosa* ya no debiera estar siquiera en la casa. —Mel miró a Peter. La discusión había ido demasiado lejos—. Ni yo tampoco. Es más… —Se dirigió al armario, sacó una maleta y la arrojó sobre la cama. Después se acercó a la cómoda y empezó a llenar la maleta abierta–. Me voy a marchar hasta que todos vosotros hayáis meditado cuidadosamente todo eso. Será mejor que estos chicos se reporten y que tú dejes de tratar a Pam como si fuera una lánguida flor si no quieres que se convierta en una drogadicta u otra cosa extraña cuando cumpla los dieciséis. Todo lo que tiene esta niña se puede resolver con disciplina...

–Me permito recordarte que no fue *mi* hija la que se quedó embarazada hace un par de meses.

Era un golpe bajo y él lo comprendió al instante. Pero ya era demasiado tarde.

–Has dado en el blanco –dijo ella, mirándole con odio–. Y tenemos que darle las gracias a tu hijo.

–Mira, Mel... ¿por qué no nos tranquilizamos un poco y hablamos...?

Peter se asustó de repente ante la expresión de sus ojos, porque sabía que no le convenían los disgustos, pero las palabras de Mel le habían sacado de quicio.

–No te falta razón. Yo me calmaré, pero no vamos a hablar. Ahora no, por lo menos. Me iré de aquí esta noche y tú te encargarás de los chicos. Ya puedes empezar a pensar qué vas a hacer con ellos, con esta casa y conmigo.

–¿Es un ultimátum, Mel? –preguntó él con tono extrañamente sereno.

–Lo es.

–¿Y qué harás entretanto?

–Me voy para reflexionar sobre unas cuantas cosas: si voy a vivir o no en esta casa, si voy a dejar o no este trabajo y si voy a deshacerme o no de este hijo...

–¿Hablas en serio? –preguntó él aterrado.

–Desde luego.

–¿Te desharías de nuestro hijo?

–Puede que lo haga. Todos parecéis creer que debo

hacer lo que me manden y lo que se espera de mí. Tengo que estar aquí día tras día, aguantar a la señora Hahn, soportar cualquier cosa que se les ocurra a los chicos, vivir con las fotografías de Anne mirándome a la cara, acompañar a Pam al psiquiatra un día sí y otro también, tener este hijo tanto si me gusta como si no... ¿Y sabes una cosa? No me da la gana. Yo también tengo mis opciones.

–¿Y yo no puedo decir nada al respecto? –replicó Peter, enfureciéndose de nuevo.

–Ya lo has dicho todo. Defiendes a Pam cada vez que yo abro la boca. Me dices que la señora Hahn es una maravilla y yo te digo que la aborrezco con toda el alma; me dices que ésta es tu casa y das por sentado que tengo que desear a nuestro hijo. Pues bien. No me apetece. Tengo treinta y seis años y ya estoy harta de todo eso. Estoy hasta la coronilla de tener que soportar toda esta mierda... de ti y de los chicos.

–No sabía que todo esto era una mierda, Mel.

–He cambiado toda mi vida por ti en los últimos seis meses –dijo ella, mirándole con tristeza–, he dejado mi trabajo, mi casa, mi ciudad, mi independencia. Ahora tengo un empleo que puede dar resultado o no darlo, pero que para mí ha sido un retroceso, y estoy trabajando con un hijo de perra; parece que tú no te fijas en nada de todo eso. Para ti, en cambio, todo sigue igual que antes. Tus hijos siguen disponiendo de sus propias habitaciones, su propia casa, los retratos de su madre por todas partes, su ama de llaves, su padre... El único estorbo es que ahora tienen que soportarme a mí. Bueno, pues si queréis que yo siga con vosotros, tendréis que empezar a pensar en los cambios que haréis. Porque, de lo contrario, puede que yo haga unos cuantos cambios gordos y regrese a casa.

–Mel, ¿me vas a dejar? –preguntó él temeroso, pero con voz firme.

–No. Pero voy a estar ausente una semana para re-flexionar y decidir qué quiero hacer.

–¿Vas a abortar...?

Ella sacudió la cabeza y trató de contener las lá-grimas.

–Sería incapaz de hacerte eso. Si decido hacerlo, primero te lo diré.

–Ya empieza a ser un poco tarde para eso. Podría haber algún riesgo...

–En tal caso, lo tendré en cuenta. Pero ahora voy a ver lo que quiero *yo*, no lo que tú quieres o esperas de mí, lo que a ti te resulta cómodo o lo que necesitan los chicos. Yo también tengo mis necesidades y hace tiem-po que eso le importa un bledo a todo el mundo, inclui-da yo.

Él asintió lentamente, angustiado ante la idea de que ella tuviera que irse por una semana.

–¿Me dirás dónde estás?

–No lo sé.

–¿Sabes adónde irás?

–Pues no. Tomaré el coche y me largaré. Ya te veré dentro de una semana.

Le iba a dejar muchas cosas en que pensar. No iba a ser ella la única que reflexionara durante aquella se-mana.

–¿Y tu trabajo?

–Les diré que vuelvo a estar indispuesta. Paul Ste-vens estará encantado.

Peter comprendió que tenía que decir algo antes de que ella se fuera y decidiera arrojarlo todo por la borda.

–Yo no estaré encantado, Mel. Te voy a echar terri-blemente de menos.

Ella le miró con tristeza mientras se alejaba con la maleta.

–Y yo a ti. Pero tal vez de eso se trata. Tal vez ya es

hora de que ambos reflexionemos sobre lo mucho que todo eso significa para nosotros, sobre lo mucho que vale y lo que estamos dispuestos a pagar a cambio de lo que queremos. La verdad es que creía saberlo, pero de pronto tengo mis dudas y necesito reflexionar.

Él asintió y la vio marcharse. Poco después, oyó el ruido de la puerta principal al cerrarse. Hubiera querido estrecharla en sus brazos, decirle que la amaba más que a su propia vida, que deseaba que naciera aquel hijo, pero su orgullo se lo impidió. Y ella se había ido. Estaría ausente una semana. ¿Quizá durante más tiempo? ¿Para siempre?

–¿Dónde está mamá? –preguntó Val al pasar por delante de la puerta del dormitorio.

–Fuera –contestó él–. Se ha ido.

Peter decidió decirle la verdad. Se la iba a decir a los demás. Merecían conocerla. Todos habían desempeñado un papel en el asunto. Todos eran responsables de lo que ella sentía. No iba a cargar él solo con la culpa, aunque ya supiera que buena parte le correspondía a él. Había sido muy terco en la cuestión de la casa y en todo. Ella había introducido toda clase de cambios en su vida y él apenas había hecho nada. Mel tenía razón: no era justo. Miró tristemente a Val, que seguía sin entender lo que ocurría.

–¿Se ha ido? ¿Adónde?

–No lo sé. Regresará dentro de una semana.

Y entonces Val se quedó mirándole y lo comprendió. Todos habían ido demasiado lejos. Se habían puesto furiosos con Mel y ella también se había enojado. Pensó que no merecía la pena.

–¿Va a estar bien?

–Así lo espero, Val.

Peter salió al pasillo y la rodeó con sus brazos. En ese momento subió Jess y les vio.

–¿Mamá se ha ido?

–Sí –contestó Val, anticipándose a Peter–. Estará fuera una semana.

Mientras los demás subían por la escalera, oyeron las palabras de Val y, una vez arriba, se quedaron de pie mirando a Peter.

30

Cuando salió de casa aquella noche, Mel subió al coche y se marchó sin rumbo y sin querer ver a nadie. Sólo deseaba alejarse de la casa, de su trabajo, de los chicos y de Peter. Durante los primeros cien kilómetros sólo pudo pensar en lo que había dejado a sus espaldas, no en lo que iba a hacer.

Después empezó a tranquilizarse. Casi dos horas más tarde, se detuvo en una estación de servicio y sonrió. Jamás en su vida había hecho algo tan espantoso como lo que acababa de hacer: abandonar a Peter. Pero ya no podía soportar por más tiempo aquella situación. Todo el mundo la estaba empujando y ya era hora de que pensara un poco en sí misma, en vez de pensar siempre en los demás incluido aquel niño. No tenía por qué hacer nada que no le apeteciera, ni siquiera vivir en aquella casa si no quería. Qué demonios, pensó, ganaba un millón de dólares al año, podía comprarse una casa propia. No tenía por qué vivir con el espectro de Anne si no lo deseaba, y así era. Y mientras ponía de nuevo en marcha el vehículo con el depósito lleno, empezó a pensar en todos los cambios que se habían producido en su vida en los últimos seis meses y en lo poco que se había modificado la de Peter. Él seguía trabajando en el mismo sitio de siempre, con las mismas personas que respetaban su trabajo. Seguía durmiendo en la misma cama de siempre. Sus hijos no habían abandonado su hogar. Tenía incluso la misma ama de llaves. Lo único que había cambiado para él era el rostro que besaba por las mañanas antes de salir de casa para dirigirse al trabajo, y tal vez ni siquiera se hubiera dado cuenta. Al llegar a Santa Bárbara, Mel empezó a enfurecerse y se alegró de haberse ido. Sólo lamentaba no haberlo hecho antes, pero cualquiera tenía tiempo con todas las obligaciones que le habían caído encima: acompañar a Pam al psiquiatra, tratar de apaciguar a las gemelas, vigilar discretamente a Mark, hacerle de mamá a Matthew y tomar la mano de Peter entre las suyas cuando se le moría algún paciente, por no hablar de los programas especiales, las entrevistas y el noticiario de las seis de la tarde. Era un milagro que aún le quedara tiempo para vestirse y peinarse. Que se fueran todos al infierno. Peter, los chicos y Paul Stevens. Que presentara el programa él solito durante algún tiempo y que dijeran que ella estaba enferma. Que se fueran al diablo. Le importaba un bledo.

Se detuvo en un motel y alquiló una habitación que hubiera podido pertenecer a cualquier parte del mundo, de Beirut a Nueva Orleans, con su alfombra de pelo rojizo en el suelo, las sillas anaranjadas de vinilo, el cuarto de baño de azulejos blancos impecablemente limpio y la colcha también de color rojizo. Desde luego, no era el Bel-Air y ni siquiera el Biltmore de Santa Bárbara, donde se había alojado hacía unos años, pero no le importaba. Tomó un baño caliente, encendió el televisor, vio el noticiario de las once más por costumbre que por deseo y apagó la luz sin llamar a casa. Que se fueran al carajo, pensó, y por primera vez en muchos meses se sintió libre de hacer lo que quisiera, de ser ella misma, de adoptar sus propias decisiones sin tener en cuenta a nadie más.

Pero de pronto, mientras permanecía tendida en la cama, pensó en lo que llevaba en su interior y comprendió que ni siquiera allí estaba completamente sola. El niño la acompañaba... el niño... como si ya fuera una persona con vida propia... Apoyó una mano sobre el vientre, que estaba tan liso hacía un mes, aunque notó que había un bultito donde antes no había nada. Se le antojaba extraño pensar en lo que iba a ocurrir si seguía adelante con el embarazo. El niño se convertiría en una realidad para ella, lo sentiría moverse al cabo de unas seis semanas... por un instante sintió ternura, pero la reprimió enseguida. No quería pensar en ello. No quería pensar en nada. Cerró los ojos y se durmió sin soñar con Peter ni con los chicos, ni con el niño que iba a nacer, ni con nada. Al día siguiente, cuando despertó, el sol inundaba toda la estancia y le costó recordar dónde estaba. Después miró alrededor, lo comprendió y rió para sus adentros. Se sentía a gusto, fuerte y libre.

Cuando Peter despertó aquella mañana en Bel-Air, se volvió hacia el otro lado de la cama, buscando instintivamente a Mel y, al percibir las sábanas vacías, abrió un ojo y recordó angustiado que ella no estaba. Se dio vuelta y permaneció largo rato mirando al techo, preguntándose dónde estaría y recordando por qué razón se había ido. De todo tenía él la culpa, se dijo: los culpables no eran los chicos, ni Paul Stevens, ni el trabajo, ni la señora Hahn. Lo había hecho todo mal desde un principio. Le exigió demasiado, esperó que cambiara toda su existencia... por amor a él. Y ella se arrepentía de haberlo hecho. Pensó en lo mucho que a ella le gustaba su vida en Nueva York, y se preguntó cómo pudo creer que ella iba a dejarlo todo. Un trabajo por el que hubiera suspirado cualquier hombre del país, una casa que le encantaba, sus amigos, su vida, su ciudad...

Mientras ponía en marcha el vehículo para dirigirse al norte, Melanie pensó en la primera vez que vio a Peter, en aquellos interminables primeros días de la entrevista, en las agotadoras horas que compartió con él cuando el presidente sufrió el atentado... en el primer viaje de Peter a Nueva York. Y empezó a pensar no en lo que había dejado, sino en lo que había recibido a cambio: la primera vez que Matt se sentó sobre sus rodillas... algunas miradas de Pam... el momento en que Mark se abrazó a ella y lloró cuando Val estuvo a punto de morir en la nieve. De repente, le pareció difícil apartarlos de su vida. Su cólera iba más bien dirigida contra las gemelas: contra Jess, por esperar demasiado de su madre, creyendo que siempre estaría disponible para todo el mundo y especialmente para ella... contra Val por envidiar aquel hijo de su madre y no haber podido tener el suyo.

Estaba obligada a mucho más. Pero ¿qué más hubiera podido dar? No más de lo que ya les había dado, eso era lo malo, y sin embargo aquello no era suficiente, ella lo sabía. Y más adelante habría otro par de ojos que un día contemplarían los suyos y le dirían que no le había dado suficiente... se lo dirían a ella, que se había quedado sin nada. El solo hecho de pensarlo le producía cansancio y, cuando por fin vio Carmel, lanzó un suspiro de alivio. Lo único que deseaba hacer era irse a otro motel y poder dormir... alejarse... soñar... escapar...

–¿Cuándo volverá mamá? –preguntó Matthew, contemplando tristemente su plato. Nadie había dicho una palabra durante la cena. No parecía una cena de domingo sin Mel. La señora Hahn tenía el día libre y Mel solía prepararles algo especial que les gustara. Hablaba, se reía y les escuchaba, vigilaba a todo el mundo y comentaba lo que tenía previsto para los próximos días, sabiendo muy bien que los planes se iban a modificar a mediados de semana. Pero bromeaba y conseguía incluir a todo el mundo o, por lo menos, lo intentaba. Matthew miró a Peter con expresión de reproche–. ¿Por qué dejaste que se fuera?

–Ya volverá –dijo Jessica con ojos llorosos–. Se ha ido a descansar un poco.

–¿Por qué no puede descansar aquí? –preguntó Matthew en tono acusador.

Ella era la única que le dirigía la palabra. Los demás se habían quedado mudos. Mark decidió contestarle.

–Porque entre todos la estamos agotando, Matt. Le pedimos demasiado.

Mark lanzó una mirada significativa a Pam y luego miró a todos los demás. Después de la cena, Peter le oyó discutir con Val:

–Tú le echaste la culpa de todo: de haberte obligado a dejar Nueva York… a tus amigos… tu escuela… incluso le consideraste culpable de lo que nos ocurrió. Y ella no tuvo la culpa, Val.

La bonita rubia se sentó y empezó a llorar con tanto desconsuelo que Mark no se atrevió a seguir regañándola. Peter subió lentamente a la habitación de Val y los encontró a todos reunidos allí a excepción de Pam, que estaba en su habitación, tendida en la cama y mirando al techo mientras escuchaba la radio. Ella deseaba que Mel se fuera. Lo reconocía, pero no se lo había dicho al psiquiatra. Deseaba que volviera su madre. Pero comprendió que eso no era posible. Tendría que elegir entre Mel y aquel increíble vacío, como ocurrió cuando murió su madre y se quedó sola con la señora Hahn. De repente, Pam comprendió que no era eso lo que quería ni para ella ni para los demás. Se levantó, se dirigió a la habitación de las gemelas y los encontró a todos, incluido Matt, sentados tristemente en el suelo.

–Vaya, qué pequeña es esta habitación –dijo, mirando a su alrededor.

La suya era el doble de grande. Val y Jess no dijeron nada.

–Sí lo es –dijo Peter desde la puerta y ellas se volvieron a mirarle.

Peter recordó el comentario de Mel. Aquellas chicas jamás habían compartido una habitación. Allí, en cambio, tenían que estar apretujadas como unas huérfanas mientras que Pam disponía de un espacioso cuarto. ¿Sería cierto todo lo que Mel le dijo? En buena parte, se dijo en su fuero interno. No todo. Pero lo bastante para que él no pudiera echarlo en saco roto.

–¿Una habitación doble? –preguntó el recepcionista del motel de Carmel.

–No –contestó ella con aire cansado–. Me basta con una individual.

Él la miró con tristeza. Siempre decían lo mismo, y después un hombre y dos chiquillos se metían a toda prisa en la habitación, pensando que él no iba a darse cuenta de que estaban allí. Y lo más probable era que también llevaran un enorme perro baboso. Pero se equivocó. Ella sacó una pequeña maleta del automóvil, entró, cerró la puerta y se tendió en la cama sin más. Era una habitación casi idéntica a la de la víspera. Mientras permanecía tendida en otra habitación de vinilo anaranjado con una alfombra de pelo color rojizo, pensó que todo lo nuevo le parecía igual y se quedó dormida de puro agotamiento.

–¿Doctor Hallam? –dijo una enfermera.

–¿Mmmm? –contestó él, sentado en un pequeño estudio con un montón de gráficos mientras pensaba con alivio que aquella mañana sólo tenían que realizar dos «derivaciones».

–¿Ocurre algo? –le preguntó ella.

Le tenía miedo. Era un hombre extraordinario, y si ella cometía algún error, lo pagaría muy caro. Sin embargo, él se limitó a mirarla y a sacudir la cabeza con una sonrisa algo forzada.

–Todo bien. ¿Cómo está Iris Lee? ¿Se ha producido ya alguna reacción a los medicamentos?

–Todavía no.

Le habían hecho un trasplante hacía un par de semanas y todo parecía ir por buen camino, pero Peter no tenía demasiadas esperanzas. Al no haber recibido un corazón a tiempo, habían tenido que arreglárselas con el corazón de un niño… A veces aquella técnica daba buen resultado, pero Iris era muy frágil y lo habían hecho como último recurso. Peter llevaba días esperando que ocurriera lo peor. En aquella ocasión, Mel no estaría a su lado. Sería como cuando murió Anne. Estaba solo, todavía más que cuando la muerte de su primera esposa.

–¿Jess?

–¿Sí?

Val se encontraba en la cama tras haber regresado de la escuela, y Jessie estaba sentada junto al escritorio de su habitación.

–¿Sueñas alguna vez con volver a Nueva York?

–Pues claro –contestó Jess, mirando a su hermana–. Muchas veces. Eso no tiene nada de malo. Estuvimos viviendo en esa ciudad mucho tiempo.

–¿Supones que mamá se ha ido allí?

Llevaba todo el día pensándolo.

–No lo sé. No sé adónde ha ido. Incluso quizá esté en Los Ángeles…

–¿Sin llamarnos? –preguntó Val horrorizada.

Jessie la miró sonriendo.

–¿Nos llamarías tú si sintieras lo que ella?

–Me imagino que no –contestó Val, sacudiendo la cabeza.

–Yo tampoco. –Jessie suspiró y miró por la ventana–. Yo le echaba la culpa de todo, Val. De todo. Fue injusto, pero todas las decisiones las adoptaba ella. Antes siempre nos preguntaba lo que pensábamos de las cosas; esta vez, en cambio, siguió adelante, nos sacó de la escuela, nos trajo aquí… –Jessie guardó silencio un momento–. Creo que me fastidió que tomara esas decisiones sin consultar con nosotras.

–Debió de creer que era lo más acertado –dijo Val tristemente. Jess asintió con la cabeza.

–Y lo malo es que es verdad. A mí me gusta Peter, ¿a ti no?

Val asintió de nuevo.

–Cuando me enteré de que nos íbamos a trasladar aquí, sólo pensé en Mark.

–Lo sé –dijo Jess, sonriente–. Dejar Nueva York no fue nada agradable para mí. Mamá tenía a Peter, tú tenías a Mark. Y yo no tenía nada de nada…

En aquellos momentos ya no le parecía tan horrible. Le gustaba la escuela y había conocido a un chico simpático hacía cosa de un mes. Por primera vez en su vida tenía a alguien a quien apreciaba de veras. El muchacho tenía veintiún años y Jess pensaba que su madre iba a sufrir un ataque, teniendo en cuenta lo que había ocurrido con Val y Mark. Pero ella presentía que aquel muchacho sería importante en su vida y permaneció sentada esbozando una enigmática sonrisa con la mirada perdida en el vacío.

–¿Por qué sonríes? –le preguntó Val–. Pareces muy feliz. ¿Qué ocurre?

–No gran cosa.

Pero Val lo comprendió inmediatamente. Jess era más aplicada en los estudios, pero Val conocía a los hombres. Acosó a su hermana, mirándola con los ojos entornados.

–¿Estás enamorada?

Jess la miró sonriendo. No hubiera deseado decírselo todavía.

–Aún no. Pero he conocido a un chico que me gusta.

–¿Tú? –Val se quedó de una pieza y Jess asintió, sin querer decir más–. Ten cuidado –añadió sin demasiado entusiasmo.

Ambas supieron a qué se refería y Val tenía razón. Había aprendido una de las lecciones más duras de su vida y no iba a olvidarla.

Aquella noche la señora Hahn sirvió la cena en silencio. Peter no regresó hasta las nueve. Matthew ya se había acostado, bien arropado por Jess, Pam y Val, y Peter subió a ver a los chicos.

–¿Todos bien?

Se les veía muy apagados, pero todos asintieron mientras él recorría las habitaciones. Su jornada había sido muy dura, pero no tenía a nadie a quien contárselo. Se detuvo en la habitación de las gemelas y miró a Jess.

–¿Alguna noticia de vuestra madre?

La chica sacudió la cabeza y él bajó de nuevo justo en el preciso momento en que Mel subía por California Street de Nob Hill, en San Francisco, y pedía una habitación en el hotel Stanford Court. Era un cambio agradable después de los moteles en los que se había alojado, y la habitación estaba decorada con terciopelo gris, sedas y moaré. Se tumbó en la cama y lanzó un suspiro de cansancio. Le parecía que llevaba muchos días al volante del automóvil y decidió tomarse las cosas con más calma. Aún no había adoptado ninguna decisión y no quería perder a su hijo antes de haberlo hecho. Era responsable de él... si decidía dejarle vivir. Permaneció despierta toda la noche pensando en todo ello, en el enfado de Val, en la cólera de Jess por los cambios que ella les había obligado a hacer... en la hostilidad y las intrigas de Pam en su intento de llamar la atención, incluso en el sufrimiento del pequeño Matt, y en el deseo de Peter de que tuviera aquel hijo para que fuera como un antídoto contra su constante lucha con la muerte en el quirófano. Todo le parecía terriblemente injusto. Tenerlo o no tenerlo dependía de ellos. Una vez más, iba a tenerles más en cuenta a ellos que a sí misma.

Al día siguiente estuvo recorriendo Chinatown y después se dirigió en automóvil al Golden Gate Park, por donde empezó a pasear entre las flores. Ya estaban casi en mayo... Hacía cerca de un año que había conocido a Peter y en eso había parado todo. Al regresar al hotel, sacó del bolso una pequeña agenda, marcó el prefijo ocho de llamada interurbana y llamó a Raquel. En Nueva York eran las ocho y hacía meses que no tenía noticias suyas. Mel no sabía siquiera si Raquel había encontrado un nuevo empleo. También podía haber salido, pero Raquel contestó al primer timbrazo.

—¿Diga? —Su tono era tan receloso como siempre y Mel sonrió.

—Hola, Raquel, soy yo. —Era como en los viejos tiempos cuando llamaba a casa desde lejanos lugares, y Mel tuvo que hacer un esfuerzo para no preguntarle cómo estaban las gemelas—. ¿Qué tal está?

—¿Señora Mel?

—Pues claro.

—¿Le ocurre algo?

—No, en absoluto. La llamo para ver cómo está.

—Yo estoy bien —contestó Raquel—. ¿Y las niñas?

—Estupendamente. —No quería contarle lo de Val.

444

En aquellos momentos, la muchacha estaba bien–. Les gusta la escuela, todo marcha bien.

Pero, al decirlo, su voz empezó a temblar y las lágrimas asomaron a sus ojos.

–¡Algo le ocurre!

Era una acusación y Mel notó que las lágrimas le resbalaban por la mejilla.

–Nada en absoluto. Estoy pasando unos días en San Francisco y me he acordado de usted.

–¿Y qué está haciendo ahí? ¿Sigue trabajando tanto como antes?

–No; algo menos. Sólo aparezco en el noticiario de las seis de la tarde. –No mencionó las angustias que estaba pasando–. Y ahora estoy descansando aquí unos días.

–¿Por qué? ¿Está enferma?

Raquel siempre iba al grano y Mel sonrió. ¿De qué hubiera servido engañarla?

–Si quiere que le diga la verdad, bruja del demonio, he huido.

–¿De quién? –preguntó Raquel.

–De todos. De Peter, de los chicos, del trabajo, de mí misma…

–¿Qué le pasa?

Estaba claro que Raquel no aprobaba su conducta.

–No lo sé. Creo que necesitaba tiempo para pensar.

–¿Sobre qué? –Raquel estaba enfadada–. Usted siempre piensa demasiado. No tiene que pensar en nada… ¿Está ahí su marido? –añadió.

Se imaginaba la cara de Raquel y se preguntó por qué la había llamado, pero necesitaba oír una voz conocida y no quería llamar a casa.

–¡Vuelva a casa inmediatamente!

–Lo haré dentro de unos días.

–Ahora mismo. ¿Qué le ocurre? ¿Es que se ha vuelto loca?

–Un poco. –Todavía no quería hablarle del niño. Necesitaba tiempo para tomar una decisión. Y no tenía por qué decírselo a nadie si decidía deshacerse de él. En Los Ángeles podría decir que lo había perdido a causa del exceso de trabajo y en la emisora aún no lo sabía nadie–. Simplemente quería saber si estaba usted bien.

–Lo estoy. Y ahora vuelva a casa.

–Lo haré. No se preocupe por mí, Raquel. Le mando un beso muy grande.

–No me bese a mí, vuelva a casa y bésele a él. Diga que siente haberse escapado.

–Lo haré. Y escríbame alguna vez.

–De acuerdo, de acuerdo. Dé recuerdos a las niñas de mi parte.

–Se los daré.

Ambas se despidieron y Mel permaneció tendida en la cama largo rato. Raquel la entendía tan poco como ellos. Según ella, Mel tenía que estar en casa, por muchas cosas que hicieran o dijeran los demás. Era el lugar que le correspondía. Y la verdad era que ella también lo creía así.

Aquella noche pidió que le sirvieran la cena en la habitación, tomó un baño caliente y estuvo viendo la televisión un par de horas. No le apetecía salir. No deseaba ir a ninguna parte, y a las once en punto, poco antes del comienzo del noticiario, marcó el prefijo de llamada interurbana y sostuvo el teléfono en su mano largo rato. Quizá Raquel tuviera razón... pero ella no quería llamar a menos que le apeteciera... Marcó el número, sin estar muy segura de si colgaría o hablaría con él, pero al oír su voz le dio un vuelco el corazón, como cuando le había conocido hacía casi un año.

–¿Diga?

Mel adivinó que aún no estaba durmiendo y vaciló un instante.

–Hola –dijo cautelosamente.

–¿Mel?

–No. La Casa del Pollo Frito… Sí, soy yo.

–Por Dios, ¿estás bien? Me has tenido muy preocupado.

–Estoy bien.

Peter no se atrevía a preguntarlo, pero tuvo que hacerlo.

–¿Y el niño? ¿Te has… te has librado de él? –preguntó angustiado.

–Ya te dije que no lo haría sin antes comunicártelo –contestó ella.

–¿Y ya lo has decidido?

–Todavía no. En realidad no lo he pensado mucho.

–Pues entonces, ¿en qué demonios has estado pensando?

–En nosotros.

Hubo una larga pausa.

–Ah –dijo Peter–. Yo también. He sido un auténtico cerdo, Mel. Los chicos también lo creen.

–No, ellos no. –Melanie sonrió. Peter había estado echándose la culpa de todo lo ocurrido y, en realidad, no se trataba de eso–. Es una tontería, Peter. Ambos teníamos que adaptarnos a muchos cambios.

–Sí, y yo te exigí que fueras tú quien se adaptara a todo.

–Eso no es enteramente cierto. –Pero en parte lo era y él lo sabía. Mel no quería arrebatarle por entero la verdad–. Uno de nosotros tenía que trasladarse, llevarse a sus hijos, abandonar su antigua vida. Y tú no podías hacerlo. Yo lo elegí libremente.

–Y a mí me pareció muy bien. Te lo eché todo encima. Esperé incluso que interpretaras el papel de Anne. Ahora me angustia sólo pensarlo.

Mel lanzó un suspiro. Peter no estaba totalmente equivocado, pero había algo más y ella lo sabía.

–En cierto modo, creo que yo esperaba seguir siendo independiente como antes, adoptar decisiones sin consultar contigo, educar a mis hijas a mi manera y educar simultáneamente a tus hijos. Esperaba que tú y tus hijos abandonarais de golpe todas vuestras costumbres porque así lo quería yo. Y no estaba bien.

–Pero tampoco estaba mal.

Peter parecía arrepentido y Mel se conmovió.

–A lo mejor ambos teníamos una parte de razón y una parte de culpa –dijo sonriendo.

Peter aún no sonreía porque ella no había regresado a casa. Ni siquiera sabía dónde estaba.

–¿Y ahora en qué situación estamos?

–Somos un poco más sensatos que antes.

Peter no comprendió muy bien el significado de sus palabras.

–¿Vas a regresar a Nueva York?

–¿Estás loco? –exclamó ella–. ¿Me vas a echar de casa?

Peter soltó una carcajada.

–No sé si lo recuerdas, pero la última vez que eché un vistazo por ahí, tú te habías largado. Es más, ni siquiera sé dónde estás.

Mel sonrió. Había olvidado decírselo.

–En San Francisco.

–¿Y cómo has llegado ahí? –preguntó él, asombrado.

–En automóvil.

–Está demasiado lejos, Mel. –Peter pensaba en el embarazo, pero no quería decírselo.

–Por el camino me detuve en Santa Bárbara y Carmel.

–¿Te encuentras bien?

–Muy bien. –Mel sonrió, tendida en la cama de su habitación del Stanford Court–. Te echo de menos.

–Vaya, me alegro de saberlo –repuso Peter. Y por fin se atrevió a preguntárselo–: ¿Cuándo vuelves a casa?

–¿Por qué? –preguntó ella con tono receloso.

—Porque quiero que empieces a fregar y a cortar el césped, tonta. ¿Qué te habías creído? Y porque también te echo de menos. —Se le ocurrió una idea—. ¿Por qué no te quedas ahí unos días más y yo me reúno contigo?

El rostro de Melanie se iluminó de repente.

—Es una idea estupenda, cariño.

Hacía tiempo que no le llamaba así y él se alegró.

—Te quiero mucho, Mel. Y he sido un imbécil.

—No, no es cierto. Los dos lo hemos sido. Ocurrieron muchas cosas en poco tiempo y el trabajo nos exigía demasiado.

Él estaba de acuerdo.

—¿Qué quieres hacer con la casa? ¿Te apetece que nos mudemos? Si lo quieres, lo haremos.

Había pensado mucho en ello los últimos días y no deseaba desprenderse de aquella casa que tanto le gustaba, pero, si tanto significaba para Mel, lo haría porque en realidad no había sitio suficiente para las gemelas a no ser que se cambiaran de habitación con Pam, y él sabía que a su hija le iba a dar un ataque. Añadió:

—¿Qué piensas?

—Pienso que debemos quedarnos algún tiempo donde estamos y sosegarnos antes de introducir nuevos cambios. Eso incluye también a la señora Hahn. —Peter se alegró y pensó que ella tenía razón. Todos necesitaban tiempo para serenarse. Por consiguiente, todo estaba resuelto menos los problemas que ella tenía en su trabajo y la cuestión del hijo que iba a nacer—. ¿De veras quieres reunirte conmigo?

—Sí. Me parece que llevamos siglos sin estar a solas. Incluso nos llevamos los chicos a México en nuestra luna de miel.

—¿Y a quién se le ocurrió esa idea? —preguntó ella riendo.

—De acuerdo... *Mea culpa*... Sea como fuere, en

estos momentos me apetece mucho un romántico fin de semana.

–Haré todo lo que pueda. Tú cruza los dedos.

Él volvió a llamarla al día siguiente, tras conseguir que dos cirujanos del equipo le sustituyeran durante el fin de semana.

–Iré dentro de un par de días.

–Muy bien. –Mel lo necesitaba para decidir si quería abortar o no. Aún no estaba segura–. Por cierto, ¿cómo están los chicos?

–Muy bien. –Era como cuando ella vivía en Nueva York, sólo que peor porque ahora Peter sabía lo que le faltaba. Y se lo dijo–: Te echo de menos mucho más de lo que imaginas. –Había tenido una semana espantosa. Iris Lee se había muerto aquel día, pero era de esperar y no se lo dijo a Mel. Bastante tenían con sus propios problemas. En aquellos momento, estaba más preocupado por ella que por sus pacientes–. ¿Te encuentras bien?

–Sí.

Peter aún no le había preguntado si había tomado una decisión. Al día siguiente Mel fue a dar un largo paseo por Muir Woods y trató de pensar en su decisión. Recordaba lo que le había dicho a Val: «No sé si hubiera podido hacer lo que tú hiciste...» No era una condena, aunque Val así lo hubiera creído en aquellos momentos. No le parecía bien abortar a su edad, casada con un hombre al que amaba y ganando ambos tanto dinero. No había ninguna razón para ello, no podía encontrar ninguna excusa y quizá no pudiera soportar el remordimiento. Pero ¿tú quieres este hijo?, se preguntó, y eso era lo malo. No estaba segura. Pero qué lujo tan espantoso el de poder destruir una vida porque no le apetecía, porque no encajaba con su trabajo, porque a los hijos les molestaba... Ya estaba en lo mismo: los todopoderosos «otros» de su vida, el marido, los hijos… las obligaciones que tenía con *ellos*. ¿Y las obligaciones *consigo* misma? De repente oyó su propia voz en el bosquecillo por el que estaba paseando:

—Quiero tener este hijo.

Se sintió tan asombrada que miró alrededor como buscando a la persona que había pronunciado aquellas palabras, pero sabía que era ella misma.

Advirtió que se quitaba de encima un gran peso y esbozó una sonrisa. Consultó su reloj. Era la hora del almuerzo. Tenía que cuidar del niño ya que lo iba a tener… *Quiero este hijo*… fueron unas palabras fuertes y seguras, tal como ella se sentía en aquellos momentos mientras caminaba por el bosquecillo en busca de su coche.

31

Mientras permanecía de pie junto a la puerta aguardando su llegada, Mel advirtió que tenía las palmas de las manos húmedas y sintió el mismo nerviosismo de hacía un año. Era como volver a empezar, sólo que esta vez todo iba a ser mejor. Peter fue el tercero en descender del avión y ella se arrojó en sus brazos. Había sido una semana interminable.

–Oh, Mel… –Peter la abrazó llorando, sin poder articular palabra.

En aquellos momentos, le daba igual todo lo que hiciera con el niño. La quería a ella y sólo a ella… pero no más de lo que ella le quería a él.

–Te he echado de menos –le dijo ella.

Y cuando Mel se apartó sonriendo con lágrimas en los ojos, Peter observó que tenía mejor aspecto que nunca. Se la veía tranquila y relajada y ya no tenía ceño.

–Estás maravillosa, Mel.

–Tú también –dijo ella. Después se miró la cremallera de los pantalones, que apenas había podido subirse–. He aumentado un poco de peso aquí y allá. –Sonrió y él no supo qué decir–. He decidido que… –Le resultó extraño pronunciar aquellas palabras. ¿Quién era ella para tomar decisiones sobre la vida? Era lo que le había dicho a Peter hacía tiempo. Eso lo decidía

Dios, no él, ni tampoco ella–. El niño me parece bien.

–¿De veras?

Peter quería cerciorarse de que la había entendido.

–Sí –contestó ella, radiante de felicidad.

–¿Estás segura?

–Lo estoy.

–¿Por mí?

No quería que lo hiciera. También tenía que quererlo ella y eso era mucho pedir, teniendo en cuenta los cinco chicos que ya había en casa y la profesión tan exigente que ejercía.

–Por mí, por ti, por nosotros… por todos nosotros… –Mel se ruborizó y él tomó su mano–. Pero, sobre todo, por mí.

Le contó lo ocurrido mientras paseaba por Muir Woods y él volvió a abrazarla con lágrimas en los ojos.

–Oh, Mel.

–Te quiero.

Era lo único que podía decirle. Salieron tomados del brazo y disfrutando de un extraordinario fin de semana.

Regresaron a casa lentamente, tomando la carretera 5 para que el viaje no fuera tan largo, y a las diez ya estaban de vuelta. Mel miró la casa como si llevara muchos años ausente. Se detuvo un instante para contemplarla y entonces Peter la acompañó al interior.

–Vamos, nena, tienes que acostarte. Ha sido un viaje muy largo para ti. –La trataba como si fuera una figura de cristal veneciano y ella le miró sonriente.

–Creo que sobreviviré.

En cuanto entró en la casa se produjo una explosión de ruido. Los chicos les habían oído llegar y, al mirar por la ventana, Pam lanzó un grito.

–¡Ya están en casa! –Fue la primera en bajar y en lanzar los brazos al cuello de Mel–. ¡Bienvenida!

Las gemelas la abrazaron y Mark también, y Matthew se despertó con todo aquel barullo y aquella noche quiso dormir en la cama de Mel. Cuando por fin todos hubieron regresado a sus habitaciones tras casi una hora de charla y ruido, Mel se tendió en la cama y miró a Peter con expresión de felicidad.

–Son todos buenos chicos, ¿verdad?

–Tienen una buena madre. –Él se sentó en el borde de la cama y tomó su mano–. Te lo prometo, Mel. Haré todo lo que pueda para facilitarte las cosas.

Pero mucho no podía hacer y aquella misma noche le llamaron a las dos. Estaba nuevamente de guardia y uno de sus pacientes le necesitaba de inmediato. Mel sólo volvió a verle al mediodía siguiente cuando regresó a casa para cambiarse de ropa. Mel tenía la casa nuevamente bajo control. Le dijo a la señora Hahn lo que quería que preparara para la cena y Peter observó con una sonrisa que la señora Hahn no estaba muy contenta. Pero no se quejó. Peter se cambió apresuradamente de ropa y regresó al hospital en el momento en que ella subía a su automóvil para dirigirse a la emisora. Mel sonrió y le saludó con la mano mientras ambos se alejaban en sus respectivos vehículos. Pam iría sola al psiquiatra, como había hecho durante la ausencia de Mel. Mark dijo que regresaría a casa después de cenar, pero no muy tarde porque al día siguiente tenía examen, y las gemelas se habían ido a jugar al tenis con unos amigos, pero volverían a las cinco. La señora Hahn acudiría a recoger a Matthew a la escuela, tal como lo había hecho el año anterior. Mel se dirigió a su trabajo por primera vez al cabo de una semana, y al llegar allí ni siquiera el comportamiento de Paul Stevens pudo empañar su felicidad. Todo le parecía estupendo.

Pero a las siete menos cuarto, al finalizar el noticiario, el productor se presentó en su despacho, donde ella estaba haciendo unas anotaciones antes de regresar a casa. Entró y cerró la puerta.

–Hola, Tom –le dijo ella, mirándole–. ¿Sucede algo?

Él dudó un poco y Melanie se estremeció. ¿La iban a despedir? ¿Sería posible? ¿Se habría salido Stevens finalmente con la suya?

—Mel, tengo que hablar contigo.

Mierda.

—Muy bien. Siéntate —le dijo ella, señalando una silla.

Aún no estaba muy familiarizada con el despacho, pero era lo único que tenía.

—No sé cómo decírtelo, Mel…

Se le paró el corazón. Dios bendito, iban a despedirla. Era la estrella de los noticiarios de la cadena de Nueva York, había ganado cuatro premios con sus entrevistas y documentales… y aquel pequeño bastardo había logrado que la despidieran.

—¿Sí?

Sería mejor que le facilitara las cosas. Esperaba no echarse a llorar y lo único que deseaba en aquellos momentos era regresar a casa junto a Peter. Que se fueran a la mierda con aquel cochino empleo y aquel asqueroso programa. Ella se iría a casa, tendría el niño y cuidaría de los chicos.

—No quiero asustarte. Pero hemos recibido varias amenazas… —Ella le miró sin comprender—. Las empezamos a recibir durante tu ausencia. Y hoy ha ocurrido lo mismo.

—¿Qué clase de amenazas?

Mel no acertaba a comprenderlo. ¿Estaría aquel jodido gilipollas amenazando con irse? Pues que se fuera. Los índices de aceptación empezarían a subir como la espuma. Pero eso aún no se lo quería decir a Tom.

—Amenazas contra tu vida, Mel.

—¿Contra mí? —preguntó ella. Le había ocurrido una vez en Nueva York hacía algunos años: a un chiflado no le gustó un reportaje que ella hizo y el muy cerdo estuvo llamando a la cadena durante meses, amenazando con estrangularla, pero finalmente se aburrió o se dio por vencido. A Mel le hizo gracia–. Bueno, por lo menos hay alguien que sigue el programa.

–Hablo en serio, Mel. Ya hemos tenido problemas de esta clase otras veces. Esto es California, no Nueva York. Aquí ha habido varios intentos de asesinato contra presidentes.

–Me siento muy halagada, Tom –dijo Mel sin poder evitar sonreír–, pero yo no pertenezco a esta categoría.

–Tú eres importante para nosotros.

–Gracias, Tom –contestó ella conmovida.

–Y te hemos contratado un guardaespaldas.

–Pero ¿qué dices? Eso es ridículo... ¿No irás a pensar...?

–Tú tienes hijos, Mel. ¿Quieres correr ese riesgo?

La pregunta la dejó anonadada.

–No, pero...

–No quisimos asustar a tu marido en tu ausencia, pero creemos que va en serio.

–¿Por qué? –preguntó ella sonriendo.

Eran cosas que ocurrían constantemente en su profesión.

–Porque la semana pasada recibimos una llamada y el tipo dijo que había una bomba en tu escritorio. Y la bomba estaba allí, Mel. Hubiera estallado exactamente una hora más tarde. Hubiésemos saltado todos por los aires si tú llegas a estar aquí.

De repente, Mel se empezó a marear.

–Creen saber quién es. Pero de momento, mientras no lo averigüen, queremos que estés segura. Nos alegramos mucho de no tenerte aquí la semana pasada.

–Yo también me alegro –dijo ella.

Mientras hablaba, empezó a notar un tic nervioso en el ojo izquierdo y, al levantar la mirada, vio entrar en la estancia a un hombre de elevada estatura y aspecto muy serio. Tom le presentó inmediatamente. Era su guardaespaldas, y habían contratado a otros dos. Querían que la acompañaran al entrar y al salir y, aunque lo dejaban a su discreción creían conveniente que también tuviera guardaespaldas en casa. Todo el mundo sabía con quién estaba casada y cualquiera podía localizarla. El guardaespaldas se llamaba Timothy Frank y, cuando abandonó el edificio en su compañía, Mel tuvo la sensación de llevar consigo una muralla. Era el hombre más alto, y fuerte y fornido que jamás hubiera visto. Al llegar a casa, le dio las gracias. Le habían pedido que dejara aquella noche su automóvil en la emisora y que regresara a casa con Tim en otro vehículo. Entonces vio que Peter ya había llegado.

–Hola –le dijo.

Él levantó la vista de unos papeles que estaba examinando y sonrió. Se alegraba de tenerla de nuevo en casa, pero la veía muy agotada y observó que fruncía el entrecejo.

–¿Alguna dificultad en el trabajo?

–Y que lo digas.

Mel estaba aturdida. Tim ya se había marchado.

–¿Qué ocurre? –Ella le contó lo de la bomba y Peter se quedó mirándola–. Dios bendito, Mel, tú no puedes vivir así, y nosotros tampoco.

–¿Y qué quieres que haga?

Él no hubiera querido decírselo, pero Mel estaba embarazada y aquella tensión era excesiva. Aunque encontraran al sujeto al cabo de una o dos semanas, el solo hecho de saber que podía volver a presentarse la misma situación sería una carga excesiva tanto para ella como para él. Peter no quería que Mel pasara por todo eso. Y si no atrapaban a aquel individuo… Se estremeció al pensarlo, se levantó para cerrar la puerta del estudio y permaneció de pie, mirándola.

–Creo que debes dejarlo.

–No puedo –contestó Mel, tensos los músculos del

rostro–. Ya ocurrió una vez en Nueva York y no me fui. No pienso hacerlo por un motivo así.

–¿Y qué motivo necesitas? –le preguntó él, levantando la voz. La vida no les daba un minuto de descanso: pacientes que se morían, hijos desobedientes, amenazas de bombas, embarazo inesperado. Era casi superior a sus fuerzas–. ¿Y si alguien coloca una bomba en esta casa y muere uno de los chicos?

Ella dio un leve respingo al escuchar sus palabras mientras su rostro adquiría un leve tono verdoso.

–Tendremos guardaespaldas durante las veinticuatro horas del día.

–¿Para los cinco chicos?

–No lo sé, maldita sea... –Mel se levantó–. Me alojaré en un hotel, si quieres. Pero no pienso dejar mi trabajo por culpa de un lunático del demonio. A mí me parece que es Paul Stevens que intenta asustarme.

–¿Eso piensa la policía?

–No. Pero creen saber quién es.

–Pues, entonces, pide un permiso de unos cuantos días hasta que le encuentren.

–No puedo, Peter. No puedo, maldita sea. Tengo trabajo que hacer.

–Te van a matar –dijo él, acercándose y asiéndola por el brazo.

–Ya he corrido este riesgo otras veces –contestó ella, mirándole furiosa.

Él no podía obligarla a dejar su trabajo después de tantos años. Formaba parte de su persona y él había prometido respetarlo, para bien o para mal.

–Pero nunca has corrido este riesgo llevando la vida de mi hijo. Piensa en eso.

–Ya no puedo pensar en nada.

–Sólo en ti misma.

–Vete al infierno.

Mel abandonó la estancia dando un portazo y subió

arriba, y él no volvió a dirigirle la palabra aquella noche. La situación había vuelto a empeorar y los chicos percibieron la atmósfera de tensión que reinaba en la casa. Luego Mel llamó al productor del programa y le dijo que aceptaba su ofrecimiento de guardaespaldas para ella, su marido y los chicos. Casi haría falta un ejército para protegerlos, pero la emisora estaba dispuesta a pagar. Se lo dijo a Peter cuando se acostaron.

–Van a empezar mañana por la mañana a las seis.

–Eso es ridículo. ¿Qué tengo que hacer? ¿Visitar a los enfermos acompañado de un guardaespaldas?

–No creo que el problema seas tú. A lo mejor podría acompañarte sólo cuando salieras. El verdadero problema soy yo.

–Ya lo sé –dijo él, estremeciéndose al pensarlo.

A la mañana siguiente a la hora del desayuno, Mel les explicó a los chicos lo que ocurría. La miraron con asombro y ella les aseguró que no les iba a pasar nada y que encontrarían enseguida al culpable. Tendrían que soportar durante algunos días aquella situación. A Matt le pareció fabuloso, Mark dijo que le daba vergüenza ir a la universidad acompañado de un guardaespaldas y las chicas se horrorizaron. Una vez se hubieron ido, cada uno con el agente de policía que le habían asignado, la señora Hahn subió al piso de arriba para hablar con Mel.

–¿Señora Hallum?

Siempre pronunciaba el apellido de aquella manera y Mel se volvió a mirarla.

–¿Sí, señora Hahn?

Peter la llamaba «Hilda» alguna que otra vez, pero Mel no lo hacía jamás. Ella tampoco la llamaba «señora Mel» como hacía Raquel en Nueva York.

–Quería decirle que, debido a las circunstancias, he decidido marcharme.

–¿De veras? –Peter se iba a disgustar y hasta era posible que se enfadara con ella porque estaba provocando el desconcierto en la casa sin tener la culpa–. No creo que corra usted ningún peligro y, como les he explicado a los chicos esta mañana, habrá plena protección en todo momento.

–Yo nunca he trabajado en una casa donde hubiera policías.

–No me cabe duda, señora Hahn. Pero si tiene usted un poco de paciencia…

Tenía que intentarlo, al menos en atención a Peter.

–No –dijo la señora Hahn sacudiendo decididamente la cabeza–. No es posible. Me voy ahora mismo.

–¿Sin previo aviso?

La señora Hahn le dirigió a Mel una mirada de reproche.

–Estas cosas no ocurrían cuando vivía la esposa del doctor.

Como es lógico, la esposa del doctor era Anne, la *verdadera* señora Hallam. Mel no pudo evitar incitarla un poco, esbozando una leve sonrisa. La marcha de aquella mujer no le producía la menor tristeza. La odiaba con toda el alma.

–Las cosas debían de ser entonces bastante aburridas –dijo con indiferencia mientras Hilda Hahn la miraba horrorizada.

–Adiós –dijo la señora Hahn sin tenderle siquiera la mano a Mel–. En mi habitación he dejado una carta para el doctor.

–Me encargaré de que la reciba. ¿No se quiere quedar para despedirse de los chicos?

A Mel le pareció una mezquindad, pero sabía que lograrían sobrevivir.

–No quiero permanecer en esta casa ni una hora más.

–Muy bien.

Mel se mantuvo imperturbable mientras la mujer se retiraba. Casi lanzó un grito de júbilo cuando oyó que se cerraba la puerta principal. Aquella noche, sin embargo, Peter no se mostró nada entusiasta.

—¿Y quién va a llevar la casa, Mel? Tú no tienes tiempo.

Ella le miró fijamente a los ojos, buscando una expresión de censura, pero no vio más que preocupación.

—Ya encontraremos a alguien. —Había llamado a Raquel, pero ella se negaba a abandonar Nueva York y le dijo que tuviera cuidado con las niñas—. Entretanto, lo haré yo misma con la ayuda de los chicos.

—Estupendo. Alguien anda por ahí colocando bombas para ti, y tú tienes que preocuparse de la colada y de hacer las camas…

—Tú también puedes ayudar —repuso ella, sonriendo.

—Tengo otras cosas que hacer.

Y un guardaespaldas que soportar. A medida que pasaban los días sin que se encontrara al autor de las amenazas, la situación le iba atacando progresivamente los nervios. Se produjeron otras cuatro amenazas y se encontró una bomba defectuosa en el escritorio de Mel. Al fin, hasta Paul Stevens se compadeció de ella. Sabía que estaba embarazada y Mel mostraba unas profundas ojeras porque se pasaba las noches despierta, preguntándose si conseguirían atrapar a aquel hombre. Le atraparían a su debido tiempo, como siempre ocurría, pero ¿cuánto tardarían?

—Siento lo que te ocurre, Mel —le dijo finalmente Paul, tendiéndole la mano como si quisiera firmar una tregua.

—Yo también lo siento —dijo Mel, sonriendo con aire cansado al finalizar el programa. El guardaespaldas no se había apartado de ella ni un momento. Mel era consciente de su presencia en todo instante y por la mañana, cuando los chicos se iban a la escuela, la casa se llenaba de policías. Peter se estaba volviendo loco y sus hijos discutían sin cesar. Casi se había acostumbrado al agente que le escoltaba, pero los demás le parecían *de trop*–. Supongo que son gajes del oficio –le dijo a Paul.

–Yo te envidiaba, ¿sabes? –le confesó él con tristeza.

–Lo sé –contestó ella sonriendo porque conocía la razón–. Pero, por lo menos, tú no tienes que hacer frente a todo esto.

–No sé cómo demonios puedes soportar esta tensión.

–Estoy preocupada sobre todo por los chicos… por mis hijas… por los hijos de mi marido… Si algo les ocurriera jamás me lo perdonaría.

Había transcurrido un mes y Mel empezaba a pensar seriamente en dejar el trabajo. Aún no le había dicho nada a Peter porque no quería darle esperanzas ni inducirle a creer que ya lo tenía decidido. Pero se había prometido que si no descubrían al autor de las amenazas antes de dos semanas, lo dejaría.

–Si hay algo que pueda hacer… –le dijo Paul, horrorizado.

Mel sacudió la cabeza, se despidió de él y regresó a casa junto a su familia, pero todos habían perdido la naturalidad. En el exterior se veían coches de la policía sin distintivo, y dentro de la casa todos eran conscientes del peligro que les acechaba cada día.

–¿Crees que lo van a encontrar, mamá? –le preguntó Matt aquella noche.

–Así lo espero, Matt.

Le tenía sentado sobre sus rodillas y rezaba para que no le ocurriera nada… ni a él ni a nadie… Miró a Pam y a las gemelas. Aquella noche, Peter se lo volvió a decir.

–¿Por qué no lo dejas?

Mel no le dijo que estaba pensando lo mismo.

–Porque no soy de las que abandonan, ni más ni menos. –Pero se le había ocurrido otra cosa–. ¿Y si nos fuéramos?

–¿Adónde?

Corría el mes de junio y Mel lanzó un suspiro, mirando a Peter con expresión esperanzada.

–Vámonos todos durante algún tiempo a Martha's Vineyard.

No había alquilado la casa aquel año, pero quizá todavía pudiera conseguirla para unas cuantas semanas o, en caso contrario, alquilar otra. Sin embargo, Peter sacudió la cabeza.

–Queda demasiado lejos para ti. –Mel estaba embarazada de cuatro meses y ya empezaba a notársele–. Y si te fueras allí, no podría ir a verte. ¿Por qué no un sitio más próximo?

–Eso anularía el objetivo del viaje.

Aquel asunto la estaba agotando y lamentaba el dinero que gastaba la emisora en guardaespaldas, aunque nadie se lo echara en cara. Los agentes no tenían la culpa de que ella se pusiera nerviosa. Aquella misma mañana, mientras llenaba un vaso de leche para Matt, uno de los hombres le rogó que se apartara de la ventana. Eran un recordatorio constante de lo que ocurría y de la amenaza que pesaba sobre sus vidas.

–¿Y qué te parece Aspen? –preguntó a continuación, mirando a Peter esperanzada.

–No creo que la altitud te sea beneficiosa.

–Tampoco me lo es la tensión que estoy pasando aquí.

–Lo sé. Hoy pensaré en ello.

Mel también lo hizo. De repente, sintió deseos de huir. Llevaba un mes viviendo con aquella pesadilla y ya no podía soportarlo por más tiempo. Aquella tarde acudió a la emisora y se sentó en su despacho mientras el guardaespaldas montaba guardia en la puerta. De pronto levantó la mirada y vio que el productor la estaba mirando con una sonrisa.

–Mel, tenemos una buena noticia para ti.

–¿Vais a enviarme a Europa durante un año?

Sonrió y le pareció notar que el niño se movía por primera vez. En el programa no habían aludido a su embarazo porque temían que el loco que la estaba persiguiendo intentara causarle un daño aún mayor. Por consiguiente, su secreto había permanecido invisible bajo el escritorio.

–Mejor todavía –contestó el productor con una amplia sonrisa.

Entonces Mel vio a Paul Stevens en el pasillo, mirándola con simpatía.

–Le vais a dar mi trabajo a Paul.

Paul asintió sonriendo mientras Mel hacía lo mismo. Debido a las angustias de aquel mes, ambos casi se habían hecho amigos.

–Han atrapado al lunático que te estaba amenazando.

–¿De veras? –Los ojos de Mel se llenaron de lágrimas–. Entonces, ¿todo ha terminado? –El productor asintió y ella empezó a estremecerse–. Oh, Dios mío…

Después apoyó la cabeza sobre el escritorio y se echó a llorar.

32

–Bueno, cariño… –dijo Peter, mirándola con alegría mientras ambos permanecían sentados junto a la piscina; todos los chicos habían salido y la paz volvía a reinar en la casa–. ¿Qué vamos a hacer para divertirnos esta semana? Por lo menos, nadie podrá acusarnos de llevar una vida aburrida.

Mel sonrió, se tendió y cerró los ojos. Sabía lo que hubiera querido hacer. Le hubiera gustado ir a Martha's Vineyard y tumbarse en la cálida arena, pero los chicos tenían otros planes. Peter no podía dejar su trabajo y ella había accedido a perder las vacaciones de aquel año y tomarse en su lugar un permiso por maternidad. El niño iba a nacer hacia el día de Acción de Gracias y ella dejaría el trabajo el 1 de octubre.

–Se me ocurre una idea, Mel.

–Como no sea la de zambullirme en la piscina, no me lo digas…

Cerró los ojos y él se acercó sonriendo.

–¿Por qué no vamos a ver hoy algunas casas?

–Es broma, ¿verdad? –dijo ella, abriendo un ojo.

–Hablo en serio.

–¿De veras? –exclamó Mel asombrada.

–Bueno, aunque me cueste reconocerlo, no tenemos sitio donde meter al nuevo hijo como no sea en el garaje, y creo que si hiciéramos muchas reformas nos volveríamos todos locos. Las gemelas necesitan sus propias habitaciones…

Mel sabía lo que le costaba reconocer sus errores, y le tendió los brazos. Y Peter sabía que a ella no le gustaba vivir en la casa de Anne, aunque ya se había acostumbrado hacía tiempo.

–¿Prefieres quedarte aquí? La verdad es que no me importa. Ya nos arreglaremos durante un par de años. Además, Mark se irá muy pronto. –Mark había decidido irse a estudiar al Este los tres últimos cursos, lo cual significaba que sólo iba a estar un año más en casa, y Jess deseaba ir a Yale en caso de que la admitieran–. Los chicos son prácticamente adultos.

–Menuda suerte tienen. Ojalá yo pudiera decir lo mismo.

–Eres el hombre más encantador que conozco…

Mel le besó suavemente los labios y él le recorrió la pierna con sus dedos.

–Mmm… ¿Crees que alguien puede vernos?

–Sólo algún que otro vecino, y ¿qué más da un poco de pasión entre amigos?

Él la acompañó al interior de la casa e hicieron el amor, renovando de este modo el vínculo que les unía. Después él le llevó el almuerzo en una bandeja y ella permaneció tendida en la cama, rebosante de dicha.

–¿Por qué eres tan bueno conmigo?

–No lo sé. Será que te quiero mucho.

–Y yo también a ti –respondió ella muy feliz–. ¿Dijiste en serio lo de la nueva casa?

La idea le encantaba, pero no quería forzar la situación. Era consciente de lo mucho que significaba la antigua casa para él y el esfuerzo que le había supuesto, respaldando todas las decisiones de Anne. Pero Mel sabía que siempre iba a ser la casa de Anne, ni siquiera la de Peter, sino la de su primera esposa. Incluso en aquellos momentos.

—Sí —contestó él.

Mel terminó de almorzar muy contenta. Más tarde salieron a dar una vuelta en su automóvil y vieron varias casas que les gustaron, pero ninguna estaba a la venta.

—Podríamos tardar años en encontrar una casa adecuada.

—Tenemos tiempo.

Ella asintió, disfrutando plenamente de aquella tarde de domingo. El siguiente fin de semana iba a coincidir con la celebración de la fiesta nacional del Cuatro de Julio. Y fue entonces cuando encontraron la casa ideal.

—Dios mío… —dijo Mel mientras la recorría con Peter por segunda vez—. Es enorme.

—Puede que te sorprendas, señora Hallam, pero tenemos seis hijos.

—Cinco y medio —dijo ella sonriente.

Habría habitaciones para cada uno de ellos y dos estudios para que Peter y Mel pudieran utilizarlos cuando trabajaran en casa. Había un precioso jardín, una piscina grandiosa y otra más pequeña para los chicos y sus amigos. La casa tenía todo lo que ellos querían y se encontraba en la zona de Bel-Air, la que más le gustaba a Peter.

—¿Y bien, señora Hallam?

—Pues, no sé, doctor. ¿Tú qué crees? ¿Podemos permitirnos este lujo?

—Probablemente no. Pero, cuando vendamos mi casa, sí.

Era la primera vez que Peter reconocía que la casa era suya y no de ambos, y Mel sonrió al escucharle. La casa le encantaba.

—¿Por qué no dejamos un pago como señal?

Sin embargo, era un proyecto en el que ambos tendrían que invertir dinero, pues de otro modo no podrían llevarlo adelante, pero a Mel le parecía muy bien. Quería algo que fuera de ambos por igual, y aún tenía que invertir el dinero obtenido con la venta de la casa de Nueva York. Pusieron la casa en venta a la semana siguiente y no encontraron comprador hasta el día del Trabajo, pero la otra aún no se había vendido.

–Vamos a ver. –Peter miró el calendario mientras firmaban el contrato de la nueva casa–. El niño tendría que nacer el veintiocho de noviembre… hoy estamos a tres de septiembre… Tú dejarás el trabajo dentro de cuatro semanas. Te quedan exactamente dos meses para arreglar la casa y, con un poco de suerte, estaremos instalados el día de Acción de Gracias.

–¿Bromeas acaso? –Mel se echó a reír. Aunque la casa se encontraba en perfecto estado de conservación, querían pintarla y cambiar el empapelado, modificar un poco el jardín, elegir telas y comprar cortinas, nuevas alfombras…–. Sigue soñando.

Peter la miró asombrado.

–¿No quieres que tu hijo nazca en la nueva casa?

A decir verdad, Mel lo hubiera deseado. Su instinto hogareño era muy fuerte, pero aún le quedaban tres importantes entrevistas que hacer antes de que comenzara su permiso de cuatro semanas.

–Oye, que también es tu hijo.

–Nuestro hijo.

Y entonces se disparó el transmisor automático de Peter y el corredor de fincas, que estaba con ellos, se los quedó mirando.

–Pero ¿es que ustedes no paran nunca?

–Casi nunca –contestó Mel sonriendo.

Ya estaban acostumbrados a ello tras ocho meses de matrimonio, durante los cuales él había realizado diecinueve trasplantes de corazón e incontables «derivaciones» y ella había hecho veintiuna entrevistas y el noticiario cinco tardes a la semana. Como era de esperar, los índices de audiencia del programa habían aumentado.

Peter se fue a otra habitación para llamar a su despacho y, al regresar, se despidió de Mel con un beso.

–Tengo que irme. Hemos recibido un corazón. –Estaban esperando un donante con toda urgencia y casi habían perdido las esperanzas–. ¿Terminarás tú eso?

Ella asintió mientras Peter se marchaba.

Poco después oyeron alejarse el coche y el corredor de fincas sacudió nuevamente la cabeza en gesto de asombro. Mel se limitó a sonreír.

–… y gracias, Dios mío, por mi abuela… –Matthew miró tímidamente alrededor y sonrió, bajando la voz– y por mi nueva bicicleta. Amén.

Todos los comensales se echaron a reír. Matt había cumplido siete años aquella semana y su abuela le había regalado una preciosa bicicleta de color rojo. Después volvió a juntar las manos, cerró fuertemente los ojos y añadió:

–Y gracias también por Mel.

Después miró a Val y Jess como disculpándose, pero ya era demasiado tarde para comenzar de nuevo. Todo el mundo deseaba empezar a comer. Peter ya estaba trinchando el pavo y Pam había preparado su receta preferida de batatas confitadas. Las gemelas aportaron también su contribución y todo el mundo estaba muy alegre, incluida Mel, que decía que ya no le quedaba sitio para nada. Tenía el vientre muy abultado. Peter llevaba dos meses comentándole en broma que iban a ser gemelos otra vez, pero el médico juraba que no. Sólo se podía oír el latido de un corazón y Mel había decidido no someterse a la prueba del líquido amniótico, por lo que no sabían cómo era el niño. Pero, en cualquier caso, era enorme. Faltaban dos días para el alumbramiento y Mel se alegraba de haber podido pasar el día de Acción de

Gracias con ellos. Temía encontrarse en el hospital para entonces. Y aunque ya había en la casa una nueva ama de llaves, ésta pidió el día libre y la propia Mel se encargó de preparar la comida.

–¿Alguien quiere repetir? –preguntó Peter, mirando alrededor con una sonrisa.

Su último paciente se estaba reponiendo muy bien. Y se habían mudado a la nueva casa hacía tres semanas. Aún se aspiraba el olor a pintura fresca, pero no les importaba. Todo era bonito y nuevo y cada uno disponía de su propia habitación, incluso el nuevo hijo, cuya habitación ya estaba llena de juguetes. Matthew había comprado un osito de peluche y una vieja colección de pistolas de vaquero y Pam había hecho un vestidito de punto para que se lo pusieran al bebé al volver del hospital. Se puso muy nerviosa temiendo que no le quedara bien; toda la familia conocía el proyecto menos Mel, que se echó a llorar al abrir el paquete del regalo en su último día de trabajo cuando regresó a casa embargada por la tristeza, tras haber presentado por última vez el noticiario de la tarde del viernes.

Tardaron casi un año en adaptarse a la nueva situación, aunque, en cierto modo, jamás llegarían a adaptarse del todo. Ella siempre correría en busca de noticias y Peter saldría a las dos de la madrugada para tratar de arreglar algún corazón averiado. Sin embargo, en aquellos momentos ya se respiraba una atmósfera distinta. El vínculo que les unía era más fuerte. Todos tuvieron que afrontar muchas cosas en un año: las amenazas contra Mel, el desastroso idilio entre Val y Mark… el nuevo hijo… el reto que para todos ellos había supuesto aquel nuevo matrimonio… incluso el espectro de Anne. Mel se llevó el retrato de Anne y lo colgó en la habitación de Pam, donde quedaba muy bien, y finalmente pudo sacar del almacén sus muebles de Nueva York.

–¿Eres feliz, cariño? –le preguntó Peter, sentados

ambos frente al fuego de la chimenea del dormitorio.

Los chicos estaban abajo, en el enorme cuarto de juegos que había junto a la piscina, divirtiéndose.

–Sí, sólo que he comido demasiado –contestó Mel, tomando la mano de Peter.

–Pues ni siquiera se nota.

Se echaron a reír, contemplando el enorme bulto que parecía desplazarse ligeramente de un lado para otro mientras Mel percibía las patadas del bebé. El niño no paraba de moverse aquellos días, y ella deseaba que naciera de una vez. Sobre todo, después de aquella noche. Pasado el día de Acción de Gracias, ya estaba preparada para el alumbramiento. Se lo dijo a Peter aquella noche cuando se acostaron.

–No lo digas ahora, que te va a oír y saldrá.

Rieron y, dos horas más tarde, Mel se levantó y empezó a experimentar un conocido dolor en la parte inferior de la espalda. Se sentó en un sillón, pero sólo le apetecía pasear. Bajó a la planta baja y contempló el jardín, que estaría precioso en primavera, pero que ya era muy hermoso en aquella época, y se sentó en el salón, sintiéndose en su hogar, pero no de ella o de Peter, sino de ambos, un hogar que ellos habían construido juntos y habían estrenado como si empezaran una nueva vida.

Regresó al dormitorio y trató de tenderse en la cama, pero el niño estaba dando unas patadas muy fuertes. Mel experimentó un leve dolor en el bajo vientre y jadeó. Se sentó para ver qué ocurría, pero volvió a sentir dolor y tocó la mano de Peter, llena de emoción.

–¿Mmm? –dijo él.

Eran las cuatro de la madrugada.

–Peter –musitó Mel tras la tercera contracción dolorosa.

Sabía que tardaría horas, pero no quería estar sola. Quería compartir aquella emoción con Peter. Era el momento que tanto habían aguardado, sobre todo Peter.

–¿Qué hay? –Peter levantó la cabeza y la miró seriamente–. Puede ser una falsa alarma. –Ella se miró el abultado vientre y se echó a reír, pero enseguida sintió otra contracción, acompañada de un intenso dolor en la espalda. Empezó a respirar afanosamente y asió con fuerza la mano de Peter. Finalizada la contracción, él miró el reloj–. ¿Con cuánta frecuencia se producen? –preguntó.

Ella rió y le miró afectuosamente.

–No lo sé. No lo tuve en cuenta.

–Oh, Dios mío –exclamó él, tratando de incorporarse. Era especialista en corazones, pero de niños sabía muy poco y llevaba nueve meses muy nervioso–. ¿Cuánto rato hace que estás levantada?

–No lo sé. Casi toda la noche.

Ya eran las cinco.

–¿Cuánto duró el parto de las gemelas?

–Pues… no lo sé. Han transcurrido diecisiete años y medio. Un buen rato, creo.

–Menuda manera de tranquilizarme. –Peter se incorporó sin dejar de mirarla–. Llamaré al médico. Tú vístete. –Ella sintió una nueva contracción, más prolongada que las anteriores. Peter estaba asustado, pero no quería que se le notara. No deseaba que el niño naciera en casa. Quería que Mel diera a luz en el hospital por si algo fallaba–. Anda…

La ayudó a levantarse y ella regresó un minuto después, mirándole como aturdida.

–¿Qué me pongo?

–¡Por el amor de Dios, Mel! Cualquier cosa… unos vaqueros… un vestido…

Ella sonrió y salió de la habitación, pero entonces rompió aguas y llamó a Peter desde el cuarto de baño, donde se encontraba de pie, envuelta en unas toallas. El tocólogo le dijo a Peter que la llevara inmediatamente al hospital, pero antes dejaron una nota en la cocina para que los chicos la vieran al levantarse. «He ido al hospital a recoger al niño. Con cariño, mamá», escribió Mel con una sonrisa mientras Peter la llamaba desde la puerta.

–¿Quieres darte prisa?

–¿Por qué? –preguntó ella muy tranquila, y Peter envidió su serenidad.

–Porque no quiero que nuestro hijo nazca en el coche nuevo.

Peter, tras vender el Mercedes de Anne, había comprado otro coche para Mel.

–¿Y por qué no?

–Déjate de tonterías, cariño.

Mientras recorría el camino que tan a menudo solía hacer a altas horas de la noche, Peter se sintió más unido a ella que nunca, y cuando entró con Mel en el hospital para llevarla a la sección de maternidad en una silla de ruedas, su corazón se llenó de orgullo.

–Puedo andar, ¿sabes?

–¿Por qué andar pudiendo ir sentada?

Pero el tono de chanza apenas podía disimular lo que sentía por ella. Miles de pensamientos se arremolinaban en la mente de Peter, que rezaba para que todo fuera bien. El niño le parecía enorme y temía que hubiera que hacer una cesárea. Volvió a preguntárselo al tocólogo junto a la puerta de la sala de partos y su viejo amigo le dio una palmada en el brazo.

–Ella está muy bien, ¿sabes? Todo marcha estupendamente.

Ya eran casi las ocho de la mañana… Mel llevaba cinco o seis horas de parto.

–¿Cuánto crees que va a tardar? –preguntó en voz baja para que Mel no le oyera.

–Un buen rato –contestó el médico sonriendo.

Mel dijo que sentía deseos de empujar y el médico le contestó que era demasiado pronto, pero cuando volvió a examinarla, vio que el proceso había avanzado mucho en media hora y ordenó que dispusieran todo lo necesario para el parto. Mel empezó a empujar con el rostro arrebolado por el esfuerzo, mientras Peter y las enfermeras la animaban.

–Ya veo la cabeza del niño, Mel –exclamó jubilosamente el médico mientras ella esbozaba una radiante sonrisa.

–¿De veras?

Tenía el rostro empapado en sudor, y su cabello era como una llama viva sobre las blancas sábanas. Mientras ella empujaba de nuevo, Peter pensó que la quería más que nunca y, de pronto, todos oyeron un grito. Peter se adelantó para ver nacer al niño y sonrió mientras las lágrimas le rodaban por las mejillas.

–Oh, Mel… Es precioso…

–¿Qué es…? –preguntó ella, pero tuvo que empujar de nuevo.

–Aún no lo sabemos. –Todo el mundo rió, y entonces aparecieron los hombros, el cuerpo, las caderas y las piernas–. ¡Una niña!

–Oh, Mel.

Peter regresó junto a ella y la besó en la boca, mientras Mel reía y lloraba con él y una enfermera le entregaba la niña.

Peter sabía lo mucho que ella deseaba un niño, pero, al estrechar a su hija en brazos, pareció como si ya no se acordara. Súbitamente, Mel contrajo el rostro en una mueca de dolor y asió el brazo de Peter mientras alguien se llevaba a la niña.

–Oh… Dios mío… cuánto duele…

–Es la placenta –dijo el médico sin preocuparse, pero entonces Peter le vio fruncir el entrecejo y un incipiente pánico le recorrió las extremidades.

Algo le estaba ocurriendo a Mel. Los dolores que sentía eran todavía más intensos que los de antes.

–Oh… Peter… no puedo…

–Sí, puedes –le dijo el médico suavemente.

Peter apretaba con fuerza su mano, preguntándose por qué no averiguaban lo que ocurría. Pero entonces ella empezó a empujar con todas sus fuerzas y se escuchó otro gemido, mientras Peter se quedaba boquiabierto y Mel le miraba, sabiendo ya lo que había ocurrido…

–Otra vez no…

Peter seguía sin entender, pero el médico estaba riendo y entonces se oyó otro gemido; Peter lo comprendió todo y se echó a reír. Eran gemelos de nuevo y nadie lo sabía, como ocurrió cuando nacieron Jess y Val. Ella le miró triste y contenta a la vez.

–Otra vez una pareja…

–Sí, señora.

El médico entregó la criatura a Peter, que la sostuvo en brazos con una especie de ternura reverencial y después se la entregó a Mel.

–Señora… –dijo, dirigiéndole una mirada colmada de amor–, le presento a su hijo…